EQUALITY

Luca Snow
in Zusammenarbeit mit
Sabrina Dörr

ROMAN

EQUALITY

DIE STADT DER EWIGEN GERECHTIGKEIT

ISBN: 978-3-7412-9189-0
Copyright: Luca Snow
Coverdesign: Cardamon
Lektorat und Korrektorat: Sabrina Dörr
Verlag: BoD · Books on Demand GmbH,
In de Tarpen 42, 22848 Norderstedt, bod@bod.de
Druck: Libri Plureos GmbH, Friedensallee 273,
22763 Hamburg

Instagram: _luca_snow
Tiktok: luca_snow

Kontakt für Rechte-Anfragen und Sonstiges:
Luca Snow
c/o AutorenServices.de
Birkenallee 24

-Prolog-

Was macht einen Menschen eigentlich aus? Wieso treffen wir alle unterschiedliche Entscheidungen und führen vollkommen verschiedene Leben? Mit anderen Worten: Was macht uns einzigartig? Der Kontostand kann sich jederzeit verändern, genauso wie Hobbys oder Interessen, und selbst das äußere Erscheinungsbild lässt sich je nach Bedürfnis beliebig anpassen. Dennoch existiert in uns etwas, das uns grundlegend von allen anderen Menschen unterscheidet: unsere Erinnerungen.

In jedem von uns steckt eine eigene Geschichte; Millionen – ach, was sag ich – sogar Milliarden von Bildern, Erlebnissen und Emotionen, die jede einzelne unserer zukünftigen Entscheidungen beeinflussen. Die Sammlung von Erinnerungen ist immer eine andere; darum machen unsere Erinnerungen uns zu einem Individuum.

Den Tag, an dem ich meine erste Erinnerung erhielt, bezeichne ich als den Tag meiner Geburt. Anders als du erblickte ich jedoch nicht als sorgenfreier, stinkender Fleischklumpen diese Welt, sondern mein Leben begann in der Gestalt eines kleinen Geschöpfes, welches in einem schwach beleuchteten Raum von der einen auf die andere Sekunde wie von einem Stromschlag getroffen in einem weichen Bett erwachte.

Ich verstand sofort, dass ich existierte. Mir war bewusst, dass ich auf einem Bett lag; die Haare, die von meinem Kopf meinen Körper entlang wucherten, hellblau und meine Kleidungsstücke grau waren – jedoch wusste ich weder *wo* ich war noch *wer* ich war oder *was* ich überhaupt war. Angst bereitete mir dies aber nicht; es war vielmehr die Neugier, welche in diesem Moment meine Gedanken beherrschte, also schaute ich mich gründlich in dem Raum um.

Über der einzigen Tür leuchtete eine kleine Lampe, die ihr schwaches gelbes Licht auf den hölzernen Boden und die blanken, weiß gestrichenen Wände warf. Ein paar Meter neben meinem stand noch ein weiteres Bett, das ich von den Holzbeinen bis zum Kopfkissen begutachtete. Dann fiel mir etwas auf: ein Wesen, das zusammengekauert in der Mitte dieses Bettes saß. Sein Körper war etwas kleiner als mein eigener; es trug dieselben grauen Kleider wie ich; seine Haare waren grün gelockt und sein Gesicht versteckte es hinter seinen zitternden Knien. Mein Herzschlag beschleunigte sich; schließlich war mir nicht bewusst gewesen, dass noch etwas anderes Lebendes außer mir selbst existierte.

»H-hallo...«, sagte ich zögerlich und richtete meinen Oberkörper auf. Eine Antwort bekam ich nicht; stattdessen verstärkte sich das Zittern meines Gegenübers – möglicherweise konnte es mir ja gar nicht antworten. Aus meinem Augenwinkel erkannte ich auf einmal einen hellblauen Schriftzug auf der Innenseite meines linken Unterarms.

»Lilia...was soll das bedeuten?« Ich blickte erneut hinüber zu dem Wesen auf dem anderen Bett.

»Hey...steht auf deinem linken Arm auch etwas drauf?«, fragte ich neugierig. Es wandte seine ängstlichen Augen zu seinem eigenen Arm und musterte diesen für einige Sekunden; dann blickte es mich erneut an und der Klang einer piepsigen, hellen, leicht wackelnden Stimme wanderte zu mir herüber.

»S-Siletha...auf meinem A-Arm steht Siletha.«

Ich dachte nach. Aus welchem Grund standen auf unseren Armen unterschiedliche Wörter drauf?

»Vielleicht...«, murmelte ich vor mich hin, als mir auf einmal eine Idee kam, »...vielleicht sind das unsere Namen!« Von dem Wesen kam weder eine zustimmende noch eine widersprechende Reaktion; es starrte vor sich auf seine herangezogenen Knie und schien gegen Tränen anzukämpfen. Ich hatte zwar Mitleid, doch trotzdem ging mir so langsam, aber sicher seine Verschwiegenheit gediegen auf die Nerven. Ich war doch auch verwirrt und verunsichert.

»Sag mal...«, begann ich ein wenig ungeduldiger, »...vor was fürchtest du dich denn eigentlich so sehr?«

»I-ich weiß nicht...ich weiß n-nicht...«, stotterte das kleine Geschöpf.

»Was weißt du nicht?«

»I-Ich weiß nicht, was das hier alles soll. Ich weiß nicht, wer ich bin...ich weiß überhaupt nichts...d-das macht mir alles solche Angst. Vor allem, weil ich nicht weiß, was hinter dieser Tür ist.« Es schaute flüchtig mit einem misstrauischen Blick auf die einsame Tür und verborg sein Gesicht daraufhin wieder vollkommen in seinen Knien. Gleichzeitig verlor es den Kampf gegen die Tränen; sie flossen unkontrollierbar vor sich hin und der schmächtige Körper des kleinen Wesens bebte so sehr, dass ich fast Angst hatte, es würde zerbrechen. Warum ich das Folgende tat, wusste ich selbst nicht – wusste nicht, wieso es mich überhaupt kümmerte – doch konnte ich aus irgendeinem Grund den Anblick des verzweifelten Wesens nicht ertragen und mein Körper bewegte sich wie von allein hinüber zu ihm. Ich setzte mich auf sein Bett und legte vorsichtig meinen rechten Arm um seine Schulter. Ich drückte das Wesen sachte ein wenig an mich heran, in der Hoffnung, seinen zierlichen Körper etwas zur Ruhe zu bringen. Seine lockigen Haare kitzelten meine Nase.

In seiner unmittelbaren Nähe hatte ich nun einen genauen Blick auf seine spitzen Ohren, spitzen Eckzähne und funkelnden grünen Augen. Aus Neugier tastete ich mit meiner freien Hand meine eigenen Zähne und Ohren ab, jedoch fühlten sich diese eher stumpf und rundlich an.

»Ich kann verstehen, dass du dich so fühlst«, sagte ich ruhig und rieb mit meiner Hand über seinen Arm. »Immerhin weiß ich nicht viel mehr als du. Hinter dieser Tür könnte alles sein...aber vielleicht befindet sich hinter ihr ja etwas Schönes, auch wenn wir es uns noch gar nicht vorstellen können.«

»A-aber was, wenn nicht?«, stotterte das Wesen und seine tränenden grünen Augen blickten genau in meine. »W-was, wenn dort draußen etwas ist, das mir noch viel mehr Angst macht?«

»Dann...dann werde ich dich davor beschützen«, sagte ich in selbstbewusstem Ton.

»Wirklich? Das kannst du?«, fragte es mit großen Augen.

»Das werde ich, versprochen!«

Mir war zwar genau bewusst, dass ich mir dem nicht sicher sein konnte, doch war diese kleine Unwahrheit für mich ein notwendiges Mittel zum Zweck, um nicht allein herausfinden zu müssen, was sich außerhalb dieses Raumes befand. Außerdem hatte das Weinen des kleinen Geschöpfes irgendetwas in mir wachgerüttelt, das von mir verlangte, ihm zu helfen. Ich packte es also an der Hand und ging mit ihm bis zu der Tür – sein Zittern war nun nicht mehr ansatzweise so stark wie noch kurz zuvor. Mit meiner linken Hand griff ich die Türklinke und drückte sie nach unten. Dann zögerte ich plötzlich. Was, wenn es recht hatte? Was, wenn dort draußen wirklich etwas Schlimmes lauerte?

»Alles in Ordnung?«, fragte es und ich bemerkte, wie sein Zittern wieder anfing, stärker zu werden – aber das wollte ich auf keinen Fall. Nachdem ich ihm die Angst ein klein wenig genommen hatte, sollte es sich nun auch auf mich verlassen können.

»Ja, alles super! Also...los geht's«, sagte ich breit grinsend und hoffte, dass mein Gesichtsausdruck überzeugender aussah, als er sich anfühlte. Ich schluckte meine Angst herunter und drückte die schwere Tür nach vorne, bevor ich es mir noch anders überlegen konnte.

Sofort blendete uns ein helles weißes Licht. Meine Augen schmerzten, glühten fast; einige Sekunden lang konnte ich sie gar nicht öffnen...bis es mir schließlich gelang und sich große, bunte Umrisse in meinem Sichtfeld formten. Tausend Eindrücke prasselten auf einmal auf mich ein und mir wurde schlagartig bewusst, dass noch so viel mehr existierte als der kleine Raum, in welchem wir erwacht waren.

Mit jedem Blick, den ich auf eines der umliegenden, riesigen Gebäude warf, stieg meine pure Faszination. Sie verliefen teilweise bis hoch zum Himmel und einige ihrer Wände bestanden aus Fensterglas. Zu zweit waren wir nun auch nicht mehr – wir befanden uns in einer dichtgedrängten Menge aus unterschiedlichsten Geschöpfen, die ebenfalls mit staunenden Blicken die prachtvollen Gebäude begutachteten. Einige von diesen Fremden hatten – genau wie das Wesen an meiner Seite – spitze Ohren; ein paar andere waren mit dichtem Fell überzogen und besaßen Krallen oder Flügel; außerdem schien es Wesen zu geben, die zu einer Hälfte aus Haut und zur anderen Hälfte aus glänzenden Teilen bestanden. Obwohl wir uns alle äußerlich stark unterschieden, ließ mich das Gefühl nicht los, dass wir uns alle auf irgendeine Art und Weise ähnlich sahen, da wir verbindende Merkmale besaßen.

»Siehst du...«, sagte ich grinsend, »...war doch gar nicht so schlimm. Anscheinend sind wir nicht die Einzigen, die hier aufgewacht sind. Wir müssen das also nicht alles allein durchstehen.« Ich drückte die Hand des kleinen Wesens.

»J-ja...«, stotterte es mit großen Augen, woraufhin es meinen Arm umklammerte und sich ein wenig hinter meinem Körper vor den neugierigen Blicken der anderen versteckte, »...aber ich verstehe immer noch nicht, wo wir alle hergekommen sind. Wo waren wir davor? Was hat uns –«

Auf einmal ertönten Sirenen aus der Richtung des Himmels – in einer solchen Lautstärke, die meine Ohren pochend schmerzen ließ. Zudem hatte ich das Gefühl, als würde dieses grässliche Geräusch nicht bloß von außerhalb in meine Ohren eindringen, sondern inmitten meines Kopfes sein Unwesen treiben.

Die Menge um uns herum schien das Geräusch ebenfalls zu hören, denn ausnahmslos alle Anwesenden pressten beide Hände gegen die Schläfen und blickten zum nun rot leuchtenden Himmel hinauf, aus dessen Höhen einedunkle, verzerrte Stimme zu uns allen herabsprach:

»Willkommen...willkommen in meiner Stadt. Ich bin euer Bürgermeister und es erfüllt mich mit Freude zu sehen, dass ihr alle kerngesund aus eurem Schlaf erwacht seid. Sicher habt ihr viele Fragen...ich hoffe, sie euch mit meinen Informationen zumindest teilweise beantworten zu können.«

Vergeblich suchte ich den gesamten roten Himmel nach etwas ab, das zumindest danach aussah, als könnte es mit uns kommunizieren, doch diese Stimme schien offenbar aus dem Nichts zu uns zu sprechen.

»Ihr alle gehört zu einer Spezies, welche *Menschen* genannt wird, und dieser Ort wurde allein zu dem Sinn und Zweck erschaffen, dieser Spezies ein selbstbestimmtes Leben zu ermöglichen. Was richtig, falsch, moralisch oder grausam ist, werde ich mir nicht anmaßen, für euch zu entscheiden, sondern das liegt allein in euren Händen. Es gibt lediglich ein paar wenige Spielregeln, die ihr beachten müsst.«

Voller Neugier blickte ich mich in der Menge um. Wir gehörten alle zur selben Art? Waren wir also in Wahrheit gleich?

»Am heutigen Tag sind exakt 100.000 Menschen in meiner wunderschönen Stadt erwacht. Eure Gemeinschaft wird täglich pünktlich zur sechsten Stunde 10 Millionen digitale Tokens von mir zur Verfügung gestellt bekommen. Diese werden gerecht unter euch aufgeteilt, sodass jeder Bürger genau 100 von ihnen erhält. Mit Tokens könnt ihr euch Nahrung, Wissen, Waffen und weitere Items kaufen, allerdings nur für den eigenen Gebrauch. Tokens sowie Items lassen sich nicht auf andere übertragen, und aufbewahren erst recht nicht. Pünktlich zur sechsten Stunde des Folgetags verschwinden also die Items, die ihr euch gekauft habt, und unbenutzte Tokens ebenfalls; diese sind dann nicht mehr einlösbar.«

»Was bedeutet das?«, fragte mich der Mensch an meiner Seite nervös und zog sanft aber anhaltend an meinem Arm.
»Das...das bedeutet, kein Mensch kann...mehr besitzen als ein anderer.«

»Als Menschen müsst ihr dafür sorgen, dass eure 100 Lebenspunkte nicht auf 0 sinken; anderenfalls wird eure Existenz unwiderruflich ausgelöscht. Wenn ihr eure 100 täglichen Tokens jedoch vollständig in Nahrung investiert, bleibt ihr auf ewig am Leben...vorausgesetzt natürlich, eure Körper werden nicht von Messern oder Kugeln durchlöchert; denn nicht nur der Entzug von Nahrung kann eure Lebenspunkte sinken lassen, sondern Verletzungen ebenso. Sicher ist euch schon die Stelle an euren linken Armen aufgefallen, in der eure jeweiligen Namen eingraviert sind.«

Das war wenigstens eine Sache, die ich mir selbst hatte erschließen können. Mein Name war also Lilia und der kleine Mensch, der mich begleitete, hieß Siletha.

»Unter der Hautoberfläche wurde euch allen ein Programm integriert, welches euch mit dem sogenannten Server verbindet. Dort befinden sich alle eure persönlichen Daten sowie ein Katalog mit allen existierenden Items. Wie ihr schnell bemerken werdet, sind in diesem Katalog Items aufgelistet, welche den Preis von euren jetzigen 100 Tokens weit übersteigen; allerdings wird sich an der Gesamtsumme von 10 Millionen Tokens, die ich euch jeden Tag zur Verfügung stelle, niemals etwas ändern – und daran, dass diese gerecht unter euch aufgeteilt wird, ebenfalls nicht. Wenn ihr als einzelner Mensch also mehr Tokens zur Verfügung haben wollt, muss die Bevölkerungszahl von 100.000 sinken.«

»Die Bevölkerungszahl muss...sinken?«, wiederholte ich leise und starrte auf den steinigen Boden. Auf einmal durchzog mich eine eisige Kälte und mein Körper begann zu zittern. »Bedeutet das etwa...wenn man mehr von diesen Tokens haben will, muss man...andere Menschen –«

»Seid euch eines jedoch stets bewusst: Mit 100 Tokens pro Kopf können alle Bürger sorgenfrei leben und ein harmonisches Miteinander führen, ohne dass auch nur ein einziger Mensch sterben muss. Frieden oder Freiheit, das Schicksal der Menschheit liegt allein in euren Händen. Herzlich Willkommen in Equality – der Stadt der ewigen Gerechtigkeit.«

-Alte Freunde-

Aus dem langen Zusammenleben mit anderen kann man eine Menge lernen. Beispielsweise sind die meisten Menschen glücklicher, wenn sie sich selbst Ziele setzen können. Dabei ist es nicht das Erreichen eines Ziels selbst, welches sie erfüllt, sondern lediglich die Hoffnung, ihr Vorhaben zu erreichen. Meiner Meinung nach führen die Menschen mit den ehrgeizigsten Vorhaben auch die erfülltesten Leben, da sie stets einen Halt haben, der sie dazu motiviert, morgens aufzustehen; das ist aber natürlich von Mensch zu Mensch unterschiedlich.

Ich selbst hatte mir nie wirklich große Ziele gesetzt, außer jeden Tag den größtmöglichen Spaß zu haben; möglicherweise war dies auch die Ursache, warum ich mich manchmal zu sehr in meinen Gedanken verlor. Aber es war nun mal meine Realität, dass die größte Herausforderung in meinem Leben für eine sehr lange Zeit allein daraus bestand, mich – wie an diesem Tag – banalen Alltagsentscheidungen zu stellen.

»Hmm, alsooo...«, brummte ich, denn mal wieder war ich der Qual der Wahl ausgesetzt. Sollte ich...nein, lieber den...oder doch vielleicht, »...ich glaube, ich nehme heute den Erbseneintopf.«

»Eine ausgezeichnete Wahl. Das macht dann bitte 50 Tokens, sehr verehrte Lilia.«

Ich drückte die Innenseite meines linken Armes auf den silbernen Sensor vor mir, verspürte das übliche leichte Zwicken, und bereits Sekunden danach manifestierte sich auf dem Tresen vor mir ein Löffel sowie eine braune Holzschüssel, aus welcher der heiße Dampf des gekochten Gemüses bis hin zur Decke des Item-Ladens wanderte. Sofort begann ich, die riesige Portion in mich reinzuschaufeln.

»Danke, Nova...genau das habe ich gebraucht«, sprach ich mit vollem Mund zu der blau leuchtenden und flackernden Dame hinter dem Tresen. »Verdammt, ist das lecker.«

»Ein Wunder, dass dir das Zeug noch nicht zum Hals rauskommt, nachdem du es schon hunderte Male gegessen hast«, sagte Siletha, verdrehte genervt ihre grünen Augen und stellte sich ebenfalls vor den Tresen. »Nova, ich hätte gerne...eine Pizza.«

Siletha legte ihren linken Arm auf den Sensor, woraufhin ein Teller mit einem kreisrunden Gericht auftauchte, welches ich...noch nie zuvor gesehen hatte. Was in aller Welt sollte eine Pizza sein, und wieso kannte ich das Gericht nicht? Verdutzt legte ich meine rechte Hand auf den hellblauen Schriftzug meines linken Armes. Siletha, Nova und der gesamte Shop verwandelten sich daraufhin zu purer Dunkelheit und das Menü des Servers erschien vor meinen Augen.

In dessen oberster Leiste standen alle meine Daten:
Name: Lilia - Größe: 1,78 m - Gewicht: 68 kg - aktueller Aufenthaltsbezirk: Rast.

Darunter befand sich meine Lebensleiste. Dank des Erbseneintopfes hatte ich inzwischen fast alle meine 100 Lebenspunkte wieder aufgefüllt; von meinen 210 Tokens, die ich jeden Tag erhielt, waren nun 200 aufgebraucht – 10 Stück sparte ich mir aus einem ganz bestimmten Grund immer bis kurz vor Tagesende auf. In die Suchleiste des Servers tippte ich das Wort *Pizza* ein und...dann begriff ich, wieso mir dieses Gericht nicht bekannt vorgekommen war.

Ich loggte mich aus dem Server aus und der Item-Laden erschien sofort wieder vor meinen Augen.

»Das...«, Siletha hatte gerade ihre spitzen Zähne in ein Stück des runden Teiggerichts gesteckt, »...das ist das leckerste Essen, das ich in meinem ganzen Leben gekostet habe. Ich wünschte, du könntest es auch probieren, Lilia. Dieser Geschmack, wie er sich in meinem Mund vermischt, das ist –«

»SAG MAL, SPINNST DU JETZT TOTAL?«, brüllte ich und warf versehentlich meine Schüssel mit dem Erbseneintopf um. Diese klapperte zu Boden, doch ich ignorierte sie – ich hatte in dem Moment wichtigere Probleme. »DU KAUFST DIR EIN LEVEL 2-GERICHT FÜR 150 TOKENS, DAS DIR NUR 30 BESCHISSENE LEBENSPUNKTE BRINGT?«

»A-aber es schmeckt so viel besser als die ganzen Level 1-Gerichte, da dachte ich, ich könnte doch ausnahmsweise mal ein bisschen –«

»Wie viele Tokens hast du noch übrig, Siletha?«

»Jetzt...keine mehr.« Sie schaute verlegen auf ihren Teller und vermied es, meinen zornigen Blick zu treffen.

»Und wie viele Lebenspunkte hast du?«

»Also, wenn ich die Pizza gegessen habe, bin ich bei 65. Ich brauche aber auch keine 100; schließlich stirbt man erst bei 0!«

»So eine Scheiße!«, hastig wandte ich mich der Frau hinter dem Tresen zu. »Ähm, Nova? Wie du sicher selbst siehst, hat meine kleine Schwester ziemlichen Mist gebaut. Sie ist *offensichtlich* noch nicht in der Lage, vernünftige Entscheidungen zu treffen. Ist es nicht vielleicht möglich, diesePizza gegen ein Level 1-Gericht einzutauschen?«

»Tut mir leid, Lilia, aber wurden die Tokens erst einmal für ein Item transferiert, lässt sich daran nichts mehr rütteln. O...und wie ich sehe, habe ich ohnehin nun Feierabend. Im Namen des Bürgermeisters wünsche ich euch eine angenehme Nacht.«

Von der einen auf die andere Sekunde löste Nova sich in Luft auf und die Lampen innerhalb des Item-Ladens erloschen. Lediglich der Eingangsbereich beleuchtete uns beide noch schwach, denn draußen war die Sonne noch nicht gänzlich untergegangen.

»Siletha...«, begann ich ruhig und kühl, »...ich bin so enttäuscht von dir. Wir hatten uns darauf geeinigt, nichts zu kaufen, was wir uns nicht leisten können. Hast du das etwa vergessen?«

»Aber ich kann es mir doch leisten!«

»Nein, kannst du nicht. Ich habe dir jedes Mal gesagt, du kannst mit deinen Tokens machen, was du willst, solange du deine Lebenspunkte auffüllen kannst, verdammt...aber mal wieder hast du nicht auf mich gehört. Du wirst wegen dieser einen dummen Entscheidung die ganze Nacht Fieberkrämpfe und Schmerzen haben. Bist du jetzt zufrieden?«

»Na und?«, entgegnete Siletha mir trotzig. »Dann geht es mir eben ausnahmsweise mal schlecht, aber wenigstens habe ich etwas Neues kennengelernt: den Geschmack einer Pizza. Dafür ertrage ich die Schmerzen gerne. Ich will nicht immer dasselbe Zeug essen, dieselben Bücher lesen oder dieselben Spiele spielen – es gibt doch noch so viel mehr!«

»Du bist so ekelhaft gierig, weißt du das eigentlich? Wärst du bloß mehr wie Mutter...dann würdest du mir mit deinem Verhalten auch keinen Kummer bereiten.«

Ich wusste bereits in dem Moment, als diese Worte meine Lippen verlassen hatten, dass sie Siletha hart treffen würden – jedoch ließ mich das aufgrund ihres Verhaltens völlig kalt.

»Lilia...«, sagte sie mit enttäuschter Miene, »...ich will doch einfach nur –«

»Hör mir gut zu! Morgen früh wirst du deine fehlenden Lebenspunkte sofort wieder auffüllen und dafür auf sonstige Freizeitaktivitäten verzichten, verstanden?«

»Das kannst du vergessen! Ich kann selbst entscheiden, was ich mit meinen Tokens mache. Das geht dich überhaupt nichts an.«

»DU TUST VERDAMMT NOCHMAL, WAS ICH DIR SAGE!«

»LEUTE!«, ein Mädchen war in den Item-Laden hereingestürmt und Siletha und ich erschreckten uns völlig. Sie trug ein rotes Gewand und anstelle von Haaren schmückten lodernde Flammen ihren Kopf.

»Fire...«, stammelte ich völlig überrascht, »...was ist denn los?«

»LILIA, SILETHA!«, rief eine tiefe Jungenstimme, dessen Besitzer etwas größer war als Fire. Er hatte den Raum nun ebenfalls völlig außer Atem betreten. Sein Name war Hugo und seine gesamte linke Körperhälfte bestand aus Metall, was man nicht nur optisch wahrnahm, sondern auch anhand des lauten Klirrens, das er mit seinen Bewegungen von sich gab. Hinter Hugo trottete eine dritte Person in den Raum. Diese blickte mit ihren leuchtenden gelben Augen ein wenig genervt auf ihre beiden jüngeren Begleiter. Ihre Statur war zwar unserer gleich, jedoch war sie im Gegensatz zu uns anderen mit Fell überzogen und hatte Schnurhaare, spitze Ohren und einen buschigen Schwanz.

»Jetzt schreit hier mal nicht so rum, oder wollt ihr etwa, dass der ganze Bezirk es mitbekommt?«

»Könnt ihr uns jetzt einfach verraten, was hier los ist?«, fragte ich gereizt. Meine Nerven waren in den vergangenen Minuten bereits genug strapaziert worden.

»O Cat, Cat, darf ich es erzählen? Bitte, bitte?«, fragte Fire und hüpfte dabei auf der Stelle, so wie sie es immer tat, wenn sie aufgeregt war.

»Ja, verdammt, nun mach schon, bevor du den ganzen Laden anzündest«, antwortete Cat und rieb sich mit ihrer pelzigen Hand über die Stirn, als wolle sie sich dort einen Verspannungsknoten wegmassieren.

»Juhuu!«, rief Fire enthusiastisch und ging daraufhin einen Schritt in Richtung von Siletha und mir. »Ihr werdet es vielleicht nicht glauben, aber Warleck ist hier! In Rast! Cat hat gesehen, wie er in die Hütte eurer Mutter gegangen ist. Das ist das erste Mal seit der großen Einteilung, dass wir Besuch aus einem anderen Bezirk bekommen! Ist das nicht aufregend?«

»Onkel Warleck ist hier?«, fragte Siletha und ein Grinsen überzog ihr Gesicht.

»Ist...ist er denn wahnsinnig?«, fragte ich entsetzt. »Er verstößt gegen die Bezirksverordnung. Wenn er erwischt wird, sperren sie ihn für mindestens 1000 Tage in den Käfig.«

»Dem ist er sich garantiert bewusst...«, sagte Cat, »...also muss es wohl einen wichtigen Grund geben, wieso er dieses Risiko eingeht.«

»Was könnte das bloß sein?«, fragte Siletha verwundert, und steckte sich daraufhin das letzte Stück ihrer Pizza in den Mund. Ich beäugte sie dabei irritiert, doch als Hugo erneut zu reden begann, richtete ich meine Aufmerksamkeit wieder auf das Gespräch.

»Wir haben keine Ahnung«, sagte er deprimiert. »Dabei würde es uns so sehr interessieren.«

»Wieso finden wir es dann nicht einfach heraus?«, warf Cat in den Raum, wonach das erste Mal ein Lächeln, das fast ein Schmunzeln war, ihr Gesicht zierte. »In der Hütte eurer Mutter gibt es doch eine Dachetage, oder? Wir könn-ten durch das Fenster klettern und den beiden bei ihrem Gespräch ein wenig zuhören. Wenn es wichtig ist, sollten wir es immerhin auch erfahren.«

»O ja, super Idee, Cat!«, rief Fire und klatschte in ihre Hände, was winzige Funken erscheinen ließ.

»Aber...das wird Myrielle überhaupt nicht gefallen, wenn wir sie einfach so in ihrer Hütte belauschen«, sagte Hugo mit besorgter Miene.

»Quatsch, wir dürfen uns einfach nicht erwischen lassen...«, sagte Siletha, »...dann bekommen wir schließlich auch keinen Ärger.«

»Was ist mit dir, Lilia?«, fragte Cat und ich hatte das beklemmende Gefühl, als würden ihren Augen meinen

Körper durchlöchern. »Bist du auch dabei...oder wirst du uns mal wieder bei deiner Mutter verpetzen?«

Ich verdrehte reflexartig die Augen, bevor ich mich davon abhalten konnte. Von allen Einwohnern Equalitys gab es wohl niemanden, der mich täglich so sehr zur Weißglut brachte, wie Cat – mit ihrem ständigen, penetranten Drang, irgendwelche Regeln zu brechen. Normalerweise hätte ich ihr direkt die Stirn geboten und sie freundlich daran erinnert, dass es so etwas wie Privatsphäre gab und man die zu respektieren hatte...doch dieses Mal war es anders. Ich wollte unbedingt wissen, warum Warleck hier war. Schließlich waren wir damals davon ausgegangen, ihn nie wieder sehen zu können...und so gewann in diesem Moment ausnahmsweise die Neugier gegen meine Vernunft.

»Na schön...ich komme mit«, sagte ich leicht widerwillig und verließ schlussendlich gemeinsam mit Fire, Hugo, Cat und Siletha den dunklen Item-Laden.

Draußen angekommen, erblickten wir das schimmernde Rot des Sonnenuntergangs, welches sich harmonisch mit den bunten Farben unserer Heimat mischte. Die meterhohen Pilze, auf welchen wir fünf meistens tagsüber herumsprangen, um uns die Zeit zu vertreiben, leuchteten wie Laternen im goldenen Abendlicht; der Braunton unserer hölzernen Hütten stach hervor wie zu keiner anderen Tageszeit und die letzten Sonnenstrahlen küssten die grüne Wiese mit ihrer restlichen verbliebenen Helligkeit. Rast war zwar mit Abstand der kleinste der sieben Bezirke von Equality, aber zugleich auch der schönste. Das war einer dieser hervorragenden Rast-Abende, den ich am liebsten eingefangen und irgendwo in mir aufbewahrt hätte, wo ich ihn jederzeit abrufen könnte, genauso wie er war: alles friedlich und in warmen Farben geschmückt, geprägt von dem Gefühl, jung und ahnungslos zu sein.

Wir gingen über einen der vielen Steinwege in Richtung der Bezirksgrenze, an welcher unsere Mutter ihre kleine, spärliche Hütte bewohnte. Als wir angekommen waren, kletterten wir einen der benachbarten Bäume hinauf und konnten von diesem aus durch das oberste Fenster steigen. Nachdem wir uns dann alle fünf leise – oder besser gesagt, so leise wie es in Begleitung von Hugo möglich war – auf der oberen Etage platziert hatten, legten wir uns flach auf unsere Bäuche, um ungesehen nach unten in den schmucklosen Innenraum der Hütte blicken zu können. Hugo war damit beschäftigt, so wenig Lärm wie möglich zu machen, Fire und Cat tauschten verschmitzte Blicke aus und Siletha schaute eifrig in Richtung Erdgeschoss, in der Hoffnung, Warleck schnellstmöglich zu erspähen.

Ich folgte ihrem Blick und erkannte an einem hölzernen Tisch unter uns zwei mir vertraute Personen. Eine davon war ein großer, dürrer Mann, dessen dunkles Fell vollkommen in schwarze Lederklamotten gehüllt war und dessen Reißzähne aus seiner langen Schnauze herausschauten. Seine blutroten Augen waren auf eine zierliche, wunderschöne, silberhaarige Frau gerichtet, welche ihm nackt gegenübersaß. Unsere Mutter legte keinen Wert auf Kleidung – anders als wir besaß sie keinerlei Scham. Außerdem war sie in einer weiteren Hinsicht eine Besonderheit in Rast, und vermutlich auch in ganz Equality: Sie gab nie mehr als die 100 Tokens aus, welche sie zum Überleben benötigte. Die restlichen Tokens ließ sie jeden Tag einfach ablaufen, ohne sie zu verwenden. Ich bewunderte sie dafür, wie sie der

Versuchung all der Items widerstehen konnte. An manchen Tagen hatte ich sogar versucht, ihre Lebensweise zu imitieren, doch war es mir nie gelungen. Ich war – wie alle anderen auch – abhängig von den Dingen geworden, die mir Freude bereiteten, und konnte mich von diesen nicht mehr lösen, auch wenn ich gerne stark genug gewesen wäre, dies zu tun. Im Gegensatz zu mir war Mutter einfach perfekt, und das beneidete ich Tag für Tag.

»Ich bedauere dein Leid wirklich zutiefst...«, sprach sie mit ihrer sanften, gleichmäßigen Stimme zu ihrem Gegenüber, »...jedoch kann ich deinem Gesuch auf keinen Fall nachkommen. Ich bitte dich inständig, meine Entscheidung zu respektieren.«

»Du begreifst offenbar nicht, welch einzigartige Gelegenheit sich uns hier bietet«, entgegnete Warleck mit seiner tiefen, rauen Stimme. »Noch nie standen so viele äußere Bezirke geschlossen zusammen wie in diesen Tagen. Neighborhood, Angerion und wir von Dark-Town sind zu allem entschlossen, um dieses Regime zum Einsturz zu bringen. Selbst wenn diese Versager von Parados und Orgia nicht mit uns in den Kampf ziehen wollen, können wir es gemeinsam mit deiner Hilfe schaffen. Doch je länger wir diese Revolutions-Euphorie ausreizen, desto mehr Zweifel werden sich in die Köpfe meiner Verbündeten einnisten. Wir müssen die Gunst der Stunde nutzen, Myrielle. Entweder wir zerstören das Zentrum jetzt oder wir werden auf ewig von ihnen beherrscht werden.«

Stille trat ein. Fire, Hugo, Cat, Siletha und ich tauschten empörte Blicke untereinander aus. Das konnte Onkel Warleck doch nicht ernst meinen. Das, was er da vorhatte, war einfach unmöglich. Ich war auf einmal sehr beunruhigt, aber beim Anblick meiner Mutter, die Warleck so besonnen gegenübersaß, entspannte ich mich wieder ein wenig. Wenn ihm jemand diese wahnsinnige Idee ausreden könnte, dann sie.

Sie setzte ihr übliches Lächeln auf – ein Lächeln, das alle Sorgen verschwinden ließ – und legte ihre kleine Hand auf die mit Krallen bestückte Pranke von Warleck.

»Es ist wunderschön, dich nach all der Zeit wiederzusehen, alter Freund, doch befürchte ich, dass wir uns inzwischen gänzlich missverstehen. Ich habe keinerlei Absicht, das Zentrum zu stürzen. Mir ist dieses autoritäre System durchaus bewusst, jedoch beschützt es auch die schwachen Menschen, die in der alten Welt keinerlei Chance gehabt hätten. Auch wenn es einen hohen Preis kostet, das Zentrum schenkt jedem Bürger Equalitys das Leben...dir, mir und meinen Kindern. Ich spiele nicht mit dem Feuer.«

Warleck kniff seine Augen zusammen, ließ ein leises Knurren ertönen und löste sich von dem Griff meiner Mutter.

»Das nennst du Leben? Wir werden in den äußeren Bezirken gefangen gehalten, als säßen wir im Käfig. Wer seine Liebsten in den anderen Bezirken besuchen will, wird bestraft; wer das System des Zentrums öffentlich infrage stellt, wird bestraft; wer mit anderen einvernehmlich um Tokens kämpfen will, wird bestraft. Jeder Bürger wurde vollständig seiner Freiheit beraubt und du unterstützt dieses Verbrechen allen Ernstes auch noch?«

»Diese Missstände löst man nicht, indem man das System zerstört, sondern man löst sie aus dem Inneren heraus. Sollte dein Wunsch in Erfüllung gehen – sollte es keine

Ordnung geben – dann würden die Schwachen erneut unter den Starken leiden.«

»Das unterliegt allein der Entscheidung der Starken. Wenn sie kämpfen wollen, sollen sie auch kämpfen dürfen; wenn sie Frieden wollen, dann sollen sie den Frieden bekommen; wenn sie lieber in Parados anstatt in Dark-Town wohnen wollen, dann sollen sie das auch tun können. Zudem gibt es in dieser Welt noch so viele Geheimnisse, welche die Menschheit bisher nicht lüften konnte. Sollen wir also wirklich im Unwissenden bleiben, nur damit die Schwachen sich bis in alle Ewigkeit dumm und dämlich langweilen können? Das hat der Bürgermeister sich gewiss nicht unter Freiheit vorgestellt.«

Meine Mutter ließ den Kopf sinken und rieb sich einmal über ihr Gesicht. Ihr Blick wanderte kurz zur oberen Etage, wonach wir sofort ein Stück zurückrutschten. Mein Herzschlag pochte; hoffentlich hatte sie uns nicht gesehen. Ich wollte nicht, dass meine Mutter von mir enttäuscht war. Es gab für mich kein schlimmeres Gefühl. Doch zu meinem Glück löste sich diese Sorge, als sie erneut ihre ruhige Stimme erhob:

»Um Freiheit geht es dir also...es ist zwar bereits fast 3000 Tage her und die Stadt hat sich von diesen Wunden erholt, jedoch kannst du dich sicher genau wie ich an jene Zeit erinnern, als wir das letzte Mal unsere volle Freiheit ausschöpfen konnten. Was ist mit ihnen, Warleck? Was ist mit der Freiheit der tausenden von armen Menschen, die aus diesem Grund heute nicht mehr unter uns weilen?«

»Ich bedauere jeden einzelnen Toten, den unsere Stadt zu verzeichnen hat; doch lässt es sich nicht vermeiden, dass einige Menschen den Heldentod sterben müssen. Bedenke doch, wo wir wären, wenn alle 100.000 noch leben würden. Wir wüssten nichts über unsere Körper; über die Phsyik oder über die Natur. Keiner würde die Klänge der Musik kennen, sich individuell bekleiden oder sich mit Spielen die Zeit vertreiben können. Es wird immer gerne darüber geredet, wie schlimm das Töten doch sei, aber dass das Wissen und der Wohlstand von heute aus Gewalt resultiert, wird totgeschwiegen. Aber wem erzähl ich das alles eigentlich?«

Für einige Sekunden herrschte Stille. Die beiden blickten sich einen unnatürlich langen Moment in die Augen, bis die Lippen meiner Mutter sich wieder zu einem schwachen Lächeln formten. Ihr besänftigendes Gemüt schien ein wenig zu wackeln.

»Ich möchte dir eine Frage stellen, Warleck, und vielleicht wirst du mich dann endlich verstehen. Würdest du auch *mich* für dieses Wissen opfern? Würdest du die Kinder für dieses Wissen opfern?«

»Myrielle...natürlich nicht. Schließlich...ich meine...du weißt, dass ihr die Einzigen seid, die mir etwas bedeuten.«

»Wie kannst du es dann mit deinem Gewissen vereinbaren, des anderen Liebsten in Gefahr zu bringen, wo du doch selbst genau weißt, wie es sich anfühlt, Menschen zu haben, die einem wichtig sind?«

»Ganz einfach. Weil es nicht –«

»AUTSCH!«, schrie Siletha plötzlich.

Fire war schon die ganze Zeit hibbelig hin und her gerutscht und hatte meine Schwester schließlich mit ihren feurigen Haaren an der Wange verbrannt. Siletha war aufgesprungen und auf der Kante der oberen Etage ausgerutscht. Da es in der Hütte kein Geländer gab, stürzte sie hinab, stieß dabei noch einen kleinen Schrei aus und landete mitten auf dem hölzernen Tisch, der umgehend in dutzende Teile zerbrach. Warleck sprang erschrocken auf und stieß ein kleines Fauchen hervor, doch unsere Mutter blieb reglos auf ihrem Stuhl sitzen. Sie blinzelte nicht einmal.

»Hallo, Onkel Warleck«, murmelte Siletha peinlich berührt. »Hallo...Mutter.«

»Saubere Landung, Siletha«, sagte Warleck, der sich nun wieder eingekriegt hatte, und sein Blick wanderte hinauf zu Hugo, Cat, Fire und mir. »Scheint, als hättest du ungebetenen Besuch, Myrielle.«

»Ich weiß. Na los, kommt schon runter, Kinder!«, rief unsere Mutter nach oben – verärgert klang sie jedoch nicht. Daraufhin kletterten wir restlichen vier etwas verlegen die hölzerne Leiter nach unten. Ich reichte Siletha meine rechte Hand und zog sie wieder auf ihre dünnen Beine.

»Ihr seid ganz schön groß geworden«, sagte Warleck und musterte uns mit seinen roten Augen. »Macht euch keine Sorgen, wir waren ohnehin gerade fertig mit unserem Gespräch, nicht wahr, Myrielle?«

»In der Tat«, sagte unsere Mutter. »Richte den Bewohnern Dark-Towns einen freundlichen Gruß von mir aus.«

»O nein, ich gedenke noch nicht, aufzubrechen. In drei Tagen steht das Fest des Friedens an, und es würde mir sehr viel bedeuten, wenn ich dieses zum ersten Mal mit meiner Familie verbringen könnte. Natürlich bloß, wenn ich noch weiterhin erwünscht bin.«

»Na klar bist du das!«, rief Siletha mit strahlenden Augen. Unsere Mutter schaute für einen kurzen Moment zu mir und dann sofort wieder zu Onkel Warleck.

»Es ist zwar sehr riskant für dich, hierzubleiben...«, sagte sie ruhig, »...aber wenn du dieses Risiko auf dich nehmen willst, werde ich dich nicht daran hindern. Du darfst dich gerne in einer der freien Hütten einquartieren.«

»Mach dir keine Gedanken um mich. Ich kann gut auf mich Acht geben«, sagte Warleck, woraufhin er Siletha und mich freundlich angrinste und die Hütte verließ.

»Myrielle?«, Fire war mit gesenktem Kopf auf unsere Mutter zugegangen. »Es tut uns sehr leid, dass wir dich belauscht und auch noch deinen Tisch zerstört haben.«

»Es ist meine Schuld!«, warf Cat von der Seite ein. »Ich habe die anderen dazu angestachelt. Es war meine Idee, uns hier reinzuschleichen.«

»Das stimmt nicht!«, Hugo schaltete sich ebenfalls ein. »Ich wollte –«

»Kinder...«, unterbrach unsere Mutter sie gleichmütig und erhob ihre Hand, »...es ist alles gut, ihr braucht euch nicht zu entschuldigen. Sicher habt ihr euch bloß Sorgen gemacht...und den ollen Tisch da, den habe ich sowieso nie benutzt. Na los, geht in eure Hütten. Es ist schon spät.«

Fire, Hugo, Cat, Siletha und ich setzten uns in Bewegung, wonach meine Mutter jedoch erneut das Wort ergriff.

»Lilia? Bleibst du bitte noch kurz hier bei mir?«

Wie angewurzelt blieb ich stehen. Ich hatte mir schon gedacht, dass ausgerechnet ich nicht ungeschoren davonkommen würde. Siletha warf mir noch einen letzten entschuldigenden Blick zu, bevor schlussendlich niemand mehr in der Hütte war außer mir und meiner Mutter. Ich stellte mich darauf ein, belehrende Worte entgegengeworfen zu bekommen – dass ich nicht verantwortungsbewusst und ein schlechtes Vorbild für die anderen wäre – doch gegen meine Erwartungen fasste mir meine Mutter an die Wange und strich sanft über sie herüber.

»Mein Schatz, ich bitte dich, ab morgen wieder mit dem Training zu beginnen.« Für einige Sekunden war ich fest davon überzeugt, mich verhört zu haben. Waren diese Worte etwa wirklich aus ihrem Mund gekommen?

»A-aber du hast doch gesagt, ich soll nicht mehr weitermachen. Das Training an der Waffe würde mich nur dazu ermutigen, anderen wehzutun.«

»Ich weiß, was ich gesagt habe, und es war falsch und egoistisch von mir. Du hast Talent, Lilia – Talent in etwas, was ich aus meinem Leben verbannen wollte. Allerdings muss ich mir nun endlich eingestehen, dass Gefahren sich in dieser Welt niemals verbannen lassen. Wir wissen nicht, was in Zukunft passiert. Vielleicht bleibt es auch noch die nächsten 3000 Tage friedlich – vielleicht auch die nächsten 300.000 – aber früher oder später wird wohl der Zeitpunkt kommen, an dem du jene beschützen musst, die dir am wichtigsten sind. Ich habe Vertrauen in dich. Ich weiß, du wirst deine Schwester beschützen können, wenn es so weit ist.«

»Mutter?«, fragte ich und nahm ihr Handgelenk. »Wird Onkel Warleck wirklich einen Krieg mit dem Zentrum beginnen?«

Sie atmete tief durch und griff meine beiden Hände.

»Dein Onkel musste in der Vergangenheit viele Ungerechtigkeiten ertragen, die sein Verständnis von Richtig und Falsch ein wenig trüben. Doch glaube ich fest an seine Loyalität zu uns drei. Also mach dir keine Sorgen, mein Schatz...aber sei dennoch wachsam und nicht so leichtsinnig, wie ich es all die Zeit lang war.«

»Ich habe dich lieb«, sagte ich mit tränenden Augen und umarmte sie.

»Du und deine Schwester, ihr bedeutet alles für mich...«, flüsterte sie und erwiderte meine Umarmung zärtlich, »...und dieses Gefühl wird uns niemals jemand nehmen können.«

Nachdem ich die Hütte meiner Mutter kurz darauf verlassen hatte, stellte ich fest, dass die Sonne bereits untergegangen war – allein das Leuchten des Mondes spendete unserem kleinen Bezirk noch ein blasses Licht und ließ die Atmosphäre ganz anders erscheinen als tagsüber; ein wenig unheimlich und gleichzeitig auf schöne Weise traumähnlich. Ich schlenderte gedankenverloren über den Steinweg neben der Wiese entlang, bis ich schließlich die Hütte erreichte, in welcher ich gemeinsam mit Siletha wohnte. Nicht einmal einen Fuß hatte ich auf den hölzernen Fußboden gesetzt, als meine Schwester bereits hastig auf mich zugestürmt kam.

»Lilia!«, rief sie außer Atem. »Es...es tut mir so leid. Ich habe mich heute furchtbar verhalten. Ich wollte einfach nur sagen –«

Bevor sie jedoch auch nur ein einziges weiteres Wort ertönen lassen konnte, hatte ich sie bereits fest in meine Arme geschlossen.

»Sei schon ruhig, kleiner Stern. Ich verhalte mich immer wie eine absolute Oberzicke, wenn ich mir Sorgen mache. Dabei weiß ich doch ganz genau, wie du dich fühlst. Immerhin bin ich selbst schon mal ohne die vollen Lebenspunkte zu Bett gegangen.«

»WAS, ECHT? DU?«, Siletha löste sich aus meiner Umarmung und starrte mich ungläubig mit ihren großen, grünen Augen an. »Daran kann ich mich gar nicht erinnern!«

»Ja, echt...«, antwortete ich mit bedauerlicher Miene, »...und aus diesem Grund weiß ich auch, wie schlimm eine solche Nacht werden kann. Ich wollte dich diese Phase überspringen lassen, in der du aus deinen Fehlern lernst, aber so läuft es einfach nicht. Jeder muss seine eigenen Entscheidungen treffen und seine eigenen Fehler machen. Es ist falsch, dich zu bevormunden. Das Einzige, was ich tun kann, ist dir meine Hilfe anzubieten.«

»Also darf ich von nun an machen, was ich will?«

»Du darfst machen, was du willst – solange du vorher mit mir darüber sprichst. Sag mal, Siletha, kannst du dich eigentlich noch an Drobus erinnern?«

»Drobus...«, nachdenklich kratzte sie sich an einem ihrer spitzen Ohren, »...er ist gestorben, oder? Ich kann mich bloß nicht mehr daran erinnern, wie...es ist schon so lange her.«

»Es war kurz nachdem das Zentrum die Kontrolle übernommen hatte und wir hier nach Rast eingeteilt worden waren. Eines Tages füllte Drobus seine Lebenspunkte ebenfalls nicht vollständig auf, um sich stattdessen etwas Teureres zu kaufen, und konnte danach...nun ja...nicht mehr damit aufhören. Er beschloss, künftig nur noch mit 90 Lebenspunkten zu leben – irgendwann reichten ihm 70, dann 50 und eines Tages bloß noch 10 Stück. Er hatte schreckliche Schmerzen – konnte kaum noch richtig atmen und laufen, bis er schließlich sein eigenes Leben aufgab, um ein Item für seine gesamten 210 Tokens kaufen zu können. Als der Tag und seine Lebenspunkte sich dann jedoch dem Ende neigten und er nichts mehr hatte, um sich Nahrung kaufen zu können, bereute Drobus seine Entscheidung. Letztendlich hatte auch dieses Item ihn nicht glücklich gemacht. Gier wird dich nie glücklich machen, Siletha. Sie nistet sich in dir ein, verbreitet sich in deinem Körper und lässt dich schlussendlich zugrunde gehen. Die Gier ist die größte Mörderin unserer Stadt; nur wegen ihr ist die Hälfte unserer Bevölkerung tot. Ich habe Angst, dass sie mir dich ebenfalls eines Tages raubt...du bist mein Ein und Alles, kleiner Stern. Ich kann dich nicht verlieren.«

»Lilia...«, flüsterte Siletha in mein Ohr, »...ich werde meine Lebenspunkte morgen wieder auffüllen und sie nie wieder unter 100 fallen lassen, versprochen.«

Ich blickte in ihre grünen Augen und grinste sie voller Herzenswärme an. In diesem Moment verstand ich, wieso meine Mutter stets ruhig und liebevoll mit uns umgegangen war, egal wie wir uns verhalten hatten – sanfte Worte können einen so viel besser von etwas überzeugen als unsinniges Gebrüll. Ich gab Siletha einen sanften Kuss auf die Stirn und strich ihr zart über die Wange.

»Leg dich ins Bett, es ist schon spät. Und falls die Schmerzen dich nicht schlafen lassen, kannst du mich jederzeit wecken. Du musst bloß bis zur sechsten Stunde am Morgen durchhalten, bis die nächsten Tokens kommen. Schlaf gut, kleiner Stern.«

»Du auch, Lilia«, sagte Siletha, wonach sie mich noch einmal fest drückte und dann zu ihrem hölzernen Bett huschte.

Ich hingegen ging zum anderen Ende der Hütte, an welchem mein eigenes Bett stand. Mein Oberteil aus braunen Blättern und meine Hose aus Baumwolle zog ich aus und schmiss sie auf den Boden; sie würden sich ohnehin in Luft auflösen, während ich schlief. Ich kuschelte mich unter die warme Bettdecke und ließ meinen Kopf auf dem weichen Kissen nieder.

Mit meiner rechten Hand griff ich an meinen linken Arm und öffnete den Katalog; 10 Tokens hatte ich noch übrig. Es gab eine Sache, die mir besonders wichtig war – ein Luxus, den ich mir immer kurz vor dem Schlafengehen genehmigte: Musik. Allein aus diesem Grund hätte ich garantiert niemals so leben können wie meine Mutter; auf Musik verzichten, das ging einfach nicht. Ich wählte im Katalog die Kategorie *Unterhaltung* aus, kaufte mir eine Musikbox und fügte bei der Song-Anzahl die Zahl 3 ein. Kurz daraufspürte ich das übliche Brennen an meinem Arm und ein kleiner, eckiger Kasten mit einem Bildschirm erschien in meiner linken Hand.

Über einem Bild von einer jungen Frau mit roten Haaren erschien der Songtitel *Who We Are*, darunter der Name der Sängerin des Liedes, eine gewisse *Anna Helen*. Ich drückte auf den Play-Button und die Musik ertönte.

Während die schönen Klänge ein angenehmes, friedliches Gefühl in mir auslösten, blickte ich hinüber zu Siletha – sie schien eingeschlafen zu sein. Vielleicht würde sie die Schmerzen besser wegstecken als ich seinerzeit. Von der Musik konnte sie jedenfalls nicht geweckt werden, schließlich war sie nur von demjenigen zu vernehmen, der auch für sie bezahlt hatte. Erneut schaute ich auf den Bildschirm. Anna Helen – wer das bloß war? Gab es abgesehen von uns noch weitere Menschen, die Musik und andere Items für den Bürgermeister herstellten? Und wenn ja, wo lebten sie? Etwa außerhalb der hohen Stadtmauern? Gab es noch weitere Städte, weitere Bürgermeister oder vielleicht ganz andere Welten?

Als ich merkte, was ich da gerade tat, schüttelte ich mit meinem Kopf und ermahnte mich selbst. Des Öfteren ertappte ich mich dabei, wie ich mir über solche Themen den Kopf zerbrach. Dabei wusste ich ganz genau, dass ich bloß ein weiteres Mal an die Grenze meiner Vorstellungskraft geraten würde. Es gibt nun einmal Fragen, die sich nicht beantworten lassen und wenn man es versucht, ist es wie, als würde man versuchen, sich eine neue Farbe auszudenken. Trotzdem war es manchmal sehr schwer, mich davon abzuhalten. Es gab einen Drang tief in mir, zu verstehen, was für einen Sinn das alles hier hatte; ich schaffte es nicht immer, ihn zu unterdrücken, auch wenn ich wusste, dass ich mich damit nur frustrieren würde.

Aber dieses Mal gelang es mir, die Gedankenspirale aufzuhalten: Ich fokussierte mich wieder auf die Musik, denn wenn ich mich mit ihr umgab, konnte ich abschalten...mich einfach fallen lassen...einfach existieren, ohne denken zu müssen.

Aus dem Nichts ertönten laute Sirenen.

Siletha und ich sprangen erschrocken aus unseren Betten auf – völlig verängstigt sahen wir uns an. Ich verstand zunächst nicht, was vor sich ging, denn es war bereits so lange Zeit vergangen, seit wir dieses Geräusch das letzte Mal gehört hatten...doch gab es keinen Zweifel...es waren jene Sirenen...jene Sirenen von jenem Tag. *Er* war zurück.

»Bürger Equalitys...mehr als 3000 Tage sind vergangen, seit ich mich das letzte Mal an euch gerichtet habe...und ich muss sagen, ich bin ausgesprochen stolz auf euch. Ich habe euch die Freiheit geschenkt, ihr habt sie genutzt – sowohl den Krieg als auch den Frieden für euch entdeckt. Jedoch ist auch mir der Stillstand nicht entgangen, der in meine Stadt eingekehrt ist...was ich euch natürlich nicht vorwerfe, denn jede eurer Entscheidungen stand euch seit eurer Geburt völlig frei. Ich habe beschlossen, eine kleine Regeländerung vorzunehmen, die euch ein paar mehr Optionen zur Verfügung stellt. Einem von euch werde ich nun die Fähigkeit des *Sammlers* verleihen, mit welcher es möglich ist, Tokens von anderen Einwohnern zu erhalten. Der Sammler wird von mir persönlich bestimmt und es wird ein Mensch sein, von welchem ich sehr begeistert bin – ein Mensch, der sowohl Ehrgeiz, Loyalität als auch Besonnenheit in seinem Herzen trägt.«

»Ein Mensch, der Tokens von anderen Menschen erhalten kann?«, wiederholte ich in meinen Gedanken. »Ehrgeiz...Loyalität...Besonnenheit?« Das passte perfekt zu...nein, er sprach doch nicht etwa von...Warleck?

»Der Sammler kann selbst darüber entscheiden, ob er oder sie seine Identität offenbart; die restlichen Menschen können ebenso entscheiden, ob sie dem Sammler Tokens schenken, ihm diese verweigern oder ihn einfach töten, damit diese Regeländerung wieder zunichtegemacht wird. Wie ihr seht, die Grundsäulen meiner Stadt werden sich nicht verändern; ihr besitzt alle weiterhin die volle Freiheit über eure Entscheidungen und die Ungleichheit des Sammlers kann nur dann entstehen, wenn andere sich *freiwillig* benachteiligen wollen. Dieser Faktor ist entscheidend dafür, um die Gerechtigkeit zu bewahren. Der Sammler wird nun ein starkes Brennen in seinem linken Arm spüren, damit er weiß, dass ich ihn auserkoren habe. Frieden oder Freiheit, ihr habt die Wahl.«

Die Stimme des Bürgermeisters verschwand, doch sie schien für ein paar Sekunden noch in meinen Gedanken nachzuhallen. Ich starrte noch immer völlig entsetzt auf den Boden und versuchte zu verarbeiten, was ich gerade gehört hatte. Wenn dieser Sammler wirklich Warleck sein sollte, hätte er gewiss die Macht, das Zentrum anzugreifen. Wieso würde der Bürgermeister so etwas tun? Wollte er etwa keinen Frieden? Wollte er, dass Menschen starben?

»AAAAAUAA...LILIAA...MEIN ARM...ES...ES TUT SO WEH!«

Ein Gefühl des Schwindels trat augenblicklich in meinem Körper auf und ich verkrampfte. Das war doch nicht...ich konnte es nicht glauben...das durfte doch nicht sein! Ich suchte in meinen Gedanken nach einer Erklärung, nach einem sinnvollen Grund, wieso das hier nicht möglich sein konnte, aber ich fand keinen. Nichts und niemand konnte mir erklären, warum Siletha in diesem Moment auf dem Boden kniete und sich mit schmerzverzerrtem Gesichtsausdruck ihren linken Arm festhielt – nichts und niemand außer der Tatsache, dass ausgerechnet meine kleine Schwester vom Bürgermeister zur Sammlerin auserwählt worden war.

-Das Fest des Friedens-

Sag mir, fürchtest du den Tod? Entschuldige bitte diese persönliche Frage; es ist nur so, dass mir der unvorstellbare Gedanke daran, eines schönen Tages nicht mehr zu existieren, immer eine ungemeine Angst bereitet hat. Auch wenn Bürger Equalitys nicht zwangsläufig sterben mussten, der Tod war in unserer Stadt dennoch schon immer allgegenwärtig gewesen. Cat sagte immer, die Menschen hätten in der Vergangenheit bereits so oft bewiesen, wie dumm und unvernünftig sie wären, dass sie sich früher oder später ohnehin gegenseitig umbringen würden. Meine Mutter drückte sich zwar nie ganz so drastisch aus, aber immer, wenn ich sie auf meine Todesangst ansprach, legte sie mir ans Herz, mir meiner kostbaren Zeit bewusst zu sein und jeden Tag zu genießen, als wäre es mein letzter.

Nur die wenigsten Menschen waren wirklich dem Glauben verfallen, ewig in dieser Stadt leben zu können...und zu diesen Naivlingen gehörte ich sicher nicht. Also blieb mir überhaupt nichts anderes übrig, als mich mit dem Gedanken auseinanderzusetzen, irgendwann sterben zu müssen – meine Familie und Freunde nie wieder zu sehen; meine blühende Heimat nie wieder betreten zu können; nie wieder die köstliche Würzung meines geliebten Erbseneintopfes zu schmecken; nie wieder das weiche, kitzlige Gras an meinen Fingerspitzen zu spüren; nie wieder diese einzigartige Unbeschwertheit zu empfinden, wenn ich auf einem Pilz herumsprang, und nie wieder den sanften, lieblichen Klängen der Musik lauschen zu können. Doch mit dieser Tatsache wollte ich mich einfach nicht abfinden; das konnte schließlich nicht alles sein. Es konnte doch nicht sein, dass von der einen auf die andere Sekunde einfach alles verschwand und es so wäre, als hätte die Welt nie existiert. Es musste noch etwas nach diesem Leben in dieser Stadt geben. Alles andere war schließlich völlig sinnfrei. Wenn wir so oder so eines Tages verschwinden würden, wieso waren wir dann überhaupt geboren worden? Manchmal, wenn mich diese Gedanken, Spekulationen und auch unbeschreiblichen Ängste überkamen und ich es nicht schaffte, sie auszublenden, suchte ich in meiner Verzweiflung vergeblich nach Antworten – und es war ausgerechnet einen Tag bevor das freudige Fest des Friedens gefeiert werden sollte, als meine Ängste aus irgendeinem Grund erneut die Kontrolle über meinen Geist gewannen.

»*Sobald ein Mensch aufgrund von Verletzungen oder eines Nahrungsmangels seinen letzten Lebenspunkt verloren hat, verliert er sein Bewusstsein und stirbt. Der Körper verfällt daraufhin innerhalb eines Tages zu winzigen hellblauen Lichtstrahlen.*«

»Ja, verdammte Scheiße, aber was passiert mit unserem Bewusstsein, nachdem wir gestorben sind, du beschissenes, nichtssagendes Buch?« Meine Hände waren zittrig, der

Schweiß tropfte mir von der Stirn und ein Engegefühl in der Brust hemmte meine Atmung. Es war schon einige Zeit vergangen, seit ich das letzte Mal Teile meiner kostbaren Tokens dafür geopfert hatte, das *Gesetzbuch von Equality* zu kaufen, aber vielleicht würde ich ja dieses Mal mit frischen Augen eine neue Erkenntnis erlangen – etwas verstehen, was andere noch nicht verstanden hatten. Ich blätterte und las…blättere und las…Stunde um Stunde. Ab und zu musste ich Abschnitte mehrmals lesen, auch wenn ich sie schon kannte, weil meine Aufmerksamkeit ein wenig nachließ – aber ich wollte jedes Wort aufnehmen und verinnerlichen, in der vergeblichen Hoffnung, irgendwie etwas darin zu finden, was mir bei den vorherigen Lesedurchgängen nicht aufgefallen war.

»*Alle Items sind jederzeit über den Server abrufbar und können gegen den jeweiligen Preis erworben werden. Eine Ausnahme bilden hierbei Nahrungs- sowie Heilungsitems, welche nur zwischen 6 und 20 Uhr ausschließlich in den Item-Läden erworben und auch nur in diesem Zeitraum konsumiert werden können. Je teurer die Items, desto höher ist ihr Level. Bürger können zwar die Items des nächsthöheren Levels einsehen, die sie sich zum aktuellen Zeitpunkt nicht leisten können; alle Level darüber bleiben bis zum Levelaufstieg jedoch verborgen. Insgesamt gibt es 10 Level.*«

Diese Stellen kannte ich inzwischen fast auswendig, und ich erwartete in den Gesetzen, die die Items betrafen, auch eigentlich keine Informationen zwischen den Zeilen mehr, die mir etwas über den Tod sagen würden. Die Ungeduld gewann also und ich blätterte einige Seiten nach vorne; immer mal wieder stoppte ich trotzdem und las einzelne

Abschnitte ganz. Mein Mund formte die Wörter mit, die ich schon so oft gelesen hatte.

»Erworbene Items sind allein für den Käufer verwendbar. Je nach Verwendungszweck des Items ist es also nicht möglich, Items anderer Bürger zu berühren, zu sehen, zu schmecken, zu riechen oder zu hören. Ausnahmen bilden kollektive Items, welche man gemeinsam kaufen kann. Beispiele hierfür sind Musikanlagen, Gesellschaftsspiele und Fahrzeuge. Freie Items wie Häuser, Betten und Straßen stehen jedem Bürger ohne Bezahlung zur Verfügung.«

Je weiter ich las, ohne das zu finden, was ich suchte – auch wenn ich selbst nicht genau wusste, was das war – desto frustrierter wurde ich. Ich blättere, blätterte und blättere, überflog die Seiten, bis ich schließlich wieder bei dem letzten der 1000 Gesetze angekommen war:

»Die Bevölkerungszahl kann zwar jederzeit gesenkt werden, sie zu erhöhen ist jedoch unmöglich. Die 100.000 Menschen, welche vom Bürgermeister willkommen geheißen wurden, sind auch die einzigen Bürger, welche jemals den erstmaligen Genuss unserer Stadt spüren durften.«

»Das bringt doch alles nichts«, flüsterte ich vor mich hin und klappte das dicke Buch zu. Ich legte es auf meiner Brust ab und das Gewicht half mir sogar ein wenig, mich zu beruhigen. Es war wie ein Anker, der mich davon abhielt, völlig aus der Haut zu fahren. Mein Atem verlangsamte sich und die Frustration verblasste nach und nach, doch ein Gefühl der Enttäuschung nahm ihren Platz ein. Ich wusste zwar selbst, dass ich in diesem ollen Schinken niemals die Antworten finden würde, die ich suchte, aber immer, wenn ich die unzähligen Seiten durchforstete, spürte ich wenigstens einen winzig kleinen Funken irrationale Hoffnung – Hoffnung, die mir Kraft spendete, in Phasen, in welchen mich die Hoffnungslosigkeit zu verschlingen drohte. Dann konnte ich mir wenigstens einreden, ich tat etwas, um weiterzukommen, anstatt nur herumzusitzen und auf einen ungewissen Tod zu warten – aber wenn ich am Ende dieser Lese-Sessions dann trotzdem nie etwas Neues über das Leben und diese Welt gelernt hatte, machte es mich doch ein wenig traurig.

»Schaut mal, Leute!«, ertönte plötzlich die Stimme von Cat in meinem Ohr. Ihr ekelhafter, arroganter Unterton befreite mich schlagartig aus meinen Gedanken. Sie, Siletha, Hugo und Fire waren auf den Pilz geklettert, der neben dem stand, auf welchem ich eigentlich meine Ruhe gesucht hatte. »Lilia liest sich mal wieder das Gesetzbuch durch, um uns unter die Nase zu reiben, wie ach so vernünftiger und reifer sie ist als wir.«

»Halt die Schnauze, Cat!«, fauchte ich zu ihr herüber, doch begann sie daraufhin bloß, gehässig zu grinsen. Ich hatte mir schon lange vorgenommen, mich nicht mehr über Cats permanente Sticheleien aufzuregen, aber wenn sie mir in einem meiner verletzlichsten Momente etwas unterstellte, was einfach nicht der Wahrheit entsprach, wurde ich unwillkürlich wütend.

»Seid bitte nicht gemein zueinander«, sagte Hugo traurig und senkte seinen metallenen Kopf.

»Hugo hat Recht«, sagte Fire und begann auf dem Pilz auf- und abzuspringen, was sie immer weiter in die Lüfte steigen ließ. Ihre Flammenhaare wehten dabei auf hypnotisierende Art und Weise im Wind hin und her.

»Lasst uns...einfach...ein bisschen...Spaß haben!«

»Keine Lust...«, sagte ich und klappte mein Buch wieder auf. Allerdings las ich mir die Gesetze kein zweites Mal durch – dafür hatte ich keine Nerven – sondern lauschte bloß verträumt den Worten und dem freudigen Gelächter der anderen. Eigentlich wollte ich gerade auch nichts anderes tun, als mit ihnen von Pilz zu Pilz zu springen und nicht mehr in meinen Gedanken zu verweilen, die sich sowieso nur wiederholten – aber in diesem Augenblick war es mir lieber, in purer Langeweile zu versinken als einen weiteren Spruch von Cat abzubekommen.

»Hey, Lilia!«, rief Siletha plötzlich zu mir herüber und deutete mit ihrem Zeigefinger zum Tor, welches zur Brücke zwischen Rast und dem Zentrum führte. »Ist das da hinten nicht Limus?«

Mein Blick fiel auf eine schwarzgekleidete Gestalt mit dunklen Haaren – sein Äußeres stach innerhalb unserer grünen Heimat deutlich heraus. Hastig blickte ich mich um. Dank des hohen Pilzes, auf dem ich nun stand, konnte ich schnell das ganze Dorf nach einer bestimmten anderen Person absuchen, die mir aufgrund ihres ähnlichen dunklen Erscheinungsbildes schnell ins Auge fiel.

»Siletha!«, rief ich hektisch meiner kleinen Schwester zu. »Schau, dort drüben. Warleck ist vor Mutters Haus. Renn zu ihm und versteck ihn in einer Hütte. Ich werde in der Zwischenzeit versuchen, Limus irgendwie abzulenken. Wenn er Warleck außerhalb seines Bezirks sieht, dann bekommt nicht nur er, sondern vielleicht auch Mutter riesige Probleme.«

»Wird gemacht«, antwortete Siletha, wonach unsere Freunde uns hinterherschauten, wie wir von Pilz zu Pilz sprangen und innerhalb von Sekunden den weichen Boden erreichten. Mein Buch hatte ich auf dem Pilz hinterlassen – entweder ich würde es nachher noch abholen oder es würde spätestens morgen früh sowieso von allein wieder verschwinden. Im Moment gab es Wichtigeres, welches meine Aufmerksamkeit verlangte. Siletha sprintete hastig den kleinen Weg hinauf, der zur Hütte unserer Mutter führte, während ich mich geschwind in Richtung der großen, dünnen Gestalt aufmachte, welche sich mit langsamen Schritten durch unser Dorf bewegte. Kurz bevor ich angekommen war, bremste ich abrupt ab, um möglichst unauffällig zu wirken.

»Grüß dich, Lilia«, sagte Limus freundlich, als er mich aus einigen Metern Entfernung erkannte.

»Heeeeeeey«, entgegnete ich auf eine ziemlich...peinliche Art. Limus blieb daraufhin stehen und ich stellte mich ihm so gegenüber, dass sein Blick nicht Siletha und Warleck finden konnte.

»Es ist schön, mal wieder hier zu sein«, sagte er freudig und seine violetten Augen funkelten mich an – mein seltsames Verhalten schien ihn nicht zu stören. Plötzlich durchzog mich neben der leichten Panik, da ich ihn ablenken sollte, noch ein zweites, gegensätzliches Gefühl – dieses sonderbare Kribbeln, das immer dann in mir auftauchte, wenn sich der mit einem weißen Hemd, einer schwarzer Anzugweste und violetten Diamant-Ohrringen geschmückte schmallippige, große junge Mann mit den verwuschelten schwarzen Haaren in meiner Nähe befand. Mein Herz raste und es war nicht mehr nur der Aufregung und des körperlichen Aufwands bedingt.

»Ja, es ist auch schön, dich wiederzuseh-...ich meine, dass du kommst, um uns wiederzusehen...also unser Dorf...weil es ja dein Job ist, dich um uns zu kümmern, ich meine...«, in dem Moment wäre ich am liebsten im Erdbo- den versunken. Ich spielte wie ein Kleinkind an meinen hellblauen Haaren herum und hoffte dabei, dass die Hitze in meinen Backen sie nicht so auffällig rot färbte, wie es sich anfühlte. Gleichzeitig hatte mein Kopf offensichtlich die Kontrolle darüber verloren, welche Worte aus meinem Mund entwichen – ich versuchte, sie zurückzugewinnen. »Hat es einen besonderen Grund, warum du hier bist?«

»Nun ja, es hat mehrere Gründe«, begann Limus, der trotz meines peinlichen Verhaltens noch immer genauso freundlich lächelte wie zuvor. Entweder blamierte ich mich nicht so sehr, wie ich dachte, oder es war ihm egal – so oder so war ich erleichtert. »Offiziell wurde ich hergesandt, um mich nach dem Sammler-Vorfall zu erkundigen. Nachdem sich bei uns im Zentrum kein Bürger als dieser zu erkennen gegeben hat, haben wir als Vertreter der äußeren Bezirke die Aufgabe erhalten, in unseren Bezirken nach potenziellen Hinweisen auf dessen Identität zu suchen. Ich bin zwar davon überzeugt, dass sich dieser Sammler – wenn er nur ein wenig an seinem Leben hängt und clever ist – niemals von selbst zu erkennen geben würde, aber ich komme meiner Pflicht als Vertreter von Rast natürlich nach. Hat sich denn einer von euch in jener Nacht als Sammler offenbart oder ist dir etwas aufgefallen, Lilia?« In dem Moment kehrten schlagartig die Erinnerungen an diese grausame Nacht zurück in mein Gedächtnis – Erinnerungen, die ich am liebsten vergessen hätte. Dieser schreckliche Anblick, wie sich meine kleine, unschuldige, zierliche Schwester vor Schmerzen auf dem Boden wälzte, würde aber wohl niemals mehr in meinem Leben aus meinen Gedanken verschwinden können.

»AAAAAUAA...LILIAA...MEIN ARM...ES...ES TUT SO WEH!«, schrie Siletha panisch, während ihr Tränen in unzähligen Mengen aus den Augen fluteten. Nach dem anfänglichen Schockzustand, in welchem mir klar wurde, was ihre Schmerzen zu bedeuten hatten, hastete ich zur anderen Seite unseres Zimmers hinüber und umklammerte ihren zitternden Körper. Ich glaube, ich brauchte diese Umarmung genauso sehr wie sie. Mein Körper fühlte sich so an, als wäre alle Kraft auf einen Schlag aus ihm gegangen – aber das sollte sie nicht erfahren.

»A-alles wird gut, kleiner Stern, beruhig dich. Es wird sicher gleich wieder aufhören.« Ich legte meine Hand auf ihren schmerzenden Arm, in welchem ihr sonst in grüner Schrift eingravierter Name nun rot leuchtete. Der Schriftzug strahlte eine Hitze aus, welche sich auf meiner Hand anfühlte wie die Flammenhaare von Fire.

»ES TUT SO WEH...ICH HALT DAS NICHT MEHR AUS...BITTE, LILIA...TU DOCH WAS!«

»Ich...ich weiß nicht...wie...wie ich dir helfen kann«, flüsterte ich fassungslos. Mein ganzer Körper begann heftig zu zittern, als mir die Realität der Situation klar wurde und sich die Angst, meinem Versprechen, Siletha zu beschützen, nicht nachkommen zu können, in mir ausbreitete. Dazu kam der Schmerz, der dich durchfährt, wenn du mitansehen musst, wie ein geliebter Mensch ein schreckliches Leid erfährt – dieses Gefühl geht weit über das hinaus, was man selbst an körperlicher Qual erfahren kann. In meiner Verzweiflung versuchte ich sie mit einem Lied zu beruhigen, welches ich ihr früher immer vorgesungen hatte, wenn sie vor Angst nicht in der Lage gewesen war, einzuschlafen:

> »*Höre zu...und schau mir in die Augen,*
> *Keine Angst...du kannst mir vertrauen,*
> *Du wirst es...mir zwar nicht glauben,*
> *Doch ich kann* -«

Siletha schrie und schrie und schrie, immer lauter und immer panischer, was meinen wackligen Gesang stark übertönte – bis sie plötzlich von der einen auf die andere Sekunde verstummte. Verdutzt blickte ich auf ihren Arm – die teuflisch rote Schrift hatte sich wieder in das weiche grün verfärbt. Für einige Sekunden lag meine Schwester einfach blass, durchgeschwitzt und röchelnd in meinen Armen. Dann erholte sie sich etwas; ihr Körper gewann ein wenig an Spannung zurück und ihre Atmung stabilisierte sich allmählich.

»War...war das...«, schluchzte sie und blickte mir in die Augen.

»Nichts sagen«, flüsterte ich ihr zu. »Atme einfach ruhig weiter tief ein und aus...tief ein und aus.« Ich gab ihr den Rhythmus vor und sie machte ihn mir nach. Sie wiederholte dies noch einige Male, bis ihre Atmung sich wieder fast komplett normalisiert hatte. »Sehr gut, toll machst du das, und…und jetzt…versuche bitte langsam und vorsichtig den Server zu öffnen, wenn du das kannst.«

Siletha legte daraufhin ihre zittrige Hand auf den Schriftzug ihres linken Armes, wonach ihre grünen Augen zu leuchten begannen.

»Hat sich irgendetwas in deinem Menü verändert?«, fragte ich mit sanfter Stimme, doch die Angst vor der Antwort schien mich innerlich fast zu zerreißen.

»Da…da steht ein Text«, stotterte sie leise, wonach ich ein kurzes, schmerzhaftes Stechen in der Brust spürte.

»Würdest du…«, schluchzte ich, »…würdest du ihn mir bitte vorlesen, k-kleiner Stern?«

»Herzlichen Glückwunsch, Siletha, der Bürgermeister hat dir die Fähigkeit des Sammlers verliehen. Du…du bist nun die einzige Bürgerin Equalitys, die Tokens von anderen Bürgern erhalten kann. Wenn dir jemand etwas von seinen Tokens abgeben möchte, müsst ihr lediglich eure linken Arme gegeneinanderdrücken und den Transfer bestätigen. Viel Freude mit deiner neuen Fähigkeit und alles Gute weiterhin wünscht dir der gesamte Mitarbeiterstab des Bürgermeisters.«

»Die Arme gegeneinanderdrücken?«, wiederholte ich leise. Dann fasste ich Siletha an ihren Ellenbogen und presste meinen hellblauen Schriftzug gegen ihren grünen. Sofort verschwand meine Schwester vor meinen Augen und der Server öffnete sich – jedoch gelang ich nicht wie sonst sofort ins Menü, sondern ein Textfeld erschien mir.

»Geben Sie die Anzahl an Tokens ein, welche sie auf den Sammler übertragen wollen«, stand über einem leeren Feld, in welches ich eine beliebige Zahl einfügen konnte. Ich schaute in meine obere Leiste und sah, dass ich von diesem Tag

noch einen einzigen Token übrig hatte – dann tippte ich in das Feld die Zahl 1 ein und klickte auf den Bestätigungsbutton, der direkt darunter lag.

»Die Bürgerin Lilia möchte dir einen Token übertragen. Nimmst du ihr Geschenk an?«, las Siletha daraufhin vor.

»Nimm es an«, antwortete ich strenger, als ich wollte.

Daraufhin spürte ich den üblichen kurzen Schmerz, den ich auch beim Kauf von Items spürte, und erkannte bei *Anzahl von Tokens* nun die Zahl 0.

»Wie...wie viele Tokens hast du jetzt, Siletha?«, fragte ich, obwohl ich die Antwort bereits kannte.

»Ich...ICH HABE EINEN TOKEN...es funktioniert, Lilia! Ich kann Tokens von anderen Menschen bekommen. Das ist ja unglaublich! Was ich damit alles –«

»KINDER! GEHT ES EUCH GUT?«

Unsere Mutter war in unsere Hütte gestürmt und dann wie angewurzelt stehengeblieben. Ich hatte sie lange nicht mehr so hektisch erlebt. Ihre sonst so glatten, eleganten silbernen Haare standen völlig zerzaust in alle Richtungen und ihr starrer Blick fand mich und Siletha, kurz nachdem wir uns gleichzeitig aus dem Server ausgeloggt hatten. Für ein paar Sekunden schwieg meine Mutter und blickte mir fragend in die Augen. Ich verstand sie, ohne dass sie auch nur ein einziges Wort sagen musste, und nickte ihr zaghaft zu. Ich hatte ein schlechtes Gewissen, da ich ihre Sorge bestätigen musste, auch wenn ich gar nichts dafür konnte.

»Hört mir nun bitte sehr gut zu, ihr beiden«, flüsternd kniete sie sich zu uns herunter. Ihre Stimme klang viel zu besorgt, so kannte ich sie überhaupt nicht. »Niemand – keine Menschenseele – darf davon erfahren. Deine Fähigkeit muss unter allen Umständen geheim bleiben, Siletha.

Ich bitte euch inständig, mir in diesem Fall einfach zu vertrauen. Wenn das rauskommt, Kinder, dann sind unsere Stadt, der Frieden und die gesamte Menschheit dem Untergang geweiht.«

»Lilia? Ist alles okay mit dir?«, fragte Limus irritiert und beförderte mich aus den Erinnerungen von jener Nacht zurück in die Wirklichkeit. »Weißt du denn nun etwas über den Sammler oder nicht?«

»Was? Nein!«, antwortete ich so selbstbewusst und überzeugend wie möglich. »Ich habe mich nur gerade an diese Nacht erinnert und...an diese Sirenen...ich verbinde mit ihnen schlimme Erinnerungen von früher, musst du wissen.«

»O, verzeih mir«, sagte Limus kleinlaut und berührte sanft meine Schulter, was das Kribbeln in meinem Körper und die Hitze in meinen Backen verstärkte. Ich betete, dass es ihm nicht auffiel, jetzt wo er mir nähergekommen war. »Ich wollte keine alten Erinnerungen wecken. Ich verstehe dich, ich habe damals auch schmerzhafte Verluste erleben müssen.«

Für einen kurzen Moment dachte ich daran, Limus' Hand zu nehmen, um ihm mein Mitgefühl zu zeigen, doch sah ich in genau diesem Moment in meinem Augenwinkel, wie Siletha mit Warleck relativ nah an uns vorbeischlich.

»Also dann, ich werde dann mal zu Myrielle gehen –«

»Moment, warte, warte!«, sagte ich hastig und griff dann doch ohne groß nachzudenken seine Hand, um ihn bei mir zu halten. »Du hast mir vorhin gesagt, es gibt noch einen anderen Grund, weshalb du uns hier besuchen kommst, oder habe ich da etwas falsch verstanden?«

»Ähm...also...«, stammelte er, sichtlich überfordert von meiner Berührung; jedoch wirkte er auf mich keinesfalls verärgert, »...ich weiß nicht, ob ich dir das einfach erzählen sollte, bevor ich mit deiner Mutter –«

»Ach komm schon«, sagte ich leicht provokant, drückte Limus' Hand und behielt Siletha und Warleck im Auge, die hastig in einer der Hütten verschwanden, nachdem Siletha mir einen verunsicherten Blick zugeworfen hatte. Nun konnte ich mich ein bisschen beruhigen, als mir in dem Moment auch schon schlagartig bewusst wurde, dass ich noch immer die Hand unseres Bezirksvertreters hielt, mit dem ich in all der Zeit zuvor maximal ein paar flüchtige Wörter gewechselt hatte. Schlagartig ließ ich ihn wieder los und spielte stattdessen wieder an meinen Haaren herum, um meine Hände zu beschäftigen. Limus musterte mich zunächst ein wenig irritiert mit seinen violetten Augen, doch lächelte er mich kurz darauf wieder gutmütig an.

»Na gut, ich werde es dir erzählen«, sagte er. »Ich plane aktuell einen Gesetzentwurf, der allen Bürgern Equalitys größere Freiheiten ermöglichen soll. Das regelmäßige Wechseln von Bezirken, das kontrollierte Treffen von Menschen aus verschiedenen Bezirken und gemeinsame Feiern sind einige Bestandteile davon. Damals bin ich Bezirksvertreter geworden, um unsere gespaltene Stadt wieder zu einigen und unsere blutige Vergangenheit zu überwinden. Wenn ich Myrielle von meiner Idee überzeugen kann, stehen die Chancen dafür nicht einmal schlecht. Du musst wissen, deine Mutter genießt bei allen sieben Bezirksvertretern ein hohes Ansehen.«

»Das hört sich wirklich großartig an, Limus. Ich fände es wirklich schön, wenn unsere Zukunft so aussehen könnte.«

Ich war so beeindruckt – beeindruckt von seinem Willen, unser aller Leben zu einem besseren zu verändern.

»Ich gebe mein Bestes«, sagte er und lächelte. Das leichte Funkeln in seinen violetten Augen machte sich wieder bemerkbar und ich musste mir Mühe geben, nicht zu lange hinzustarren. »Dann sollte ich jetzt aber auch so langsam mal zu deiner Mutter gehen und dies auch mit ihr besprechen.«

»Das solltest du«, sagte ich und lächelte ihn ebenfalls an. Es war ein ehrliches Lächeln und das fühlte sich gut an; in dem Moment hatte ich keine Sorgen, bloß Hoffnung. Er drehte sich von mir weg und ging ein paar Schritte, bevor er sich wieder zu mir hinwandte.

»Ich wünsche dir morgen ein schönes Fest des Friedens.«

»Wünsche ich dir auch!«, rief ich ihm hinterher und verfolgte seine Schritte mit meinen Augen noch so lange, bis er letztendlich in der Hütte meiner Mutter verschwand. Daraufhin ging ich mit einem breiten, verträumten Grinsen auf dem Gesicht zu der Hütte, in welcher Siletha und Warleck gemeinsam auf einem Bett saßen und sich unterhielten.

»Gut gemacht, kleine Schwester. Du kannst rauskommen.«

Siletha sprang daraufhin vom Bett auf und stellte sich zu mir. »*Du* bleibst aber noch bis zum Sonnenuntergang hier«, sagte ich schroff und warf Warleck einen kühlen Blick zu. »Wenn du uns schon hier alle zu Mittätern machst, dann kannst du wenigstens ein wenig auf dich aufpassen.«

»Wie du wünschst, Lilia«, entgegnete er mit seiner ruhigen, rauen Stimme, wonach Siletha und ich gemeinsam die Hütte verließen. »Das war ganz schön knapp«, flüsterte ich ihr lächelnd zu und umschlang ihre Schulter mit meinem linken Arm. »Aber wir beide meistern wie gewöhnlich auch die schwersten Herausforderungen.«

»Wir sind eben ein super Team!«, rief Siletha und lächelte mich so breit an, dass ich ihre spitzen Eckzähne ganz sehen konnte.

»Weißt du, kleiner Stern, ich glaube, ich habe jetzt doch Lust, mit den anderen ein wenig auf den Pilzen herumzuhüpfen.«

»Was, wirklich? Obwohl Cat dabei ist?«

»Ich glaube...nicht einmal Cat kann mir in diesem Moment meine Laune verderben«, sagte ich fröhlich grinsend und dachte dabei an ein funkelndes, violettes Augenpaar. Meine Ängste von vorhin waren von diesem viel schöneren Gefühl wie verschluckt worden. Es fühlte sich wie Magie an. Vieles fühlte sich in den Tagen noch wie Magie an. Vielleicht hatte das etwas mit Unschuld zu tun.

Als ich an diesem Abend wach in meinem Bett lag, dachte ich noch viel über Limus nach. Hätte ich ihn viel- leicht fragen sollen, ob er den Tag des Friedens in Rast verbringen wollte? Hatte ich eine einmalige Chance verpasst, ihn ein wenig besser kennenzulernen? Oder hätte er ohnehin an diesem Tag das Zentrum nicht verlassen dürfen? Sicher hatte er als Bezirksvertreter einige Pflichten. Aber wieso zerbrach ich mir überhaupt darüber den Kopf, und wieso konnte ich nicht aufhören, an ihn zu denken? War das etwa dieses Gefühl, von welchem ich einst in diesem sonderbaren Buch gelesen hatte, in dem es vor allem darum gegangen war, was zwei Menschen taten, wenn sie solche Sachen füreinander empfanden? Ich schüttelte mit dem Kopf. Der Gedanke daran, nackt zu sein, wenn Limus dabei wäre, war vollkommen seltsam.

Ich wechselte von der Liege- in die Sitzposition und blickte rüber zu Siletha. Anhand ihres tiefen Ein- und Ausatmens konnte ich erkennen, dass sie inzwischen eingeschlafen war. Ich erhob mich langsam von meinem Bett, zog mir meine Kleidung, die auf dem Boden lag, wieder an und schlich mich aus unserer Hütte hinaus. Im Schein des Vollmondes ging ich langsam in Richtung eines abgelegenen Fleckes, der umringt von dichten Büschen und Bäumen war und an die Stadtmauer grenzte. Für gewöhnlich kamen sowohl ich als auch andere hier nicht her, da das einzig Besondere an diesem kleinen Ort die Gondel war, die einen bis nach oben auf die Mauer führen konnte – und da eine Fahrt mit dieser 1.000.000 Tokens kostete, war sie für uns irrelevant. Für mich war dieser kleine, gut verdeckte Ort allerdings ideal, um meine Kampfkünste zu trainieren. Seit drei Tagen sparte ich mir bis zur Nacht 40 Tokens auf, um mir für jeweils 20 Tokens zwei Messer zu kaufen – ich verzichtete sogar auf meine geliebte Musik, um der Bitte meiner Mutter nachzukommen.

Nachdem ich mich aus dem Server ausgeloggt hatte, erschienen die beiden Messer sofort in meinen Händen. Immer wenn ich sie schwang, fühlten sie sich für mich wie zwei verlängerte Arme an. Wendig wiederholte ich die Angriffsfiguren, welche ich mir einst aus dem *Ratgeber für Angriff & Verteidigung* einstudiert hatte; schwang die beiden Messer horizontal, vertikal, auf unterschiedlichen Höhen, präzise und in hoher Geschwindigkeit, immer und immer wieder. Auch wenn ich es mir nicht vorstellen konnte oder wollte, einen echten Menschen mit diesen Messern zu verletzen – für den Fall der Fälle musste ich gewappnet sein, das war mir nun klar, seit ich Warlecks Vorhaben gehört und mit Mutter gesprochen hatte. Ich dachte beim Training einfach an Siletha und dann fiel es mir leicht, alles zu geben.

Aus dem Nichts tauchte ein dumpfes, klatschendes Geräusch auf, welches mir einen riesigen Schrecken versetzte. Obwohl ich als Teil meines Trainings auch versuchte zu lernen, auf alles vorbereitet zu sein, hatte ich niemals damit gerechnet, hier um diese Zeit irgendjemandem zu begegnen.

»W-wer ist da?«, rief ich zittrig in die Dunkelheit hinein und hielt meine Messer kampfbereit in die Höhe. Ich erkannte zwei leuchtende, rote Punkte, die immer größer wurden und sich schließlich als riesige Augen entpuppten. Aus der Dunkelheit trat eine mir bekannte Gestalt hervor – in dunkle Lederklamotten gehüllt und mit klatschenden Klauen kam Warleck auf mich zu.

»Ich bin sehr beeindruckt, Lilia. Dein Talent im Umgang mit Waffen gleicht dem deiner Mutter.«

»Woher weißt du, an welchem Ort ich trainiere?«, fauchte ich ihn wütend an.

»Kein Grund zur Aufregung. Ich habe bloß gesehen, wie du nachts durch das Dorf gegangen bist und...zugegeben, ich war einfach neugierig.«

»Schön, jetzt weißt du´s...also kannst du mich auch wieder in Ruhe lassen.« Warleck verzog die Miene, neigte leicht den Kopf und musterte mich mit seinen stechend roten Augen. »Was ist denn noch?«, fragte ich ungeduldig.

»Ich verstehe nicht, was in dich gefahren ist, Lilia. Früher haben wir uns immer so gut verstanden, doch jetzt...fühlt es sich an, als würdest du mich verabscheuen. Du bist mir sehr wichtig, also verdiene ich es auch zu erfahren, wo deine Abneigung herkommt, findest du nicht?«

»Wo meine Abneigung herkommt?«, wiederholte ichlaut und stellte mich ihm direkt gegenüber. »Ich habe ge- hört, was du mit Mutter besprochen hast. Du willst einen Krieg starten; das Zentrum angreifen; meine Familie und alle anderen in Gefahr bringen. Ich habe eine Abneigung gegenüber gierigen Menschen wie dir, die für die unzähligen Verluste in dieser Stadt verantwortlich sind.«

Sichtlich überrumpelt von dieser Ansage, wandte Warleck seinen Blick von mir ab und trottete langsam an mir vorbei.

»Verstehe...«, sprach er und hielt seine Stimme dabei ruhig, »...doch sag mir, Lilia, wenn du das Kämpfen ablehnst, wie kommt es dann, dass ich dich hier bei dem Schwingen zweier Mordwerkzeuge erwische?«

Irritiert drehte ich mich zu ihm um. Was für Blödsinn redete er da bloß?

»Na, ich will das Leben meiner Schwester verteidigen. Wenn sie in Gefahr gerät, würde ich selbstverständlich auch töten, um sie zu beschützen. Aber das hat nichts mit den Morden zu tun, die du aus egoistischen Gründen begehen willst.«

»Interessant«, sagte Warleck ruhig und blickte mir tief in die Augen.

»Was soll daran bitte interessant sein?«, fragte ich gereizt. Meine Geduld war so langsam am Ende. Doch Warleck blieb weiter vollkommen ruhig – das ärgerte mich irgendwie noch mehr.

»Du hast gesagt, du würdest nicht aus egoistischen Gründen töten...das ist eine Lüge. Wieso beschützt du Siletha denn überhaupt? Was betrauern Menschen, wenn sie jemanden verloren haben? Bemitleiden sie etwa den Toten, obwohl sie nicht einmal wissen, wo uns der Tod hinführt? Nein...sie betrauern, dass *sie selbst* diese Person nie wieder sehen können und ein wichtiger Teil ihres Lebens fortan fehlt...das ist die Wahrheit, Lilia. Wenn du für das Leben deiner Schwester tötest, tötest du in Wirklichkeit nicht für Siletha, sondern allein für dich selbst.«

»Das...das ist doch absoluter Schwachsinn, was du da redest! Siletha hat ein glückliches Leben verdient und niemand hat das Recht, es ihr zu rauben. Nur dafür kämpfe ich.«

»Dann lass mich dir mit einem Gedankenexperiment meinen Standpunkt verdeutlichen. Stell dir nun bitte vor, jemand würde dich von deiner Schwester trennen und du dürftest sie nie wieder sehen. Sie selbst würde überleben; vielleicht würde sie im Laufe ihres unendlichen Lebens sogar wieder glücklich werden...ohne dich. Du hingegen müsstest deine ewige Existenz damit verbringen, sie zu vermissen...weil andere Menschen dir dieses Leid aufzwängen. Stell es dir vor, Lilia, für immer von der Person getrennt zu sein, die du mehr liebst als dein eigenes Leben. Stell es dir vor, dieses Gefühl...versuche es jetzt, in diesem Augenblick, zu spüren...und dann weißt du, wie es mir seit 3000 Tagen ergeht; dann weißt du, wieso ich mich dem nicht beugen kann; und dann verstehst du, dass jeder von uns in seinem tiefsten Herzen egoistisch ist.«

Warleck warf mir noch einen letzten, durchdringenden Blick zu; dann verschwand er mit leisen Schritten in der Dunkelheit und ließ mich mit der ohrenbetäubendsten Stille zurück, die ich in meinem ganzen Leben vernommenhatte. In den letzten Stunden, die mir in dieser Nacht noch blieben, gelang es mir dann kaum noch, Schlaf zu finden.

Die Worte meines Onkels hatten sich einfach zu tief in meine Gedankenwelt eingebrannt. Wie konnte ich nur so blind gewesen sein? Von meiner bunten, heilen Welt geblendet, in der ich Tag für Tag umgeben von meinen Liebsten leben konnte, hatte ich völlig vergessen, dass andere Menschen dieses Privileg nicht genießen durften. Genau wie Warleck gab es Menschen, die unfreiwillig durch das Zentrum von ihren Angehörigen getrennt worden waren. Vielen ging es nicht einmal ansatzweise so gut wie mir. Und immer wieder führte mich jeder Gedankengang wieder zu Warlecks Frage: Was würde ich tun, wenn man mich von meiner Mutter und meiner Schwester trennen würde? Würde ich es einfach über mich ergehen lassen...es einfach ertragen...oder würde ich kämpfen?

»Lilia?«, eine zarte Stimme ertönte urplötzlich innerhalb meines Traumes, nachdem ich erst in der Morgendämmerung Schlaf gefunden hatte. Ich sprang in meinem Traum gerade allein auf einem der Pilze herum und mein Kopf war frei von Gedanken und Sorgen.

»Lilia?«, ich vernahm die Stimme abermals; doch wollte ich noch nicht gehen. Im Traum fühlte ich mich oft, als würde ein unsichtbarer Mantel aus Sorglosigkeit meinen Körper sowie meinen Geist vollständig verschlingen, und irgendetwas in mir warnte mich, dass dieses Gefühl verschwinden würde, sollte ich auf die Stimme reagieren.

»Lilia!«, dröhnte die Stimme nun aus dem Himmel zu mir herab und ich konnte sie nicht weiter ausblenden; ihre Wucht ließ mich von meinem Pilz in eine endlose Tiefe stürzen. Erschrocken riss ich die Augen auf.

»WAS IST DENN? DARF ICH NICHT EINMAL MEINE SCHEIß-RUHE BEKOMMEN, OHNE DASS...Mutter?«, mein Ton verwandelte sich schlagartig in einen leisen und demütigen, als ich bemerkte, wer über mir stand. Ich hatte mit Siletha, Fire oder der Nervensäge Cat gerechnet – doch es war ausgerechnet meine Mutter, die ich respektlos angeschnauzt und die mich aus meinem Schlaf gerissen hatte. Als ich die silberhaarige Frau dann schläfrig von oben bis unten begutachtete, glaubte ich für einen kurzen Moment, noch immer zu träumen, denn ich konnte meinen Augen nicht trauen. Meine Mutter trug...sie trug tatsächlich...Kleidung. Ich konnte es mir nicht erklären; meine Mutter hatte zum ersten Mal seit 3000 Tagen Tokens für etwas anderes als Nahrung ausgegeben. Sie trug eine schmale, weiße Hose sowie ein weißes Shirt aus Seide und eine dünne Weste aus weißen Blättern.

»Du...du siehst schick aus«, stammelte ich verdutzt. »Wie kommt es, dass du...du weißt schon...«

»Ich halte nach wie vor nicht viel von Kleidung. Jedoch gedenken wir heute jenen, welche die Zeit des Friedens leider nicht miterleben dürfen, und die überflüssigen Tokens, die wir dank ihnen haben, sind ihr einziges Vermächtnis. Ich denke, es ist angemessen, sie auf diese Weise zu ehren. Aber sag mal, Lilia, hast du eigentlich vor, das gesamte Fest zu verschlafen?«

»Ach ja, das Fest«, antwortete ich und loggte mich für eine winzige Sekunde in den Server ein – Schock durchfuhr mich als ich sah, dass es bereits 17 Uhr war. Das Fest des Friedens war bereits in vollem Gange und Siletha war wohl zu rücksichtsvoll gewesen, um mich zu wecken.

»Ich zieh mich noch schnell an...und dann komm ich zu euch.«

Meine Mutter lächelte mich amüsiert an, gab mir einen Kuss auf die Stirn und verließ meine Hütte. Daraufhin kaufte ich mir für 5 Tokens die Hose aus Baumwolle und für 10 Tokens das Oberteil aus braunen Blättern, welches ich immer trug, machte ein paar Liegestütze, um wach zu werden, und begab mich dann nach draußen.

Nachdem ich mir in Novas Item-Laden einen Erbseneintopf und einen Becher Wasser gekauft hatte, um meine Lebenspunkte aufzufüllen, begab ich mich auf das große Feld – eine breite Grasfläche, welche mit Laternen beleuchtet und mit bunten Blumen überhäuft war. Als ich ankam, waren die meisten Einwohner Rasts bereits in angenehmer Feierlaune: Einige Paare tanzten, andere Menschen saßen beisammen und tranken einen Becher Wein, und die Kinder spielten mit Seilen oder Bällen. Ich ging zu unserem gemeinschaftlichen hölzernen Plattenspieler, um die festliche Musik ebenfalls hören zu können, und nachdem ich 30 Tokens für zwei Stunden Musik bezahlt hatte, ertönte auch für mich die Melodie der angenehmen Flöten und Trommelgeräusche.

Ich blickte mich um und sah, wie Siletha und meine Mutter gemeinsam an einem kleinen Lagerfeuer saßen und sich in den Armen lagen. Dieser Anblick zauberte mir ein warmes Lächeln ins Gesicht. Mit vor Freude klopfendem Herzen gesellte ich mich zu ihnen und genoss meinen Erbseneintopf. In diesem Moment war alles perfekt: Ich aß mein Lieblingsessen, saß an einem warmen Feuer in meinem wunderschönen Bezirk, lauschte den entspannenden Lauten der Musik und hatte die beiden Menschen in meiner

Nähe, die ich über alles liebte. Ich konnte mir nichts Schöneres vorstellen. Als mein schweifender Blick jedoch ein kleines Stück nach links fiel, wurde meine Freude für einen kurzen Augenblick getrübt.

Aus ein paar Metern Entfernung erkannte ich Warleck, wie er am Rande des großen Feldes mit einer Flasche Wasser in der Hand gedankenverloren in den mittlerweile dunklen Himmel blickte. Auf einmal spürte ich ein unangenehmes Kribbeln in meinem Bauch. Es war nicht so, dass ich vergessen hatte, warum ich so wütend auf ihn war, oder seine Ansichten plötzlich unterstützen würde; es war nur so...dass ich glaubte zu verstehen, was in ihm vorging. Selbst wenn ich es nicht verstehen würde, spielte das vielleicht auch gar keine Rolle. In diesem Moment wollte Warleck sicher auch nichts anderes als bei den Menschen zu sein, die ihm am wichtigsten sind – genau wie ich. Das konnte ich verstehen, sehr gut sogar, und an einem Tag wie diesem zählte möglicherweise bloß das.

»HEY, WARLECK!«, rief ich dem großen, dürren Mann mit der Lederjacke zu, woraufhin er erschrocken zusammenzuckte und einige Sekunden brauchte, bis er uns in der Menge von feiernden Menschen entdeckt hatte. Nach einem anfänglichen Zögern trottete er dann langsam auf das Lagerfeuer zu und setze sich zwischen Siletha und mich – meiner Mutter saß er gegenüber.

Eine unglaublich unangenehme Stille trat ein. Alle schauten ein wenig verlegen auf den Boden; niemand wusste recht, wie man nun ein Gespräch starten sollte, bis ich es schließlich nicht mehr aushielt und versuchte, das Eis zu brechen. »Wisst ihr noch, wie wir früher immer in dieser Konstellation zusammengesessen haben?«, fragte ich lächelnd. »Obwohl inzwischen 3000 Tage vergangen sind...jetzt, wo ich es wieder genauso erleben darf, fühlt es sich an, als wäre es erst gestern gewesen.«

»Ja...du hast recht«, sagte unsere Mutter friedlich. »Faszinierend, wie unser Bewusstsein solche Gefühle wieder in Erinnerung rufen kann.«

»Ich denke oft an diese Zeiten zurück«, flüsterte Warleck leise in Richtung Boden und warf daraufhin wieder einen verstohlenen Blick in den Himmel. »Es sind die einzigen schönen Erinnerungen, die ich in meinem Leben bisher gesammelt habe.«

»Hey!«, rief Siletha plötzlich euphorisch. »Haben wir nicht immer dieses eine Spiel gespielt? Mist...wie hieß es denn noch gleich, Lilia?«

Ich musste nicht lange überlegen. Auch wenn ich so lange Zeit nicht mehr an dieses Spiel gedacht hatte, fiel es mir sofort wieder ein.

»Ach du Scheiße, du meinst Schwert oder Schild!«, sagte ich und musste bei den Erinnerungen an diese Spieleabende lachen. »Wie wär´s? Sollen wir es mal wieder spielen? Wie in den guten alten Zeiten?«

»JA!«, rief Siletha freudig und klatschte aufgeregt in ihre Hände. Warleck und meine Mutter tauschten kurz verstohlene Blicke aus, aber nickten mir dann ebenfalls zu. Die Regeln dieses Spiels waren simpel:

Jeder Spieler versteckt seine rechte Hand hinter dem Rücken. Daraufhin rufen alle Spieler gleichzeitig ›*Schwert oder Schild*‹ und strecken dabei entweder ihren Zeigefinger oder ihre flache Hand nach vorne. Sollten alle vier Spieler ein Schwert oder alle vier Spieler ein Schild vorzeigen, gilt dies als ein Unentschieden; genauso, wenn zwei Spieler ein

Schwert und zwei Spieler ein Schild vorhalten. Ziel ist es, als einziger Spieler ein Schwert oder ein Schild nach vorne zu halten, während die anderen drei alle dasselbe gegenteilige Symbol nach vorne zeigen.

»Na dann, lasst uns anfangen!«, rief ich fröhlich und hielt meine rechte Hand hinter meinen Rücken, bevor Siletha und meine Mutter es mir nachtaten und schließlich auch Warleck seine Klaue bewegte.

»Schwert oder Schild!«, rief Siletha, bevor ich mir eine Strategie überlegen konnte. Mir kamen instinktiv meine beiden Messer in den Sinn, wonach ich, ohne weiter nachzudenken, meinen rechten Zeigefinger nach vorne streckte. Ich blickte mich um. Meine Mutter und Siletha hatten Schild gewählt; Warleck jedoch wie ich das Schwert.

»Unentschieden«, sagte meine Mutter gelassen.

»Dann noch eine Runde!«, rief Siletha und erneut verschränkten wir alle vier unsere Hände hinter unseren Rücken. »Schwert...oder...Schild!« In diesem Moment dachte ich an das Schild, für welches sich meine Mutter entschieden hatte, und streckte deshalb dieses Mal auch ohne langes Überlegen meine flache Hand nach vorne. Ich blickte mich erneut um und stellte fest, dass meine Mutter erneut Schild, Warleck erneut Schwert, aber Siletha sich dieses Mal für Schwert entschieden hatte.

»Wieder ein Unentschieden«, sagte ich matt. »Weiter geht's. Wir können schließlich nicht aufhören, bevor wir einen Sieger ausgespielt haben.« Alle vier versteckten die Hände ein weiteres Mal.

»Schwert oder Schild!«, riefen Siletha und ich gleichzeitig. Wieder überlegte ich nicht lange, sondern folgte meinem Instinkt. Ich streckte meine Hand aus und formte sie wieder flach. Meine Mutter hatte ein drittes Mal Schild gewählt, Warleck ein drittes Mal Schwert, und Siletha dieses Mal wieder Schild. Somit hatte Warleck sich als einziger Spieler für Schwert entschieden und das Spiel gewonnen.

»Glückwunsch, Onkel Warleck!«, rief Siletha mit einem freudigen Grinsen im Gesicht. »Deine Schwert-Taktik hat super funktioniert.« Doch zu Silethas Enttäuschung wurde ihre Freude weder von meiner Mutter noch von Warleck erwidert. Aus irgendeinem Grund schauten die beiden sich mit ernster Miene an und sagten kein Wort. Abwechselnd schaute ich ihnen in die Augen und suchte nach einem Zeichen der Erklärung, doch sie gaben mir keins; sie guckten mich nicht mal an. Was hatte das nur zu bedeuten? Wieso waren sie plötzlich so ernst? Hatten wir nicht gerade noch alle darüber gesprochen, wie viel Spaß wir früher zusammen hatten? Warum sollte eine nostalgische Aktivität aus diesen schönen, früheren Zeiten zu so einer seltsamen Laune führen?

Auf einmal vernahm mein Ohr ein leichtes Zischen, welches aus der Richtung des Himmels kam.

Ein lodernder oranger Steinbrocken flog knapp an unseren Köpfen vorbei und landete direkt auf dem hölzernen Plattenspieler. Ein lauter Knall ertönte und die Einschlagstelle begann zu brennen. Die Menschen, die noch Sekunden zuvor friedlich gesungen, getanzt und getrunken hatten, begannen panisch zu schreien. Warleck, meine Mutter, Siletha und ich sprangen ebenfalls hektisch auf. Ich blickte zum Himmel und sah dutzende dieser brennenden Steinbrocken, die auf unterschiedlichste Stellen unseres Bezirkes einschlugen. Hütten sowie Büsche fingen Flammen, die Menschen rannten in Panik versetzt hin und her, und Siletha stieß einen angsterfüllten Schrei aus, dem eine Flut an Tränen folgte. Ihre Augen suchten meine und spiegelten mir meine eigene Angst wider.

»DAS DARF NICHT WAHR SEIN!«, brüllte Warleck. »DIESE STEINE SIND WAFFEN-ITEMS! DAS IST SICHER DAS ZENTRUM! ICH WUSSTE, DASS SIE UNS IRGENDWANN ANGREIFEN WÜRDEN! KOMMT, ICH BRING EUCH IN SICHERHEIT!«

Unser Onkel streckte seine Klaue in Richtung Siletha aus; als sie diese gerade greifen wollte, zog meine Mutter urplötzlich ein sehr dünnes und feines Schwert aus ihrem schneeweißen Ärmel und presste dessen Spitze drohend an Warlecks Kehle.

»M-mutter, w-was –«, stotterte Siletha ängstlich und wich einen Schritt nach hinten. Sofort stellte ich mich wehrhaft vor sie. Sie klammerte sich an meinen Arm.

»Lilia!«, rief meine Mutter mir zu und zum ersten Mal klang ihre sonst so sanfte Stimme stark und streng. »Nimm deine Schwester und versteckt euch, sofort! Und du...«, sagte sie, mit drohendem Blick auf Warleck gerichtet, »...pfeif deine Leute unverzüglich zurück und beende diesen Feuerregen.«

Mit verwirrtem Blick aber ohne Widerworte gehorchte ich meiner Mutter blind und packte Siletha an ihrem Handgelenk. Nachdem wir uns zügig ein paar Schritte entfernt hatten, ließ Warleck ein lautes, helles Jaulen erklingen.

»Lilia, i-ich habe Angst«, stotterte Siletha und ihr hilfloser Blick löste unglaubliche Verzweiflung in mir aus. Ich schaute zum Himmel und stellte fest, dass keine weiteren brennenden Steine auf unseren Bezirk niederfielen. Hatte Warleck diesen Angriff gerade etwa beendet? Was hatte das zu bedeuten?

»Mach dir keine Sorgen, kleiner Stern, unsere Mutter wird das schon regeln, so wie sie es immer tut...vertrau ihr einfach.«

Ich zerrte Siletha in ein naheliegendes Baumhaus, in welchem sich ein Loch befand, durch das man ideal auf die Geschehnisse des großen Feldes hinabsehen konnte. Es gab zwar durchaus noch bessere Verstecke, doch musste ich einfach erfahren, was in diesen Sekunden vor sich ging, und da der Feuerregen scheinbar vorbei war, war ich mir ziemlich sicher, dass uns hier vorerst nichts passieren würde. Doch wer griff uns an? Und was hatte Warleck damit zu tun? Es machte schließlich keinen Sinn, dass Dark-Town uns angreifen würde. Was hätten sie davon? Ich konnte es mir einfach nicht erklären.

Aus der Dunkelheit des Waldes schritten mehrere schwarzgekleidete Gestalten empor, welche scharfe Messerklingen in den Händen hielten. Zeitgleich löste meine Mutter die Klinge ihres dünnen Schwertes von Warlecks Hals und stellte sich schützend vor die Bewohner Rasts, die alle eng zusammengestaucht hinter ihr kauerten. Die Bewohner Dark-Towns, welche nun zu Tausenden aufs große Feld strömten, stellten sich hinter Warleck, der sich einige Meter von Myrielle und den anderen entfernte. Die düstere, überlegene Menge brachte allein durch ihre drohende Präsenz die Bewohner Rasts zum Zittern, was die Bürger Dark-Towns bloß zu belustigen schien.

»NA LOS!«, kreischte eine große, dürre Frau, welche direkt neben Warleck stand. Ihr Hals und ihr Kopf waren schmal und lang; ihre Haut war rau und schuppig und schimmerte dunkelgrün im Mondlicht. Sie leckte sich mit ihrer gegabelten Zunge die Lippen und sprach dann hysterisch weiter. »LASST UNS ENDLICH DIESE BUNTEN WALDSCHWÄCHLINGE ABSCHLACHTEN! DEN GANZEN TAG WARTE ICH SCHON SEHNSÜCHTIG DARAUF, MIR IHR KÖSTLICHES BLUT VON DEN FINGERN ZU LECKEN! 3000 TAGE DES ENTZUGS SIND ZU VIEL!«

Als sie dies hörte, begann Siletha heftig zu atmen und sich mit dem Rücken an die Wand neben dem Loch zu lehnen. Ich legte meine Hand auf ihr Knie, jedoch konnte ich meinen Blick nicht von dem Geschehen abwenden, auch wenn ich wusste, dass ich sie wahrscheinlich weit davon wegführen sollte. Das hier sollte sie nicht alles mitbekommen. Doch mein Verlangen zu verstehen, was hier vor sich ging, war in dem Moment zu stark, und ich konnte meine Aufmerksamkeit nicht von dem Feld wegzerren. Warleck drehte seinen Kopf gerade von der nun wahnsinnig lachenden Frau weg und gab zwei großen Männern, die vollkommen aus Metall bestanden, ein Handzeichen. Diese nickten ihm karg zu, woraufhin sie sich schlagartig auf die große Frau stürzten und sie ins Gras direkt vor Warlecks Füße drückten.

»WAS SOLL DAS? LASST MICH SOFORT LOS, IHR HÄSSLICHEN BLECHBÜCHSEN!«, zischte sie wütend. Warleck beugte seine Knie, packte die schwarzen, fettigen, fast schleimigen Haare der Frau und blickte ihr tief in ihre gelb leuchtenden Augen.

»Welch eine Schande, Skotra. Es scheint mir so, als ginge es dir hier nicht um unseren Traum, sondern vielmehr um das Stillen deiner abstoßenden Mordlust. Ich möchte erbrechen, bei dem Gedanken daran, dass dir das Auslöschen eines unschuldigen Menschenlebens auf eine kranke Art und Weise Befriedigung schenkt...doch wird dir diese Freude heute definitiv nicht vergönnt sein. Lauf zurück...lauf zurück nach Dark-Town, jetzt sofort, und wage es ja nicht, mir zu widersprechen.«

Warleck nickte den beiden Männern aus Metall zu, wonach sie Skotra losließen. Die dünne Frau richtete sich auf und blickte ihrem Anführer mit bebenden Lippen in die Augen; allerdings ohne einen einzigen Ton von sich zu geben. Dann ging sie durch die pechschwarzgekleidete Menge und ich sah ihr hinterher, bis sie nach kurzer Zeit aus meinem Sichtfeld verschwand.

»L-Lilia...«, sagte meine Schwester daraufhin kräftig schnaufend, »...L-Lilia, es ist...ich...das ist alles...«

»Hey...«, flüsterte ich ihr zu und wandte meinen Blick endlich vom Feld ab, als ich merkte, wie schlecht es ihr ging, »...beruhige dich. Es wird alles wieder gut, hörst du?«

»Nein...w-wird es nicht. Das ist a-alles meine Schuld...L-Lilia...es...es tut mir so leid...bitte hass mich nicht.«

»Siletha...was redest du denn da? Nichts ist deine Schuld. Du musst dich jetzt –«

»Doch!«, rief sie etwas lauter und gravierender; schockiert blickte ich ihr in die noch tränenden, aber vollkommen ernsten Augen. Was redete Siletha denn da für einen Unsinn? War es die Angst, welche sie dieses wirre Zeug sagen ließ? Ich konnte es nicht verstehen, bis meine kleine Schwester begann, mir etwas Wichtiges zu erzählen – etwas, das alles verändern sollte.

Sie erzählte mir vom gestrigen Tag, als sie sich gemeinsam mit Warleck in einer der Hütten vor Limus versteckt hatte – und von einem Gespräch, von welchem ich in diesem Moment zum ersten Mal erfuhr:

»Was sucht dieser Lackaffe denn hier?«, fragte Warleck und ließ sich schnaubend auf eines der Betten sinken.
»Vielleicht hat es ja etwas mit...«, begann Siletha zögerlich, doch brach dann ab.
»Mit was?«
»Naja...mit dem...Sammler...zu tun.«
Warleck atmete tief ein und aus und kratzte sich daraufhin mit seiner Pranke am linken Ohr.
»Ja...stimmt...«, sagte er, »...das Zentrum ist sicher auch daran interessiert, die Identität des Sammlers schnellstmöglich aufzudecken. Schließlich ist er ein vom Bürgermeister gesandtes Geschenk; ein kleiner Hoffnungsschimmer, der uns der Wahrheit über diese Welt ein Stück näherbringen könnte.«
»Der...der Wahrheit?«, fragte Siletha mit großen Augen. »Aber wie?«
»Wenn ich es richtig verstanden habe, kann der Sammler Unmengen an Tokens von anderen erhalten. Wir könnten durch ihn herausfinden, welche Items im Katalog existieren; Geheimnisse lüften, die sich in teuren Büchern verstecken und möglicherweise...könnten wir sogar herausfinden, was sich hinter den riesigen Mauern dieser Stadt verbirgt...vielleicht eine riesige Welt, die wir uns jetzt noch gar nicht vorstellen können – eine Welt, in der das Zentrum seine Kontrolle über uns verlieren könnte. Das wollen sie

selbstverständlich verhindern und deswegen ist wahrscheinlich dieser Bezirksvertreter heute hier.«

»Aber was, wenn…wenn wir herausfinden würden, wer dieser Sammler ist? Könnten wir dann etwas Gutes für die Menschen in unserer Stadt bewirken? Ihnen ein völlig neues Wissen ermöglichen, ohne dass sie sich gegenseitig umbringen müssten?«

Warlecks rote Augen weiteten sich ein wenig und er musterte Siletha nun neugierig von oben bis unten.

»Genau so ist es, und deswegen werde ich alles dafür geben, um den Sammler zu finden. Mit seiner Hilfe ist es möglich, das triste, eintönige Dasein in dieser Stadt endlich zu beenden. Die Menschen verdienen Antworten…es ist an der Zeit, sie ihnen zu liefern.«

Sobald Siletha mir das erzählt hatte, wusste ich sofort, wieso Warleck und seine tausenden Verbündeten aus Dark-Town an diesem Tag in unseren Bezirk einmarschiert waren
– was, oder besser gesagt, *wen* sie holen kommen wollten.

»Ich…ich wollte das nicht…ich, ich dachte…es tut mir so leid«, stammelte Siletha, ihre Atmung kurz und unregelmäßig. Tränen flossen ihr in Strömen die Wangen herunter. »Ich wollte doch nur etwas Gutes tun. Ich dachte –«

»Es reicht!«, fauchte ich sie an, denn es brodelte in mir so stark wie noch nie. Wie hatte sie es Warleck bloß erzählen können? Mutter hatte es ihr verboten; sie hatte uns förmlich angefleht, ihr zu vertrauen, und Siletha war ihr in den Rücken gefallen.

»Es tut mir so leid…es tut mir so leid…bitte hass mich nicht, bitte Lilia, bitte hass mich nicht.«

Das Gefühl, was mich durchzog, war heiß und stechend. Es schien mich innerlich zu durchlöchern; es bereitete mir solche Schmerzen, es zu unterdrücken. War dies etwa Hass? War das möglich? Doch dann schaute ich in die grü-nen Augen meiner Schwester; in ihre Angst, ihre Trauer, ihre Enttäuschung. Worüber machte ich mir hier denn eigentlich Gedanken? Was brachte es jetzt, in diesem Moment, in dieser Situation, wütend zu sein? Wenn ich meinen Frust nun an Siletha auslassen oder sie mit Worten oder Fäusten verletzen würde, dann hätte Warleck wirklich recht gehabt – dann wäre ich wahrlich egoistisch.

»Beruhige dich, kleiner Stern«, flüsterte ich, obwohl es mich innerlich zerriss, und umklammerte ihren zitternden, zerbrechlichen Körper. Während meine Mutter unten einem riesigen, bedrohenden Feind gegenüberstand, musste ich hier oben das tun, was sie von mir verlangen würde. »Es ist nicht deine Schuld, Siletha. Du wolltest helfen, aber wurdest belogen. Dafür kannst du nichts. Wir bekommen das alles wieder hin und alles wird wieder gut. Atme tief ein und aus...tief ein und aus.«

Als Siletha versuchte, ihre Panik zu unterdrücken, warf ich meinen Blick zurück auf das weite Feld, wo Warleck nun einen Schritt auf meine Mutter und die anderen Be- wohner Rasts zugegangen war und seine Hände einladend vor seine Brust hielt.

»Meine geschätzten Mitbürger von Rast...verzeiht, dass wir euch hier ausgerechnet während dem Fest des Friedens einen solchen Schrecken einjagen mussten, aber seid beruhigt...es besteht für euch keinerlei Grund zur Sorge. Ihr müsst lediglich kooperieren und ich verspreche euch, dass heute kein einziger Tropfen Blut vergossen werden muss.«

»Herr...lieber Herr Warleck...«, stotterte Fire und hob zögerlich ihre Hand, »...was wollen Sie denn von uns?«

»Fire!«, zischte unsere Mutter. Ich hatte sie vor heute wirklich noch nie so streng erlebt, doch es war auch absurd zu erwarten, dass sie in so einer Situation genauso sanftmütig und gefasst wie immer sein würde. »Überlass das Reden bitte mir.«

»Ist schon gut, Myrielle«, entgegnete Warleck. »Deine Schützlinge sollen gerne alle die Wahrheit erfahren. Ich kann euch mit Freuden verkünden, dass heute der Tag ist, an dem die Wiedergeburt unserer aller Freiheit beginnt. Der Sammler...befindet sich in euren Reihen. Dank ihm rückt mein Ziel in eine solch greifbare Nähe, von der ich die letzten 3000 Tage nur hatte träumen können. Ich werde es dir nun leicht machen, Myrielle. Liefere uns Siletha widerstandslos aus und keiner dieser netten Menschen hier muss heute sterben. Weigerst du dich, werdet ihr alle heute euren Tod finden.«

Siletha begann wieder kräftiger zu atmen und presste ihr Gesicht in ihre Hände. Ihre Finger krallten sich so fest in ihre grünen Locken, dass ihre Fingerknöchel weiß anliefen. Währenddessen begannen die Einwohner Rasts wild miteinander zu tuscheln:

»Siletha ist die Sammlerin?«

»Was sollen wir tun?«

»Wir müssen sie ihm ausliefern, sonst wird er uns alle töten. Wir haben keine Wahl.«

In dem Moment loggte ich mich in den Server ein und rüstete mich mit meinen beiden Messern aus. Nur über meine Leiche würde meine Schwester an diese Gestalten übergegeben werden. Sollte es hart auf hart kommen, würde ich wohl auch unsere eigenen Leute töten müssen, um sie zu beschützen.

»Habt ihr alle den Verstand verloren?«, ertönte zu meiner völligen Überraschung die dröhnende Stimme von Cat, die aus der Menge hervorgetreten war und sich neben meine Mutter stellte. »Versteht ihr denn nicht, was für ein dreckiges Spielchen dieser Kerl mit uns spielt? Den einzigen Trumpf, den er in der Hand hat, ist unsere Angst; denn in Wahrheit kann er keinen einzigen von uns töten. Sollte am nächsten Tag die Token-Anzahl aufgrund eines Mordes gestiegen sein, würde das Zentrum sofort einen Vergeltungsschlag ausführen, den kein einziger von ihnen überleben wird. Das hier ist nichts weiter als Show; ein großer Bluff, der uns dazu bringen soll, eines unserer Familienmitglieder zu opfern. Aber das werden wir nicht. Wir lassen keinen einzigen Einwohner Rasts im Stich. Habe ich recht, Leute?«

Zustimmende Rufe erklangen aus unseren Reihen. Es war das erste Mal, dass ich eine starke Zuneigung gegenüber Cat verspürte. Es spielte keine Rolle, wie oft wir uns gestritten hatten; in diesem Augenblick gab sie alles, um meine Schwester zu beschützen, und dafür war ich ihr unendlich dankbar. Warleck begann währenddessen sichtlich angespannt vor seiner Menge aus Verbündeten hin- und herzugehen. Trotz den entschlossenen Schreien der Einwohner Rasts war meine Mutter starr wie ein Fels und wandte ihren nervösen Blick für keine Sekunde von der Menge aus schwarzgekleideten Eindringlingen ab.

»Ein Bluff...«, knurrte Warleck und deutete mit seinem Finger plötzlich auf Fire. Bevor diese sich überhaupt fragen konnte, was dies bedeutete, hatten die beiden großen Metallmänner sie bereits gepackt und dem Anführer Dark-

Towns zu Füßen gekniet. Sie versuchte, sich zu wehren und schüttelte ihren Kopf hin und her, doch ihre Flammenhaare konnten den metallenen Körpern nichts anhaben und die Männer zuckten nicht einmal, als sie sie an ihrem Platz im Gras festhielten. Eine Totenstille trat ein. »Die Zeit der Spielchen ist nun vorbei.« Warlecks Stimme war schreckenerregend. Seine Augen leuchteten für einen kurzen Augenblick und sahen leicht verglast aus, bis in seiner Hand eine Pistole erschien, welche er unverzüglich auf Fires lodernden Kopf richtete. Warleck musste an diesem Tag wohl auf Nahrung verzichtet haben, denn eine Pistole kostete üblicherweise fast 200 Tokens. Doch er kam mir nicht schwach vor; im Gegenteil. Seine Hand, in der er die Pistole hielt, wackelte kein bisschen.

»B-bitte nicht...«, stotterte Fire eingeschüchtert und begann stark zu zittern, »...ich...ich will nicht sterben, bitte. Ich habe doch...ich habe doch gar nichts Böses getan.«

»Das spielt keine Rolle, Mädchen«, sagte Warleck nun ohne jegliche Emotion. »Auch wenn ihr gute Menschen seid, entpuppt ihr euch gerade als Hindernis. Ihr glaubt, das hier sind nur leere Drohungen? Ihr glaubt, dass ich das Feuer der kleinen nicht zum Erlöschen bringen werde, weil wir Angst vor dem Zentrum haben? Ihr irrt euch. Wir sind bereit, alles für die Freiheit zu opfern. Wir haben nichts zu verlieren, denn dieses erbärmliche Leben ist nichts mehr wert ohne einen Schritt nach vorne.«

»Warleck!«, rief meine Mutter drängend. Sie ließ ihr Schwert zu Boden fallen und hob ihre Hände nach oben. »Siehst du denn nicht, was du hier gerade tust? Du richtest eine Waffe auf ein kleines Mädchen. Ich bitte dich, komm zur Vernunft. Es gibt noch immer einen friedlichen Weg raus aus dem Ganzen. Ich habe gestern mit Limus gesprochen. Er will dem Rat ein Gesetz vorschlagen –«

»Limus ist ein Träumer«, fuhr Warleck fauchend dazwischen. »Der Bezirksvertreter von Dark-Town hat mir schon lange von seinen sinnlosen Freiheitsgesetzen erzählt, da der gesamte Rat sich über ihn lustig macht. Im Zentrum sprechen sich die Dinge schneller rum, als dieser Limus es wohl selbst erahnen kann. Diejenigen, die dieses unterdrückende System kontrollieren, sind nicht an einem friedlichen, freien Zusammenleben interessiert. Wann verstehst du das endlich? Der einzige Weg, uns unsere Freiheit zurückzuholen, ist das Ende dieses Regimes. Nur dann haben die Menschen wieder einen Sinn in ihrem Leben; nur dann wird es möglich sein, dass wenigstens einige von uns die Wahrheit erfahren können.«

»Ich flehe euch an!«, rief meine Mutter so laut und dringlich, wie ich sie noch nie gehört hatte, und wandte sich nun an die tausenden von Dark-Town-Bürgern. »Wir alle kennen die Wahrheit bereits; doch ihr wollt sie einfach nicht sehen, weil diese Gier nach dem *Mehr* euch vergiftet hat. Seit den ersten Kämpfen haben wir nun doppelt so viele Tokens wie zu Beginn, aber hat sich an eurem Verlangen denn irgendetwas verändert? Nein! Und das wird sich auch nicht ändern, wenn ihr das Zentrum, uns oder euch gegenseitig für mehr und wieder mehr Tokens abgeschlachtet habt. Es wird immer etwas geben, was ihr nicht haben könnt. Vielleicht ist es ja genau das, was der Bürgermeister von uns erwartet. Dass wir verstehen, wie uns die Jagd nach diesen Tokens bloß früher oder später selbst vernichten und niemand am Ende wirklich glücklich sein wird; dass wir die Dinge entdecken, die uns jenseits der Tokens Erfüllung und einen Sinn in unserem Leben schenken können. Freundschaft und Liebe lösen in uns unbeschreibliche Gefühle aus, die wir nicht einmal richtig in Worte fassen können. All das ist kostenlos und steht uns in einer unendlichen Menge zur Verfügung; wir sind doch bereits reich. Aber wenn wir jetzt den Pfad des Friedens verlassen, wird es kein Zurück mehr geben...dann wird das Töten niemals aufhören. Wenn wir jetzt nicht aus unseren Fehlern der Vergangenheit lernen, dann war alles umsonst...dann werden all jene, die nicht mehr unter uns weilen, sinnlos gestorben sein.«

Die Einwohner Dark-Towns tauschten verstohlene Blicke aus und einige begannen zu flüstern – Warleck bemerkte das. Er ließ langsam die Pistole sinken und schaute mit einem traurig aussehenden Blick ins Gras.

»Liebe...«, flüsterte er, »...dieses wunderschöne Gefühl, wenn ein Mensch dich all deine Ängste und Sorgen vergessen lässt; dir an traurigen Tagen ein Lächeln ins Gesicht zaubert und dich glauben lässt, du könntest alle Ziele und Träume erreichen, die du begehrst.« Der Blick von Warleck traf den meiner Mutter und für einige Sekunden schauten sie sich tief in die Augen. »Doch ist das alles nichts weiter als eine trügerische Illusion. Ich habe aus meiner Vergangenheit gelernt. Wenn deine Ziele und Träume in sehr weiten Höhen liegen, ist die Liebe nichts weiter als eine widerspenstige Leine, die sich schmerzend um deinen Hals windet und dich auf dem Boden hält. Wenn man also zu den wenigen gehören will, die ganz nach oben steigen, bleibt einem nichts anderes übrig...als die Leine gewaltsam zu durchtrennen.«

Obwohl das Folgende innerhalb von wenigen Sekunden geschah, fühlte es sich für mich in jenem Moment an wie eine Ewigkeit. Warleck riss mit seiner rechten Hand seine Pistole auf waagerechte Höhe und richtete seinen Blick auf den Boden. Die Augen meiner Mutter weiteten sich – sie hatte nicht einmal die Möglichkeit zu reagieren, als auch schon ein lauter Knall ertönte, der einen gewaltigen Hall im gesamten riesigen Waldgebiet von Rast auslöste.

Mein Körper verkrampfte schlagartig. Ich realisierte zunächst nicht, was in diesem Moment vor sich ging; nicht einmal den Schreckensschrei von Siletha nahm mein Gehör richtig wahr. Als meine Schwester sich in Richtung Guckloch drehen wollte, um zu sehen, was diesen Knall ausgelöst hatte, drückte ich sie gegen die Wand, um es zu verhindern. Aber wieso tat ich das überhaupt? Was wollte ich denn verbergen, was meine Schwester sehen könnte? Schließlich war doch nichts Schlimmes passiert. Es konnte nicht das passiert sein, was ein kleiner Teil von mir gerade ahnte. Schließlich war es Mutter...es war Mutter. Die Mutter, mit der wir zusammenlebten und dies auch bis in alle Ewigkeit weiter tun sollten.

Doch was mein Unterbewusstsein bereits befürchtet hatte, wurde auch für mich in jenem Moment gegen meinen Willen Realität, als ich sah, wie meine Mutter sich langsam auf die Knie fallen ließ und ihre Hand an ihre Brust presste, wo sich nun ein dunkler roter Fleck auf ihrem weißen Oberteil ausbreitete. Ihr Blick war seltsamerweise gefasst und sah komplett uneinig mit der Situation aus. Mein Blick wanderte zwischen dem immer größer werdenden Blutfleck und ihrem Gesichtsausdruck hin und her, doch schließlich fiel ihr Oberkörper kraftlos auf dem Gras nieder und ich konnte keins von beidem mehr sehen. Das war einerseits eine Erleichterung, weil ich diesen Anblick gar nicht hatte verarbeiten können, doch andererseits erschütterte mich es noch viel mehr zu sehen, wie sie still dort lag. Das war doch nicht wirklich gerade passiert. Ich musste es doch geträumt haben...das musste doch alles ein Albtraum sein...oder?

»TÖTET SIE ALLE!«, brüllte Warleck und seine Stimme mischte sich mit den panischen Schreien der Einwohner Rasts, die hektisch die Flucht suchten. »Schlachtet all diese unwürdigen Diener des Zentrums ab; brennt diesen Ort der Schande nieder und werft mir die Sammlerin lebendig zu Füßen!«

Mein ganzer Körper zitterte und ich stand völlig unter Schock, während in diesen Sekunden bereits die ersten Menschen von Warlecks Leuten umgebracht und unser schönes Paradies erneut in Brand gesteckt wurde. Mein Blick war noch immer auf den regungslosen Körper meiner Mutter gerichtet, der von dutzenden Füßen niedergetrampelt wurde, als wäre er nichts weiter als wertloser Abfall.

»LILIA!«, schrie Siletha, was mich zusammenzucken ließ. »LASS MICH LOS! WAS IST PASSIERT?!«

»WIR MÜSSEN FLIEHEN!«, brüllte ich instinktiv. Es war das Einzige, was mir in diesem Moment sinnvoll er- schien. Womöglich hätten wir es schon viel früher tun sol- len. Mein Körper glühte, mein Herz klopfte und die Tränen wollten einen Weg nach draußen finden, doch das Adrena-lin hielt sie zurück. Ich packte meine kleine Schwester am Handgelenk und zerrte sie aus dem Baumhaus heraus, hinein in das Meer aus Schreien, Blut und Feuer. Wir rannten unter dem Sichtschutz einiger Gebüsche in Richtung des Tors, welches zum Zentrum führte – sie waren die Einzigen, die uns jetzt noch retten konnten. Nach einigen Umwegen, die notwendig waren, um nicht ins Sichtfeld der Feinde zu gelangen, kamen wir am Tor zum Zentrum an – jedoch waren wir nicht die Ersten, die auf diese Idee gekommen waren. Fünf großgewachsene, düstere Gestalten versperrten uns den Weg und hielten ihre Messer in unsere Richtung.

»Das ist sie!«, rief eine von ihnen. Langsam kamen sie auf uns zu, währenddessen wir vorsichtig einige Schritte zurückgingen. »Wo wollt ihr beiden Süßen denn hin? Das Fest des Friedens ist doch noch in vollem Gange.« Ich spürte, dass sie jeden Moment auf uns zustürmen wollten, also entschied ich mich, schnell zu handeln.

»LAUF!«, schrie ich zu Siletha und blitzschnell setzten wir uns in Bewegung. Wir rannten so schnell, wie wir nochnie zuvor in unserem gesamten Leben gerannt waren. An den brennenden Büschen entlang; durch die Wälder; an den Hütten vorbei; kreuz und quer, um unsere Verfolger irgendwie abzuschütteln. Aus der Panik heraus führte ich Siletha und mich zu der Stelle, an welcher ich nachts immer meine Trainingsstunden absolvierte, und machte vor der Gondel halt, welche einen für eine Million Tokens auf die Mauer befördern konnte.

»Geh da rein und mach die Tür zu«, sagte ich und schubste sie in die kleinen vier Wände hinein. »Sie werden jede Sekunde hier sein. Halte, solange es geht, die Tür zu, hast du mich verstanden? Komm unter keinen Umständen hier raus.«

»L-Lilia, komm bitte auch rein. I-ich will dich bei mir haben«, stotterte Siletha und blieb im Türrahmen stehen. In dem Moment hörte ich, wie die Schritte dreier Dark-Town-Kämpfer aus dem dunklen Bereich des Waldes zu meiner Trainingsstelle fanden. »Du bist mein Ein und Alles, kleiner Stern«, flüsterte ich meiner Schwester mit tränenden Augen zu und drückte sie ein Stück weiter in die Gondel hinein. »Egal was auch passieren mag, lass dich niemals von dieser grausamen Welt in die Knie zwingen. Du musst von nun an stark sein und dich nicht unterdrücken lassen.«

»Lilia!«, Siletha wurde hysterisch und schüttelte ihren Kopf, als ich mich von ihr entfernte. »Komm hier bitte auch –«, aber in dem Moment hatte ich die Tür schon zugeknallt und den Schlüssel, der an der Gondel steckte, nach links gedreht. Meine Schwester klopfte verzweifelt gegen die Scheibe; schrie und bettelte, dass ich zu ihr kommen sollte...doch ich würde nicht wie ein kleines Kind in dieser Gondel weinend auf meinen Untergang warten, wenn ich meine kleine Schwester auch hier und jetzt verteidigen konnte.

Ich atmete tief durch und ließ meine beiden Messer in meinen Händen erscheinen. Selbst wenn ich diese drei Angreifer ausschalten könnte, würden tausende weitere in den Tiefen des Waldes auf mich warten...aber trotz dieser Gewissheit wollte ich nicht kampflos sterben. Ich würde kämpfen bis zu meinem letzten Atemzug.

Die drei großgewachsenen Gestalten stürzten sich gleichzeitig auf mich und ich wich nach links aus, um nur einen von ihnen in unmittelbarer Nähe zu haben. Nachdem seine Machete geschwungen war, duckte ich mich haarscharf unter dieser hinweg und schnitt ihm in derselben Bewegung die Kehle auf. Es war das erste Mal, dass ich mit einem meiner Messer einen Menschen verletzte, doch ich hatte keine Zeit, darüber nachzudenken, denn im selben Moment stürzte sich die zweite Gestalt auf mich und stieß mit ihrem Schwert in Richtung meines Bauches. Ich konnte zwar noch rechtzeitig meinen Körper bewegen, jedoch streifte mich ihre Klinge an der Hüfte, was ein starkes Brennen auslöste. Sofort setze ich zum Gegenangriff an und hämmerte eines meiner Messer blitzschnell in die Stirn der angreifenden Frau. Der letzte Verbleibende griff mich in diesem Moment auch an. Obwohl er ebenfalls zwei Messer in den Händen hielt, war ich so viel schneller als er, dass ich mit meinen Klingen seine Hände abschneiden konnte, bevor er auch nur richtig ausgeholt hatte. Danach machte ich kurzen Prozess und stieß ihm ein Messer mitten ins Herz.

Alle drei Angreifer lagen regungslos am Boden, ihre Leichen blutüberströmt, und hellblaue Lichtstrahlen begannen bereits, die Körper verschwinden zu lassen. Ich hatte diese Menschen getötet...mit meinen eigenen Händen. Dieses Gefühl war surreal, jedoch war das mir in dieser Ausnahmesituation völlig egal. Es gab Wichtigeres. Ich blickte seitlich zu Siletha in die Gondel und stellte daraufhin fest, wie ihre Augen mich entsetzt anstarrten. Ich hasste das Gefühl der Scham, das dieser Gesichtsausdruck in mir auslöste, doch bevor ich weiter darüber nachdenken konnte, spürte ich von der einen auf die andere Sekunde einen stechenden Schmerz in meiner Brust, der sich bis tief unter meine Haut durchzog. Ein intensiver Druck breitete sich sofort in meinem ganzen Körper aus und betäubte mich. Völlig entfremdet von mir selbst blickte ich meinen Körper hinab und erkannte ein Messer, welches durch meine Brust gebohrt worden war – ein Anblick, den ich in diesem Moment nicht einmal realisieren konnte.

»Lass mich dir einen letzten Ratschlag geben, Lilia«, hörte ich Warlecks raue Stimme flüstern und ich spürte seinen heißen Atem auf meiner Haut, die mit jedem Wimpernschlag immer kälter wurde. »Manchmal ist Schweigen mehr wert als unüberlegtes Gebrüll, wenn du deinen wichtigsten Schatz vor einem blutigen Schicksal bewahren willst.«

Noch nie in meinem Leben hatte ich Wörter so wenig zuordnen können, aber sie waren mir ohnehin innerhalb von Sekunden aus den Gedanken entwichen. Ich spürte, wie Warleck das Messer aus meiner Brust zog und wie vor meinen Augen alles schwärzer wurde. Mein Körper schwankte und nachdem ich einmal kurz geblinzelt hatte, lag ich auch schon auf dem Boden. Ich hörte das fassungslose Schreien meiner Schwester dumpf in meinem Kopf und sah verschwommen, wie Warleck sie über die Schulter hievte und sie mit in den dunklen Wald verschleppte – dann verschwand mein Sichtfeld komplett und alles um mich herum wurde zu purer Finsternis.

War der Moment nun gekommen? Würde ich jetzt etwa sterben? Obwohl die Todesangst etwas war, das mich mein ganzes Leben lang beschäftigt und mir schlaflose Nächte bereitet hatte, fühlte ich mich in diesem Moment ausgesprochen friedlich. Ich dachte weder an den leblosen Körper meiner Mutter noch an den verstörten Blick meiner Schwester oder an meine Heimat, die sich mit jeder Sekunde immer weiter zu Asche verwandelte – denn ich wusste, für mich spielte das alles keine Rolle mehr, da andere sich nun ohne mich mit dem drohenden Unheil durch Dark-Town auseinandersetzen mussten. Auch wenn ich immer geglaubt hatte, mich würde im Moment des Todes die Angst und die Panik überkommen, war ich in diesen friedlichen Augenblicken tatsächlich einfach nur froh darüber, schon bald die Antworten zu bekommen, nach welchen ich bereits seit so langer Zeit verzweifelt gesucht hatte.

-Der Preis für meine Sünden-

Es heißt, wenn ein Mensch stirbt, dann sieht er nicht bloß ein helles Licht am Ende eines dunklen Tunnels, sondern auch Erinnerungen, die sein gesamtes bisheriges Leben geprägt haben. Möglicherweise war dies der Grund, weshalb mir in diesem Moment die hohen, silbernen Gebäude des Zentrums erschienen, gefolgt von Unmengen an Wasser, welches von den Brücken zwischen den Bezirken überragt wurde. Vor meinen Augen erschien Silethas kleiner, ängstlicher Gesichtsausdruck, den sie erst viele Tage nach unserer Geburt ablegen würde.

Wir saßen auf der Wiese des Vorgartens eines hübschen, weißgestrichenen Anwesens im Bezirk Neighborhood. Obwohl hier jede Straße, jeder Garten und jedes Haus vollkommen gleich aussah, gefiel uns dieser Bezirk von allen, die wir bisher erkundet hatten, am besten. Nachdem wir vor einigen Tagen jeden einzelnen Fleck des Zentrums in- und auswendig gelernt hatten, waren wir zu dem Entschluss gekommen, eine der sechs Brücken, die aus dem Zentrum herausführten, zu überqueren – jedoch hatten uns sowohl das verschneite Orgia, in welchem die Menschen sich aus uns unerklärlichen Gründen nackt in ihre kleinen Eishütten legten, als auch das in rotem Licht strahlende Angerion, dessen Flammenmeere und kleine Vulkane eine unangenehme Hitze verursachten, dazu verleitet, diese beiden Bezirke nach wenigen Minuten bereits wieder zu verlassen. Hier in Neighborhood konnten wir uns allerdings nun vorstellen, nach einem anstrengenden Tag fürs Erste zu bleiben.

»Sag mal, L-Lilia...«, stotterte Siletha und griff nach meiner Hand, »...was machen wir eigentlich, wenn wir uns alle sieben Bezirke angeschaut haben?«

Ich biss in eines meiner beiden Butterbrote, welche ich mir gerade in einem Item-Shop gekauft hatte, und antwortete ihr mit vollem Mund:

»Weiß nicht...vielleicht lernen wir hier ein paar dieser Leute kennen...vielleicht finden wir ja Freunde. Ich denke nicht, dass wir uns hier allzu schnell langweilen werden, Siletha. Uns stehen unendlich viele Möglichkeiten offen.«

»Verzeihung, ihr beiden...«, ein blasser, glatzköpfiger Mann mit vollkommen weißen Augen war zu uns in den Vorgarten getreten und lächelte uns freundlich an, »...dürfte ich vielleicht um ein paar Sekunden eurer kostbaren Zeit bitten?«

»Ä-ähm...a-also...«, stotterte Siletha erneut und begann zu zittern, wie sie es immer tat, wenn andere Bürger sie ansprachen. Sie schaute mich hilflos an und richtete ihren Blick dann auf den Boden vor ihren Füßen.

»Ja, natürlich dürfen Sie das«, antwortete ich stattdessen selbstbewusst und drückte fest Silethas Hand, um ihr zu signalisieren, dass hier keine Gefahr bestand. »Vielen lieben Dank«, sagte der Mann und machte eine höfliche kleine

Verbeugung. »Mein Name ist Oskar und ich halte heute Abend eine Rede auf dem riesigen Rathausplatz des Zentrums. Es ist mir ein äußerst wichtiges Anliegen, jeden einzelnen Bürger Equalitys mit meinen Worten zu erreichen; so bitte ich euch, heute um 20 Uhr an besagtem Ort zu erscheinen und jedem Bürger davon zu berichten, dem ihr begegnet. Würdet ihr dies bitte für mich tun, liebe Kinder?«

Ich warf einen kleinen Blick auf Siletha, die mich wiederum fragend ansah. Ich überlegte es mir kurz, doch was sprach schon dagegen? Vielleicht hatte dieser Mann etwas Wichtiges zu sagen, und die restlichen drei Bezirke wollten wir sowieso erst besichtigen, nachdem wir uns etwas ausgeruht hatten – das konnten wir problemlos auch an einem anderen Tag machen. Außerdem machte dieser Oskar einen harmlosen Eindruck und mein Bauchgefühl sagte mir, dass er keine bösen Absichten hatte und tatsächlich unsere Hilfe wollte.

»Alles klar!«, antwortete ich ihm mit einem freundlichen Lächeln. »Sie können sich auf uns verlassen!« Siletha gab zwar kein Wort von sich, nickte ihm aber zustimmend mit einem zierlichen Lächeln zu, was mich ausgesprochen stolz machte, weil sie sich sonst kaum traute, mit Fremden zu interagieren. Doch die gemütvolle Atmosphäre, die dieser Mann ausstrahlte, sowie meine freundliche Reaktion auf seine Bitte, ließen sie offenbar etwas auftauen.

Den restlichen Tag standen wir beide zu unserem Wort und verbrachten unsere Zeit damit, jedem Bürger, dem wir begegneten, von der anstehenden Rede Oskars zu erzählen – oder besser gesagt, ich verbrachte den restlichen Tag damit, währenddessen Siletha zitternd hinter meinem Rücken stand und sich weigerte, die fremden Menschen anzusehen, wenn sie es nicht musste. Trotzdem war ich stolz auf sie. Sie hatte heute schon große Fortschritte gemacht.

Als wir dann schließlich zur vereinbarten Zeit auf dem gewaltigen Rathausplatz ankamen, welcher gewiss vom Bürgermeister dafür geschaffen worden war, damit sich alle 100.000 Bürger dort versammeln konnten, war bereits eine riesige Menge an Menschen vor Ort. Aus der Ferne konnten wir Oskar erkennen, der mit breit ausgestreckten Armen auf einem kleinen Balkon stand, der aus dem riesigen braunen Rathaus herausragte, welches aus unzähligen Etagen und Türmen bestand. Als die Uhr schließlich 20:15 anzeigte und die ersten Bürger bereits ungeduldige Töne von sich gaben, begann Oskar mit einer Mischung aus Gesprochenem und Gebrüll seine Rede:

»Geehrte Bürger Equalitys...mein Name ist Oskar und ich bin genau wie ihr vor vier Tagen in diese unbekannte Stadt hineingeboren worden. Ich glaube, wir alle sind im Moment auf der Suche nach einem Sinn und einem Platz in dieser Welt und ich mache mir nichts vor, wenn ich davon ausgehe, dass auch jeder von uns bereits in den Katalog geschaut hat. Aus diesem Grund wende ich mich hier und jetzt an euch, da ich etwas verhindern möchte, was wir alle bereuen werden. Natürlich könnten wir zu den Waffen greifen und uns gegenseitig töten, aber lasst mich euch eine Alternative bieten. Wir sind 100.000 unterschiedliche Menschen, die unterschiedlich aussehen, sich unterschiedlich verhalten und unterschiedliche Stimmen haben. So lasst uns versuchen, uns gegenseitig kennenzulernen, Vertrauen aufzubauen und uns gegebenenfalls auch lieben zu lernen und ich bin mir sicher, keiner von uns wird dann überhaupt noch den Drang verspüren, eine Waffe gegen einen seiner geschätzten Mitbürger zu richten!« Aus den Reihen der unzähligen Menschen auf dem Rathausplatz ertönte schallernder Jubel und Applaus, dem ich mich anschloss. Mein Bauchgefühl hatte sich als richtig herausgestellt und das machte mich froh. Oskar genoss offensichtlich die Reaktion der Bürger: Er riss breit grinsend seine Arme in die Luft, machte daraufhin eine lange Verbeugung und verschwand, begleitet von der euphorischen Geräuschkulisse, in dem gewaltigen Rathaus.

Es vergingen einige Stunden, bis wir Oskar wiedersahen – das Zentrum hatte sich inzwischen in ein rotes Meer aus Blut und Leichen verwandelt. Siletha und ich waren panisch in eine schmale, leicht übersehbare Gasse gerannt und hatten dort den von Nabel bis Brust aufgeschlitzten Oskar gefunden, der schwer atmend mit dem Rücken an eine Mauer anlehnte. Siletha schrie, weinte bitterlich und zitterte so sehr, dass ich mich fragte, wie sie sich noch aufrecht hielt. Es fiel mir unheimlich schwer, sie zu beruhigen, während ich selbst solche Angst hatte, jederzeit von einer spitzen Klinge aufgespießt werden zu können. Es brannten sich Bilder in meinen Kopf, die mich wahrscheinlich ewig verfolgen würden, doch ich durfte in diesem Moment nicht wegsehen. Ich musste stark sein, denn das war der einzige Weg, wie ich mich und vor allem Siletha in Sicherheit bringen konnte.

»Oskar...«, flüsterte ich dem schnaubenden, blutenden Mann zu und versuchte dabei nicht auf seine Wunde zu starren, sondern stattdessen in seine weißen Augen, die inzwischen blutverlaufen waren, »...w-wieso töten die Menschen sich? I-ich dachte...i-ich dachte...«

»Sie nennen sich...sie...nennen sich...«, keuchte Oskar und hustete Blut auf den steinigen Boden der Gasse, was Siletha zusammenzucken ließ, »...sie nennen sich die *Wissenschaftler*. Bevor sie...mich so zugerichtet haben...sagten sie, dies wäre notwendig, um das Wissen...um das Wissen der Menschheit zu erweitern. Aber es sind nur...es sind...es sind...nur...Lügen.« Oskars Atmung stoppte und sein Kopf sank matt nach vorne, als wäre er eingeschlafen. Für einen kurzen Moment spürte ich so etwas wie Erleichterung, da ich seinen gequälten Gesichtsausdruck nun nicht mehr sehen musste und er wahrscheinlich auch keinen Schmerz mehr spürte, doch Siletha stieß einen ängstlichen, lauten Schrei aus, sobald sie realisierte, was gerade passiert war. Sie ließ sich zu Boden sinken und vergrub schluchzend ihr Gesicht hinter ihren Knien. Ihre Hände krallte sie sich fest in die Haare und sie schaukelte leicht hin und her.

»S-Siletha...«, stotterte ich, obwohl ich mich selbst wie gelähmt und überhaupt nicht in der Lage zu denken, geschweige denn zu reden, fühlte. Ich legte meine nun ebenfalls heftig zitternde Hand auf ihr Knie und hoffte, dass ich ihren Angstzustand dadurch nicht verschlimmerte. Meine Stimme konnte ich, genau wie meine Hand, nicht gleichmäßig halten. Ich hatte Angst vor meiner eigenen Angst, denn ich wusste nicht mehr, wie ich die Kontrolle über meinen eigenen Körper behalten sollte. Alles war unberechenbar – doch mein Kopf schrie mich an, Siletha aus dieser Situation zu bringen, und das war es letztendlich, das mich dazu brachte, etwas zu tun. Um meine eigenen Gefühle konnte ich mich nachher noch kümmern. Sie war wichtiger.

»Nimm meine Hand. Wir müssen von hier verschwinden.«

»D-da draußen sind d-die Leute mit den M-Messern. I-ich will nicht sterben, Lilia. Ich habe solche A-Angst, ich habe s-solche Angst.«

»Siletha!«, rief ich nun etwas strenger, obwohl ihre Worte mir das Herz gebrochen hatten. Doch meine Taktik funktionierte: Mein harscher Ton sorgte dafür, dass sie ihren Kopf hob und ihre smaragdgrünen, tränenden Augen mich ansahen. Ich hatte gar nicht gewusst, dass ihre wunderschönen Augen so viel Leid tragen konnten. Ich hätte es ihr am liebsten alles abgenommen. »Du wirst nicht sterben, hörst du? Wir dürfen jetzt keine Angst zeigen; die wird uns sicher nicht retten! Wir müssen –«

Meine Stimme blieb in meiner Kehle stecken, denn aus meinen Augenwinkeln sah ich plötzlich eine große, breitgebaute Gestalt. Der Mann hatte ein riesiges Horn auf der Nase und in seinen großen Klauen hielt er eine in Blut getränkte Machete.

»Ihr müsst...was?«, eine höhnische Stimme begleitete das abscheuliche Lächeln auf dem Gesicht dieses Mannes und mein Herz setzte einen Schlag aus.

Sobald ich reagieren konnte, stieß ich einen gequälten Schrei aus – genauso wie Siletha. Es war unmöglich, jetzt noch davonzulaufen. Das Mordwerkzeug unseres Angreifers war bereits geschwungen worden und auf dem Weg, unsere kleinen Körper in Stücke zu reißen. Mir blieb zwar nichts weiter übrig, als zu schreien, aber ein kleiner Gedanke befasste mich dennoch im Bruchteil einer Sekunde: Warum? Warum passierte das alles? Wieso sollte unser Leben ausgelöscht werden, obwohl wir niemandem etwas Böses wollten? Ich verstand es einfach nicht.

In der Erwartung, jede Sekunde den grausamsten Schmerz zu vernehmen, den ich mir vorstellen konnte, schloss ich meine Augen – jedoch spürte ich aus irgendeinem Grund rein gar nichts, auch einige Momente später nicht. Meine Augen öffneten sich gegen den Willen meiner Angst wie von selbst und ich sah, dass der riesige Mann mit der Machete nun mit aufgeschlitzter Kehle auf dem Boden lag und sich vor Schmerzen krümmte. An seiner Stelle stand nun eine schlanke, weißhaarige, wunderschöne Frau vor uns – sie war in einem schwarzen Lederoutfit gekleidet, hatte Blutflecken im Gesicht und hielt ein dünnes, elegantes Schwert in der Hand. Sie blickte für einen Moment wie hypnotisiert auf ihr sterbendes Opfer. Dann wandte sie sich von ihm ab und bückte sich zu uns auf den Boden. Aus Reflex zuckten Siletha und ich zusammen und klammerten uns fester aneinander, doch als die Frau ihr Schwert neben sich auf dem Boden ablegte, beruhigte sich mein Körper wieder.

»Habt keine Angst, ich tue euch nichts«, sprach die Frau mit ruhigem und sanftem Ton. »Mein Name ist Myrielle. Ich kann euch an einen sicheren Ort bringen; ihr müsst nur mit mir kommen.« Ihre Stimme war lieblich und ich wollte nichts Weiteres, als ihr blind bis an einen warmen Ort zu folgen, wo ich all den Horror und Schrecken des heutigen Tages vergessen konnte – aber ich konnte ihr doch nicht einfach so vertrauen. Musternd begutachtete ich die fremde Frau von Kopf bis Fuß. Ihre Miene war ernst, aber freundlich; ihre Augen schienen aufrichtig. Und wenn uns diese Myrielle wirklich umbringen wollte, warum tat sie es dann nicht einfach in diesem Moment und vor allem, warum hätte sie dann unseren Angreifer umgebracht? Vielleicht wollte sie uns wirklich helfen – aber konnte das denn sein?

Einfach so, obwohl sie keinen Vorteil davon hätte? Doch mir blieb nichts anderes übrig, als ihr zu vertrauen. Die Alternative – mit Siletha allein Sicherheit zu suchen und uns dabei durch dieses Blutbad, wo hinter jeder Ecke Gefahr lauerte, zu kämpfen – war auch nicht besser und auch nicht weniger beängstigend. Also nahm ich die rechte Hand der Frau und Siletha nach kurzem Zögern die linke, und es umhüllte mich gefühlt sofort eine gewisse Wärme. Die Hand war sanft und tröstend und fühlte sich in meiner richtig an. Meine Entscheidung damals hatte letztendlich dafür gesorgt, dass Mutter uns an jenem Tage das Leben retten und seither jeden einzelnen Tag beschützen konnte – wohingegen ich selbst meine wunderbare, gutherzige, selbstlose Mutter nicht hatte beschützen können, als zum ersten Mal in ihrem Leben sie es gewesen war, die Hilfe gebraucht hatte.

Vor meinem inneren Auge erschien mir nun die Erinnerung an das Blut, welches aus dem Brustkorb der silberhaarigen Frau geströmt war und ihre weißen Kleider dunkelrot gefärbt hatte, wonach ihr Körper wie ein lebloser Gegenstand in das weiche Gras gefallen war. Ich hatte schon so viel Leid und schreckliches Gemetzel gesehen, doch dieser Anblick war der schlimmste, den ich in meinem ganzen Leben hatte miterleben müssen.

»Mutter...«, flüsterte ich, doch wusste ich nicht, ob es meine Gedanken waren, die diese Wörter erzeugten, oder doch das letzte bisschen Kraft meines Körpers, »...es tut mir so leid, Mutter...ich konnte dich nicht beschützen...ich konnte Siletha nicht beschützen...und nicht einmal mich selbst konnte ich beschützen. Vergib mir, Mutter...bitte, vergib mir. Mutter...Mutter...«, und für einen winzigen Augenblick spürte ich einen Impuls, der alle meine Gliedmaßen durchzog. War dies nun das Ende? War dies die letzte Reaktion meines Körpers? War dies der Tod?

Noch nie hatte ich so sehr nach Luft geschnappt, wie in diesem Augenblick. Ich riss meine Augen auf – noch immer lag ich im Gras. Im ersten Moment blickte ich zu der Gondel – doch eigentlich war das dumm. Warum hätte ich auch glauben sollen, dass Siletha noch da sein würde? Mein Verstand kam in den Tritt und ich begriff, dass das unmöglich war. Warleck hätte sie niemals zurückgelassen, denn allein wegen ihr war er überhaupt hier gewesen und hatte diesen ganzen Horror verursacht. Tief ein- und ausatmend drehte ich mich also auf den Rücken und sah stattdessen in das Mondlicht und den Sternenhimmel. Dann fiel mir ein, dass ich doch eigentlich tot sein müsste...oder nicht? Ich tastete meine Brust ab; das Loch und die Wunde waren wie durch Magie verschwunden. Ich wusste nicht, wie mir geschah...das konnte einfach nicht möglich sein. Wieso um alles in der Welt war ich nicht tot?

Ich öffnete den Server und blickte auf meine Lebensanzeige – alle 100 Lebenspunkte waren aufgefüllt. Noch immer wie gelähmt vor Verwirrung hievte ich mich mit viel Mühe auf die Beine. Meine Lebenspunkte waren aufgefüllt, doch trotzdem war mein Körper erschöpft. Ich fühlte mich in dem Moment so, als würde ich meine Haut nicht richtig ausfüllen; als wäre dies gar nicht mein Körper. Meine Gliedmaßen fühlten sich fremd an und ich verstand nichts – nicht, was passiert war und nicht mal wirklich, wer ich war. Dann fielen mir die drei Dark-Town-Kämpfer ins Auge, welche mich attackiert hatten – die ersten Menschen, die durch meine Hand gestorben waren, und von dieser Erinnerung wurde ich wie in mich selbst zurückgeschockt – und war gleich auch von mir angewidert. Bei dem Gedanken daran, dass ich selbst es war, der die Leben dieser Menschen, die um mich herum verstreut lagen, genommen hatte, drehte sich mir der Magen um. Auch wenn sie mich angegriffen hatten und auch wenn sie keine guten Menschen waren, war ich es, der für ihre Tode die Verantwortung trug. Als ich die leblosen Körper und die blauen Lichtfetzen, welche sich immer noch von ihnen aus zum dunklen Himmel aufmachten, genauer begutachtete, fiel mir auf, dass die Leichen um einiges durchsichtiger geworden waren – es mussten also inzwischen schon Stunden vergangen sein, seit ich das Bewusstsein verloren hatte. Warleck hatte Siletha bestimmt schon weit von mir weggeführt.

Mit langsamen und erschöpften Schritten begann ich, unser Dorf zu durchqueren. Unzählige Felder, Bäume und Hütten waren niedergebrannt worden oder standen noch immer in Flammen. Bei fast jedem mühsamen Schritt, den ich nach vorne ging, entdeckte ich eine Leiche – einige von Feinden, doch so gut wie jede war ein Einwohner Rasts. Es waren so viele, dass ich fast Angst hatte, weiterzugehen – aber umzudrehen würde mir auch nichts bringen. Hier gab es keinen sicheren Ort mehr. Ich konnte nur weiter durch diese Hölle stapfen; was anderes blieb mir nicht übrig. Plötzlich blieb ich wie angewurzelt stehen. Neben zwei toten Dark-Town-Kämpfern lag etwas Rundes. Ich blickte genauer hin und versuchte zu erkennen, was es sein könnte. Es war kein Ball und auch kein anderes Item aus dem Katalog, nein, es...es war der pelzige, blutüberströmte Kopf von

Cat. Ihre gelben Augen blickten mich starr an; ihr Mund stand weit offen. Ich ließ mich zu Boden sinken und Tränen liefen mir die Wangen hinunter. Ich wollte schreien, doch meine Stimme ließ mich im Stich.

Cat und ich hatten, seit wir uns kannten, nichts anderes getan, als uns gegenseitig runterzumachen oder uns zu beleidigen. Immer wenn ich sie gesehen hatte, war ich genervt gewesen, doch in diesem Moment spürte ich einen unerträglichen Schmerz. Auch wenn wir uns nicht ausgestanden hatten...Cat war treu gegenüber meiner Schwester, allen Einwohnern Rasts und somit auch mir gewesen – ein Teil meiner Familie. Ich legte meine zitternde Hand auf ihren weichen Kopf und schloss ihre Augen und ihren Mund – dabei traf mich der Gedanke, dass ich nie wieder eine Beleidigung aus diesem Mund hören würde. Ich hatte niemals gedacht, dass ich mich eines Tages danach sehnen würde. Ich schob den Gedanken beiseite und verabschiedete mich stattdessen stillschweigend von ihr. Ihr Gesicht sah nun deutlich friedlicher aus, so als würde sie ruhen – und das verdiente sie.

Als ich aufstand, fühlte ich mich taub. Ohne groß nachzudenken, bewegte ich mich langsam in Richtung des großen Feldes. Ich musste sie einfach sehen, egal wie sehr es schmerzen würde; noch ein allerletztes Mal musste ich sie anblicken, bevor ihr Körper für immer verschwand. An den Flammen, Aschehaufen und Leichen vorbei ging ich das teilweise blutgetränkte Gras entlang, bis ich an der Stelle ankam, an der sich vor einigen Stunden noch Warleck und meine Mutter gegenübergestanden hatten. Das alles kam mir so merkwürdig unecht vor, wie ein Fiebertraum, doch überall um mich herum lagen die Beweise dafür, dass nichts davon geträumt gewesen war. Ich schloss kurz die Augen, atmete zittrig durch, riss mich ein wenig zusammen und suchte dann den Boden nach der Leiche meiner Mutter ab – jedoch war sie nirgendwo zu finden, obwohl ich mich noch genau erinnern konnte, an welcher Stelle sie zusammengeklappt war. Wo war sie denn? Hatten die Bewohner DarkTowns ihre Leiche etwa mitgenommen? Was hatten Warleck und die anderen mit ihr vor? Wollten sie sich etwa an ihrem leblosen Körper...dieser Gedanke zwang mich in die Knie und ich ließ mich zu Boden fallen – dann brach der Damm und meine Emotionen konnten sich nicht mehr zurückhalten.

Ich weinte, ich schrie und ich drückte meinen Kopf auf das Gras. Wieso hatten sie uns das angetan? Wir hatten doch nichts anderes gewollt, außer hier friedlich zu leben. Wir hatten doch keinem was getan.

»Hil-fe...hil-fe«, hörte ich urplötzlich eine leise Stimme wimmern und ich sprang auf. Hatte ich mir das etwa eingebildet? Langsam bewegte ich mich in die Richtung, aus welcher dieses Geräusch gekommen war. Zwischen den unzähligen Feuermengen erkannte ich schließlich – auch wenn es seltsam klingt – eine Flamme, die mir bekannt vorkam.

»FIRE!«, rief ich und rannte zu dem kleinen Mädchen, das blutüberströmt auf dem Boden lag. Ich legte meine Hand auf ihre Schulter und ihre zusammengekniffenen Augen fanden meine.

»Li..lia?...«, Fires Stimme war leise und wackelte, »...bist...bist du das? Es ist schön, dich...«, auf einmal überzog ein schwaches Lächeln ihr helles Gesicht, »...es ist schön, dich noch einmal zu sehen, bevor ich sterbe. Ist Siletha auch bei dir?«

Ich wollte ihr gerade antworten, auch wenn mir die Antwort wehtat – doch in dem Moment wanderte mein Blick auf etwas, was nur einige Meter von Fire entfernt lag und wie ein Metallhaufen aussah. Es war der leblose Körper von Hugo, dessen glänzende Teile gewaltsam von dem Rest seiner Haut getrennt worden waren und um ihn herum verstreut lagen. Als Fire bemerkte, dass ich meinen Blick von ihr abgewandt hatte, drehte sie leicht ihren Kopf, um ihm zu folgen, doch schnell packte ich ihr Gesicht, damit sie den schrecklichen Anblick nicht auch sehen musste. Sie lächelte mich wieder an, doch ihr Bewusstsein schien immer mal wieder ein wenig zu wackeln und sie hatte Schwierigkeiten, ihre Augen aufzuhalten. Ihre Frage hatte sie scheinbar schon wieder vergessen. Trotz ihrem Zustand brachte sie aber noch ein paar Worte hervor.

»Es hat mir...es hat mir immer...immer großen Spaß gemacht, mit euch auf den Pilzen herumzuspringen.«

Es brach mir das Herz, diesen Satz in Vergangenheitsform zu hören. Ich konnte doch nicht zulassen, dass das jetzt alles vorbei war. Es reichte mir. Diese Situation konnte ich nicht weiter ertragen; sie zerriss mich. Ich musste etwas tun, also packte ich den kleinen Körper Fires und hob ihn in die Luft. Dabei streiften ihre Haare meine Haut, doch die Flammen waren auch nicht mehr so stark wie sonst; sie flimmerten ein wenig. Selbst wenn sie mich verbrannt hätten, wäre es mir in dem Moment egal gewesen.

»Was tust du...Lilia? Leg mich wieder hin...es...es tut so weh.«

»Ich werde das nicht akzeptieren«, sagte ich fest entschlossen und verließ mit schnellen Schritten das große Feld. »Das werde ich doch nicht einfach hinnehmen. Ich werde doch nicht einfach nur hier im Gras sitzen und darüber heulen, dass alle meine Geliebten um mich herum draufgehen, wenn ich noch etwas dagegen unternehmen kann.«

»Ich...ich bin so müde«, sagte Fire in einem Stimmton, der mich heute noch verfolgt. Er war nicht mal mehr gequält, sondern einfach nur...ausgebrannt.

»Leg deinen Kopf auf meine Schulter«, sagte ich. »Du musst dich nicht aufrecht halten. Ich habe dich.«

»A-aber...meine Haare...«, murmelte sie. Ich antwortete nicht, sondern drückte ihren Kopf einfach mit meiner Hand selbst auf meine Schulter. Eine kleine Brandwunde war doch nichts im Vergleich zu allem, was passiert war. Ich spürte, wie sich langsam ein wenig Spannung aus Fires Körper löste und sie aufatmete.

Während wir an den unzähligen Leichen unserer Freunde und Bekannten vorbeigingen, hielt ich Fire die Augen zu und versuchte, meinen eigenen Blick starr nach vorne zu richten. Auch wenn mein Körper angestrengt war, schaffte ich es, sowohl mich als auch Fire innerhalb kürzester Zeit zu einer Hütte, die eine der wenigen war, welche nicht Flammen gefangen hatte, zu schleppen.

»Nova!«, rief ich keuchend durch den Item-Laden zu der durchsichtigen und blau flackernden Frau hinter dem Tresen. »Fire ist schwerstverletzt; sie braucht ein Heilungs-Item, schnell!«

»O nein, wie bedauerlich...«, sagte Nova. Allerdings sah sie nicht besorgt aus, sondern trug wie immer ihr breites Grinsen auf dem Gesicht. Ich schauderte. »Fire gehört zu den wenigen herzensguten Menschen, sie ist ein liebenswertes Mädchen. Jedoch weißt du sicher genau wie ich, dass ich keine Heilungs- und Nahrungsmittel vor 6 Uhr morgens verkaufen darf.«

»Hast du mir etwa nicht zugehört? Sie wird sterben, wenn sie sich nicht heilen kann. Es geht hier um Leben und Tod; die Regeln sind doch jetzt scheißegal!«

»O...keineswegs, die Regeln unseres Bürgermeisters sind das oberste Gut. Nur dank ihnen wird es auf ewig gerecht zugehen.«

»GERECHT?«, brüllte ich mir aus der Seele. »FIRE, HUGO, CAT UND ALLE ANDEREN WOLLTEN NICHTS WEITER ALS EIN FRIEDLICHES LEBEN! SIE HABEN KEINER MENSCHENSEELE LEID ZUGEFÜGT UND WURDEN VON GRAUSAMEN BESTIEN ABGESCHLACHTET, DIE IN DER ÜBERZAHL WAREN. DAS SOLL ETWA GERECHT SEIN? DAS SOLL FREIHEIT SEIN? DAS HIER IST EINE EINZIGE UNGERECHTIGKEIT. ALSO SORG GEFÄLLIGST DAFÜR, DASS WENIGSTENS EIN UNSCHULDIGES LEBEN GERETTET WIRD!«

»Lilia...wieso regst du dich denn so auf?«, fragte Nova in ihrer freundlichen, monotonen Stimme. »Niemand zweifelt an der Herzensgüte der Bürger Rasts – immerhin habe ich euch seit 3000 Tagen täglich Items verkauft. Aber das ändert doch nichts daran, dass eure Leben der Freiheit anderer Menschen im Weg standen. Jeder darf selbst entscheiden, ob er das Leben anderer Menschen oder teurere Items bevorzugt; jeder durfte seit seiner Geburt selbstbestimmte Entscheidungen treffen, welche ihm in einem potenziellen Kampf zum Vorteil oder zum Nachteil werden konnten. Alle Menschen dieser Stadt konnten ihr heutiges Schicksal eigenständig gestalten; jeder hatte dieselben Voraussetzungen und die freie Entscheidung über seine Taten...das ist absolute Gerechtigkeit...das ist absolute Freiheit...und genau das macht unsere Stadt doch so wunderschön.« Ich war entsetzt.

»Wunderschön? Schau dich doch um! Das –«

»Weh...«, krächzte Fire schwach, »...es...tut so weh.« Sofort legte ich ihren kleinen Körper auf dem Boden des Item Ladens ab.

»Du musst durchhalten, hörst du?«, meine Stimme war zittrig und Tränen liefen mir erneut über die Wangen. »Damit wir wieder...auf den Pilzen springen und gemeinsam lachen können. Wir müssen wieder auf den Pilzen springen und gemeinsam lachen. Fire, bitte, du musst –«

Von der einen auf die andere Sekunde erlosch endgültig das orangene Haar des kleinen Mädchens mit der hellen Haut. Ihre Augen waren starr, doch ihr Mund schien ein leichtes Lächeln zu formen, als wäre ihr in der Sekunde ihres Todes ein Bild von ihren besten Freunden durch den Kopf gegangen. Aber das war für mich kein Trost. Meine Schläfen taten weh und die Tränen liefen mir in Unmengen die Wangen herunter. Es fühlte sich so an, als hätte ich nun ein Loch in meiner Brust, doch nicht der magischerweise verschwundene Messerstich. Ich hatte nun ein seelisches Loch, und das konnte nicht wieder verschwinden, da war ich mir sicher. Ich konnte mir nicht vorstellen, jemals wieder glücklich zu sein. Ich konnte nicht verstehen, warum das alles passiert war und warum denn keiner es verhindert oder uns geholfen hatte. Bei diesem Gedanken überkam mich eine brennende Wut – eine unbeschreibliche Wut, die unbedingt hinauswollte.

»DU DRECKIGE SCHLAMPE!«, kreischte ich und stürzte mich auf den Tresen, hinter dem Nova aber keinen

Schritt zurückwich. Das Adrenalin gab mir wieder Kraft; ich schwang mit voller Wucht meine Faust und schlug mitten in Novas ekelhaft lächelndes Gesicht – doch meineHand flog lediglich durch die Frau hindurch.

»Ich habe die Zeit mit euch sehr genossen. Lilia, du und deine Schwester wart mir immer besonders sympathisch. Es tut mir sehr leid, dass du nun sterben musst; das meine ich auch wirklich so. Aber freue dich – du kannst mit der Gewissheit sterben, für die Freiheit der verbliebenen Menschen dein Leben gelassen zu haben. Mach es gut, meine Liebe.« Nova löste sich in Luft auf und ließ mich allein in dem stockdunklen Item-Laden zurück. Irritiert drehte ich mich um und sah vier verwundete Dark-Town-Kämpfer vor mir, die ihre blutgetränkten Klingen auf mich richteten – scheinbar waren sie im Kampf verletzt und zurückgelassen worden...und hatten mich dann in den Item-Laden gehen sehen.

»Fuck...«, stöhnte ich erschöpft, »...ihr seht so beschissen aus. Na los, versucht doch ruhig, mich umzubringen, ihr feigen Wichser...zu viert gegen eine einzelne unbewaffnete Person bekommt ihr das vielleicht sogar hin. Aber ich warne euch...aus irgendeinem Grund hat eine höhere Macht etwas dagegen, mich sterben zu lassen...vielleicht ist es ja sogar der Bürgermeister höchstpersönlich.«

»Halt den Rand, du Waldschwächling«, raunzte einer der vier, der offenbar ein Auge im Kampf verloren hatte, denn an der Stelle war nur noch ein blutiges Loch. Langsam kamen die vier auf mich zu; es gab keine Möglichkeit für mich zu entkommen, aber ich hatte keinerlei Furcht. Vielleicht war es noch der Adrenalinkick, vielleicht schiere Dummheit, oder vielleicht hatte ich auch nur erkannt, dass ich nichts mehr zu verlieren hatte. Ich lachte so laut, wie ich konnte. Ich lachte und weinte, lachte und weinte; es war egal, ob ich starb oder erneut ins Leben zurückgebracht wurde, es war mir egal. Ich hatte keinen Überlebensdrang mehr; ich wollte einfach fort.

Doch kurz bevor die Dark-Town-Kämpfer bei mir angekommen waren, blieben sie auf einmal wie angewurzelt stehen und begannen allesamt nach Luft zu ringen. Zunächst verstand ich nicht, was in diesem Moment vor sich ging, als ich auf einmal erkannte, dass allen vier Blut aus dem Hals spritzte. Keuchend und schnaubend fielen sie daraufhin zu Boden und dann erkannte ich, wer alle meine Angreifer innerhalb einer Sekunde getötet hatte – nur beim Glauben hatte ich noch Schwierigkeiten. Es war eine Frau mit silbernem Haar und ehemals weißen Kleidern, die nun mit rotem Blut getränkt waren; eine Frau, die sich nur schwach auf den Beinen hielt und nun vor meinen Augen zu wanken begann.

»MUTTER!«, rief ich und stützte sie, bevor ihr Körper zu Boden sinken konnte. Aus ihrer Brust strömten Unmengen von Blut – als ich ihre Wunde erkannte, drückte ich sie mit meiner Hand zu. Ich war fest davon ausgegangen, Warleck hätte ihr ins Herz geschossen, was ihr sofort alle 100 Lebenspunkte genommen hätte, aber er hatte es anscheinend verfehlt. Trotzdem hatte meine Mutter schon viel zu viel Blut verloren, und meine kurzzeitige Erleichterung wurde sofort wieder von einer überwältigenden Angst verschluckt. »Du musst noch drei Stunden durchhalten, Mutter, dann kannst du dir Heilungs-Items kaufen.«

»Wir...wir können nicht hierbleiben«, sagte meine Mutter schwach. »Es sind noch zu viele Dark-Town-Kämpfer hier...sie suchen nach Überlebenden. Wir müssen ins Zentrum, Lilia, und dort einen Item-Shop aufsuchen.«

»Wir werden Stunden unterwegs sein«, sagte ich panisch. Ich wollte sie nicht noch einmal verlieren, so kurz nachdem ich sie zurückgewonnen hatte. Ich wusste nicht, ob ich diesen Schmerz ein zweites Mal überstehen würde. »Den Weg wirst du sicher nicht überleben. Ich werde uns beschützen und dann heilst du dich hier. Das ist unsere beste Chance.«

»Ich habe noch genügend Lebenspunkte übrig...wenn du mich stützt, werden wir es schaffen.«

»Aber Mutter –«

»Vertrau mir...bitte vertrau mir.«

Ich vertraute ihr. Ich hatte ihr immer vertraut, also hörte ich auch in dieser Situation auf sie. Gemeinsam verließen wir den Item-Laden, mein Arm um Mutters Hüfte, und ich blickte dabei noch ein letztes Mal auf Fires kleinen Körper, der sich auch schon in blaue Lichtfetzen aufzulösen begann. Ich wollte nicht gehen, aber meine Mutter war weiser als ich und hatte mich noch nie irregeführt, also würde sie allein wissen, was das Beste für uns in dieser aussichtslosen Situation war. Daran glaubte ich fest.

Nachdem wir uns an den verbleibenden Dark-Town-Kämpfern vorbeigeschlichen hatten, schleifte ich meine Mutter mit langsamen Schritten über die lange Brücke, welche zum Zentrum führte – in dem Moment kam sie mir noch viel endloser vor als sonst. Die feuchte Prise des umliegenden Sees befeuchtete meine Augen, die sich vom vielen Weinen schon ganz ausgetrocknet anfühlten. Mit meiner linken Hand umklammerte ich Mutters Hüfte, damit sie so wenig Kraft wie möglich in ihre Beine stecken musste. In dem Tempo würde es noch einige Stunden dauern, bis wir das Zentrum erreichten, doch ich durfte nicht aufgeben, ich musste weitergehen, ich würde meine Mutter retten – ich war es ihr schuldig, denn sie hatte einst auch mein Leben gerettet.

»Es ist...meine Schuld«, flüsterte meine Mutter schwach; ihr Gesicht war inzwischen schneeweiß und der Himmel hatte eine leichte Morgenröte angenommen.

»Nein, Mutter, du kannst nichts dafür«, entgegnete ich streng. »Du bist nicht schuld an diesen ekelhaften, gierigen Menschen.«

Nach ein paar weiteren kleinen Schritten ließ meine Mutter meine Schulter los, an der sie sich festgehalten hatte, und legte sich flach und völlig erschöpft auf die Brücke. Mein Arm rutschte von ihrer Hüfte; ich konnte sie nicht auf den Füßen halten.

»Mutter!«, rief ich. »Wir haben schon die Hälfte geschafft, wir müssen weitergehen, du –«

In dem Moment sah ich aus weiter Entfernung bedrohliche Schatten, die aus Richtung Rast auf uns zukamen. Das konnte doch nicht sein; hatten uns die Dark-Town-Kämpfer etwa verfolgt? Auf einmal spürte ich ein leichtes Kribbeln in meinem Körper, das ich noch nie zuvor gespürt hatte. Es war ein merkwürdiges Gefühl. Ich wollte mich bücken und meine Mutter auf die Beine ziehen; sie zum Zentrum schleifen; irgendetwas tun, um zu entkommen...doch ich konnte mich ab der Hüfte nicht bewegen, und sie war noch außer Reichweite meiner Arme. Was war denn jetzt mit mir los? Warum konnte ich keinen Schritt zu ihr machen? »Es ist 6 Uhr«, flüsterte meine Mutter. »Die neuen Tokens sind da.«

Verwundert griff ich nach meinem Schriftzug und loggte mich in meinen Server ein. Dort blickte ich auf die Token-Anzeige. Ich hatte 202 Tokens; sieben Stück mehr als ich sonst hatte, nachdem die Tokens für meine Kleidungserneuerung von selbst abgebucht worden waren – ein nützliches Programm, wenn man nicht von der einen auf die andere Sekunde splitternackt dastehen wollte. Als ich meinen Server wieder schloss, sah ich, dass die Kleider meiner Mutter, die sich nun mühsam wieder von selbst auf die Füße stellte, verschwunden waren, und es wäre eine Erleichterung gewesen, sie wieder in ihrer normalen Erscheinungsform zu sehen – wenn da nicht dieses klaffende Loch in ihrer Brust gewesen wäre, aus dem immer noch Blut sickerte. Ich streckte meine Hand nach ihr aus, doch sie stand immer noch gerade so außerhalb meiner Reichweite. Für einen Moment guckten wir uns nur an. Ich versuchte, aus ihrem Gesichtsausdruck schlau zu werden, doch alles, was gerade geschah, war mir ein Rätsel.

»700 Menschen sind also gestorben...«, sagte ich schließlich und versuchte dabei, meinen Blick auf ihren Augen zu halten – ich wollte nicht in ihre Wunde starren. »Aber Mutter, wieso kann ich mich nicht bewegen? Was ist hier los?«

»Es gibt ein Item namens *Freeze*, welches einen anderen Menschen für einige Minuten paralysieren kann«, antwortete sie schwach. »Ich habe es auf dich angewandt, als du deinen Blick kurz von mir abgewandt hast.«

»Mutter...warum? Ich...wir müssen doch –«

»Ich habe dich belogen, mein Kind. Warleck hat mich mit einer Kugel getroffen, die mich zwar langsam, aber definitiv töten wird...kein Heilungs-Item im Katalog kann mein Leben mehr retten.«

»Das-das stimmt nicht...«, stammelte ich. »Es...muss einen Weg geben. Wir müssen es nur versuchen.«

»Nein, Lilia, nein...aber das ist okay. Der Zeitpunkt ist nun gekommen, an dem das Schicksal über mich richtet. Ich kann ihm nicht mehr entweichen. Ich verdiene den Tod mehr als jeder andere Mensch in dieser Stadt.« Ich schloss die Augen und schüttelte den Kopf. Das stimmte dochnicht.

»Mutter...was redest du denn –«

»Rette deine Schwester, Lilia. Schenke euch bitte das glückliche Leben, das ihr verdient. Vereine unsere Familie; verteidige unsere Werte; dann wirst du die Fehler korrigieren können, die ich einst begangen habe.« Ich spürte die Lippen meiner Mutter auf meiner Stirn und wollte meine Arme um sie schlingen, sie für immer bei mir behalten, sie nie wieder loslassen – doch ich reagierte zu langsam und als ich die Augen wieder aufmachte, sah ich nur noch, wie sie mir den Rücken zukehrte und ihrem Tod entgegen humpelte, während ich nur dumm dastehen und ihn nicht aufhalten konnte. Die Dark-Town-Kämpfer waren nun nur noch maximal 500 Meter von uns entfernt, und diese Entfernung wurde zunehmend kleiner.

»MUTTER! KOMM ZURÜCK!«, brüllte ich und versuchte mit aller Kraft, mich zu bewegen, doch meine Beine gehorchten meinem Willen nicht und meine Mutter nicht meinen Worten. Sie ging immer weiter und kam den Feinden immer näher und ich konnte nur hilflos zugucken und vergebens schreien, bis mein Hals schmerzte. »NEIN, MUTTER! DU DARFST MICH NICHT IM STICH LASSEN! ICH SCHAFFE DAS NICHT OHNE DICH, BITTE, BITTE BLEIB BEI MIR! Mutter...«, meine Schreie wurden zu einem

Flüstern und meine Tränen mischten sich mit der Pfütze aus Blut unter meinen Füßen, »...ich weiß nicht, wie ich das ohne dich alles schaffen soll. Ich brauche dich doch...und Siletha braucht dich auch.« Doch sie ging immer noch weiter in die falsche Richtung.

Als die Feinde schon fast angekommen waren, drehte meine Mutter sich doch noch ein letztes Mal zu mir um – sie konnte sich kaum noch auf den Beinen halten, doch ich hoffte trotzdem, dass ein Wunder geschehen und sie auf einmal zurück zu mir gerannt kommen würde. Stattdessen sprach sie über die kleine Entfernung zu mir. Ich konnte sie über mein eigenes Herzklopfen kaum hören.

»Du bist stark, du bist mutig und du bist ein guter Mensch...genau deswegen wirst du die Menschheit und diese Stadt eines Tages retten.« Dutzende Dark-Town-Kämpfer waren nun dicht hinter ihrem Rücken und hielten ihre Messer bereits angriffsbereit in die Höhe. Plötzlich erkannte ich, dass die Augen meiner Mutter für den Bruchteil einer Sekunde weiß funkelten, als hätte sie sich unfassbar schnell in den Server ein- und wieder ausgeloggt. »Betrauere mich nicht...«, sah ich sie flüstern, und bevor ich widersprechen konnte, drehte sie sich schon mit letzter Kraft den unzähligen Messern zu, die jede Sekunde auf sie einstechen würden – doch ihre finalen Worte schafften es noch, bei mir anzukommen. »Das hier ist der Preis für meine Sünden.«

Ein rot-orange leuchtender, heißer Ball erschien an jener Stelle, an der meine Mutter stand, und ließ einen Großteil der Brücke, die Angreifer und sie selbst darin verschwinden. Heiße Luft zischte in meine Richtung und ich wäre vermutlich umgefallen, wäre ich nicht noch mit den Füßen angewurzelt. Die Explosion war so laut, dass meine Ohren schmerzten – ich hielt sie zu, doch es brachte nichts – und danach vernahm ich ein dumpfes, dröhnendes Piepsen.

»MUTTEEER! MUUTTER!!«, schrie ich unter Tränen. »NEEEEIN!!! MUUUTTER!!!« Das konnte nicht wahr sein. Sie konnte nicht tot sein; sie war doch gerade erst zu mir zurückgekehrt, und nun sah ich schon das zweite Mal, wie sie vor meinen Augen starb – doch dieses Mal war es echt, was anderes war gar nicht möglich, egal wie sehr ich es mir wünschte. Und als der Rauch der Explosion nach einiger Zeit verblichen war, trat mir die ungewollte Wahrheit mitten in die Augen und bestätigte das, was ich schon gewusst hatte. In einem Radius von einigen Metern, inmitten von welchem meine Mutter gestanden hatte, war alles vollkommen zerstört worden – nichts war mehr übrig. Absolut nichts. Und ich fühlte mich so, als wäre in mir auch nichts mehr übrig. Für lange Zeit blickte ich leer durch die Gegend, und obwohl ich noch immer keine großen Bewegungen machen konnte, zitterte ich nun von Kopf bis Fuß heftig vor Schock.

»Mutter...«, flüsterte ich leise – wenn ihre Seele mich irgendwie hören konnte, gab es noch eine Sache, die sie unbedingt wissen musste, »...ich werde Siletha retten. Das verspreche ich dir.« Und damit sank ich auf die Knie, umgeben von ihrem Blut.

Obwohl mein Körper wieder bewegungsfähig war, kniete ich die nächsten Stunden weiterhin vor der Stelle, an welcher die Brücke geteilt worden war. Inzwischen war mein Körper außerstande, weitere Tränen zu produzieren. Ich war vollkommen ausgeweint und mir tat alles weh. Immer wieder führten mir meine Gedanken Erinnerungen an die

Leichen von Cat, Hugo und Fire, das letzte Lächeln meiner Mutter, das panische Geschrei von Siletha und ihren Gesichtsausdruck, nachdem sie mich hatte töten sehen, vor – doch diese Bilder konnten in diesem Moment nichts mehr in mir auslösen. Keine Trauer, keine Wut, ich war einfach nur leer.

»LILIA! LILIA!«, hörte ich plötzlich aus weiter Ferne eine mir vertraute Stimme brüllen, die immer näherkam, bis sie schließlich direkt neben mir in meine Ohren dröhnte. »Was ist passiert? Lilia? Wie konnten 700 Menschen in einer Nacht sterben?«

Limus legte seine Hand auf meinen Rücken, doch obwohl die Paralyse vorbei war, konnte ich mich nicht bewegen, da die Bewegung jedes einzelnen Muskels mir unglaubliche Schmerzen bereitete. Ich wollte mich in seinen Armen vergraben und ihm alles erzählen; ich wollte, dass er und alle anderen Bescheid wussten – aber in diesem Moment konnte ich das alles nicht noch einmal durchleben, ich konnte einfach nicht. Umso dankbarer war ich schließlich, als Limus den beiden Zentrums-Soldaten, die ihn begleitet hatten, den Befehl gab, mich zu tragen. Doch als sie mich aus der Blutpfütze hochhoben, traf mich der morbide Gedanke, dass ich die Pfütze fast nicht verlassen wollte, weil es das letzte Bisschen meiner Mutter war, das noch übrigblieb. Als sie mich wegtrugen, starrte ich noch so lange traurig darauf, wie ich konnte. Den gesamten restlichen Weg war mein angestrengtes Bewusstsein dann plötzlich wie befreit; es gelang mir, an nichts zu denken. Ich schwebte gefühlt nur durch die Welt und war gar nicht wirklich Teil von ihr. Die riesigen gläsernen Hochhäuser des Zentrums, die ich nun seit einer Ewigkeit nicht mehr erblickt hatte, außer in meinen Albträumen, nahm ich nur verschwommen wahr. Auch die Stimmen von Limus und eines anderen Mannes, die sich wild miteinander stritten, konnte mein Bewusstsein in diesem Moment nicht verarbeiten. Während auf einmal ein lautes Glockenspiel ertönte, brachten mich die Soldaten in ein riesiges, kreisrundes Gebäude. Vor einer hölzernen Tür machten wir schließlich halt und sie stellten mich auf die Beine. Fast kippte ich um, doch Limus packte mich fest am Arm, bevor das geschehen konnte.

»Lilia...«, sagte er auf entschuldigende Art und Weise und drückte dabei meine Schulter, »...ich weiß nicht, was passiert ist und was du gerade durchstehen musstest, aber das hier hat nun oberste Priorität. Du wirst gleich in die Arena der Gerechtigkeit eintreten und von dem gesamten Rat sowie den Bürgern des Zentrums verhört werden. Schildere bis ins kleinste Detail, was geschehen ist, auch wenn es dir schwerfällt. Du musst es tun. Danach wirst du deine verdiente Ruhe und Erholung erhalten, das verspreche ich dir. Ich werde höchstpersönlich dafür sorgen.« Ich nickte schwach mit dem Kopf, wonach die Soldaten die Tür für mich öffneten. Dann setzten sie mich in eine kleine, dunkle Kabine, die so schwach beleuchtet war, dass ich nicht einmal die Sitzbank erkannte, auf welcher ich saß und wo mich die Soldaten sowohl mit Händen als auch Füßen anketteten. Sie schlossen die Tür und ließen mich daraufhin in der puren Dunkelheit zurück.

Nur noch das Geschehene schildern und dann würde ich Ruhe haben, hatte Limus versprochen. Einfach Ruhe für eine kurze Dauer, mehr wollte ich doch gar nicht.

»Bürger des Zentrums...lauschet meinen Worten«, ertönte eine dunkle, autoritär klingende Stimme von der anderen Seite der Tür; der Sound drang bis zu meiner Kabine durch. »Vergangene Nacht sind sowohl Bürger DarkTowns als auch Bürger Rasts ums Leben gekommen, was die gestiegene Token-Anzahl erklärt. Wir werden gleich zwei Zeugen vernehmen, welche den Vorfall aus ihren Sichten schildern werden…volle Konzentration ist geboten. Die Sitzung beginnt in zehn Minuten.«

Die Stimme verstummte und im Raum neben mir brach unmittelbar Getuschel von unzähligen Stimmen aus. Waren etwa alle Bürger des Zentrums in diesem Moment in diesem Gebäude versammelt? Vor so vielen Leuten musste ich diese schrecklichen letzten Stunden also noch einmal durchleben? Erneut schossen mir ungewollt Bilder durch den Kopf – Bilder von der flammenlosen Fire, dem zerfetzen Hugo und der enthaupteten Cat; Bilder von Mutters Lächeln und Silethas angsterfüllten Augen…aber dann schoss mir auf einmal ein anderer, neuer Gedanke durch den Kopf. Eine Beobachtung.

Hatte die Stimme gerade nicht von zwei Zeugen gesprochen? Doch, ich war mir ganz sicher. Und genau in dem Moment sprang das Licht innerhalb der Kabine an. Genau wie ich an den Händen und Füßen angekettet, saß mir jemand gegenüber – seine Kleider schwarz, die Schnauze lang, das Fell dunkel und die Augen so rot wie Blut.

-Die Arena der Gerechtigkeit-

Jeder füllt sein Leben mit unterschiedlichen Interessen, Zielen, Erinnerungen und Menschen – doch zur Realität gehört leider nicht nur, dass sich das Leben stetig um weitere schöne Dinge erweitert, sondern zur Realität gehören eben auch Verluste. Die meisten Menschen können sich glücklich schätzen, denn auch in den düstersten Stunden haben sie jemanden, der ihnen Kraft, Trost und Hoffnung spendet – auch wenn sie glauben, nie wieder glücklich werden zu können. In der schrecklichsten Nacht meines ganzen Lebens erlitt ich schmerzhafte Verluste; mehr als ein Mensch innerhalb kürzester Zeit – oder überhaupt – ertragen sollte. Meine Heimat wurde niedergebrannt, meine Freunde wurden in Stücke gerissen und meine Mutter wählte den Freitod, um mich zu beschützen. Das Glück, mit welchem ich mein bisheriges sorgenfreies Leben geschmückt hatte, war innerhalb von einer Nacht gänzlich verschwunden. Aber es gab noch eine Tatsache, die mir Hoffnung gab – meine kleine Schwester, der Mensch, der mir alles bedeutete, hatte überlebt. Sie war irgendwo dort draußen und der Glaube, sie eines Tages wieder in meine Arme schließen zu können, hielt mich mit letzter Kraft am Leben. Ich hatte nicht alles verloren und dieser Gedanke war mein Licht in meiner finstersten Stunde – jedoch konnte meine Schwester sich nicht an solch einen Gedanken hangeln.

»LILIAAAAA!«, kreischte sie sich aus der Kehle, während Warleck sie packte und über seine Schulter hievte. »LILIAA! STEH AUF, BITTE! LILIAAAA!« Doch auch ihr Schreien brachte meinen Körper nicht in Bewegung. Als Warleck Siletha aus der kleinen Lichtung in den Wald hineinzerrte, verschwand ich vor ihren Augen. Siletha schrie und zappelte hin und her, versuchte Warleck zu treten, doch seine Kraft ging weit über ihre hinaus und sie konnte keinerlei Schaden anrichten. Eher im Gegenteil: Seine scharfen Krallen taten auf ihrer weichen Haut weh. Nach einigen Minuten des Fußmarsches hatte Siletha keine Kraft mehr, sich zu wehren oder weiterzuschreien – die Geräusche wurden sowieso von dem dichten Laub des Waldes verschluckt und wahrscheinlich war in der Nähe auch keiner von Rast mehr, der sie hätte hören können. Die einzigen Menschen, die noch in der Gegend lauerten, waren wahrscheinlich andere blutdurstige Angreifer aus Dark-Town, und die würden sich eher an ihrer Verzweiflung erfreuen. Außerdem war Siletha jetzt auch einfach zu erschöpft, um weiterzuschreien, wenn es nichts brachte. Der Schock über das, was sie gesehen hatte und das, was sie in diesem Moment sah, als Warleck sie wieder aus der bedrängenden Dichte aus Bäumen in die ihr bekannteren Teile Rasts führte, löste in ihr ein Gefühl der Lähmung aus. Die brennenden Hütten und Felder; Cat, die sich tapfer gegen zwei Dark-Town-Kämpfer zur Wehr setzte, bis schließlich einer von ihnen mit seiner Machete ihr den Kopf vom Hals schlug; Hugo, der in dutzende Stücke gerissen wurde, während Fire verwundet neben ihm auf dem Boden lag, und unsere Mutter, deren leicht zuckender, verwundeter Körper das Gras unter ihr dunkelrot färbte. Siletha wollte wieder schreien, doch sie konnte nicht; sie wollte sich von Warlecks Griff lösen, doch sie konnte nicht; sie wollte ihren Körper bewe- gen...doch sie konnte nicht. Sie lag wie betäubt in Warlecks Armen.

Alles um sie herum geschah wie innerhalb eines Augenblicks, sodass sie sich irgendwann darüber wunderte, auf einer der Brücken zu sein, welche die Bezirke miteinander verband. Warleck hatte ihr Gewicht mittlerweile zwar nach vorne verlagert, sodass sie ihm nicht mehr über die Schulter hing, aber er trug sie noch immer. Siletha drehte ihren Kopf langsam nach rechts und blickte in den riesigen See – aus weiter Entfernung konnte sie die leuchtenden Gebäude des Zentrums erkennen. Dann drehte sie den Kopf nach links und sah in die rot leuchtenden Augen von Warleck. Eine kochende Wut stieg plötzlich in ihr auf; sie konnte sich kaum bremsen. Er hatte seinen Griff inzwischen ein wenig gelockert und dies ermöglichte es ihr, blitzschnell ihre kleinen Hände zu Fäusten zu ballen und ihm damit auf die Schnauze zu schlagen.

»WAS ZUM...LASS DAS!«, brüllte er, aber Siletha stoppte nicht. Sie merkte, wie sein Griff sich durch ihre hektischen Bewegungen langsam, aber stetig löste. Kreischend und heulend schlug sie immer weiter auf ihn ein, bis Warleck sie schließlich zu Boden warf. Für einen kurzen Moment dachte sie, dass nun die Chance gekommen wäre, um zu fliehen, aber als sie die dutzenden von blutgetränkten

Waffen der Dark-Town-Bewohner, die scheinbar die ganze Zeit hinter ihnen gewesen waren, auf sich gerichtet sah, begann sie ängstlich zu zittern. Der vorübergehende Mut war auf einen Schlag wieder verschwunden. Sie blieb am Boden und hockte sich zusammengekauert hin. Höhnisch grinsende Gesichter schauten von allen Seiten auf sie herab. Sie schloss für einen Moment die Augen. Vielleicht würde das ja alles einfach verschwinden lassen und wenn sie sie wieder aufmachte, wäre sie in ihrem Bett und ich schnarchend auf der anderen Seite des Raumes. Doch die Zeit drehte sich weiter vorwärts und nicht zurück, und sie konnte sich nicht aus der Situation zaubern. Sie hörte Warlecks Stimme und machte die Augen wieder auf. Sie wollte zwar nicht sehen, was hier passierte, aber Verleugnung war auch keine Option.

»Lasst die Waffen sinken und geht vor in Richtung Heimat«, sprach Warleck ruhig und strich sich langsam über seine verprügelte Schnauze. Die Dark-Town-Bewohner taten, wie ihnen befohlen wurde und strömten daraufhin zu tausenden in Richtung eines riesigen Bezirkes, der von dichten grauen Wolken überschattet war. Als Siletha und Warleck allein auf der Brücke waren, kniete er sich zu ihr herunter und blickte ihr tief in die Augen.

»Was soll dieser Unsinn, Siletha?«, flüsterte er. »Du bist ein kluges Mädchen; du weißt doch sicher selbst, dass dir eine solche Quengelei nun nichts mehr nützt.«

»Du...du...«, stotterte sie. Ihr zwischenzeitlicher Mut hatte sich nun wieder in pure Angst und Trauer verwandelt, »...du warst das. Du hast alle...alle...getötet. Ich habe dir vertraut...ich habe dir mein Geheimnis im Vertrauen erzählt...und du hast...du hast mich einfach hintergangen.«

»Korrekt...und was möchtest du jetzt von mir hören?«, fragte Warleck gereizt. »Soll ich mich auf die Knie werfen und um Vergebung betteln? Das tue ich nicht. Ich bedaure lediglich, dass es getan werden musste – doch was passiert ist, hätte durch nichts verhindert werden können, selbst wenn niemand von deinem Geheimnis gewusst hätte. Dein Status als Sammlerin hat dir allein das Schicksal deiner Freunde, deiner Mutter und deiner Schwester erspart. Es bringt dir nichts, zu trauern. Was geschehen ist, ist geschehen. Du bist noch am Leben und die Vergangenheit lässt sich nicht mehr zurückdrehen. Also schließ damit ab, komme in der Gegenwart an und frage dich, was du für die Zukunft willst.«

»Lilia...«, sagte Siletha und umklammerte ihre Beine mit ihren Armen, »...ich will Lilia zurück. Du hast...du hast sie UMGEBRACHT!«

»Dann lauf zu ihr...«, fauchte Warleck, »...lauf zu ihr und lasse Tränen auf ihren toten Körper regnen. Du hast die Wahl, ob du dich in der Asche deiner verbrannten Heimat selbst bemitleiden willst oder ob du diejenigen bekämpfen willst, die in Wahrheit für den Tod deiner Familie verantwortlich sind.«

»Die in Wahrheit verantwortlich sind?«, wiederholte Siletha verwundert. »Wen...wen meinst du damit?«

»Schau sie dir an«, sagte Warleck und zeigte mit seiner Kralle zu den weit entfernten, leuchtenden Wolkenkratzern des riesigen Zentrums herüber. »Glaubst du, meine Leute sind ohne Grund so geworden, wie du sie heute erlebt hast? Das Zentrum allein hat sie zu dem gemacht, was sie heute sind. Als es bereits zu spät war, habe ich versucht, deine Mutter davon zu überzeugen, sich ihnen anzuschließen –

doch wie du ja an jenem Tag selbst gehört hast, war sie dem völlig verschlossen. Ich konnte diesen Angriff nicht verhindern und hättest du keinen Nutzen für uns, wärst du heute auch gestorben, das gebe ich ehrlich zu. Und deine Schwester...sie war eine mutige junge Frau, die bis zum letzten Lebenspunkt einen verlorenen Kampf gekämpft hätte. Ich habe ihr einen schnellen, schmerzlosen Tod gewährt. Ihre Leben waren nicht zu retten. Anders macht es doch keinen Sinn; sonst wärst du ja für all ihre Tode verantwortlich.«

»D-du meinst...ich bin es nicht? E-es i-ist nicht...meine Schuld?«

»Nein!«, sagte Warleck nun energischer und griff Siletha an der Schulter. »Was heute geschehen ist, lag weder in deiner noch in meiner Hand, doch was wir beeinflussen können, ist ob diejenigen, die unsere Familie auf dem Gewissen haben, damit ungestraft davonkommen.«

Warleck erhob sich daraufhin, kehrte Siletha den Rücken zu und ging langsam in Richtung von Dark-Town.

»Es ist nicht meine Schuld...«, wiederholte sie leise und sammelte dabei langsam ein wenig Kraft und Entschlossenheit, »...das Zentrum ist schuld.« Sie stellte sich auf die Beine und blickte noch ein letztes Mal zu ihrer alten Heimat, obwohl von dieser nichts mehr übrig war, bevor sie schließlich Warlecks Schritten und somit auch seinen Worten folgte.

Obwohl die Sonne bei Silethas Ankunft in Dark-Town gerade aufzugehen begann, drangen keine der Sonnenstrahlen in den schattigen Bezirk hinein. Die Wolken schienen diesen Ort auch tagsüber in vollkommene Dunkelheit zu versetzen. Die Häuser waren düster und bröckelten; die

Straßen waren löchrig und uneben, und das einzig Schöne, was Siletha auffiel, waren die bunten Neonlichter, welche gegen die erstickende Dunkelheit ankämpften.

»Nach der Einteilung wurden meine Leute und ich in dieses finstere Drecksloch geworfen«, sprach Warleck, während er mit seinen Klauen auf viele verschiedene Bewohner Dark-Towns hinwies, die teilweise auf der Straße schlafen mussten, da es nicht genügend Häuser für alle gab. »Viele haben seit jenem Tag nicht einen einzigen Sonnenstrahl gesehen oder auf einem weichen Bett gelegen – wenn man denn überhaupt in den Genuss eines Bettes gekommen war. Der Bürgermeister hat die verschiedenen Bezirke geschaffen, damit man eine freie Entscheidung über seinen Aufenthaltsort fällen kann, doch das Zentrum verhindert, dass wir dieses Recht wahrnehmen können.« In diesem Moment fiel Silethas Blick auf einen Jungen und ein Mädchen, die in ihrem Alter zu sein schienen und mit gesenkten Köpfen in einer Gasse saßen. Der traurige Anblick fügte ihrem Gefühlschaos eine weitere negative Emotion bei, vor allem wenn sie daran dachte, wie farbenfroh und glücklich ihre Heimat gewesen war. War sie wirklich so blind gewesen, dass sie nicht bedacht hatte, wie es den Menschen in den anderen Bezirken gehen könnte?

»Wieso tut das Zentrum das? Mutter hat gesagt –«, in diesem Moment blieb ihr der Satz in der Kehle stecken, als ihr wieder der Gedanke an die silberhaarige Frau und ihren blutüberströmten Körper kam.

»Was?«, fragte Warleck. »Dass das Zentrum für Frieden sorgt? Mag sein, aber wie viel ist ein Frieden schon wert, wenn man unfreiwillig in einer armen Finsternis leben muss?«

Nach einem langen Fußmarsch kamen Siletha und Warleck an dem größten Anwesen dieses Bezirkes an – jedoch war dieses Haus ebenfalls sehr heruntergekommen und, ganz anders als in Rast, war hier keine einzige Pflanze auch nur in der Nähe...wobei sie hier sowieso nicht hätte überleben können. Beim Eintritt ins Gebäude quietschte die Tür und der Staub flog Siletha bereits nach dem ersten Schritt entgegen. Dann packte Warleck sie am Handgelenk und zog sie hin zu einer Tür, die in einen Keller führte. Er brachte sie die knarrenden Stufen herunter in einen kleinen Raum und setze sie dort auf einem schmutzigen, unbequemen Bett ab.

»Öffne den Server, Siletha«, sagte Warleck mit ruhiger Stimme. »Es gibt ein Item namens *Schlaftrank*, du hast es bestimmt schon einmal gesehen. Kauf es dir und trinke es dann; du brauchst nun ein wenig Erholung.« Siletha nickte schwach und legte ihre rechte Hand auf ihren linken Unterarm, wonach ein kurzes grünes Flackern in ihren Augen auftauchte. Es dauerte nicht lange und ein winziges blaues Fläschchen erschien in ihrer linken Hand.

»Wird das...wird das wehtun?«, fragte Siletha mit einem ängstlichen Blick auf das Fläschchen gerichtet.

»Nein, du wirst nach einigen Minuten in einen sanften, traumlosen Schlaf fallen, und den hast du schwer nötig. Ich muss mich jetzt um einige Erledigungen kümmern. Wir sehen uns wieder, nachdem du aufgewacht bist.« Siletha trank schnell das Fläschchen aus, um nicht länger als nötig in diesem kalten, feuchten, unbekannten Raum ganz allein mit ihren traumatischen Erinnerungen sitzen zu müssen.

Warleck erhob sich und ging die knarrenden Stufen hinauf. Er warf noch einen kurzen Blick zu Siletha, um sich zu vergewissern, dass sie auch wirklich ihren Trank genommen hatte, und sah stolz, dass die Flasche schon leer auf dem Boden stand und sie sich gerade mit einem Seufzen hinlegte. Mit einem Schmunzeln verließ er schließlich den Keller. Als er die Tür geschlossen und abgesperrt hatte, trat ein Mann mit blassem, vernarbtem Gesicht, langen schwarzen Haaren und spitzen Eckzähnen in das Haus.

»Und?«, fragte dieser erwartungsvoll.

»Es läuft alles nach Plan«, antwortete Warleck glanzlos und legte den Schlüssel in die Hand mit langen Fingernägeln, die ihm sein Gegenüber mit der Innenseite nach oben gedreht entgegenhielt. »Du bist der Einzige, der den weiteren Plan kennt – also verbock es nicht.«

»Du kannst dich auf mich verlassen«, sagte der Mann und schloss seine Hand. Dann drückte er seine Faust gegen die Schulter von Warleck. »Auch wenn ich mir nicht vorstellen mag, welch ungemeines Leid du gerade durchlebst, du hast heute das Richtige getan, mein Freund. Nur dank dir gibt es für uns neue Hoffnung in dieser grausamen Welt.«

»Es geht mir gut...«, sagte Warleck bestimmt, »...besser als jemals zuvor. Meine Laster sind fort und ich habe unser Ziel klar vor Augen. Wir sind nah dran, Theo.«

Warleck drückte seine geballte Kralle ebenfalls gegen die Schulter seines Gegenübers, verließ sein Haus, und nachdem er seine Lebenspunkte im Item-Laden des Bezirks aufgefüllt hatte, verließ er auch schlussendlich Dark-Town.

Dieses Mal überquerte er nicht die Brücke zwischen Rast und seiner Heimat, sondern jene, welche zum Zentrum führte. Als er das von Wolken überzogene Gebiet verlassen hatte, kitzelten Sonnenstrahlen sein Fell – in diesem

Moment spürte er die Folgen des fehlenden Schlafs besonders verstärkt. Doch er durfte nun nicht müde werden; er musste immer weitergehen, bis er sein Ziel erreicht hatte – weitermachen um jeden Preis. Er war schon so weit gekommen. Nach einigen Stunden erreichte er schließlich die Tore des Zentrums, an welchen ihn bereits zwei Soldaten mit ihren gezogenen Pistolen begrüßten.

»Stehen bleiben und Hände hoch!«, rief der Linke von ihnen. Warleck gehorchte. »Wieso sind sieben Tokens mehr auf dem Konto? Was ist letzte Nacht geschehen?«

»Mein Name ist Warleck...«, sagte er mit selbstbewusster Stimme, »...und ich bin gekommen, um als Zeuge für meinen Bezirk die Geschehnisse aus vergangener Nacht bis ins kleinste Detail zu schildern. Würdet ihr nun so freundlich sein, mir meine Rechte vorzutragen und mich in die Arena der Gerechtigkeit zu führen? Oder habt ihr Grünschnäbel die Formalia des Zentrums bereits vergessen?«

Die beiden Soldaten blickten sich kurz mit beschämten Mienen an, wonach einer von ihnen zu sprechen begann:

»Warleck aus dem Bezirk Dark-Town; Sie werden verdächtigt, gegen die Regularien des Zentrums verstoßen zu haben. Sie haben bis zu ihrem Verhör das Recht, ihre Aussage zu verweigern, und werden nun von uns in die Arena der Gerechtigkeit gebracht. Wenn Sie sich nichts zu Schulden kommen ließen, haben sie auch nichts zu befürchten.« Daraufhin führten die beiden Warleck durch die überwältigende Stadt bis hin zu dem riesigen runden Gebäude. Darin angekommen, steckten sie ihn in eine dunkle Kabine und ketteten ihn an Händen und Füßen fest. Dann wartete er lange. Er zählte nicht, doch kam es ihm vor, dass es mehrere Stunden dauerte, bis er ein lautes Glockenspiel vernahm, was das Versammeln aller Einwohner des Zentrums an diesem Ort anordnete. Kurz danach öffnete sich die Tür seiner Kabine und eine Gestalt trat ein, von der er zunächst bloß den Schatten erkennen konnte. Sein Körper spannte sich sofort ein wenig an und die Müdigkeit, die ihn immer noch plagte, verkroch sich in den Hintergrund seines Bewusstseins.

»Bürger des Zentrums...lauschet meinen Worten«, ertönte plötzlich eine dunkle Stimme aus dem großen Versammlungsraum nebenan. »Vergangene Nacht sind sowohl Bürger Dark-Towns als auch Bürger Rasts ums Leben gekommen, was die gestiegene Token-Anzahl erklärt. Wir werden gleich zwei Zeugen vernehmen, welche den Vorfall aus ihrer Sicht schildern werden...volle Konzentration ist geboten. Die Sitzung beginnt in zehn Minuten.«

Das Licht in der kleinen Kabine ging daraufhin an und Warleck blickte direkt in zwei benommen aussehende, nur leicht geöffnete himmelblaue Augen.

Mein Körper begann vor Schreck zu zucken, als ich realisierte, wer in diesem Moment vor mir saß. Aus der Schwäche und der Trauer, die mich in den vergangenen Stunden beherrscht hatten, formte sich purer Hass. Ich wollte ihn töten; ich wollte den Mörder meiner Mutter töten. Das war für mich ein ganz fremdes Gefühl...vor ein paar Stunden noch hatte ich einen starken Ekel auf mich selbst gespürt, weil ich Menschen getötet hatte, und jetzt? Ich wollte kein Mensch sein, der bedenkenlos morden kann – was hatte Warleck mit mir getan? Das war nur ein weiterer Grund, ihn zu hassen. Und wie konnte ich ihn nicht hassen? Mutter hatte ihm aus tiefstem Herzen vertraut, ihn respektiert und als Teil unserer Familie gesehen, doch er hatte sie hinterrücks verraten. Sogar ich war in der letzten Nacht noch auf seine gespielte Trauer hereingefallen und hatte ihn auch noch gebeten, sich zu uns ans Feuer zu setzen, um mit uns zu spielen. Dieser Gedanke widerte mich an, wenn ich bedachte, dass zu diesem Zeitpunkt der Plan schon in vollem Gange gewesen war, unsere glückliche Familie innerhalb der nächsten Stunden in Stücke zu reißen. Wie hatte er nur guten Gewissens dasitzen und mit uns spielen können? Dann erinnerte ich mich an den Moment, als er mir sein silbernes Messer in die Brust gesteckt hatte. Der Gedanke daran in Kombination mit dem entsetzten Gesichtsausdruck, den Warleck jetzt trug, sorgte zu meiner eigenen Überraschung dafür, dass ich ein krampfhaftes Lachen von mir gab. Es war alles so absurd.

»Du...du...«, ich konnte mich vor Lachen kaum beherrschen, »...du solltest deinen Gesichtsausdruck sehen, Onkelchen. Glaubst du, du siehst einen Geist?« Mein Lachen wurde wahnsinniger und auch wütender. »ICH LEBE NOCH! HAST DU GEGLAUBT, NIEMAND WÄRE MEHR ÜBRIG, SODASS DU DIESEN LEUTEN HIER EINE ERFUNDENE LÜGENGESCHICHTE AUFTISCHEN KANNST, HM? NEIN, DU ELENDIGER VERRÄTER, O NEIN, ICH LEBE NOCH UND ICH WERDE IHNEN BIS INS KLEINSTE DETAIL DIE WAHRHEIT ERZÄHLEN UND DANN WERDEN DU UND DEINE LEUTE IHRE GERECHTE STRAFE FÜR DAS BEKOMMEN, WAS IHR UNS ANGETAN HABT!« Mein Hals war trocken und das Schreien tat weh, doch ich konnte und wollte nicht anders. Er hatte jedes bisschen meiner Wut verdient und sogar noch viel mehr.

Warleck ließ seinen Kopf sinken und sein Gesichtsausdruck war leer. Ich war dieser höheren Macht, dem Bürgermeister oder wem auch immer, in diesem Augenblick so dankbar, dass dieser jemand diese Ungerechtigkeit verhindert und Warlecks grausame Pläne durchkreuzt hatte. Auch wenn ich im ersten Moment fast erleichtert gewesen war, zu sterben, und in den Stunden nach meinem Aufwa- chen mir auch mehrmals den Tod gewünscht hatte – in die- sem Moment war ich unglaublich froh, hier zu sein, um es ihm heimzuzahlen. Meine Euphorie wurde jedoch getrübt, als er ein schwaches, leises Lachen von sich gab. War dies etwa Verzweiflung? Verzweiflung, weil seine Ziele nun von mir begraben werden würden? Sollte er ruhig lachen, es würde ihm schließlich auch nicht mehr helfen.

»Ich fasse es nicht...«, flüsterte er und blickte mir dann in die Augen, »...ich fasse es nicht, dass alles so reibungslos funktioniert hat.«

Die Hitze in meinem Körper stieg an und ein Engegefühl baute sich in meiner Brust auf. Ich verstand nicht, wovon er sprach. Reibungslos? War er nicht mehr ganz bei Sinnen?

»Wovon redest du da, du mörderisches Stück Scheiße?«, fragte ich und eine leichte Note Nervosität kroch sich dabei gegen meinen Willen in meine Stimme. »Es hat nicht funktioniert. Du wolltest mich töten, aber –«

»Dich töten?«, fragte Warleck gespielt verwirrt. »Ich hatte nie auch nur für eine Sekunde vor, dich zu töten, Lilia. Die Waffe, mit welcher ich deine Brust durchbohrt habe, war ein Eismesser. Es versetzt den Körper lediglich für einige Stunden in den Zustand der Bewusstlosigkeit.«

»W-was?«, fragte ich panisch – aber bei genauerer Überlegung glaubte ich mich daran zu erinnern, dass dieses

Messer ungewöhnlich blau geschimmert hatte. »Wieso hast du das getan? Mutter hast du doch auch kaltblütig ermordet, wieso hast du mich dann verschont?«

»Mach dir keine Hoffnungen...das hatte keinerlei emotionale Gründe«, sagte Warleck kalt, mit giftigem Blick in den blutroten Augen. »Es war allein strategisch motiviert – genauso wie die Kugel, welche ich deiner Mutter verpasst habe. Ich wusste, ihre unbändige Liebe für dich würde ihr genügend Kraft spenden, um dich sicher ins Zentrum zu führen. Meine Leute hatten zwar den Befehl, dich zum Schein anzugreifen, doch dies galt lediglich dafür, um dir und deiner Mutter das Gefühl der Bedrohung zu vermitteln. Mein Plan bestand von Anfang an darin, dich hier an diesen Ort zu bekommen, Lilia. Du bist nicht hier, weil der Bürgermeister möchte, dass du weiterlebst, sondern weil ich allein es so gewollt habe. Der Bürgermeister interessiert sich einen Dreck für dich, mich oder irgendwelche anderen Bewohner dieser Stadt. Er ist nicht bei dir; er war niemals bei dir. Das hier hat keine größere Bedeutung außer meinem Willen.« Seine Augen funkelten fast und es machte mich krank, dass er sogar stolz auf alles zu sein schien, was er angestellt hatte.

Meine Gedanken drehten sich im Kreis als ich versuchte zu verarbeiten, was er mir gerade erzählt hatte. Ich vertraute ihm zwar kein bisschen mehr, doch war ich mir sicher, dass er mich nicht anlog. Wieso sollte er auch? Das hieß aber, dass er wirklich alle Details der letzten Stunden geplant und ausgeführt hatte...und dass doch keine höhere Macht auf mich aufpasste. Ich konnte das alles nicht fassen. Die Hoffnung, die mich angetrieben hatte, als ich vermeintlich von den Toten auferstanden war; der Lichtblick, der mich beflügelt hatte, als meine Mutter lebend in den Item-Shop getreten war, um mich zu retten...bis hin zu dem Schmerz, der mich zerrissen hatte, als ich sie endgültig verlor – all dies sollte Warlecks Werk gewesen sein? Wir waren nichts weiter gewesen als Marionetten in seinem manipulativen Spiel?

»Ich...ich versteh das nicht«, stammelte ich verwirrt, doch beim genaueren Betrachten von Warlecks roten Augen durchzog mich erneut lodernder Hass und ich ließ mich darauf ein. Es war besser, als meine Unsicherheit zu zeigen. »Glaubst du etwa, du könntest den Rat von eurer Unschuld überzeugen? Glaubst du, ich wirke unglaubwürdig, nur weil du mir alles Glück in dieser Welt geraubt hast? Falsch gedacht. Sie werden mir glauben und dann wirst du an Ort und Stelle zum Tode verurteilt. Du wirst heute hier sterben, Warleck; es ist mir scheißegal, was du geplant hast. Du wirst heute hier sterben, dafür sorge ich.«

»Nur zu...«, sagte Warleck still, »...berichte ihnen die volle Wahrheit und sehe mit an, wie dein Onkel einen Kopf kürzer gemacht wird. Mein Leben liegt nun in deiner Hand. Eine Sache solltest du jedoch vorher wissen. Bevor ich hierher aufgebrochen bin, habe ich meinem engsten Vertrauten den Befehl erteilt, deiner kleinen Schwester die Kehle aufzuschlitzen, sollte ich am heutigen Tage nicht unversehrt nach Dark-Town zurückkehren.«

»Du bluffst doch!«, rief ich und ein Bild meiner verängstigten Schwester, wie sie von einem der gruseligen Dark-Town-Bürger getötet wurde, ließ mein Inneres gefrieren. »Deine Leute würden Siletha nicht töten, selbst wenn du stirbst. Das wäre völlig hirnrissig.«

»Es gibt einzelne Menschen, die so treu zu einem sind, dass sie alles tun, was man ihnen befiehlt«, sagte Warleck kühl. »Aber vielleicht hast du auch recht und ich lüge dich an. Dann lass es drauf ankommen und finde es heraus; spiel mit dem Leben deiner Schwester und schau, was passiert. Vielleicht solltest du dich aber einfach an den Ratschlag halten, den ich dir letzte Nacht mit auf dem Weg gegeben habe. Manchmal ist Schweigen mehr wert als unüberlegtes Gebrüll, wenn du deinen wichtigsten Schatz vor einem blutigen Schicksal bewahren willst.«

Ich ließ meinen Kopf nach unten sinken; alles war bis ins kleinste Detail von ihm geplant gewesen. Er hatte mich bewusst nicht umgebracht, damit ich hierhergelangen konnte, um für die Unschuld Dark-Towns auszusagen, und er verließ sich dabei auf die Liebe zu meiner Schwester. Das war absolut krank. Ich konnte nicht glauben, dass ich diesen widerwärtigen Menschen mal als Teil meiner Familie angesehen hatte.

Die Tür der Kabine auf der anderen Seite sprang plötzlich auf und vier bullige Soldaten erschienen vor unseren Augen. Sie lösten Warleck und mich von unseren Ketten und zogen uns aus der dunklen Kabine hinaus, rein in die gewaltige Arena der Gerechtigkeit. Diese bestand aus einer riesigen kreisrunden Tribüne, auf der tausende edelgekleidete Menschen saßen; inmitten dieser standen zwei weit voneinander getrennte Pulte, an denen Warleck und ich mit den Händen angekettet wurden. Ich schaute ihn von meinem Pult aus giftig an; er schmunzelte zurück. Einige Meter vor uns stand eine deutlich höhere Bank, auf der sieben Menschen Platz genommen hatten – Limus war einer von ihnen und er saß aus meiner Sicht genau am linken Rand.

In der Mitte der sieben saß ein Mann, der eine runde Brille, eine Krawatte und einen Anzug trug; sein Kopf sowie sein Körper waren blau gefiedert und er hatte einen gekrümmten, scharfkantigen gelben Schnabel. Nachdem dieser Mann Warleck und mich für einen kurzen Moment angesehen hatte, riss er seine beiden Flügel weit in die Höhe, wonach das Getuschel des Publikums verstummte.

»Sehr verehrte Einwohner des Zentrums...sehr verehrte Kollegen...Angeklagte. Ich, Hubertus, Vorsitzender des Rates der Bezirksvertreter, eröffne hiermit das heutige Verfahren, um die Gerechtigkeit in unserer Stadt durchzusetzen. Anhand der gestiegenen Token-Anzahl von 7 lässt sich zweifelsfrei ableiten, dass um die 700 Menschen am gestrigen Tage ihre Leben gelassen haben – die größte Anzahl an Verlusten seit Tag 0. Angeklagter Warleck, da Sie als erster Zeuge das Zentrum aufgesucht haben, gehört Ihnen hiermit auch das erste Wort. Schildern Sie uns bitte in aller Ausführlichkeit, welche Informationen Ihnen über den gestrigen Tag vorliegen.«

Warleck warf mir einen kurzen Blick zu und schaute dann selbstsicher hinauf zu den sieben Bezirksvertretern.

»Selbstverständlich, geehrter Vorsitzender«, sprach er laut und deutlich. »Es begann an jenem Tag, nachdem der Bürgermeister seine Regeländerung verkündet hatte. Myrielle, die Anführerin von Rast, schlich sich an diesem Morgen nach Dark-Town, um mit mir ein heimliches Gespräch zu führen. Sie setze mich davon in Kenntnis, dass sie vom Bürgermeister zur Sammlerin auserwählt worden war.«

Lautes Getuschel startete im Publikum.

»Ich bitte um Ruhe!«, rief Hubertus und streckte erneut seine Flügel in die Höhe. Das Publikum kam wieder zur

Ruhe. »Warleck, Sie hatten also bereits seit Tagen Kenntnis von der Identität der Sammlerin und haben dem Zentrum nichts von dieser Tatsache berichtet?«

»Das konnte ich leider nicht«, antwortete Warleck. »Diese neue Fähigkeit ließ in Myrielle offenbar eine böse Seite wieder aufflammen, von der ich dachte, sie hätte sie längst überwunden. Myrielle wollte mich davon überzeugen, die *Wissenschaftler* wieder ins Leben zu rufen und das zu Ende zu bringen, was wir vor 3000 Tagen aufgegeben hatten.« Mein Körper zitterte mit jeder Lüge, die Warleck verlauten ließ. Was redete er da für einen Unsinn? Meine Mutter hatte sich schließlich weder nach Dark-Town geschlichen noch hatte sie jemals etwas mit den *Wissenschaftlern* zu tun gehabt. »Doch ich war schon lange von diesem Irrweg abgekommen, auf dem ich mich damals befunden hatte. Das Zentrum und seine schützenden Regeln hatten mich als Menschen wiedergeboren.« Schallender Applaus ertönte aus dem Publikum – ein Applaus, der meinen Ohren schrecklichen Schmerz bereitete. Ich wollte, dass das alles aufhörte, doch ich konnte nur hier stehen, zuhören und versuchen, die Wut zu unterdrücken, die mit jedem Satz, den Warleck sprach, drohte, aus mir herauszubrechen. »Bei Myrielle hingegen schien dies allerdings nicht gefruchtet zu haben – jedenfalls nicht, als sie die Chance sah, dieses System zu Fall zu bringen. Sie drohte mir an, mich umzubringen, wenn ich ihr nicht Folge leistete; sie entführte mich nach Rast, wo ich bis zum Tag des Friedens als Geisel gehalten wurde. Auch wenn ich damit die Bezirksverordnung gebrochen habe, plädiere ich auf Straffreiheit, da ich dies zum Schutz meines eigenen Lebens getan habe.«

»Die Straffreiheit für diesen Verstoß wird Ihnen gewährt«, sagte Hubertus. »Fahren Sie bitte –«

»Eine Anmerkung!«, rief Limus plötzlich von der Seite rein und hob seine Hand.

»Stattgegeben«, sprach Hubertus.

»Wie meine Kollegen sicher wissen, befand ich mich am Morgen vor dem Tag des Friedens auf einer Exkursion in Rast. Ich war ohne Ankündigung eingetroffen und hatte mich mit Myrielle unterhalten. Ich frage mich also, wo man Sie denn gefangen gehalten hat, Warleck?«

»Die Bewohner Rasts waren selbstverständlich in Myrielles Pläne eingeweiht gewesen. Sie war schon immer eine Frau, die wusste, wie man die Menschen anstachelt...selbst solche eigentlich friedlichen wie die in Rast. Ich wurde geknebelt aus Myrielles Hütte in eine andere Hütte gebracht, in dem Moment, als Sie den Bezirk betreten haben, Limus. Vermutlich hat jemand dafür gesorgt, dass Sie in dieser Zeit abgelenkt waren.«

»Nein, das –«, doch Limus blieb die Stimme in seiner Kehle stecken. Dann wanderte sein Blick zu mir und ich blickte traurig zurück. Glaubte er nun etwa, dass ich ihn abgelenkt hatte, um ihn zu täuschen? Bei genauerer Überlegung fiel mir dann jedoch ein, dass ich eigentlich genau das an jenem Morgen getan hatte. Ich hatte ihn zwar aus einem anderen Grund an der Nase herumgeführt, getan hatte ich es aber trotzdem.

»Bezirksvertreter Limus...«, sprach Hubertus daraufhin streng, »...Sie werden für diesen Fehler nicht belangt werden, doch wenn Sie an jenem Tag wirklich von den Bürgern Rasts getäuscht worden sind, muss der Rat dies wissen.«

»Die Wahrscheinlichkeit dafür ist...sehr hoch, Herr Vorsitzender«, sagte Limus knapp und lehnte sich dann mit gesenktem Blick an die Lehne seines hohen hölzernen Stuhls. Ich wollte ihm einen entschuldigenden Blick zuwerfen; wollte ihm mit meinen Augen signalisieren, dass ich das alles nicht gewollt hatte und es ein riesiges Missverständnis war, doch er vermied es, mich anzuschauen.

»Nun gut...«, sprach Hubertus, »...das Wort gehört wieder Ihnen, Warleck.«

»Danke, Herr Vorsitzender. Myrielle schickte unmittelbar nach meiner Entführung ihre Tochter Lilia nach Dark-Town, um meinen Leuten eine Botschaft zu überbringen. Sie sollten alle am Tag des Friedens nach Rast kommen, sonst würde sie mich töten. Um mir das Leben zu retten, gehorchten meine Leute dieser Aufforderung und zogen am Tag des Friedens nach Rast. Myrielle verlangte daraufhin, dass die Bewohner Dark-Towns ihre Tokens an sie abtreten, damit sie einen Anschlag auf das Zentrum ausführen könnte, doch meine Leute weigerten sich...es war ein Moment, der mich mit ungemeinem Stolz erfüllte, denn offenbar waren meine Worte des Friedens zu ihnen durchgedrungen. Doch daraufhin...rastete Myrielle aus und befahl ihren Leuten, uns zu töten, obwohl sie in der Unterzahl waren. Vielleicht hätten sie dennoch gegen uns gewonnen, wenn Myrielle sie im Kampf unterstützt hätte; jedoch gelang es mir glücklicherweise, sie in einem unaufmerksamen Moment auszuschalten, wodurch der Großteil meiner Leute diese Hölle überlebte. Danach schleppten wir unsere Verletzten in unseren Bezirk und ich kam unverzüglich meiner Pflicht nach, mich vor der Arena der Gerechtigkeit zu verantworten.«

Erneut ertönte schallender Applaus von den Tribünen – Rufe wie »*Held!*« und »*Retter!*« waren zu hunderten zu vernehmen. Nachdem Hubertus ein weiteres Mal seine Flügel in die Luft gerissen hatte, verstummte das Publikum und ich spürte, wie sich die Blicke der gesamten Arena auf mich gezogen hatten.

»Ich danke Ihnen für ihre Ausführung, Warleck«, sprach Hubertus vornehm, woraufhin dieser mich mit seinen durch die Brille vergrößerten Augen starr ansah. »Ihr Name ist Lilia, Sie kommen aus dem Bezirk Rast, und Sie wurden von Myrielle am Tag 0 als Tochter anerkannt...sind diese Aussagen korrekt?«

»J-ja, Herr Vorsitzender«, sagte ich zittriger, als ich wollte. Ich wollte keine Schwäche zeigen, doch diese gesamte Situation, die Blicke, die Lügen und meine Trauer überforderten meinen Körper und meinen Geist.

»Ist es wahr, dass Myrielle sich Ihnen und Ihren Leuten als Sammlerin zu erkennen gegeben hat und mit Ihnen plante, das Zentrum anzugreifen?«

Für einen kurzen Moment schaute ich hinauf zu Limus, der mich mit einem traurigen Blick ansah. Was er sich wohl gerade dachte? Welche Antwort würde er jetzt erwarten? Dann blickte ich zu Warleck; er wirkte ruhig und entspannt, so wie immer. Was sollte ich jetzt nur tun? Ich konnte diese Unwahrheiten doch nicht zugeben; man würde mich dafür hinrichten. Meine Mutter, meine Freunde...niemand hatte etwas Böses getan, sondern sie wurden einfach aus ihren Leben gerissen, und nun sollte Warleck damit davonkommen? Das Andenken an alle, die ich liebte, sollte die Vorstellung sein, sie wären vor Gier triefende Bestien? Das durfte...das konnte ich nicht zulassen. Doch dann dachte ich an Siletha und die Worte, welche Warleck in der Kabine an mich gerichtet hatte. Wenn ich nun die Wahrheit sagen würde, könnte Siletha sterben. »Rette deine Schwester...«, dröhnte plötzlich die Erinnerung an die letzten Worte meiner Mutter in meinem Kopf, »...du bist mutig und ein guter Mensch, genau deswegen wirst du die Menschheit und diese Stadt eines Tages retten.«

War dies etwa das, was meine Mutter gemeint hatte? Sollte ich nun mein Leben lassen, um Silethas zu verschonen? Oder war ihr überhaupt nicht bewusst gewesen, dass Warleck all das bis ins kleinste Detail geplant hatte? Silethas grüne Augen erschienen mir, dann ihr Lächeln und ihr Lachen, das immer ein bisschen zu laut war und wonach sie immer etwas verlegen geschaut hatte. Ich sah ihre federnden grünen Locken und ihr reines Gesicht, das mich so oft voller Angst, Bewunderung oder Vertrauen angestarrt hatte. Ich sah den Gesichtsausdruck, den sie in der Gondel getragen hatte, als ihr heldenhaftes Bild von mir zerbrochen worden war. Dann dachte ich daran, dass sie mich wahrscheinlich schon für tot hielt...sollte ich nun wirklich sterben müssen, würde sie das wenigstens nicht noch einmal verarbeiten müssen. Doch ihr das Leben nehmen, nur weil ich an meinem eigenen hing? Wenn ich das tat, wäre ich doch genauso egoistisch wie Warleck mir in der Nacht vor dem Fest des Friedens vorgeworfen hatte...oder nicht?

»Lilia aus dem Bezirk Rast...«, sprach Hubertus ein wenig lauter und ungeduldiger, »...antworten Sie auf meine Frage. Ist es wahr, dass Myrielle sich Ihnen und Ihren Leuten als Sammlerin zu erkennen gegeben hat und mit Ihnen plante, das Zentrum anzugreifen?« Seine erwartungsvollen

Augen durchlöcherten mich; ich spürte Limus' Blick auch wieder auf mir, doch dieses Mal traf ich ihn nicht.

Ich atmete tief ein und aus. Alle möglichen Gedanken kreisten durch meinen Kopf; jedes mögliche Ereignis, welches sowohl bei der einen als auch bei der anderen Antwort eintreten könnte, bis ich schließlich meinen Mund in die Form brachte, die er benötigte, um das folgende Wort auszusprechen:

»Ja...«, antworte ich knapp, »...ja, es ist wahr.« Noch nie war mir eine Silbe so schwergefallen.

Lautes Getuschel ertönte, gefolgt von Rufen wie »*Mörderin!*« und »*Abschaum!*«. Ich traute mich nicht einmal aufzublicken, sondern starrte bloß leer auf das Pult, an welchem ich stand. Gleich würde es vorbei sein; jetzt gab es kein Zurück mehr. Meine Schwester würde leben; das war alles, was zählte – und ich würde sterben, diesmal wirklich, denn nichts konnte mich vor dem unbändigen Gerechtigkeitsdrang und den Vergeltungsregeln des Zentrums beschützen. Aber ich konnte das akzeptieren, nachdem ich mich in der letzten Nacht schon so oft mit dem Tod hatte auseinandersetzen müssen. Vielleicht würde ich ja Mutter und alle anderen wiedersehen. Ich hoffte nur, dass Siletha ohne mich auskommen würde. Der Gedanke daran, sie in Warle-cks Händen zu hinterlassen, gefiel mir überhaupt nicht...doch ich hatte eingesehen, dass ich keine wirkliche Wahl hatte.

»Lilia aus dem Bezirk Rast...«, hallte Hubertus' Stimme durch die Arena und übertönte dabei die Rufe des Publikums, »...ist es wahr, dass Sie sich im Auftrag von Myrielle unerlaubt nach Dark-Town aufgemacht und am Tag des

Friedens gegen diese unschuldigen Menschen gekämpft haben?«

»Ja...das habe ich«, sprach ich und blickte noch immer leer auf das Pult. Konnte es nicht endlich vorbei sein? Ich wollte raus aus dieser Arena; raus aus dieser Stadt; raus aus diesem ungerechten, grausamen Leben. Dann wurde es plötzlich still; offenbar hatte Hubertus erneut die Flügel erhoben. Ich vernahm ein leichtes Getuschel aus der Richtung der Bank, an der die sieben Bezirksvertreter saßen, doch Limus' Stimme war nicht darunter. Ob er mich gerade anschaute? Was er wohl jetzt von mir dachte? Doch ich stillte meine Neugier nicht, denn ich war nicht in der Lage, mit einem enttäuschten Blick von ihm umzugehen. Ich wollte nicht schon wieder sehen, wie jemand, der mir viel bedeutet, plötzlich ganz anders auf mich schaut.

»Höret mich an!«, rief Hubertus nach einiger Zeit. »Für den Rat steht zweifelsfrei fest, dass Warleck und die restlichen Bewohner Dark-Towns Opfer eines Angriffs von Myrielle und den Bewohnern Rasts geworden sind. Da die Sammlerin nun aber beseitigt worden ist, steigt die Wahrscheinlichkeit, einen weiteren solchen Vorfall zu verhindern. Uns bleibt nun nichts anderes als der Treue von Dark-Town zu danken und die zusätzlichen Tokens in Gedenken an ihre Heldentaten zu verwenden.«

Grenzenloser Jubel brach aus, den ich jedoch nicht mehr richtig vernahm. Meine Gedanken waren schon wieder bei meinen Freunden, meiner Mutter und meiner Schwester; bei den grausamen Bildern meiner niedergebrannten, zu Asche verfallenen Heimat. Je lauter es wurde, umso heftiger dröhnten ihre Schreie in meinem Kopf.

»Lilia, du hast dich der Verschwörung, der Rebellion und dem Mord schuldig gemacht. Im Namen aller Bürger Equalitys wird das Zentrum dir deine gerechte Strafe zuführen und dich zu Beginn der sechsten Stunde des morgigen Tages in aller Öffentlichkeit hinrichten. Dennoch hast du trotz dieser Verurteilung das Recht, den restlichen Tag zu nutzen, um deine letzten Tokens für die Items deiner Wahl zu verwenden.«

»Herr Vorsitzender!«, rief Warleck von der Seite herein, was Verwunderung bei Hubertus auslöste. »Erlauben Sie mir eine Anmerkung?«

»Eine Anmerkung?«, wiederholte Hubertus verdutzt. »Nun gut, Warleck. Sie haben das Wort.«

»Ich danke Ihnen. Meine Damen und Herren...in jener schrecklichen Nacht haben Bewohner Rasts unschuldige Menschen umgebracht, doch ist es definitiv die Tochter Myrielles, welche die meisten Dark-Town-Bewohner auf dem Gewissen hat. Unzählige Menschen werden nun ohne ihre Eltern oder Geschwister leben müssen, weil Lilia sie ihnen geraubt hat. Ich hoffe, Sie können mir diese Anmaßung verzeihen, aber ich bin der Meinung, der Tod wäre eine zu gnädige Strafe für diese schändlichen Verbrechen. Wenn die Bewohner Dark-Towns aufgrund dieser Nacht fortan leiden müssen, dann sollte die Verantwortliche dafür dies auch tun. Ich schlage vor, aufgrund der besonderen Schwere ihrer Taten, Lilia, die rechte Hand der Massenmörderin Myrielle, auf ewig in den Käfig zu sperren.«

Der Jubel des Publikums stimmte Warlecks Worten zu. Ich fühlte mich so gedemütigt, dass mir die Tränen in Unmengen aus den Augen flossen und mein Oberkörper auf dem Pult zusammensackte – diese Reaktion machte es zwar nicht besser, aber das war jetzt auch egal. Nicht einmal der Tod, vor dem ich mich all die Zeit so sehr gefürchtet, ihn aber nun endlich akzeptiert und als einzigen Ausweg gesehen hatte, sollte mir vergönnt werden.

»Ihr Anliegen ist sehr gut nachvollziehbar«, sprach Hubertus. »Da Dark-Town für die Werte des Zentrums gekämpft hat, werden wir Ihnen diesen Wunsch selbstverständlich gewähren. Lilia, wir revidieren Ihre Todesstrafe und verurteilen Sie zu einem ewigen Leben in Dunkelheit sowie Einsamkeit im Käfig. Bürger des Zentrums...heute ist ein Tag zum Feiern, denn ein weiteres Mal hat die Gerechtigkeit gesiegt.«

Aus meinem Augenwinkel erkannte ich, wie Warleck von den Soldaten des Zentrums von seinen Ketten befreit wurde. Er warf mir einen kalten, aber triumphierenden Blick zu, doch ich wandte meine tränenden Augen von ihm ab, bevor er schließlich, begleitet von dem Applaus der stehenden Menge aus Zentrums-Bürgern, als freier Mann die Arena der Gerechtigkeit verließ.

Als Warleck am späten Nachmittag dieses Tages nach Dark-Town zurückkehrte, ignorierte er alle neugierigen Nachfragen seiner Kameraden und kehrte unverzüglich zu seinem Haus zurück, in welchem sein engster Vertrauter Theo noch auf ihn wartete.

»Da bist du ja wieder. Ich hatte mir schon Sorgen gemacht. Wie ist es gelaufen?«

»Es hat funktioniert...«, antwortete Warleck und rieb sich dabei die Schläfe mit seiner Faust, »...es hat tatsächlich perfekt funktioniert, ich kann es kaum glauben. Aber ich bin zu angestrengt, um mich großartig zu freuen. Sag bitte allen

Bescheid, dass sie sich in der Bar versammeln sollen, damit wir den letzten Punkt dieses Tages schnell abhaken können.«

»Selbstverständlich...«, sagte Theo mit einem breiten Grinsen auf dem blassen Gesicht, »...es gibt da nur eine Sache, die du vielleicht wissen solltest.«

»Was?«, fragte Warleck bestürzt.

»Als ich Siletha zur Toilette gebracht habe, hat sie mich gefragt, ob sie ein paar von meinen Tokens bekommen kann, um sich ein Spiel oder so etwas zu kaufen. Dann habe ich ihr ein paar gegeben und als ich ein paar Stunden später wieder nach ihr sah, hat sie sich so...merkwürdig verhalten.«

Warleck wollte selbst sehen, wovon Theo gerade sprach, und riss die Kellertür auf – was er dann sah, war wohl das Letzte, womit er am heutigen Tage gerechnet hätte. Siletha lief lachend kreuz und quer durch den Kellerraum, während sie eine merkwürdige Brille in ihrem Gesicht trug.

»Ich geh dann mal«, sagte Theo daraufhin und klopfte Warleck auf die Schulter.

»Ja...«, antwortete Warleck irritiert, »...ich komme...ich komme dann gleich nach.«

Mit leisen Schritten ging er die Treppe hinunter und beobachtete das kleine, freudige Mädchen. Was sie da wohl gerade tat? Und was hatte es mit dieser riesigen schwarzen Brille auf sich?

»Siletha?«, fragte er leise, jedoch reagierte sie nicht. »Siletha?«, wiederholte er etwas lauter – wieder keine Antwort. Dann reichte es ihm und er packte das kleine grünhaarige Mädchen an der Schulter. Sie zuckte daraufhin kurz zusammen und zog sich die Brille von der Nase.

»Onkel Warleck!«, rief sie freudig. »Theo hat mir ein paar seiner Tokens gegeben und ich konnte mir damit diese coole VR-Brille kaufen.«

»VR-Brille?«, fragte Warleck verwundert. »Was soll das denn bitte sein?«

»Wenn du hindurchschaust, siehst du eine völlig andere Welt und kannst dort herumspringen und gegen Monster kämpfen und so, das ist voll cool!«

Dies klang für Warleck im ersten Moment wirklich interessant und es ärgerte ihn, dass er selbst nicht kurz durch die Brille schauen konnte, um auch zu erleben, wie das war.

»Sag mal...«, sagte er ruhig, »...geht es dir gut? Für gewöhnlich trauern Menschen für eine gewisse Zeit, wenn sie Angehörige verloren haben.«

»Wovon sprichst du?«, fragte Siletha verwundert.

»Also, du weißt schon...von deiner Mutter...«, sagte Warleck irritiert, »...und von deiner Schwester.«

»Hä? Welche Mutter und welche Schwester? Du veräppelst mich mal wieder, habe ich recht?«

Warleck blickte Siletha fassungslos in die Augen. War das Mädchen gerade vollkommen verwirrt oder erinnerte sie sich wirklich nicht an das, was geschehen war? Er betrachtete sie eine Zeit lang mit gerunzelter Stirn. Sie hatte die Brille wieder aufgesetzt und hüpfte lachend und komplett sorgenfrei im Raum herum. Er wurde aus ihrem Verhalten einfach nicht schlau. Und er hatte gedacht, *er* wäre gut in der Lage, Emotionen wegzustecken, um sich auf Wichtigeres zu konzentrieren. Doch nach längerem Grübeln kam ihm ein Buch in den Sinn, welches er vor langer Zeit einmal gelesen hatte – es ging um die menschliche Psyche.

In dem Buch hatte ein Absatz gestanden, in welchem beschrieben wurde, wie Menschen, die ein schweres Trauma erlebt hatten, oftmals so überwältigt von diesen Gefühlen waren, dass der Geist die Erinnerungen einfach verdrängte. War dies etwa bei Siletha eingetroffen? Hatte ihr Kopf ihre Familie und ihre Heimat einfach verdrängt, um sie vor diesen grausamen Erinnerungen zu schützen? Wenn ja, fragte er sich, wie lange es wohl anhalten würde. Spielte das überhaupt eine Rolle? Oder sollte er es nutzen, solange er die Möglichkeit dazu hatte? Natürlich bestand auch immer noch die kleine Chance, dass Siletha ihm nur etwas vorspielte, um ihn dazu zu bringen, ihr zu verraten, was er mit ihr vorhatte...doch er konnte sich ehrlich gesagt nicht vorstellen, dass sie auf so eine Idee kommen würde. Manipulativ sein gehörte einfach nicht zu ihrem Charakter. Nein, die einzige Erklärung war, dass sie die traumatischen Erlebnisse der letzten Nacht tatsächlich verdrängt hatte – und es schien ein sehr extremer Fall dieses Phänomens zu sein, da sie sich anscheinend überhaupt nicht mehr daran erinnern konnte, jemals eine Schwester oder Mutter gehabt zu haben. Warleck konnte sein Glück nicht glauben – er hatte alles bis auf das kleinste Detail geplant, aber hiermit hätte er niemals rechnen können.

»Das mit einer Mutter und Schwester... das war natürlich mal wieder nur ein Scherz, Kleine, du hast es erraten«, sagte Warleck freundlich, als das Mädchen wieder in seiner Nähe war, und erregte mit seinen Worten erneut Silethas Aufmerksamkeit. Sie nahm die Brille wieder ab und guckte ihn mit einem gutgläubigen Lächeln an. »Es freut mich, dass dir das Spielen mit dieser Brille gefällt. Würdest du denn gerne noch weitere Items ausprobieren?«

»Ja!«, rief Siletha und ihre Augen begannen zu strahlen. »Was ist denn alles möglich?«

»Alles, Siletha«, sagte Warleck, kniete sich zu ihr hin und umklammerte ihre Schultern. »Es gibt einen Weg, wie alle Menschen an diesem Ort ein schöneres Leben haben können und du gleichzeitig jedes einzelne Item in diesem Katalog benutzen kannst. Stell es dir einfach wie ein Spiel vor. Alle paar tausend Tage finden Wettbewerbe statt, in denen es Verlierer und Gewinner geben wird. Zwischen den Wettbewerben führen die Menschen ein harmonisches Leben und können sich auf die Spiele vorbereiten, was ihnen eine ungemeine Motivation und einen Sinn neben dem öden Alltag verleiht. Je mehr Wettbewerbe man gewinnt, desto mehr Items wird man kennenlernen können. Egal, ob Gewinner oder Verlierer, dank der Spiele wird jeder Mensch ein glückliches, erfülltes Leben führen – und am Ende wird es einige wenige Gewinner geben, die jedes Geheimnis in dieser Stadt lüften können...und du mit deinen Fähigkeiten, Siletha, wirst garantiert zu diesen gehören.«

»Jedes Geheimnis lüften?«, wiederholte sie mit großen, staunenden Augen. »Das hört sich toll an. Wann findet denn der erste von diesen Wettbewerben statt?«

»Nun ja...es gibt da leider etwas, das den Beginn der Spiele ein wenig verzögert, aber keine Sorge; mit deiner Hilfe kann dieses Problem gelöst werden und du kannst somit allen Menschen dieser Stadt die Freiheit schenken. Na, was sagst du? Möchtest du zu einer Heldin werden?«

Silethas Augen blickten nun weit aufgerissen auf Warleck und ihr Mund stand so weit offen, dass ihre spitzen Zähne leicht hervorblickten. Dann nickte sie langsam, aber entschlossen mit dem Kopf.

»Sehr schön...«, sagte er ruhig, »...dann folge mir. Ich habe da eine Überraschung für dich.« Das Mädchen grinste.

Warleck führte Siletha in eines der größten Lokale Dark-Towns. Es war eine Bar, die so prallgefüllt war, dass sie sich durchquetschen mussten, bis sie an einer kleinen Bühne ankamen. Warleck hielt Siletha an der Hand und führte sie durch die Menge hindurch. Sie wirkte zwar neben ihrer Aufregung auch nervös, doch Warleck legte ihr sanft die Kralle auf die Schulter, um ihr ein fürsorgliches Gefühl zu geben. Dann richtete er sich an die hunderten von zusammengedrängten Menschen in Feierlaune:

»Meine Freunde...heute ist ein bedeutsamer Tag. Heute haben wir das letzte Puzzleteil erhalten, das uns dabei helfen wird, unsere vollständige Freiheit wiederzuerlangen. Unsere Zeit in diesem Dreckloch wird schon bald ihr Ende finden und wir werden dafür sorgen, dass jeder die Freiheit bekommt, über sein Schicksal zu bestimmen. Das ist Siletha...«, er hielt ihre Hand in die Luft, »...und sie wird es sein, die uns diese Freiheit schenken wird.« Schallender Jubel ertönte; die Bar explodierte förmlich vor Lärm. Ausnahmslos jeder skandierte Silethas Namen, was ihr ein unbeschreibliches Gefühl der Wertschätzung und Liebe vermittelte. Tränen kullerten ihr die Wangen herunter und sie riss freudig die Arme in die Höhe.

»Sie ist diejenige, auf die wir so lange gewartet haben...«, brüllte Warleck aus seiner Kehle und strahlte vor Stolz, »...die unser aller Leben zu einem besseren verändern, uns von diesem ungerechten Regime befreien und letztendlich diese Stadt retten wird. Hoch lebe Siletha, unser aller Erlöserin!«

-Das grüne Wunder-

Was bedeutet Freiheit? Gibt es sie überhaupt oder ist sie nur eine Illusion? Naja, wir können uns frei fühlen, das ganz sicher – aber solange es andere Menschen gibt, ist unsere Freiheit lediglich etwas, was diese uns gewähren und jederzeit wieder entziehen können. Dieses Gefühl der Fremdbestimmung ist immer existent, doch richtig spüren tut man es im Optimalfall nur selten. Das erste Mal, als mir so richtig bewusstwurde, dass meine Freiheit nicht in meiner eigenen Hand lag, war am Tag 0 – der Tag, an dem die große Einteilung angestanden hatte. Meine kleine Schwester war gerade etwas zittrig und mit tränenden Augen aus dem riesigen Saal der Arena der Gerechtigkeit getreten; kein Wunder, denn solche Situationen überforderten sie noch viel mehr als alle anderen Menschen – wobei sich bestimmt keiner in einer riesigen Arena auf sein Schicksal wartend wirklich wohlfühlen würde.

»Und?«, fragte ich sie neugierig, »Welcher Bezirk?«

»R-Rast...«, stotterte Siletha, »...dort, wo auch Mutter hingeht.« Das war schon mal sehr gut, denn jetzt konnte ich mir sicher sein, dass sie jemanden haben würde, um sie zu beschützen – auch wenn ich in einem anderen Bezirk landen sollte. Doch daran wollte ich nicht denken; ich würde alles tun, um es zu vermeiden.

»Der Nächste!«, rief eine dunkle, autoritäre Stimme aus dem Saal. Ich blickte meiner Schwester in die Augen und lächelte ihr zu – ob sie mir in diesem Moment meine Nervosität anmerkte, wusste ich nicht, doch wahrscheinlich war sie so oder so zu sehr mit ihrer eigenen beschäftigt. Trotzdem versuchte ich, für sie selbstbewusst zu wirken, als ich mich umdrehte und durch die riesige stählerne Tür hindurch in die Arena der Gerechtigkeit trat. Sie war gewaltig und ich wollte mich instinktiv erstmal umschauen und alles bestaunen, doch stattdessen ging ich zielstrebig auf die große hölzerne Bank in der Mitte zu und stellte mich zwischen die beiden Pulte. Die Einteilung erforderte jetzt meinen vollen Fokus. Ich versuchte, aufrecht zu stehen und abwechselnd den sieben Personen, die nun über meine Zukunft entscheiden würden, selbstsicher in die Augen zu blicken.

»Nenn uns deinen Namen, Mädchen«, sagte der geflügelte Mann in der Mitte erhobenen Hauptes. Es war seine unverkennbare dunkle Stimme, die mich auch hereingerufen hatte.

»Lilia«, antwortete ich selbstbewusst – doch dann fiel mir ein, dass es vielleicht überhaupt keine kluge Idee war, so selbstbewusst zu klingen, wenn ich in denselben Bezirk eingeteilt werden wollte wie Siletha und meine Mutter.

»Sag uns, Lilia, welche Items hast du dir nach den Kämpfen regelmäßig gekauft?«

Ich überlegte, welche Antwort die klügste war. Es wäre womöglich schlauer, nicht die Messer zu erwähnen, mit denen ich regelmäßig trainierte. Ich tat das zwar nur, um meine Schwester im Fall der Fälle beschützen zu können, trotzdem war es bestimmt die sicherere Antwort, es gar nicht erst anzusprechen, dass ich Waffen benutzte – egal zu welchem Zweck.

»Ich kaufe sehr gerne Erbseneintöpfe, Musik und Gesellschaftsspiele.«

Die sieben Personen auf der Bank gegenüber von mir begannen zu tuscheln – jedoch so leise, dass ich es nicht verstand. Dann fuhr der Mann in der Mitte fort:

»Warum glaubst du, sind wir hier in diese Stadt hineingeboren worden? Was würdest du sagen, ist der Sinn unserer Existenz an diesem Ort?«

»Ich glaube, dass der Bürgermeister uns erschaffen hat, damit die Menschen hier in Frieden miteinander leben können.«

»Interessant...dann kommen wir auch schon zur letzten Frage. Wann glaubst du, ist es die richtige Entscheidung, einen anderen Menschen umzubringen?«

Ich zögerte; von dieser Antwort hing nun alles ab. Doch mit welcher Antwort würde ich das erreichen, was ich wollte? Ich versuchte, mich in Siletha hineinzuversetzen und mich an dem zu orientieren, was sie wohl auf diese Frage geantwortet hatte.

»Ich...ich...«, stotterte ich künstlich, »...ich glaube, es gibt keinen Grund, einen anderen Menschen zu...zu töten, außer man muss sein eigenes Leben beschützen oder das von einer Person, die man liebt. Aber ehrlicherweise glaube ich nicht, dass ich die Kraft dazu hätte, jemandem so etwas anzutun.« Erneut begannen die sieben Personen zu tuscheln.

Diesmal dauerte es etwas länger, bis der vornehme Mann mit der dunklen Stimme wieder das Wort ergriff.

»Vielen Dank für deine aufrichtigen Antworten, Lilia. Wir freuen uns, dir verkünden zu können, dass du dein ewiges Leben in Ruhe und Frieden im Bezirk Rast verbringen wirst. Das Zentrum wird über dein Leben wachen und dich mit seinen Regeln beschützen. So lebe denn wohl.«

In diesem Moment erfüllte eine unbeschreibliche Euphorie meinen gesamten Körper, bis in die Fingerspitzen – noch nie hatte ich mich so erleichtert gefühlt. Wenige Sätze hatten darüber entschieden, ob ich gemeinsam mit meiner Familie mein Leben verbringen dürfen würde oder doch einsam und allein in einem anderen Bezirk leben müsste. Meine Muskeln entspannten sich und ich ging erleichtert, aber auch erschöpft wieder raus – jetzt, da mein Körper nicht mehr angespannt war, war es so, als wäre die ganze Kraft aus ihm gegangen. Vor der Tür stand Siletha noch und blickte mich mit ihren ängstlichen Augen erwartungsvoll an. Auch wenn ich es in dem Moment nicht wirklich realisierte, da dieser Tag ein glückliches Ende für mich nahm, hatte mein Schicksal in diesen Sekunden in den Händen anderer gelegen. Als dies nach 3000 Tagen ein zweites Mal der Fall war, spürte ich erst so richtig, was es heißt, fremdbestimmt zu sein – was es heißt, seine Freiheit zu verlieren.

Die Zelle, in welche ich gesteckt wurde, war dunkel und kalt. Soldaten des Zentrums schubsten mich gewaltsam in diese hinein und ketteten meine Hände an die graue Steinwand. Die Ketten und der Boden fühlten sich auf meinem Körper eisig an. Bevor die Soldaten die Tür verschlossen, hörte ich eine männliche, mir bekannte Stimme – allerdings viel wütender, als ich sie sonst gewohnt war.

»Ich will mit ihr reden!«, rief Limus streng.

»Herr Bezirksvertreter...es ist unser Befehl, die Gefangene völlig zu isolieren –«

»Ihr seid mir unterstellt, also tut ihr auch das, was ich sage. Oder wollt ihr etwa euren Rang verlieren?«

»N-nein, selbstverständlich nicht, verzeihen Sie bitte unsere Dreistigkeit. Nehmen Sie sich alle Zeit, die Sie brauchen.«

Unmittelbar danach trat Limus in die Zelle hinein und schloss die Tür. Ich verfolgte seine Bewegungen mit meinen Augen, doch hielt meinen Kopf noch gesenkt. Ich wollte nicht, dass er mein Gesicht deutlich sieht – ich wusste nicht, ob ich ihn glaubwürdig anlügen könnte. Er lehnte sich mit dem Rücken an die Wand, atmete tief durch und blickte mich mit seinen violetten Augen an. Ich spürte sie fast auf mir; es war wie ein brennendes Gefühl, das in unangenehmem Kontrast zu der Kälte stand.

»Ich glaube das alles nicht«, sagte er ruhig, woraufhin ich verlegen zur Seite blickte.

»Es tut mir leid«, flüsterte ich.

»Nein, Lilia«, seine Stimme wurde lauter und hallte in der leeren Zelle. »Ich glaube dir diese Version der Geschichte nicht. Das macht alles keinen Sinn. Ich habe noch vor zwei Tagen mit Myrielle über meinen Gesetzentwurf gesprochen; sie war vollkommen begeistert gewesen. Das kann nicht gespielt gewesen sein, ich kenne sie doch...ich kenne euch alle.« Bei dem Gedanken an meine Mutter und wie sehr sie die Vorstellung von Limus' Plänen erfüllt hatte, drehte sich mir der Magen um.

»Offenbar kennst du uns nicht so gut, wie du geglaubt hast«, flüsterte ich matt und es bereitete mir einen unbeschreiblichen Schmerz, so zu tun, als wären wir die ganze Zeit die Bösen gewesen. Mein Herz zerbrach mit jedem Wort, das ich sprach, in weitere kleine Fragmente und ich wusste nicht, ob ich es jemals würde wieder zusammenstückeln können.

»Wie konnte die Brücke zerstört werden?«, fragte Limus scharf. Daran hatte ich gar nicht gedacht. Was sollte ich auf diese Frage bloß antworten? Schließlich konnte ich nicht erklären, dass meine Mutter es getan hatte, um mich ins Zentrum zu bringen – dies würde sich nicht mit Warlecks Version der Geschichte decken. Es machte mich so wütend, dass ich die Lebensversicherung für jene war, die mein gesamtes Leben zerstört hatten – dass ich für sie in dieser Zelle saß, während sie in Freiheit leben durften. Doch war mein Schicksal das kleinere Übel im Vergleich zu dem, was Siletha erwarten würde, sollte ich die Wahrheit erzählen – und allein das hielt mich davon ab.

»Ich habe die Brücke mit einem Spreng-Item in die Luft gejagt«, sagte ich schwach. Ich schaute ihm in die Augen und hoffte dabei, meine feste Entschlossenheit, Siletha zu beschützen, würde auf ihn wie Ehrlichkeit wirken. Wenigstens weinte ich nicht mehr.

»Wieso hast du das getan?«, fragte Limus verwirrt – jedoch wusste ich nicht, welche sinnvolle Antwort ich auf diese Frage geben sollte. Aber das musste ich vielleicht auch gar nicht.

»Ich bin schon zu einer ewigen Leidenszeit verurteilt worden, also muss ich mich nicht noch zwingen lassen, diese Nacht ein weiteres Mal zu durchleben,

Bezirksvertreter.« Es fühlte sich vollkommen falsch an, so kalt und fremdartig mit Limus zu reden, weil ich doch eigentlich nichts weiter wollte, als in seinen Armen zu sein und mich von ihm trösten zu lassen – aber ich wusste nicht, wie ich ihn sonst dazu bringen konnte, das Thema in Ruhe zu lassen.

Schockiert blickte er mich an. Für einige Sekunden sahen wir uns tief in die Augen, sein Blick vollkommen entsetzt, meiner gespielt zornig – wobei der Zorn eigentlich nicht vorgespielt war, nur der Grund dafür. Doch wütend zu sein half mir, nicht komplett zusammenzubrechen. Ich war fest entschlossen, das nicht zuzulassen, solange Limus noch vor mir stand.

»Ich verstehe noch nicht, was hier läuft...«, sagte er schließlich, »...aber ich werde es herausfinden, Lilia. Ihr seid keine Mörder...nein...das werde ich niemals glauben.«

Daraufhin richtete er sich wieder auf, warf mir noch einen letzten verzweifelten Blick zu, schloss schließlich die Tür meiner Zelle und ließ mich allein in der Dunkelheit zurück – eine einsame Dunkelheit, an die ich mich nun wohl gewöhnen musste. Sobald ich hörte, wie die Tür wieder verriegelt wurde, brach alles aus mir heraus. Ich versuchte noch, die Lautstärke meines Schluchzens in Grenzen zu halten, bis ich mir sicher sein konnte, dass Limus weit genug weg war, doch die Tränen flossen und flossen bis ich mich so leer fühlte wie noch nie zuvor. Dann sackte ich ausgelaugt gegen die Wand zusammen und wünschte mir einfach nur Schlaf, einfach nur eine Pause von diesem Wachzustand, in dem mich meine schrecklichen Gedanken nicht in Ruhe ließen...doch die Kälte ließ es nicht zu.

Limus' Gedanken und Vermutungen lagen in seinem Kopf zerstreut herum, als er am Ende des Tages im Rathaus ankam. Dieses riesige zentrale Gebäude bestand aus vier großen Stockwerken. Im untersten saßen die Intellektuellen, welche an moralischen Konzepten arbeiteten, die das Zusammenleben der Menschen in der ganzen Stadt verbessern sollten; im Stockwerk darüber hatten sechs der sieben Bezirksvertreter ihre Büros, in denen sie Gesetze entwickelten und die Interessen ihres Bezirkes zu vertreten versuchten; im zweithöchsten Stockwerk befand sich das Büro des Bezirksvertreter-Vorstands, in dem Hubertus unter anderem die Tagungen des gesamten Rats leitete, und im obersten Stockwerk befand sich nur ein einziger Raum. Auf dessen Tür stand groß *Büro des Bürgermeisters* geschrieben, doch es war bisher unmöglich gewesen, sie zu öffnen und niemand hatte bisher gesehen, dass der Bürgermeister jemals in diesen Raum hinein- oder aus ihm herausgetreten war. Der einzige Hinweis, den es gab, war ein Schlüsselloch. Vermutlich gab es irgendwo einen Schlüssel, mit dem man das Büro des Bürgermeisters betreten konnte, jedoch war es bisher auch niemandem gelungen, diesen ausfindig zu machen. Manche vermuteten, er würde auf dem Grund des Wassers, das unsere Stadt umgab, liegen; andere glaubten, er würde überhaupt nicht existieren.

»Herein!«, ertönte die Stimme des Bezirksvorstands, nachdem Limus hektisch an dessen Tür geklopft hatte. Beim Eintreten erblickte er Hubertus, der gerade am großen Konferenztisch saß, auf dem eine riesige Karte von Equality ausgebreitet lag. Diese zeigte die Grundrisse der Stadt aus der Vogelperspektive: Das große Zentrum lag genau in der Mitte; die sechs äußeren Bezirke waren in den gleichen

Abständen vom Zentrum entfernt und durch Brücken miteinander verbunden. Die größte Fläche wurde jedoch vom Fluss bedeckt, der die Bezirke umrandete.

»Limus?«, fragte Hubertus verwundert. »Was führt Sie hierher?«

»Ich wollte über das Verfahren von heute früh reden.«

»Über das Verfahren? Was gibt es denn da zu bereden? Immerhin hatten wir selten eine solch eindeutige Beweisführung.«

»Ja...sehr eindeutig«, sagte Limus ruhig und schaute Hubertus mit ernster Miene an. »Finden Sie nicht, es war ein wenig zu eindeutig? Finden Sie nicht, es hat alles zu gut gepasst, um wirklich wahr zu sein?«

»Mein verehrter Limus...«, stöhnte Hubertus angestrengt und rieb sich die Stirn mit einem seiner Flügel, »...ich kann verstehen, dass Sie diese schreckliche Tragödie stark belastet und Sie sich nicht eingestehen wollen, dass ihr Bezirk –«

»Darum geht es doch gar nicht!«, unterbrach ihn Limus laut. »Myrielle hat damals mit uns diesen Frieden ausgehandelt. Ohne sie würde es das heutige System überhaupt nicht geben. Es macht vorne und hinten keinen Sinn, dass Dark-Town, welches zu 70% aus ehemaligen Mitgliedern der *Wissenschaftler* besteht, nun die großen Zentrumsanhänger sein sollen und Rast die gierigen Mörder, wenn sie doch eigentlich immer die friedlichsten Bürger der ganzen Stadt waren.«

»Menschen verändern sich, Limus«, sagte Hubertus und richtete sich seine Brille mit seinen fedrigen Flügeln. »Warleck scheint mir ein kluger Mann zu sein. Möglicherweise gelang es ihm wirklich, unsere Werte seinen Mitbürgern näherzubringen. Ich halte es nicht für unwahrscheinlich.«

»Das ist doch vollkommener Unsinn.«

»LIMUS!«, brüllte Hubertus. Er stand nun wütend aus seinem Drehstuhl auf und fixierte Limus mit verärgerten Augen. »Haben Sie denn vergessen, wieso unser System bisher so gut funktioniert hat? Haben Sie vergessen, wieso die intelligenten und tüchtigen Bürger des Zentrums seit 3000 Tagen keinen Verlust zu beklagen haben?«

»Aufgrund unserer Regeln.«

»Aufgrund unserer Regeln, korrekt! Unser System läuft in einem perfekten Einklang. Niemand kann ohne Konsequenzen einem anderen Bürger das Leben nehmen. Ein äußerer Bezirk wird keinen anderen äußeren Bezirk angreifen können, da sie wissen, dass das Zentrum sie sonst bis auf den letzten Mann ausrotten wird. Wir können ebenso keinen äußeren Bezirk ohne Grund angreifen, da uns alle äußeren Bezirke im Kollektiv überlegen sind. Und uns wird man auch nicht angreifen können, da sich die äußeren Bezirke niemals ohne Not von selbst zusammenschließen werden. Wir haben die Trägen und Trunkenbolde von den Ehrgeizigen und Gefährlicheren immer strikt getrenntgehalten, womit keine Radikalisierungen sowie Mobilisie- rungen erfolgen konnten. Unser System funktioniert, alles greift perfekt ineinander. Das Einzige, was wir nicht beein-flussen können, sind willkürliche Regeländerungen des Herrn, welcher ein Stockwerk über mir sitzt. Doch die Sammlerin ist nun tot und auch diese Unvorhersehbarkeit hat unser System überstanden.«

»Aber zu welchem Preis?« Als Hubertus als Antwort auf diese Frage nur weiter die Stirn runzelte, sprach Limus weiter, doch er wusste nicht, welche Argumente er noch bringen sollte, da sein Gegenüber anscheinend keine davon akzeptieren wollte. »Sollten wir...sollten wir nicht versuchen, weiterhin zu ermitteln? Vielleicht könnten wir einige Bewohner Dark-Towns genauer befragen und –«

»Geschätzter Kollege, ich sage Ihnen das jetzt ein für alle Mal. Alles ist genau nach den Regeln verlaufen und es wäre eine Respektlosigkeit, die Aussagen von Dark-Town nach diesem eindeutigen Geständnis Lilias anzuzweifeln. Oder glauben Sie, das Mädchen hat gelogen? Warum sollte sie das tun? Zu dem Zeitpunkt ihres Geständnisses war sie sich bewusst, mit dem Tode bestraft zu werden, sollte sie diese Taten gestehen. Wieso sollte ein unschuldiger Mensch dies tun? Limus, ich verstehe ihren Schmerz...doch unterlassen Sie es ab sofort, unser System der Fakten und Quellen mit destruktiven Spekulationen zu vergiften.«

»Verstanden«, sagte Limus matt, senkte den Kopf und drehte sich in Richtung Tür.

»O...eine letzte Sache wäre da doch«, rief Hubertus ans andere Ende des Büros, wonach Limus wie angewurzelt stehen blieb. »Der Bezirk Rast existiert nicht mehr, also bin ich mir nicht sicher, ob Ihr Status des Bezirksvertreters noch einen allzu großen Sinn hat.«

»Ich habe einen Eid geleistet, so lange für die Interessen und Rechte der Bürger Rasts einzutreten, bis sie ihre oder bis ich mein Leben vollständig ausgehaucht haben. Egal, was Lilia getan hat, sie ist und bleibt eine Bürgerin Rasts – also ist mein Platz im Rat der Bezirksvertreter noch immer legitim. Das gehört schließlich auch zu unseren Regeln, oder nicht?« Limus warf Hubertus noch ein falsches Lächeln zu und stürmte daraufhin aus dessen Büro, ohne auf eine Reaktion zu warten, obwohl er sich Hubertus' entsetzen Gesichtsausdruck nur allzu gut vorstellen konnte.

Vor der Tür blieb Limus lange stehen, atmete wütend ein- und aus und dachte nach. Ein Satz des Vorsitzenden ging ihm nicht aus dem Kopf: »*Wieso sollte ein unschuldiger Mensch dies tun?*« Tatsächlich hatte er sich diese Frage selbst noch gar nicht gestellt, obwohl er sich meiner Unschuld sicher gewesen war. Die Frage hatte ihn nun auf einen Gedanken gebracht, den er unmittelbar mit mir teilen wollte. Das laute Knarren meiner Zellentür und das Licht, welches plötzlich hineinströmte und meine Augen irritierte, erschreckten mich. Ich schlief nicht, doch ich hatte mich an die allumfassende Dunkelheit gewöhnt und es war nun vollkommen befremdlich, dass plötzlich wieder Licht in meine Zelle eindrang. Als meine Augen sich nach und nach daran gewöhnten, sah ich, dass sich Limus gegen die Wand lehnte, wie er es auch einige Stunden zuvor getan hatte, und mit traurigem Blick zu mir herabschaute.

»Wen von ihnen hat er in seiner Gewalt?«, fragte er leise. »Deine Mutter oder deine Schwester?«

Für den Bruchteil einer Sekunde zuckte ich zusammen. Ich glaubte, mich verhört zu haben. Wie konnte er das wissen? War er etwa selbst auf diesen Schluss gekommen? Glaubte er wirklich so sehr an meine Unschuld? Doch ich durfte es ihm nicht erzählen, obwohl es jetzt so einfach gewesen wäre. Alles, was Dark-Town in Gefahr brachte, würde auch Siletha in Gefahr bringen. So sehr es auch schmerzte – so sehr ich den Drang verspürte, Limus die Wahrheit zu sagen – ich konnte nicht. Und irgendwie war der Schmerz für mich nun tausendmal schlimmer als zuvor, als er noch im Dunkeln getappt hatte.

»Meine Mutter ist tot...«, sprach ich mit schwacher, wackelnder Stimme, »...meine Schwester ist tot und jeder andere Einwohner Rasts ist auch tot. Ich weiß nicht, wovon du sprichst. Lass mich endlich in Ruhe.«

»Du brauchst nichts mehr zu sagen«, Limus richtete sich auf und begab sich erneut in Richtung Tür. »Wenn du sogar dein eigenes Leben opfern würdest, um das zu schützen, was auch immer du gerade schützt, dann werde ich dein Vorhaben nicht behindern. Doch solltest du wissen...«, er kam einen Schritt zurück auf mich zu und packte mich an der Schulter, wonach ich zusammenzuckte, »...dass du noch immer mein uneingeschränktes Vertrauen hast. Leider werde ich dich in Zukunft nicht mehr besuchen kommen können, da dies gegen die Regeln verstößt und dir auch nicht geholfen ist, wenn ich meinen Rang verliere. Aber ich stehe noch immer treu zu Rast...ich stehe noch immer treu zu Cat, Fire, Hugo, Siletha und Myrielle...ich stehe noch immer treu zu dir.« Ich blickte Limus tief in seine violetten Augen, bevor er sich dann von mir abwandte. Die Stelle an meiner Schulter, wo seine Hand gewesen war, fühlte sich nun noch viel kälter an als davor. Ich wünschte mir, er hätte sie nie weggenommen, doch er konnte nicht bleiben. Als ich betrübt zusah, wie er wieder meine Zelle verließ, hatte ich den Drang, noch etwas zu sagen – ihm irgendetwas hinterherzurufen – doch meine Kehle ließ keinen einzigen Ton erklingen. Was hätte ich denn auch sagen sollen?

Die Tür ging zu und ich saß erneut in der Finsternis, doch sie kam mir dieses Mal noch dunkler vor. Und dann, obwohl ich dachte, ich sei längst ausgeweint, platze alles ein weiteres Mal aus mir heraus. Nach diesem schrecklichen Tag und diesen schönen Worten von Limus, mit meinen gegensätzlichen Gefühlen und meiner Sehnsucht nach allem, was ich verloren hatte und allem, was ich nicht sagen konnte, ließen mir mein Körper und meine Seele keine andere Wahl. Ich weinte und weinte. Die Tränen traten schmerzend aus meinen angestrengten Augen heraus. Alles tat mir weh. Dieses Mal dachte ich gar nicht daran, so leise wie möglich zu sein. Meine Mutter, meine Freunde, meine Schwester, ich sah sie alle vor meinen Augen. Sie schwirrten in meinem Kopf herum; ich konnte sie nicht daraus verbannen und ich konnte mich nicht beruhigen. Stundenlang – zumindest glaubte ich, dass es Stunden waren, doch in der Dunkelheit schien die Zeit anders zu vergehen – versuchte mein Körper allen Schmerz, der in ihm war, aus sich herauszupressen und sich davon zu reinigen, bis ich schließlich erneut schwach auf dem Boden der Zelle zusammensackte und dieses Mal endlich vor Erschöpfung einschlief.

Noch vor einer Weile war es der Tod gewesen, vor dem ich mich mehr gefürchtet hatte als alles andere, doch nach hunderten von Tagen gefüllt mit Einsamkeit und Dunkelheit begriff ich, dass diese Todesangst nur auf mein vorheriges glückliches Leben zurückzuführen gewesen war. Nach einer so langen Zeit in Gefangenschaft und Isolation hatte ich meinen Lebenswillen verloren; ich lebte ja bereits in einem monotonen, unendlichen Nichts – wie schlimm sollte der Tod dann noch sein? Jeder meiner Tage verlief auf die völlig gleiche Weise.

Am Morgen kamen die Soldaten rein, weckten mich, lösten mich von meinen Handschellen und zogen mir einen Sack über den Kopf, sodass ich nichts sehen konnte, wenn sie mich durch die Stadt führten. Sobald sie mich bei einem Item-Laden abgesetzt hatten, führten sie meinen Arm zu einem der Sensoren, damit ich mir etwas zu essen kaufen konnte. Mir war es nur erlaubt, Nahrungs-Items aus Level 1 zu kaufen, deswegen entschied ich mich so gut wie immer für eine Flasche Mineralwasser und den guten alten Erbseneintopf – doch auch der schmeckte mir nach einer Weile nicht mehr so gut, obwohl ich gedacht hatte, ich würde ihn nie satthaben. Doch ich fand keine Freude mehr am Essen, noch an sonst was. Wenn diese Aufgabe – so betrachtete ich das nun, als Aufgabe – erledigt war, brachten mich die Soldaten zurück in meinen Käfig und ich verbrachte den Rest des Tages immer in purer Dunkelheit. Ich war so daran gewöhnt, dass sich das wenige Tageslicht, das ich draußen durch den Sack sehen konnte, schon fremd und unangenehm anfühlte. Doch trotzdem war die eine Stunde, die ich außerhalb meiner Zelle verbrachte, die einzige Zeit, in der ich wenigstens etwas vom Leben aufschnappte, und sie war immer das Highlight meiner Tage, die ich nicht mehr auseinanderhalten konnte.

Wenn man sonst keine Abwechslung hat, fängt man an, auf so einiges zu achten: Ich hörte Reden von Fanatikern, die glaubten, der Bürgermeister wollte uns prüfen und uns nach dem Tod entweder in ein Paradies oder die Verdammnis reißen; ich hörte Unterhaltungen über die verschiedenen Items; manchmal hörte ich auch nur den Tratsch zwischen zwei Frauen, die sich über ihre neusten Liebschaften austauschten – doch das alles war wie Musik in meinen Ohren, denn es war das Einzige am Tag, was mir Abwechslung bereitete. Allerdings war auch das nur ein schwacher Trost, denn die restlichen Stunden tat ich nichts, außer allein in der Dunkelheit zu sitzen oder zu schlafen. Ich wollte meine eigenen Gedanken nicht mehr hören. Ich wusste nicht, wie lange ich meine eigene Gesellschaft noch aushalten konnte.

Am Anfang meiner Gefangenschaft hatte ich noch die Tage gezählt, doch spätestens seit ich die 500 erreicht hatte, war mir die Lust daran vergangen. Ich sah den Zweck nicht, und außerdem war mein Kopf ab dem Zeitpunkt schon außerstande, noch halbwegs sinnvolle Gedanken zu produzieren; nicht einmal mehr Gefühle spürte ich wirklich. Ich hatte vergessen, wie das war. Ich wünschte mir einfach nur irgendwas...selbst Traurigkeit wäre mir lieber gewesen als dieses Nichts, als diese stumpfe Existenz – Existenz, die ich am liebsten beenden wollte...doch auch wenn ich bereits so am Ende war, gingen mir die letzten Worte meiner Mutter nicht aus dem Kopf. Sie machten mich verrückt.

»*Rette deine Schwester*«, hörte ich sie wieder und wieder in meinen Gedanken sagen, doch ihre Stimme klang verzerrt, als ob ich mich gar nicht mehr richtig daran erinnern konnte. »*Rette deine Schwester*.« Aber ich wusste beim besten Willen nicht, wie das gehen sollte, wenn ich in ewiger Gefangenschaft lebte. Ich wusste ja nicht einmal, wie es Siletha gerade ging oder was sie gerade tat. Wie konnte es denn sein, dass Warleck nach so langer Zeit noch keinen Angriff auf das Zentrum unternommen hatte? Oder hatte er es vielleicht doch schon? Nein...das hätte doch selbst ich in meinem Käfig irgendwie mitbekommen. Doch wofür hatte Warleck das alles denn getan, wenn er sein Ziel nicht endlich in die Tat umsetzen wollte? Hatte er mich einfach nur zerstören wollen? Oder vielleicht konnte er sein Ziel ja gar nicht erreichen – vielleicht folgte Siletha überhaupt nicht seinem Willen, egal, wie sehr er sie drangsalierte. Sie war vielleicht einfach stärker, als ich es ihr immer zugetraut hatte. Möglicherweise hatte sich meine Mutter getäuscht und nicht ich würde Siletha eines Tages retten, sondern sie würde sich selbst irgendwann aus den gierigen Händen von Warleck befreien und *mich* retten. Als mir dieser Gedanke kam, hielt ich mich eine Zeit lang daran fest. Doch auch diese Hoffnung verschwand innerhalb der nächsten hunderten von Tagen, denn es veränderte sich nichts, und so lief es mit jeder neuen Hoffnung, die ich mir irgendwie ausdenken konnte. Immer blieb alles gleich...immer derselbe Tagesablauf, dieselbe Dunkelheit, dieselbe Einsamkeit, die keine langanhaltende Hoffnung zuließ...bis eines Tages meine Zellentür zu einer untypischen Uhrzeit aufsprang. Ich zuckte vor Schreck zusammen. Dies war so neu für mich; ich konnte es zunächst gar nicht glauben. Allein der Gedanke an etwas Neues durchströmte meinen gesamten Körper mit Adrenalin, doch ob sich darunter Furcht oder Aufregung verbarg, wusste ich nicht. Vielleicht beides.

»Hallo, Lilia«, ertönte die sanfte Stimme von Limus und der große, dünne Mann mit den violetten Augen und den edlen Kleidern trat in meine Zelle hinein.

»Limus?«, fragte ich irritiert. Meine Augen versuchten sich noch an das Licht zu gewöhnen und ich konnte bisher nur seine Umrisse erkennen – doch ich wusste genau, wie er aussah. Er hielt sich öfters in meinen Gedanken auf. War er das denn gerade wirklich oder war ich einfach nur komplett verrückt geworden und hatte mich in meiner Fantasie verloren? Doch ich kannte diese Stimme und sie klang anders als in meinem Kopf, sie hallte in der kahlen Zelle – doch ich konnte im ersten Moment einfach nicht fassen, dass dies wirklich passierte; ich musste doch träumen. »Bist das...bist das wirklich du?«

»Ja, Lilia, ich bin es wirklich«, sagte er lächelnd – ich konnte meine Augen inzwischen lange genug gegen das

Licht aufhalten, um sie auf ihn zu richten, ohne dass es wehtat – und kniete sich zu mir herunter. »Ich habe sehr gute Neuigkeiten für dich. Heute habe ich mit drei meiner Kollegen ein Gesetz durchgebracht, welches die Rechte für Gefangene aufwertet. Du kannst ab sofort an jedem zehnten Tag einen dreistündigen Rundgang mit einer Person deiner Wahl machen – vollkommen unbewacht und ohne Sack über dem Kopf. Du musst aber stets in meiner Nähe bleiben und musst spätestens nach exakt drei Stunden wieder zurück sein, sonst wird dir dieses Recht auf ewig entzogen.« Im ersten Moment konnte ich es nicht glauben. Ich würde rausgehen dürfen? Andere Menschen sehen sowie das Sonnenlicht auf meinem unbedeckten Gesicht spüren können – und dort hingehen, wo ich wollte? Der Gedanke war für mich völlig fremd...ich hatte mich so lange nach Abwechslung gesehnt und jetzt wusste ich gar nicht, wie ich damit umgehen sollte. Limus sprach weiter. »Was sagst du, möchtest du mit mir einen kleinen Spaziergang machen?« Ich nickte zögerlich. Natürlich wollte ich das, auch wenn es mir im ersten Moment auch Angst machte. Einer der Soldaten, die an der Tür standen, kam herein und löste meine Ketten. Dann führte er mich sowie Limus zum großen Tor des Käfigs. Limus lächelte mich ermutigend an, doch ich blinzelte nur geschockt vor mich hin.

»Ihr habt von jetzt an genau drei Stunden«, sagte der Soldat streng. »Ist die Gefangene auch nur eine Sekunde zu spät, wird sie nie wieder Tageslicht erblicken.«

»Verstanden...«, sagte Limus lächelnd, packte mich überraschenderweise an meiner Hand und führte mich hinaus. Es tat so gut, etwas anderes als Handschellen an meiner Haut zu fühlen – einen lebenden, atmenden Menschen und seine sanfte Körperwärme zu spüren. Ich drückte seine Hand vorsichtig und hoffte, dass dies ihm meine Dankbarkeit signalisieren würde. Er lächelte mich wieder an und ich spürte Schmetterlinge in meinem Bauch. Ein Gefühl. Ich erlebte tatsächlich wieder ein Gefühl. Dafür würde ich ihm für immer dankbar sein.

Draußen angekommen, blendete das Licht der Sonne noch stärker meine Augen als das schwache im Flur es getan hatte. Ich blinzelte, bis meine Augen aufhörten zu tränen. Die Sonne schien alles in ein seltsames Licht zu werfen. Alles kam mir in diesem Moment vor wie in einem Traum. Jeder Mensch, den ich erblickte, sah so besonders aus; jedes Gebäude war wunderschön...und Limus' Lächeln und seine Augen, welche ich nie wieder zu sehen geglaubt hatte und welche jetzt leuchteten wie noch nie zuvor, sorgten dafür, dass mir eine Träne die Wange herunterlief.

»Alles in Ordnung, Lilia?«, fragte Limus besorgt, als sein Blick auf meine Wange fiel.

»Ja...«, sagte ich und wisch mir mit meiner freien Hand über die Augen – ich konnte meine Hand tatsächlich frei bewegen! »Ich bin gerade...einfach nur glücklich.« Sein Lächeln war genauso warm wie die Sonne auf meiner Haut. Ich konnte nun ein eigenes Lächeln nicht mehr zurückhalten. Ich hatte nicht mal mehr gewusst, dass meine Gesichtsmuskeln noch dazu fähig waren.

Die Stunden, welche ich danach mit Limus verbrachte, waren unbeschreiblich schön. Er führte mich durch edle Viertel, die ich im Zentrum noch nie zuvor gesehen hatte, wir aßen gemeinsam in einem schönen Park, und in der letzten Stunde lehnten wir uns über das Gitter der Brücke zwischen Parados und dem Zentrum und genossen die frische Prise, die vom Wasser ausging. Ich schloss die Augen und atmete tief ein – es fühlte sich an, als würde wieder etwas Leben in meine Adern fließen.

Dasselbe machten wir fortan an jedem zehnten Tag für eine sehr lange Zeit, die sich plötzlich gar nicht mehr so ewig und zäh anfühlte wie noch Stunden zuvor. Was waren schon zehn Tage im Vergleich zu hunderten? Die konnte ich aushalten, wenn ich wusste, was danach immer auf mich wartete.

»Ich bin dir wirklich so unglaublich dankbar«, sagte ich am Ende einer unserer Rundgänge und legte meine Hand vorsichtig auf die von Limus, die auf dem Geländer der Brücke lag. Es war zwar nicht mehr das erste Mal, dass ich das tat, aber trotzdem war ich jedes Mal ein wenig nervös. »Ich bin dir so dankbar, dass es nun wenigstens eine Sache gibt, die mein Leben ein wenig lebenswerter macht.«

»Lilia, hör mir zu...«, sagte er und zog seine Hand von meiner weg, »...es tut mir so weh, dir das sagen zu müssen.« Mein Herz sank.

»Was ist los?«, fragte ich besorgt und drehte mich seitlich, um ihm direkt ins Gesicht blicken zu können. Meine Brust wurde eng von der Angst, die in mir aufkam. Er guckte so ernst.

»Das Gesetz...es wird...sehr wahrscheinlich in den kommenden Tagen wieder...gekippt.« Ich merkte, dass Limus Schwierigkeiten hatte, diesen Satz über die Lippen zu bringen. Er schaute auf den Boden und nicht zu mir. Er wollte mich nicht enttäuschen. Trotzdem fuhr er fort. »Die Bürger sind unzufrieden damit, dass Gefangene mehr Freiheiten bekommen und zwei meiner Kollegen fürchten die Abwahl des Rats.«

Mein gesamter Körper zog sich zusammen. Das durfte nicht wahr sein. In dem Moment, wo mein Leben wieder einen kleinen Sinn bekommen hatte – ein kleines Fünkchen Hoffnung – wollte man mir das wieder nehmen. Tränen kullerten mir unkontrollierbar die Wangen hinunter...und dann sah ich, dass Limus auch weinte.

»Es tut mir so leid...es tut mir so schrecklich –«

»Hey...«, sagte ich, griff seine Wangen mit meinen Händen und drehte sein Gesicht zu mir. »Ich bin dankbar für die Zeit, die ich mit dir verbringen durfte...ich werde sie nie-mals vergessen.« So einen Moment würde ich vielleicht nie wieder bekommen. Limus würde ich vielleicht nie wieder sehen. Wenn es also einen perfekten Moment für so etwas gab, dann war es dieser. Ich stellte mich auf die Zehenspitzen, zog sein Gesicht näher an mich heran und presste meine Lippen auf seine, bevor mein Verstand es mir wieder ausreden konnte. Eine angenehme Wärme durchströmte meinen ganzen Körper und für einen Moment vergaß ich wieder die traurigen Neuigkeiten von gerade eben. Auf einmal machte alles Sinn: Ich verstand nun endlich, wieso so viele Paare dies so oft taten. Ich hätte am liebsten gar nicht damit aufgehört. Ich hatte ein Kribbeln am ganzen Körper, das sich gut anfühlte. Doch nach einigen wunderschönen Sekunden lösten wir uns wieder voneinander und blickten uns einen Moment lang einfach tief in die Augen, die immer noch von den Tränen glänzten. Dann wich Limus auf einmal einen Schritt zurück. Ich zog erschrocken meine Hände wieder an meinen eigenen Körper heran und vermisste sofort das Gefühl von seiner zarten Haut.

»Verdammt nochmal!«, rief er und packte seine Stirn. Dann schlug er sich urplötzlich so fest gegen die Nase, dass sie augenblicklich zu bluten begann.

»WAS MACHST DU DENN DA?«, brüllte ich schockiert und verständnislos. Dies war überhaupt nicht die Reaktion, welche ich mir von ihm nach einem solchen Kuss erhofft hatte. Hatte ich irgendwas falsch getan? Während ich entsetzt zusah, schlug sich Limus ein zweites Mal ins Gesicht – dieses Mal auf das Auge.

»Lauf weg!«, rief er. »Flieh in einen anderen Bezirk und versteck dich! Das hier ist deine letzte Chance, aus diesem endlosen Horror zu entkommen.« Er konnte sein Auge kaum aufhalten und Blut strömte noch immer aus seiner Nase, doch er schaute mich mit vollkommen ernster Miene an.

»Aber...aber Limus...«, stotterte ich und das Adrenalin schoss mir durch den ganzen Körper, »...die werden dich dafür verantwortlich machen.«

»Was hätte ich denn machen sollen?«, fragte er mit einem seltsamen Lächeln. »Schließlich hast du dich gewaltsam von mir entfernt.« Als ich immer noch nicht antwortete undihn nur verdutzt anblinzelte, ergriff er wieder das Wort. »Willst du denn für alle Ewigkeit in diesem Käfig sitzen?« Mein Herz setzte einen Schlag aus. Dachte ich hier gerade ernsthaft drüber nach?

»Nein...aber –«

»Dann lauf...«, sagte er flehend, »...und vielleicht schaffst du es ja eines Tages, deine Unschuld zu beweisen.«

Limus hatte recht, das wusste ich. Wenn sie mich schnappen würden, dann würde nichts Schlimmeres passieren als das, was mich ohnehin erwarten würde, sollte das Gesetz gekippt werden. Wenn ich nun fortlaufen würde, könnte ich wenigstens für eine gewisse Zeit unterkommen und möglicherweise...möglicherweise würde es mir sogar gelingen, Siletha aus Dark-Town zu befreien. Aber dennoch – nachdem ich Limus geküsst und eine solch schöne Zeit mit ihm verbracht hatte, wollte ich für einen kurzen Moment nichts Weiteres, als bei ihm zu bleiben; ihn zu umarmen und jede restliche Sekunde zu genießen, die uns noch blei- ben würde. Doch ich musste gehen...ich hatte keine andere Wahl. Hierzubleiben war leider keine Option, so sehr es mir wehtat, ihn zu verlassen und nicht zu wissen, wann oder ob ich ihn wiedersehen würde. Ich umarmte Limus ganz fest, flüsterte ihm ein ehrliches »*Danke*« in sein Ohr und rannte dann los; ich rannte und rannte und rannte, ohne einen Blick zurückzuwerfen – ich durfte nicht, sonst würde ich meine Meinung noch ändern – bis ich schließlich am Ende der Brücke ankam.

Parados war der einzige der sieben Bezirke, den ich bisher noch nie zuvor betreten hatte. Umso erstaunter war ich darüber, welch eine friedliche Kulisse mir allein schon beim Betreten entgegenkam. Die Wiesen ähnelten sehr meiner Heimat, was mir kurz einen Stich ins Herz versetzte. Allerdings war es hier wärmer, was erklärte, weshalb die Menschen hier so freizügig bekleidet waren. Zudem gab es einige Wasserstellen, in welchen sich Personen badeten, und von überall ging ein mysteriöser Rauch aus, den ich bisher noch nie gesehen hatte. Langsam ging ich über das weiche Gras und guckte mich um. Eigentlich hatte ich erwartet, dass neugierige Blicke meinen Schritten folgen würden, allerdings schien sich keine Menschenseele für die fremde

Person zu interessieren, die durch ihren Bezirk schlenderte. Das war immerhin eine Erleichterung, auch wenn ich es seltsam fand. Das, was für uns in Rast Hütten aus Holz gewesen waren, waren hier kleine Zelte. Eines von ihnen stach mir besonders ins Auge, da es viel größer war als alle anderen. Ich hoffte, dort auf den Anführer von Parados zu treffen. Da es nichts gab, an dem ich anklopfen konnte, trat ich einfach vorsichtig in das Zelt hinein. Dort war der Rauch noch viel dichter als draußen, doch durch ihn konnte ich einen Mann mit langen blonden Haaren und spitzen Ohren erkennen, auf dessen Haut sich einige metallene Stellen verteilt befanden. Er saß breitbeinig auf einem gemütlichen Sessel, der einem Thron ähnelte. Neben ihm stand eine Wanne, in der eine Frau lag, deren Haut aus grün glitzernden Schuppen bestand. Beide hatten die Köpfe entspannt nach hinten gelehnt und pusteten diesen seltsamen Rauch in die Luft.

»Ähm...Entschuldigung...«, sagte ich so sanft wie möglich, um die beiden nicht zu erschrecken. Vollkommen gelassen und langsam richtete der Mann seinen Blick auf mich.

»Hmm, nanu...«, sprach er ruhig und entspannt, »...wer bist du denn, meine Hübsche?«

»Ich bin Lilia...und ich bin aus dem Zentrum geflohen, weil ich dort unschuldig im Käfig saß.«

»Warte...hast du gerade *im Käfig* gesagt?«, fragte der Mann verwundert und richtete sich etwas mehr auf. »Entschuldige bitte, wir sind aufgrund des Fests des Friedens noch ein wenig angeschlagen, deswegen nimmt mein Gehirn nur jedes zweite Wort auf, von dem, was du sagst.« Die Frau in der Wanne schmunzelte ein wenig.

»Gestern war das Fest des Friedens?«, fragte ich ungläubig. War ich etwa ganze 1000 Tage im Zentrum eingesperrt gewesen?

»Nein, meine Liebe...«, sagte die Frau in der Wanne freundlich, »...das ist schon 16 Tage her. Wir brauchen hier allerdings ein wenig länger, um uns von unseren Feiern zu erholen, habe ich recht, mein liebster Vanilla?«

»Wie recht du doch hast, meine süße Nox.« Der Mann, der wohl Vanilla hieß, schaute sie mit funkelnden Augen an. Daraufhin begannen beide, heftig zu kichern; so unangebracht lange, dass ich mir komisch vorkam, wie ich verlegen in diesem fremden Zelt herumstand. Es fühlte sich so an, als würde ich etwas Privates stören. Doch endlich ließ das Kichern ein wenig nach.

»Also gut, schönes Mädchen...«, sagte Vanilla, nachdem sie sich beide wieder beruhigt hatten, »...was können wir für dich tun?«

»Ich...naja...das Zentrum wird sicher schon bald nach mir suchen...ist es vielleicht möglich, dass ich mich hier verstecken kann?« Erst jetzt bemerkte ich, wie dreist diese Frage war. Wie konnte ich verlangen, dass andere Menschen sich in Gefahr begaben, um mir zu helfen? Wieso sollten sie das tun?

»Sag mir...«, sagte Vanilla, »...bist du nicht die Tochter von Myrielle? Die Kleine, die vom Zentrum nach der Auseinandersetzung in Rast in den Käfig gesteckt wurde?« Verwundert blickte ich ihn an.

»Ja genau, die bin ich.«

»O, du armes Ding...deine Mutter war eine gute Frau«, sagte Nox. »Wir haben sie vor dem Tag 0 kennengelernt, als sie uns von dem Friedenskonzept überzeugt hat.«

»Das, was diese Speichellecker öffentlich über deine Mutter erzählen, ist eine Schande«, sagte Vanilla. »Wir wissen, dass du unschuldig bist, Kleine. Der Anführer von Angerion war Tage vor den Kämpfen im Süden bei uns und wollte uns von einer Rebellion gegen das Zentrum überzeugen...kurz danach wurde dann ausgerechnet das *unschuldige* Dark-Town von Myrielle attackiert? Das machte selbst für uns keinen Sinn. Doch als ich dies unserem Bezirksvertreter berichtete, schien ihn das überhaupt nicht zu kümmern...im Gegenteil...das Zentrum schien geradezu erleichtert, mit dir einen Sündenbock gefunden zu haben, damit sie in den Augen der Bevölkerung nicht als Versager dastehen mussten.«

Ich konnte es nicht fassen. Der Rat hatte gewusst, dass der Anführer Angerions in Parados gewesen war und es einfach ignoriert? Waren sie denn überhaupt nicht an der Wahrheit interessiert? War es ihnen komplett egal, dass ein unschuldiger Mensch bestraft wurde und die wirklich Bösen weiterhin frei herumlaufen und alle möglichen weiteren Schäden anrichten konnten?

»Hör zu, Lilia...«, sprach Vanilla, stand auf und takelte auf mich zu, »...du musst deine Tokens jetzt verwenden, um dein Äußeres vollständig zu ändern. Bis auf die Augen ist alles möglich – nur so als gutgemeinter Tipp.«

Er hatte recht – daran hatte ich noch gar nicht gedacht. Schnell öffnete ich den Server und scrollte bis zu den Mode-Items herunter. Zuerst stattete ich mich mit einem rosa Bikini aus, denn es war wirklich warm hier und außerdem musste ich vom Aussehen her in den Bezirk reinpassen. Danach färbte ich meine Lippen rot, verlängerte meine Nägel und hellte meine Haut ein wenig auf. Als Letztes musste ich noch mein auffälligstes Merkmal verändern: meine Haarfarbe. Als ich die Optionen durchsuchte, fiel mir gleich die Haarfarbe meiner Mutter ins Auge. Ich rüstete mich damit aus, loggte mich wieder aus dem Server und blickte verwundert meinen Körper hinab. Die langen, silbernen Haare, die mir nun über die Schultern hingen, gaben mir kurz das Gefühl, als würde meine Mutter mich umarmen. Bei dem Gedanken daran verirrte sich eine Träne in mein Gesicht und ich schüttelte ganz schnell den Kopf. Ich hatte gerade keine Zeit für sowas.

»Okay...«, sagte ich hektisch, »...wo kann ich mich am besten verstecken?«

»Also...am besten...bleibst du genau hier«, sagte Vanilla, »Leg dich schön entspannt zu Nox in die Wanne, lehn dich zurück und warte, bis sie hier eintreffen.«

»Was?«, fragte ich ungläubig. »Hier werden sie doch wohl als erstes aufkreuzen; die erwischen mich doch direkt!«

»Weißt du, Mädchen...in der langen Zeit, in der ich mich nun schon zudröhne, habe ich eine wichtige Lebensweisheit erlangt...der schwerste Ort, um etwas, das du suchst, zu finden, ist in der Regel direkt vor deiner Nase.«

Das machte doch keinen Sinn. Wie sollten sie mich schließlich übersehen, wenn ich direkt vor ihrer Nase war? Aber blieb mir denn irgendetwas anderes übrig, als den beiden zu vertrauen? Ich wollte nicht wieder auf mich allein gestellt sein und hilflos herumwandern.

»Aber...«, begann ich nervös, »...was tun wir, wenn sie alle draußen versammeln und durchzählen lassen sollten? Sie werden doch merken, wenn eine Person zu viel in Parados ist.«

»Mach dir darüber keine Gedanken«, sagte Nox lachend. »Vor hunderten von Tagen hat sich einer unserer Kameraden heimlich nach Orgia aufgemacht, da er sich...anderweitig amüsieren wollte. Wenn sie eine Überbevölkerung feststellen, dann in Orgia, aber dort werden sie dich nicht finden. Das passt doch super.«

Die beiden begannen, heftig zu lachen, doch mir war kaum nach Lachen zumute. Ich konnte mir einfach nicht vorstellen, dass ich nach all der Zeit des Schmerzes nun plötzlich Glück haben sollte. Ich konnte mir nicht vorstellen, dass das hier nicht schiefgehen würde. Aber Vanilla und Nox schienen überhaupt nicht besorgt zu sein und es blieb mir außerdem nichts anderes übrig, als es zu versuchen. Selbst wenn sie mich schnappten, würde ich ja lediglich wieder in den Käfig gesteckt werden, in welchem ich ohnehin all die Zeit war – auch wenn ich ihn nie wieder sehen wollte, wusste ich wenigstens, was auf mich warten würde. Ich legte mich also doch zu Nox in die Wanne, lehnte meinen Körper zurück und versuchte, tief ein- und auszuatmen. Ich schaute wie hypnotisiert dem Rauch zu, der mir aus Nox' Richtung entgegendriftete. Das beruhigte mich ein wenig und nach einer Weile schaffte ich es endlich, mich etwas zu entspannen. Ich bemerkte auch, dass zum ersten Mal in meinem Leben mein Körper mit so viel Wasser in Kontakt gekommen war; in Rast waren wir lediglich durch den seltenen Regen mal mit Nässe in Berührung gekommen. Es fühlte sich fast an, als würde ich schweben.

Es dauerte nicht lange, bis die Soldaten des Zentrums schließlich auftauchten und meine erst vor kurzem erlangte Ruhe unterbrachen. Einer von ihnen stürmte mit erhobener Waffe in das Zelt, was mich kurz zusammenzucken ließ, doch ich hielt meinen Körper ruhig. Ich fokussierte mich allein auf das Gefühl auf meiner Haut – aufgrund des Wassers fühlte es sich so an, als würden mich tausend kleine Hände massieren.

»Yo, Kumpel!«, rief Vanilla freundlich, als wäre es das Alltäglichste der Welt, dass man ein Gewehr auf ihn richtete. Der Blick des Soldaten wanderte blitzschnell zu mir und zu Nox, doch war er unverzüglich wieder auf den Anführer von Parados gerichtet.

»Wir suchen nach einer flüchtigen Gefangenen! Sie ist eine gefährliche Massenmörderin und hält sich höchstwahrscheinlich in einem der äußeren Bezirke versteckt.«

»O Scheiße...«, sagte Vanilla gespielt verwundert, »...gut möglich, dass sie sich hier irgendwo versteckt hält, schließlich haben wir einige Quellen und Büsche. Ich hoffe, ihr findet sie bald.«

»Wir werden den ganzen Bezirk absuchen müssen«, sagte der Soldat. »Ich hoffe, Sie und ihre beiden Mitbewohnerinnen entschuldigen diese Unannehmlichkeiten...«, er warf Nox und mir ein schmieriges Lächeln zu, »...doch hier geht es um Sicherheit und vor allem Gerechtigkeit.«

»Selbstverständlich...«, sagte Vanilla, »...lassen Sie keine Ecken aus, guter Herr.« Wie konnte er das nur so betonen? War er denn vollkommen wahnsinnig?

»Ich danke Ihnen sehr für Ihre Kooperation«, sagte der Soldat – und zu meiner Verwunderung verließ er daraufhin tatsächlich wieder das Zelt, ohne mir weiter Aufmerksamkeit zu schenken. Völlig irritiert starrte ich abwechselnd in die beiden gelben Augenpaare von Vanilla und Nox.

»Siehst du...«, sagte Vanilla, wobei er wieder leicht zu kichern begann, »...in seinem Kopf ist er schon so auf die kleinsten Schlupflöcher fokussiert, dass sein Verstand es überhaupt nicht in Betracht zieht, dass du dich genau hier vor seinen Augen präsentierst.«

Nox begann nun auch, zusammen mit ihm zu kichern; dieser verrückte Plan schien wirklich zu funktionieren. Ich konnte es nicht glauben.

Nach einigen Stunden, in denen ich wieder ein wenig von dem Stress runterkam, kehrte der Soldat schließlich zurück und verkündete, dass er und seine Kameraden jeden Fleck abgesucht und jeden Bürger des Dorfes gezählt hatten und nicht fündig geworden waren. Somit wollten sie sich zum nächsten Bezirk aufmachen. Vanilla versprach noch, es dem Zentrum zu melden, wenn ihm irgendetwas Seltsames auffallen sollte, und schon war der Soldat zusammen mit seinen Kameraden wieder weg, aus Parados raus.

»Ich kann es nicht fassen...«, sagte ich ungläubig, »...ich weiß nicht, wie ich euch beiden danken soll.«

»Wir haben deiner Mutter unser bisheriges friedliches Leben zu verdanken...«, sagte Nox, »...da ist es nur angebracht, ihrer unschuldigen Tochter zur Seite zu stehen. Du hast sicher einiges durchgemacht, meine Süße.« Sie legte ihre Hand tröstend auf meine Schulter.

»Ja...das habe ich«, sagte ich in einem leisen Ton, als erneut die Gesichter meiner Mutter und meiner Schwester in meinen Erinnerungen aufflammten. »Ich muss jetzt los. Ich muss nach Dark-Town...es gibt da noch eine Sache, die ich zu Ende bringen muss.«

»Warte, was?«, fragte Vanilla irritiert. »Sag mal, bist du von allen guten Geistern verlassen? Das Zentrum sucht gerade überall nach dir. Bleib noch einige Tage hier und geh dann fort, wenn es einigermaßen sicher geworden ist.«

Womöglich hatte er recht. Um an mein Ziel zu gelangen, musste ich zuerst über die Brücke nach Rast und dann über die nächste Brücke nach Dark-Town. Die Wahrscheinlichkeit war hoch, dass sie diese Orte gerade von oben bis unten nach mir absuchten.

»Bleib gerne ein paar Tage hier bei uns«, sagte Nox freundlich. »Wir haben hier mehr als genug Platz.«

»Seid ihr sicher?«, fragte ich zaghaft. »Ihr seid doch schließlich ein Paar, oder? Ich will euch nicht eure...nun ja...Privatsphäre zerstören.«

»Mach dir darüber keine Gedanken«, sagte Vanilla lachend. »Wir sind hier schließlich nicht in Orgia...das, wovon du da sprichst, ist nur unsere zweite Lieblingsbeschäftigung. Wir kommen problemlos ein paar Tage ohne aus.«

»Hat eure Lieblingsbeschäftigung etwas mit diesen komischen Papierrollen und dem Rauch zu tun?«, fragte ich neugierig.

»So ist es...«, sagte Nox, »...möchtest du es auch mal ausprobieren? All deine Sorgen werden für einen bestimmten Zeitraum gänzlich verschwinden.«

Das hörte sich ziemlich verlockend an. Keine Angst vor den Soldaten des Zentrums, keine Erinnerungen an meine Freunde und meine Familie und keinen Hass auf Warleck und seine Schergen? Eine kleine Prise Entspannung würde mir so guttun, doch wusste ich nicht, wie das möglich sein sollte.

»Was muss ich denn dafür tun?«, fragte ich neugierig.

»Es gibt ein Item, das nennt sich *grünes Wunder*«, sagte Vanilla und pustete eine weitere Ladung Rauch in die Luft. »Du findest es unter der Kategorie Rausch-Items.« Ich öffnete den Server und scrollte runter in jene Kategorie. Es war mein erster Besuch dort; meine Mutter hatte uns diese Items strengstens verboten. In diesem Augenblick war mir jedoch alles recht, solange es mir irgendwie helfen konnte. Mit meinen letzten 15 Tokens kaufte ich mir das *grüne Wunder* und zog einmal heftig daran, so wie es Vanilla und Nox auch die ganze Zeit taten. Was ich daraufhin spürte, übertraf alle meine Erwartungen, die ich an dieses Item gehabt hatte. Es war ein unbekanntes Gefühl der Schwerelosigkeit, das mich tatsächlich alle meine Sorgen vergessen ließ – also rauchte ich weiter. Mit jedem weiteren Zug verschwanden meine Angst, meine Trauer, meine Sorgen. Es war in dem Moment so, als hätte es sie nie gegeben. Dieses Gefühl war unbeschreiblich – doch hätte ich nicht gedacht, dass mich jemals etwas so in den Bann ziehen konnte.

Die Tage vergingen. Der Wunsch, meine Schwester zu retten und mein neues Leben der Entspannung aufzugeben, war nur schwer für mich zu realisieren. Ich wollte sie ja eigentlich befreien, doch fühlte ich mich noch nicht dazu bereit, nun, da ich endlich wieder Freiheit genießen und meine Tokens für etwas anderes außer Nahrung verwen- den durfte. Ich wollte nicht von der einen schweren Herausforderung in die nächste – von einem schlimmen Schicksal zu einem noch schlimmeren. Ich wollte einfach nur sorgenfrei leben.

Je mehr Zeit verging, desto weniger verwendete ich meine Tokens für Musik, leckeres Essen oder Bücher; ab einem bestimmten Zeitpunkt kaufte ich mir lediglich Nahrung, um meine Lebenspunkte zu füllen, sowie die silbernen Haare und den Bikini, um nicht sofort aufzufallen. Ansonsten kaufte ich nichts weiter außer Rausch-Items, sodass ich irgendwann überhaupt nicht mehr denken musste, sondern nur noch mit erleichternd leerem Kopf im gemütlichen Gras liegen konnte.

Wenn ich richtig benebelt war, hörte ich oftmals ein Piepsen in meinem Ohr, doch daran hatte ich mich inzwischen gewöhnt – aber eines Abends, als ich mal wieder vollkommen zugedröhnt im Gras lag und die warme nächtliche Luft von Parados genoss, vernahm ich ab und an ein paar Knallgeräusche. Anscheinend wurde die Wirkung der Rausch-Items intensiver, je länger man sie zu sich nahm; das gefiel mir. Einige weitere Stunden vergingen und auch diese Knallgeräusche konnten mir meinen Frieden nicht nehmen – doch dann passierte etwas, was ich selbst in diesem benebelten Zustand äußerst merkwürdig fand.

Der Himmel und der gesamte Bezirk erstrahlten in einem hellen grünen Licht. Halluzinierte ich nun etwa schon? Das Item hieß immerhin das *grüne Wunder*. Doch als ich dann bemerkte, dass alle anderen Bewohner des Bezirks – von denen die meisten genauso, wenn nicht noch berauschter waren wie ich – dieses merkwürdige Leuchten ebenfalls zu vernehmen schienen und sich auch verwirrt umschauten, wusste ich, dass es keine Einbildung war. Urplötzlich ertönte daraufhin ein unglaublich lautes Geräusch, was meinen gesamten Körper zum Vibrieren brachte. Ich umklammerte meinen gesamten Schädel vor Schmerz. Auch wenn ich dieses Geräusch bereits zweimal in meinem Leben gehört hatte – in diesem Zustand quälte es mich noch viel mehr als sonst. Die lauten Sirenen des Bürgermeisters dröhnten sowohl von außen in meine Ohren hinein als auch inmitten meines Kopfes. Nach einer kurzen Zeit, die sich lang anfühlte, verstummten die Sirenen dann wieder, woraufhin sich eine mir sehr vertraute Stimme zu Wort meldete.

-Der kleine Stern-

Jeder Mensch versucht, sich auf die ein oder andere Weise zu befriedigen...und nein, ich meine damit nicht zwangsläufig Sex...es gibt noch einen Haufen anderer Möglichkeiten, dieses Gefühl zu erlangen. Die einen finden es in einem Stück Schokolade, die anderen in Musik oder Sport, und einige wenige sehen leider in Macht die größte Befriedigung. Kontrolle und die Gewissheit, das Schicksal von Menschen lenken zu können, ist für manche wie eine Sucht. Unvorstellbar ist für sie der Gedanke, ihre Macht zu verlieren, weswegen sie über Leichen gehen, um sich an ihr festzukrallen. Der mächtigste Mensch in Equality war zweifelsohne Hubertus, der Vorsitzende der Bezirksvertreter. Natürlich konnte er nichts allein entscheiden und war auf die Stimmen seiner Kollegen angewiesen; dennoch gab er den Ton maßgeblich an. Seine Philosophie der Ordnung, der Regeln und der Bestrafungen fand bei den meisten Bezirksvertretern und Bewohnern des Zentrums Anklang. Es gab nur eine einzige Nadel im Heuhaufen; einen Menschen, der Hubertus und seinem perfekten System im Wege stand.

Schon immer war Limus zu kreativ, zu progressiv und gutherzig gewesen; hatte Mittel und Wege gesucht, um Hubertus' System infrage zu stellen; hatte Gesetze eingebracht, die die Position des Vorsitzenden zum Wanken gebracht hatten. Doch mit diesen Kleinigkeiten, mit welchen Limus ihn ständig unter Druck setzte, hatte Hubertus sich schon längst abgefunden – dieses Mal aber war er einen Schritt zu weit gegangen. Auch wenn Hubertus es nicht nachweisen konnte, lag es auf der Hand, dass Limus einer verurteilten Mörderin zur Flucht verholfen hatte. Diese gemeinsamen Spaziergänge sowie das neue Gesetz, welches Gefangenen mehr Rechte zusprach…und ein bestimmter Blick, der Hubertus in den Augen des Bezirksvertreters von Rast aufgefallen war; all das reichte ihm für diese Schlussfolgerung. Limus kannte jedoch Hubertus' System mindestens genauso gut wie er selbst; solange man einen Gesetzesbruch eines Menschen nicht beweisen konnte, war eine Verurteilung auch nicht möglich. Er hatte Lilias Flucht ordnungsgemäß gemeldet und war mit Verletzungen zurückgekehrt; es gab keinen einzigen Zeugen, der bestätigen konnte, dass Limus die junge Frau hatte entkommen lassen – Hubertus waren also vollkommen die Hände gebunden. Bei dem Gedanken an diese Niederlage schlug er mit einer gefederten Faust auf den hölzernen Tisch seines Büros.

»Wieso akzeptieren die Menschen nicht das, was gut für sie ist?«, rief er laut zu sich selbst. »Warum gibt es immer genau diesen einen Menschen, der aus der Reihe tanzt und alles zu Fall bringen will?« Ein weiteres Mal schlug er auf den Tisch, doch dieses Mal ertönte nicht nur das dumpfe Geräusch, welches seine Faust auslöste, sondern ebenso ein lauter Knall von draußen, der durch das gesamte Zentrum hallte.

Hubertus zuckte zusammen. Was war geschehen? Natürlich kam es gelegentlich vor, dass zwei Menschen unerlaubterweise mit Waffen herumhantierten oder sich gegenseitig attackierten, aber noch nie war ein so lautes Geräusch dabei entstanden. Ein weiterer Knall ertönte, dann noch ein weiterer und noch ein weiterer. Hubertus saß wie angewurzelt an seinem Tisch und versuchte zu überlegen, wie er handeln sollte, doch bevor er zu einer Entscheidung kommen konnte, wurde die Tür seines Büros aufgestoßen. Hubertus' Leibwächter Hektor stürmte in den Raum.

»Herr Vorsitzender!«, rief er mit einem leichten Anklang an Nervosität in der Stimme. »Wir werden angegriffen! Verlassen Sie unter keinen Umständen Ihr Büro, bis die Gefahr beseitigt ist. Wir werden Sie und die anderen Bezirksvertreter beschützen.«

»W-wer greift uns an?«, fragte Hubertus mit zittriger Stimme. Als Vorsitzender der Bezirksvertreter war ihm zwar bewusst, dass er auch mit schwierigen Situationen wie diesen umgehen können musste – trotzdem machte es ihm Angst, mit Lebensgefahr und dem Gedanken an seinen eigenen Tod konfrontiert zu werden. Er mochte seinen Job vor allem dann, wenn das Schlimmste, womit er sich auseinandersetzen musste, anstrengender Papierkram war – und im Normalfall passierte nicht viel Aufregenderes als das.

»Den Kleidern nach zu beurteilen…sind es Dark-Town, Neighborhood und Angerion, Sir«, sagte Hektor, verließ daraufhin das Büro und verschloss dabei die Tür.

Sie hatten es also wirklich getan, dachte Hubertus. Er saß vor Angst erstarrt auf seinem Stuhl und versuchte, das alles zu verstehen. Das hier war das erste Mal, dass jemand einen kläglichen Versuch unternahm, das Zentrum zu erobern und die Bezirksvertreter zu stürzen – aber, dass sich ernsthaft mehrere Bezirke verbünden würden, hatte er nicht kommen sehen. Jedoch war die Möglichkeit eines Verbundes eine Eventualität, welche das System bedacht hatte, also würden die Bezirke sicherlich selbst zu dritt nicht die riesige Armee und die Überzahl des Zentrums in die Knie zwingen können. An diesem Gedanken musste Hubertus sich nun festhalten. Solange Parados und Orgia sich den anderen nicht anschlossen, hatten sie keine Chance, diese Schlacht zu gewinnen. Hubertus' Armee war drückend überlegen; die Angreifer waren höchstwahrscheinlich einfach deprimiert und versuchten mit dieser Verzweiflungstat etwas an ihrem elendigen Dasein zu verändern – wie naiv. Dabei würden sie durch ihre Taten und ihre Niederlage lediglich das Leben der Bürger von Parados, Orgia und dem Zentrum verbessern. Das System funktionierte; die Guten würden belohnt und die Bösen bestraft werden, daran glaubte Hubertus fest und das half ihm letztendlich, sich wieder zu beruhigen und seinen Kopf freizubekommen.

Explosionen, Schüsse und Schreie durchbrachen die Stille, welche normalerweise jeden Abend im Zentrum herrschte. Hubertus hielt sich die Ohren zu, doch nicht mehr aus Angst; seine Konzentration war nun gefragt. Er musste sich jetzt schon auf die Situation nach diesen Kämpfen einstellen; auf die Rede, die er halten würde, um den Bürgern neue Hoffnung zu spenden; auf die neue Einteilung, die er würde vornehmen müssen, um alle Bezirke wieder ins Gleichgewicht zu bringen...und ein Sündenbock war elementar, an dem die Hinterbliebenen der Opfer Vergeltung üben konnten. Er zerbrach sich den Kopf und plante, und nach einer gewissen Zeit vernahm Hubertus schließlich keine lauten Geräusche mehr. War es vorbei? Hatten die Soldaten des Zentrums ihre Pflicht getan?

Dann klopfte es an der Tür und der gefiederte Mann zuckte nach der plötzlichen Stille zusammen. Für einen kurzen Moment zögerte er, doch war er sich eigentlich sicher, dass es Hektor sein musste, der ihm den Sieg verkünden wollte. Langsam trottete der Vorsitzende also durch sein Büro, griff mit einer fedrigen Hand die Türklinke, drückte sie nach unten und zog schließlich an ihr. Wie er es erwartet hatte, erschien ihm das Gesicht von Hektor – allerdings hatte er nicht erwartet, dass es blass, blutüberströmt und...körperlos sein würde. Eine schwarzgekleidete Gestalt mit blutroten Augen trat einen Schritt in das Büro hinein und warf Hubertus den abgetrennten Kopf seines Leibwächters zu Füßen.

»Ich hoffe, dies verdeutlicht Ihnen, dass sämtlicher Widerstand Konsequenzen nach sich zieht«, sagte Warleck ruhig und trat selbstsicher einen weiteren Schritt in das Büro. »Setzen wir uns. Wir beide haben einiges zu besprechen.« In dem Moment, als Warleck auf seinen Schreibtisch deutete, erkannte Hubertus die Pistole, welche der Anführer Dark-Towns in den Klauen hielt. Ohne Widerrede gehorchte er den Worten seines Gegenübers und setzte sich mit ihm an den Schreibtisch. Da er ihm nun direkt gegenübersaß, kamen ihm die Augen Warlecks noch furchteinflößender vor als zuvor – womöglich lag es daran, dass die Kerze des Schreibtischs die einzige Lichtquelle war und die

Dunkelheit die blutrote Farbe der Augen auf gruselige Art und Weise hervorhob.

»Öffnen Sie bitte den Server, Hubertus«, sagte Warleck ruhig und legte seine Pistole auf dem Tisch ab. »Ich will, dass Sie sich ein Bier kaufen.«

»I-ich soll was?«, stotterte Hubertus verdutzt.

»Nun machen Sie schon«, raunzte Warleck, in dessen Hand nun eine braune Glasflasche erschienen war. Hubertus tat, was ihm befohlen wurde, wonach eine solche Flasche auch in seiner Hand auftauchte. Warleck hob seine eigene daraufhin in die Luft und blickte Hubertus erwartungsvoll an; er verstand zunächst nicht, was der mit Fell überzogene Mann von ihm wollte, bis er es schließlich kapierte und seine eigene Flasche gegen die von Warleck stieß. Das ließ ein kleines, helles Klirren ertönen. Dann tranken beide zeitgleich einen Schluck.

»Die Armee des Zentrums ist vernichtet«, sagte Warleck nach einer Weile seelenruhig und schaute Hubertus dabei tief in die Augen. »Wir haben gesiegt.« Plötzlich wurde es Hubertus am ganzen Körper höllisch warm – und das lag nicht an dem Alkohol, welchen er trank.

»Das...das ist...unmöglich«, verwirrt legte er seine Brille auf dem Schreibtisch ab und rieb sich die Augen.

»Nichts ist unmöglich«, sagte Warleck und nahm genüsslich einen weiteren Schluck seines Biers. Seine stechenden Augen hielt er auf sein Gegenüber gerichtet. »Die Zeiten der Unterdrückung, der Freiheitsberaubung und Ihrer Regeln haben nun ein Ende, werter Vorsitzender. Von jetzt an entscheiden die Menschen selbst, in welchem Bezirk sie leben, welche Vereinbarungen sie untereinander treffen und auf wessen Kompetenz sie vertrauen wollen. Ich habe lange auf diesen Tag gewartet.«

»Wissen Sie eigentlich, was Sie da tun?«, fragte Hubertus und seine Stimme wurde ein wenig lauter. »Wenn Sie das durchziehen, dann herrscht Chaos, so wie am Anfang. Wollen Sie wirklich wieder zurück in die Zeit, in der tausende von Menschen abgeschlachtet wurden, nur aufgrund dieser unbedeutenden Tokens?«

Ein breites Grinsen dehnte sich auf Warlecks Gesicht aus.

»Ich finde es beeindruckend, wie sehr Sie sich selbst als rechtschaffenden Mann darstellen wollen, Hubertus. Ich hatte wirklich fest daran geglaubt, wir würden endlich offen und ehrlich miteinander reden, sobald wir uns in dieser Situation Auge in Auge gegenübersaßen. Jedoch scheine ich mich getäuscht zu haben; selbst jetzt versuchen Sie noch immer, ihre Fassade aufrechtzuerhalten.«

»Welch eine Dreistigkeit...«, sprach Hubertus mit vor Wut bebender Stimme, »...mit meinen Regeln habe ich die Menschen vor solch grausamen Attacken beschützt. Ich habe dafür gesorgt, dass gute Menschen leben durften und die Bösen Konsequenzen für ihr Handeln tragen mussten.«

»Galt dies denn auch für...Lilia?«, fragte Warleck und blickte dabei für einen kurzen Augenblick in Richtung Tür.

»L-Lilia ist eine verurteilte Mörderin; sie hat ihre Taten gestanden und die Konsequenzen –«

»Genau das ist der Punkt!«, unterbrach ihn Warleck laut. »Im Sinne der Regeln blieb Ihnen keine andere Wahl, als sie zu verurteilen; doch bezweifelten Sie sicher mindestens ein wenig, dass gerade die Bewohner Dark-Towns plötzlich zu solch unschuldigen Musterbürgern geworden waren. In dem Moment, wo Sie keine weiteren Ermittlungen durchgeführt haben, war es mir bewusst...Sie sind genauso wie ich...wie alle anderen.«

»Ich...ich verstehe nicht«, stotterte Hubertus. »Ich habe immer bloß den Regeln gefolgt; mein Gewissen ist rein.«

»Sie sind ein Heuchler...«, flüsterte Warleck, »...ein elendiger Heuchler. Wieso fällt es einigen von euch Möchtegern-Edelmännern bloß so schwer, dazu zu stehen, dass ihr derselbe gierige Haufen Dreck seid wie wir? Ihr veranstaltet Trauerfeiern, weint gespielte Tränen und redet ständig davon, welch großartige Menschen ihr seid...doch in Wahrheit erfüllt euch der Tod eines fremden Menschen mit größter Freude. Sie und alle anderen Zentrumsbürger haben doch nur auf diesen Tag gewartet, an dem wir euch endlich die Möglichkeit geben, uns abzuschlachten...weil ihr es dann ja bloß aus Notwehr tut und euch danach wieder an euren künstlich guten Seelen ergötzen könnt. Hubertus, Sie haben mich freigesprochen, da Sie wussten, dass ein Angriff von uns auch einige Leben Ihrer eigenen Soldaten kosten würde. Die einzigen Menschen, die vermutlich wirklich uneigennützig waren, haben Sie gerade für Ihre eigene Gier sterben lassen. Ich lasse nicht zu, dass Sie sich weiterhin hinter Ihrem Gewissen verstecken; ich lasse Sie nicht im Glauben, dies hier sei ein Kampf der Guten gegen die Bösen. IHR ALLE...SEID...NICHT...BESSER ALS WIR!«

Zum ersten Mal in seinem Leben war Warleck von seiner Wut beherrscht worden, doch dies hatte schon lange in ihm gebrodelt. Er atmete tief durch und erkannte schließlich, wie Hubertus seinen Kopf sank und mit seinen Flügeln sein Gesicht bedeckte.

»WAS IST MIR DENN ANDERES ÜBRIG GEBLIEBEN?«, kreischte er, während Tränen ihm in Massen das gefiederte Gesicht herunterliefen und auf den Holztisch tropften. »ICH BIN SCHWACH. ICH KONNTE NIE KÄMPFEN, ALSO MUSSTE ICH MIR MEINEN EIGENEN WEG SUCHEN, WIE ICH AN DAS WISSEN KOMMEN KANN, DAS DIESER MISTKERL DA OBEN VOR UNS VERBIRGT! WIE HÄTTE SO JEMAND WIE ICH SONST JEMALS SO WEIT KOMMEN KÖNNEN? WIE?« Hubertus heulte und kreischte dabei, als würden ihn unendliche Messerstiche durchbohren. Sein Gewissen konnte ihn nun nicht mehr beschützen und er merkte erst jetzt, dass er seine Fassade nicht nur für alle anderen aufgesetzt hatte, sondern auch für sich, um selbst nicht komplett in Verzweiflung zu verfallen. »Ja, Sie haben völlig recht...«, sagte er nach einer Weile etwas ruhiger; sein Atem war noch unregelmäßig, aber die Tränen flossen nicht mehr so stark. »Ich war froh, wenn die Menschen gegen meine Regeln verstoßen haben und ich sie mit gutem Gewissen bestrafen durfte...und ich hatte heimlich gehofft, dass ihr uns angreift, um dadurch einen Grund zu haben, euch auszulöschen und somit Unmengen an Tokens dazuzugewinnen...aus dem Grund habe ich nach dem Vorfall in Rast auch keine weiteren Ermittlungen eingeleitet. Vermutlich ist es also nur gerecht, dass mein Wunsch nicht so in Erfüllung gegangen ist, wie ich es mir erhofft hatte.«

»Das ist Unsinn...«, sagte Warleck, »...denn Sie haben rein gar nichts falsch gemacht, Hubertus. Wir alle sind vol-ler Unwissenheit eines Tages in dieser Welt aufgewacht. Die Neugier wurde uns seit Beginn unseres Lebens förmlich unter die Nase gerieben. Wir können uns Mühe geben, uns gegen sie zu wehren – doch daran schuld, dass wir sie besitzen, ist ein ganz anderer. Es ist mir nur wichtig, Ihnen dies klarzumachen...als jener, der die Menschen damals gespalten und aufgeteilt hat, möchte ich aus Ihrem Mund hören, dass wir in Wahrheit alle die gleichen Egoisten sind.«

Warleck drehte seinen Kopf kurz in die Dunkelheit des Büros und streckte seine Hand schließlich in Richtung Hubertus aus. Zögerlich griff Hubertus die Hand seines Gegenübers und drückte sie.

»Ich verstehe es jetzt«, sagte Hubertus. »Ich akzeptiere, dass ich ein Egoist bin und, dass das auch nicht schlimm ist. Wir...sind alle so. Der Bürgermeister hat uns so geschaffen.«

»Ja...«, flüsterte Warleck, wonach er triumphierend nickte und Hubertus' Hand wieder losließ, »...und gerade Ihre Erkenntnis darüber berührt mich zutiefst, Herr Vorsitzender.« Anzeichen eines kleinen Lächelns formten sich auf seinen Lippen.

»Eine Frage bleibt mir, wenn...wenn Sie gestatten, natürlich.« Warleck nickte. »Wie haben Sie dieses Wunder vollbracht? Wie ist es Ihnen gelungen, die Armee des Zentrums zu besiegen?«

»Der Fehler liegt nicht bei Ihnen. Sie haben vorzüglich gespielt. Es gab lediglich ein winziges Detail, welches Sie übersehen haben; eine Eventualität, die Sie nicht in Betracht gezogen haben...doch ist dies für Sie nicht mehr von Belangen. Sie haben gespielt und verloren; dennoch habe ich viel Respekt für Sie übrig, vor allem aufgrund der letzten Minuten. Doch bedauerlicherweise neigen einst mächtige Menschen dazu, ihre Macht unter allen Umständen zurückgewinnen zu wollen, wenn Sie diese erst einmal verloren haben. Zudem werden Sie immer ein Symbol für jenes System bleiben, welches ich zutiefst verabscheue. Ich bedauere es, Hubertus, doch mir bleibt leider keine andere Wahl.«

»W-wie bitte?«, stotterte Hubertus und sein Blick wurde starr vor Angst. In dem Moment, bevor er weiter drüber nachdenken konnte, spürte der Vorsitzende einen kalten Gegenstand an seiner linken Schläfe, wonach er seinen Körper langsam zur Seite drehte und plötzlich in ein smaragdgrünes Augenpaar blickte.

»Boo«, flüsterte die Person und ihr freundliches Lächeln war das Letzte, was Hubertus sah, bevor eine gewaltige Kugel seinen Schädel zertrümmerte und sein lebloser Körper auf dem Schreibtisch aufschlug. Blutige Federn flogen durch das Büro, bevor sie ein für alle Mal langsam wieder zu Boden drifteten.

Warleck atmete tief durch. Dass es ihm gelungen war, diesem Mann, der so an seine Regeln und sein System geglaubt hatte, einen Spiegel vorzuhalten, schenkte ihm eine gewisse Genugtuung. Der Anführer Dark-Towns stand daraufhin auf und stellte sich vor jene Tür, die das Büro des Bezirksvorstandes von dem Balkon trennte, aus dessen Höhen Oskar einst sein Plädoyer für den Frieden gehalten hatte.

»Das Zentrum steht unter unserer Kontrolle, Vater.« Warleck wandte seinen Blick nach rechts zu der Stimme und begutachtete eine schmale Teenagerin. Ihr Haar war grün, glatt und zu einem Halb-Zopf zusammengebunden, ihre Nägel waren alternierend grün und schwarz lackiert, und die unbedeckten Stellen ihrer Haut – ihre Hände, ihr Hals sowie Teile ihres Gesichts – waren mit dunklen Tätowierungen übersät. Genau wie Warleck, trug auch sie eine schwarze Lederjacke – zusätzlich noch eine schwarze Jeans mit Löchern, aus welchen man die düsteren Motive ihrer Bein-Tattoos erkennen konnte. Ihre Ohren waren so spitz wie ihre Eckzähne und in ihren smaragdgrünen Augen erkannte Warleck eine Träne.

»Wieso weinst du?«, fragte er besorgt und packte ihre Schulter. Daraufhin umschlang sie seine Hüfte.

»Wir haben so lange auf diesen Augenblick gewartet«, schluchzte Siletha und ihre Tränen wurden immer mehr. »Ich habe jeden Tag trainiert, bis mein Körper am Ende seiner Kräfte war – aber ich habe nie aufgegeben. Ich habe immer daran geglaubt, dass wir es schaffen können – und nun sind wir hier.« Sie löste sich wieder von Warlecks Hüfte und blickte ihm in seine roten Augen. »Es ist alles genau nach Plan verlaufen; alle warten nur noch auf deinen Befehl...und dann sind wir endlich frei.« Warleck blickte tief in ihre Augen. Euphorie, Hoffnung, aber auch Erleichterung waren aus ihnen herauszulesen. Dann öffnete er die Tür und betrat den Balkon. Siletha stellte sich genau hinter ihn. Er blickte nun herab auf den prallgefüllten Rathausplatz.

Die Einwohner des Zentrums waren in der Mitte zusammengepfercht worden. Sie waren umringt von Einwohnern Neighborhoods, Angerions und Dark-Towns, die ihre Messer, Speere und Macheten auf ihre ängstlichen Körper gerichtet hielten. Die Bürger des Zentrums zitterten, hielten sich in den Armen und weinten. Nachdem die ersten Menschen Warleck auf dem Balkon entdeckt hatten, dauerte es nicht lange, bis tausende von Augenpaaren auf den Anführer Dark-Towns schauten – manche verängstigt und hasserfüllt, andere stolz und erwartungsvoll. Warleck warf einen Blick über seine Schulter zu Siletha; noch immer hatte sie Tränen in den Augen, doch sie lächelte. Es war nun so weit. Alle warteten gespannt auf seine Worte. Er atmete tief durch, breitete die Arme weit aus und begann, laut zu den Menschen auf dem Rathausplatz zu sprechen:

»Bürger Angerions, Bürger Neighborhoods, Bürger Dark-Towns...und Bürger des Zentrums. Der Kopf dieses Systems, der Vorsitzende der Bezirksvertreter, ist tot!« Warlecks Kameraden rissen ihre Arme in die Höhe und brachen in schallerndes Gegröle aus. »In der Vergangenheit wurden wir alle ausnahmslos unserer Freiheit beraubt...sie haben uns von unseren Freunden getrennt, sie haben uns an Orten gefangen gehalten, an denen wir nicht leben wollten und sie haben verhindert, dass wir an fairen Wettkämpfen um Wissen in dieser Welt teilnehmen konnten. Diese Zeiten haben nun ein Ende...«, der Jubel wurde lauter, »...das Regime des Zentrums ist zerstört...«, der Jubel wurde noch lauter, »...jeder einzelne Bürger Equalitys ist nun endlich wieder frei!« Warleck sah aus den Augenwinkeln, wie Siletha hinter seinem Rücken der Menge aus freudigen Menschen zuwinkte und deren Freude teilte, die nun unerhörte Höhen erreicht hatte. Nachdem sich die Lautstärke dann wieder ein wenig gesenkt hatte, fuhr Warleck mit seiner Rede fort.

»Der Bürgermeister hat uns die Möglichkeit gegeben, Menschen zu töten, um mehr Tokens zu erhalten, doch das Zentrum hat uns diese Möglichkeit genommen; wir durften nicht mehr wählen. Aber jetzt, meine Freunde, gibt es keine Zentrumssoldaten mehr, die uns hinrichten, wenn wir für Tokens töten...wir können nun untereinander darum kämpfen, ohne dass der Gewinner den unmittelbaren Tod zu befürchten hat. Bürger des Zentrums...ihr seid hier versammelt worden, damit meine Kameraden jeden Einzelnen von euch abschlachten können...nicht, weil ihr etwas

Schlechteres seid, sondern weil ihr eure Leben und eure Hoffnung in die Hände der Falschen gelegt habt. Ihr habt euch verzockt, also können meine Leute euren Fehler nun zum eigenen Vorteil nutzen. Das...ist Freiheit.«

Warleck hob seine linke Hand in die Höhe; seine Kameraden machten sich sofort bereit und zückten ihre Waffen. Dann blickte er erneut über seine Schulter zu Siletha; ihre Augen funkelten vor purer Freude und euphorisch nickte sie ihm zu. Es war nur noch eine schnelle Handbewegung nötig und sein Traum – alles, was er gewollt hatte, seit das Zentrum ihn in dieses dunkle Drecksloch geworfen und ihn von seiner Familie getrennt hatte – würde in Erfüllung gehen.

»Aber...«, sagte er plötzlich, worauf seine zum Massaker bereiten Kameraden ihn verwirrt ansahen, »...ich sollte euch noch einen weiteren Aspekt der Freiheit erzählen, bevor ihr von eben dieser Gebrauch macht. Mehr als 4000 Tage waren wir gezwungen, friedlich zu sein und das Leben unseres Nächsten zu respektieren. Das hat uns alle wütend gemacht. Doch liegt es wirklich daran, dass wir solch eine Mordlust in uns tragen? Dass uns diese Tokens wirklich alles bedeuten? Oder war es eher die Tatsache, dass wir unserer freien Wahl beraubt worden waren, uns für ein friedliches Miteinander zu entscheiden? Erinnert euch an die hunderte von Tagen, an denen wir uns gemeinsam auf diese Mission vorbereitet haben. Wir sind als eine Einheit zusammengewachsen – haben Freundschaften und Liebschaften gefunden. Wir sind zu einer Gemeinschaft, ja, einer großen Familie geworden, sonst hätten wir dieses gewaltige Ziel niemals erreichen können. Wollen wir unsere Familie also wirklich blutig auseinanderreißen? Freiheit besteht darin, dass wir Menschen uns zwischen dem einen und dem anderen Weg entscheiden können – genau das haben wir nun erreicht. Wir müssen nicht den Weg des Krieges einschlagen; wir müssen uns nicht gegenseitig töten...und wir müssen auch nicht die Bürger des Zentrums, die Bürger Orgias und die Bürger von Parados töten. Ihr seid nun freie Menschen. Wenn ihr töten wollt, dann tötet; wenn ihr jedoch den Bürgern des Zentrums zeigen wollt, dass unsere freie Welt besser ist als jene, welche das Zentrum errichtet hat – wenn ihr beweisen wollt, dass wir die Spaltung, die das Zentrum unserer Stadt zugefügt hat, heilen können – dann legt nun eure Waffen nieder und lasst uns diesen Weg versuchen. Wir verlieren keine Zeit; schließlich können wir ewig leben, wenn wir es wollen. Und falls der Frieden an unserer Gier scheitern sollte, können wir uns noch immer gegenseitig töten...aber ich bin davon überzeugt, nachdem wir gemeinsam diese freie Welt hergestellt haben, wird niemand mehr die Freundschaften und die Liebe, die wir gefunden haben, für Tokens opfern wollen, welche uns lediglich für wenige Tage oder auch nur Augenblicke Erfüllung schenken können...nicht aber für die Ewigkeit.«

Warlecks Kameraden blickten sich gegenseitig an. Es herrschte eine gewaltige Verunsicherung; niemand wusste so recht, was er nun tun sollte. Doch dann ließ ein Bürger Angerions seine Machete fallen, gefolgt von vielen weiteren, bis schließlich kaum noch jemand zu sehen war, der eine Waffe in den Händen hielt und den Eindruck machte, als würde er jemanden töten wollen. Die Bürger des Zentrums begannen nach und nach, etwas Erleichterung aufzuzeigen, doch wirkten im Großen und Ganzen noch immer sehr angespannt und ängstlich.

»Wir brauchen nichts zu überstürzen«, fuhr Warleckfort. »Lernt euch kennen; redet miteinander; baut erste Brü-cken auf...ich lasse euch ein paar Minuten allein, damit ihr euch gewahr werden könnt, was eure Herzen begehren. Ob es nun ein Massaker geben wird oder keinen einzigen Toten...welche Entscheidung ihr auch trefft, ich werde sie unterstützen.«

Warleck wandte sich von der Menge aus tausenden unterschiedlichen Menschen ab und öffnete die Tür, welche zurück zum Büro führte; Siletha folgte ihm jedoch nicht. Aus seinen Augenwinkeln konnte er erkennen, wie ihr Blick starr auf die Menge gerichtet war, in der einige began-nen, sich die Hände zu schütteln und sich ihrem Gegenüber vorzustellen. Warleck trat ins Büro ein und schloss die Tür hinter sich. Seine Beine begannen zu wanken, sodass er sich erschöpft auf dem Bürotisch von Hubertus abstütze, dessen Leichnam bereits begonnen hatte, in kleine hellblaue Lichtstrahlen zu verfallen, welche den dunklen Raum auf eine seltsam schöne Art und Weise ein wenig erhellten. Warleck atmete tief durch. Bis zu jenem Moment, als er seine Hand gehoben hatte, war er sich nicht sicher gewesen, welche Entscheidung er treffen würde – und auch jetzt war er sich noch immer nicht sicher, ob es die richtige gewesen war.

Nach einigen Minuten sprang die Balkontür plötzlich auf und wurde lautstark wieder zugeknallt.

»Wieso hast du das getan?«, fragte Siletha völlig entsetzt. »Kein...kein einziger unserer Kameraden hat auch nur einen Zentrumsbürger umgebracht. Wieso...wieso...«, Siletha begann, sich nervös am Kopf zu kratzen, »...wieso musstest du ihnen diese Freie-Welt-Scheiße erzählen? Das wollen wir doch gar nicht. Hättest du einfach den Befehl gegeben, dann…ich verstehe das einfach nicht…was ist mit unserem großen Ziel, das wir beide erreichen wollten?«

»Okay, ganz ruhig…«, Warleck atmete tief durch und richtete seinen Körper ein wenig auf, »…dieses Gespräch kommt weit über 1000 Tage zu spät, Siletha, doch du musst mir jetzt gut zuhören.« Er drehte sich um, um einen Schritt auf die grünhaarige junge Frau zuzumachen, deren Pupillen nun heftig hin- und herwanderten. »Ich werde dich nun zu einer Person bringen, mit der du dich unbedingt unterhalten musst. Es ist wichtig, damit du –«

»Du brauchst jetzt gar nicht versuchen, vom Thema abzulenken«, sagte Siletha hysterisch und wich einen Schritt von ihrem Gegenüber weg. »Ich mache einen Scheiß, bis du da rausgegangen bist, um unseren Kameraden zu befehlen, diese Zentrumsmenschen abzuschlachten. Du hast mir versprochen, dass ich alle Items im Katalog eines Tages kaufen können würde; wie soll das denn funktionieren, wenn die Spiele nicht stattfinden? Was…was soll das alles?« Siletha zuckte für einen kurzen Moment mit ihrem Kopf und packte sich diesen sofort mit ihrer Hand.

»Es wird keine Spiele geben…«, sagte Warleck ruhig, »…zumindest hoffe ich das.«

»WILLST DU MICH VERARSCHEN?«, brüllte Siletha. »Diese Spiele waren der einzige Grund, warum ich das alles überhaupt mitgemacht habe. Ich habe jede Sekunde damit verbracht, mir die besten Kampfstrategien zu überlegen, nur für diesen einen Moment, also wirst du jetzt auch –«

»Wenn die Spiele eröffnet werden, wirst du sterben, hörst du?!«, rief Warleck, wonach völlige Stille eintrat. Si- letha blickte ihn verwirrt und mit wilden Augen an.

»Wovon...redest du denn da? Unsere Kameraden haben keine Chance gegen mich. Ich...ich bin viel schneller und stärker als jeder Einzelne von ihnen.«

»Ja, das bist du...und genau deswegen werden sie sich bereits vor Anbruch des ersten Wettbewerbs zu tausenden in deine Gemächer schleichen, um dich aus dem Weg zu räumen...du bist schließlich die Sammlerin...und stehst somit einem fairen Wettstreit im Weg.«

»Nein...nein...das ist nicht wahr...«, stotterte Siletha und begann, sich panisch am schwarzen, kreuzförmigen Tattoo unter ihrem Auge zu kratzen, wobei die Haut an der Stelle leicht zu bluten begann. »Ich habe diese Menschen gerade aus ihren Bezirken befreit; ich bin ihre Erlöserin, das hast du selbst gesagt. Ohne mich würden sie jetzt noch immer in ihren Drecklöchern leben. Ich habe das alles möglich gemacht. Außerdem lieben mich die Leute in Dark-Town doch...nein, nein, das war nicht alles nur gelogen...sie würden mich niemals umbringen, schließlich bin ich eine von ihnen...ich lebe schon seit meiner Geburt bei...AAAH, AAAH, NICHT JETZT...GEHT WEG, GEHT WEG!« Siletha beugte ihren Oberkörper nach vorne und drückte sich mit beiden Händen kräftig gegen die Schläfen, als würde sie ein brennender Kopfschmerz quälen.

»Hey, was ist los?«, fragte Warleck, plötzlich besorgt.

»Diese Stimmen...sie tauchen immer auf, wenn ich...wenn ich schwach bin...wenn ich zweifle...a-aber normalerweise verschwinden sie dann rasch wieder...wahrscheinlich sind diese Frauen in meinem Kopf nur mein Inneres, das mich antreiben will und mir sagt, dass ich weitergehen und nicht aufhören darf. Und...und das kann ich auch nicht; ich habe nichts außer meinem Ziel. Ich kann jetzt nicht einfach aufhören und vollkommen sinnlos in dieser Stadt weiterleben. Ich...ich habe doch mein ganzes Leben damit verbracht...mein ganzes...Moment...mein ganzes Leben...oder? Warte...wann habe ich damit angefangen?« Silethas Gesichtsausdruck war gequält und sie sah so aus, als würde sie versuchen, eine unmögliche Aufgabe zu lösen.

»Siletha...bitte...«, sagte Warleck und versuchte abermals, auf sie zuzugehen, »...ich verstehe dich nur zu gut. Für tausende von Tagen habe ich genauso gedacht. Ich war blind und besessen davon, endlich in Freiheit zu leben...ich habe alles und jeden geopfert, um hierherzugelangen. Ich habe dich mit meinen Gedanken infiltriert und geglaubt, dieser Moment auf diesem Balkon, in dem ich alle meine Träume realisieren könnte, würde mir endlich Erfüllung schenken...doch das war ein Irrtum.« Warleck griff Siletha an ihren Schultern und blickte in ihre tränenden Augen. »Ich bitte dich...begehe nicht dieselben Fehler wie ich...denn ich kann dir sagen, dass alle deine Träume, alle deine Ziele und selbst alle 10 Millionen Tokens überhaupt nichts wert sein werden, wenn du niemanden mehr hast, mit dem du dein Glück teilen kannst. Also finde jemanden, der dich liebt; lerne die schönen Dinge im Leben kennen, die du nicht mit Tokens bezahlen musst. Du bist meine Fami-lie...und das Glück meiner Familie ist alles, was noch von Belang ist. Endlich verstehe ich das.« Die Tränen kullerten nun Silethas Wangen herunter und sie umarmte Warleck fest, wobei ihm selbst ein paar Tränen in die Augen stiegen. Dann löste sie sich von ihm und lächelte ihn erleichtert an. Warleck fasste daraufhin an ihre Wange und strich ihr be- hutsam über die Haut, an der Stelle, wo sie sie aufgekratzt hatte. »Gier wird dich nie glücklich machen, Siletha. Vergiss das nicht. Nun komm, es wird Zeit, jemand Wichtiges kennenzulernen.«

Warleck drehte sich um und ging in Richtung Büroausgang – bis er jedoch bemerkte, dass Siletha ihm gar nicht folgte. Wie angewurzelt – ja, sogar verkrampft – stand sie an derselben Stelle und blickte sich entsetzt im Raum um. Dann ließ sie sich auf ihre Knie fallen, griff sich erneut mit ihren Händen an den Kopf, krallte ihre Finger in ihren Haaransatz und stieß einen langen, schmerzerfüllten Schrei aus. Warleck verstand nicht, was in diesem Moment passierte. Wie sollte er auch? Im Gegensatz zu Siletha hatte er sie nicht gehört – die Stimme in ihrem Kopf, die zeitgleich mit seinen Worten ertönt war.

»Gier wird dich nie glücklich machen, Siletha«, hatte sie meine Stimme, die Stimme ihrer großen Schwester, in ihrem Kopf flüstern hören. Nach und nach kehrten ihre Erinnerungen an meine Worte zurück.

»Dann werde ich dich davor beschützen.«

»Wir dürfen keine Angst zeigen.«

»Egal was auch passieren mag, lass dich niemals von dieser grausamen Welt in die Knie zwingen. Du musst von nun an stark sein und dich nicht unterdrücken lassen.«

»Du bist mein Ein und Alles, kleiner Stern.«

Silethas Schrei verstummte und erschöpft ließ sie sich auf ihre Hände fallen; ihre Augen starrten auf den Boden. In der Zwischenzeit hatte Warleck sich zu ihr herunterge- kniet und seine Klaue auf ihre Schulter gelegt.

»Siletha...«, flüsterte er besorgt, »...wir bekommen das hin. Ich weiß, es ist schwer, aber wir kommen da durch...wir sind schließlich –«

Eine Bewegung – so schnell und so schwunghaft, dass er sie nicht hatte kommen sehen – schnitt Warleck im wahrsten Sinne des Wortes das Wort ab. Eine ungemeine Hitze breitete sich sofort an seinem Hals aus; er spürte, wie seine Atmung schwerer wurde. Er drückte eine Pranke gegen seine Kehle und spürte Feuchtigkeit. Schwindel trat ein, weshalb er sich mit dem Rücken an den Bürotisch von Hubertus lehnte. Sein verschwommener Blick traf ein blutgetränktes Messer, welches Siletha in ihrer zitternden rechten Hand hielt.

»Wie...wie konnte ich...das macht...nein, wie ist das möglich?«, krächzte Siletha hektisch, »...wie konnte ich sie vergessen? Wie konnte ich vergessen, wer ich wirklich bin? Sie...sind tot, sie sind nicht mehr bei mir...du warst das...du...nur du...hast das getan.«

»S-Si...Si...«, Warleck versuchte zu sprechen, doch er konnte nicht; bei jeder einzelnen Silbe spürte er einen höllischen Schmerz. Wie schlimm sie ihn wohl verletzt hatte, fragte er sich. Würde er durchhalten, um sich heilen zu können? Plötzlich klopfte es an der Tür und Siletha zuckte zusammen.

»Hey, Warleck, Siletha!«, ertönte die Stimme von Theo. »Darf ich reinkommen? Die Leute draußen warten schon auf euch.«

Siletha warf Warleck einen scharfen Blick zu, wischte sich einmal mit ihrem Arm über die tränenden Augen und steckte ihr Messer in die Hosentasche.

»Ja, natürlich, komm doch rein, Theo!«, rief sie in gespielt freundlichem Ton, wonach der dürre Mann mit den pechschwarzen Haaren und der blassen Haut in das Büro eintrat.

»Es müsste inzwischen genug Zeit vergangen sein. Die Leute...ähm, Moment mal...wo ist denn dein Vater?«

»Hier auf dem Boden«, sagte Siletha grinsend. »Ihm ist ein wenig schwindelig geworden. Du kennst ihn doch; er nimmt sich immer mehr vor, als ihm guttut.«

»N...nein«, krächzte Warleck so leise, dass Theo ihn nicht hören konnte. Dieser ging schließlich um den Schreibtisch herum und blickte auf seinen Anführer herab.

»Na, was ist los, mein Freund?«, fragte er lachend und kniete sich zu ihm herunter. »Du bist aber auch wirklich unbelehrbar, wenn es darum geht...was ist das? UM HIMMELS WILLEN, SILETHA...ER BLUTET...WIR MÜSSEN IHN SCHNELL ZU EINEM ITEM-LADEN –«

Warleck wollte seinem engsten Freund, der wie ein Bruder für ihn war, warnen, doch als dieser sich zu Siletha umdrehte, war es bereits zu spät. Schreiend stach sie das Messer in Theos Brust. Das Geräusch beim Einstich quälte Warleck, genauso wie der folgende Anblick, wie Siletha immer wieder auf ihn einstach...schrie...weinte...und immer und immer weiter die blutige Klinge in den bereits leblosen und zu Boden gesunkenen Körper rammte, bis Theos Gesicht und Oberkörper nichts weiter waren als tote, zerpflückte, unerkennbare Fleischklumpen.

»Wie...wie fühlt sich das an?«, fragte Siletha keuchend und beugte sich daraufhin über Warlecks röchelnden Körper. »WIE FÜHLT SICH DAS AN, WENN DIR VOR DEINEN AUGEN EIN MENSCH GENOMMEN WIRD, DEN DU LIEBST? SPÜRST DU JETZT DEN SCHMERZ, DEN ICH DAMALS GESPÜRT HABE? SPÜRST DU IHN? DU HAST SIE MIR GENOMMEN...DU HAST SIE MIR GENOMMEN...DU HAST SIE MIR GENOMMEEEN!« Mit voller Kraft steckte Siletha ihr Messer in Warlecks Oberschenkel und zog es sofort wieder heraus. Er wollte schreien, doch er brachte nichts weiter als einen quietschenden, gequälten Laut von sich. »Ich werde sie nie wieder sehen...Fire, Cat, Hugo...Mutter...und...«, sie stieß ein Schluchzen hervor, »...und Lilia. Ihr wart das, die ganze Zeit. Ihr habt alles zerstört...ihr habt mich manipuliert...und dann wolltet ihr mich einfach wie Müll entsorgen. Ihr seid...Monster...abscheuliche Monster, die mir alles genommen haben, was mir jemals etwas bedeutet hat.«

Siletha brach in Tränen aus, stand auf und drehte Warleck den Rücken zu. Trotz allem, was sie gerade getan hatte, tat Warleck der Anblick ihrer Trauer mehr weh als die tiefe Wunde in seinem Hals, aus der noch immer Blut floss.

»Li...lia...«, brachte er unter Schmerzen hervor, doch hatte er nicht genug Kraft übrig, seinen Satz zu Ende zu sprechen.

»WAG ES NICHT, IHREN NAMEN IN DEN MUND ZU NEHMEN! NICHT, NACHDEM DU SIE VOR MEINEN AUGEN UMGEBRACHT HAST!« Wütend atmete Siletha eine Zeit lang ein und aus, bis sie sich schließlich wieder beruhigte und die Wut auf ihrem Gesicht durch ein leichtes Lächeln ersetzt wurde. »Weißt du eigentlich, wie aufgeregt ich heute Morgen war, weil ich solche Angst hatte, zu versagen und jeden von euch zu enttäuschen? Ich hatte so ein ungutes Gefühl, als würde etwas schieflaufen...deswegen dachte ich, es wäre besser, wenn ich noch mehr Tokens hätte als die, die ihr mir zur Verfügung gestellt habt. Also habe ich mich aus unserem Haus geschlichen und bin schnurstracks über die Brücke nach Orgia gelaufen – zu diesen komischen Leuten. Aber das Gute war, diese Menschen waren so schwach – sie hatten nicht mal den Mumm, um ihre Leben zu kämpfen, sondern bettelten mich nur an, sie zu verschonen. Es war...es war also nicht wirklich schwer, sie dazu zu bringen, mir ihre Tokens zu übertragen. Getötet habe ich sie dann natürlich trotzdem alle, schließlich mussten sie so oder so früher oder später sterben, wenn ich alle Tokens haben wollte. Was ich dir sagen will...ich habe nun viel mehr Tokens übrig, als ich letztendlich für diese überraschend langweilige Schlacht gebraucht habe. Ich kann mir heute noch so viele schöne Dinge kaufen. Kannst du dich noch daran erinnern, dass wir zusammen überlegt haben, die Radiusbombe gegen das Zentrum einzusetzen? Wir haben die Idee natürlich verworfen, da das Zentrum so riesig ist, dass es uns nichts genützt hätte, wenn wir nur einen kleinen Bereich vollkommen zerstört hätten.«

Siletha legte ihre rechte Hand auf ihren linken Arm, wonach ihre Augen grün zu glühen begannen. Nach einigen Sekunden erloschen sie wieder und ein kleiner roter Ball erschien in ihrer rechten Hand.

»Aber ich muss durchaus sagen, es ist ziemlich praktisch, wie sich alle in diesem Augenblick auf dem Rathausplatz zusammenquetschen. Die Mörder meiner Schwester, meiner Mutter und all meiner Freunde sind hier versammelt, und der Kopf von diesem elendigen Haufen Scheiße hat sein Büro direkt über uns. Ich glaube, es ist an der Zeit für einen radikalen Kurswechsel. Heute sollen alle für ihre Verbrechen büßen.« Siletha ging auf Warleck zu und zerrte ihn nach vorne auf den Boden, sodass er auf dem Bauch lag; dann spürte er einen leichten Druck auf seinem Rücken und vernahm kurz darauf ein helles Piepsen. »Welch Ironie, findest du nicht auch?«, fragte Siletha lachend. »Du...du hast so lange für diesen Augenblick gekämpft. Du hast meine Mutter und meine Schwester dafür getötet...und genau jetzt, wo du all deinen Kameraden und jedem einzelnen Menschen hier die Freiheit schenken könntest, wirst du persönlich jeden Einzelnen von ihnen in den Tod reißen.« Sie verfiel in ein krankhaftes Lachen, das mehr einem Heulen ähnelte – doch von der einen auf die andere Sekunde wurde ihre Miene wieder ernst und kühl. »Ich habe den Timer auf drei Minuten gestellt. Ich brauche zwar nur knapp eine Minute, um rechtzeitig von hier zu verschwinden, aber ich wollte, dass du noch ein bisschen Extra-Zeit bekommst, damit du dein erbärmliches Schicksal noch ein wenig verinnerlichen kannst.« Erneut ertönte das Piepsen von Warlecks Rücken und Siletha ging seitlich an der Stelle vorbei, wo er auf dem Boden kauerte. Dann blieb sie stehen, blickte ihn ein letztes Mal an und warf ihre Lederjacke vor sein Gesicht auf den Boden. »Du hast mich einiges gelehrt, Vater. Ohne dich wäre ich niemals so stark geworden...und genau das war dein größter Fehler.«

Dann rannte Siletha los und verließ das Büro, während Warleck auf dem Boden zurückblieb. Eine winzige Träne tropfte dem Anführer Dark-Towns vom Gesicht, welche sich sanft mit dem Blut mischte, das sich auf dem Boden des Büros ausgebreitet hatte. Erneut ertönte das Piepsen. Die Bombe war genau an der Stelle seines Rückens festgemacht, die er nicht erreichen konnte, so sehr er es auch versuchte. Aus der Verzweiflung heraus kroch er also auf die Balkontür zu. Immer wieder hörte er das Piepsen; es wurde zusammen mit seinem Herzschlag immer schneller. Mit seiner linken Hand drückte er mühsam die Balkontür auf und quetschte sich hindurch. Wieder ertönte das Piepsen und ihm wurde immer schwärzer vor Augen. Er kroch über den Balkon; zeitgleich hörte er von unten einige Gespräche der Bürger – nette Gespräche, ein freundlicher Umgang, kein einziges Streitgespräch. Er zog sich mit letzter Kraft nach oben und stützte sich auf das Geländer des Balkons. Das Piepsen wurde schneller und schneller. Sobald die Menschen auf dem Rathausplatz seine Gestalt entdeckten, brach ein schallender Jubel aus; sogar die Bürger des Zentrums gaben zögernden Applaus von sich. Doch Warleck wollte keinen Beifall. Mit einem schwachen Winken versuchte er ihnen ein Zeichen zu geben – ihnen deutlich zu machen, dass sie schleunigst von hier verschwinden mussten. Zwecklos. Sie würden es nicht bemerken und selbst wenn, gab es keine Möglichkeit mehr für sie, rechtzeitig aus dem Radius der Bombe zu entkommen. Wie viel Zeit wohl bereits vergangen war, fragte er sich. Jede Sekunde könnte es so weit sein; jeden Moment würde er sterben. War dies das Schicksal, das er verdiente? Waren seine schrecklichen Taten dafür verantwortlich? War nun die Zeit gekommen, an der über ihn gerichtet würde?

»Ich konnte mein Versprechen nicht halten...«, sagte Warleck in seinen Gedanken und blickte in Richtung der Sterne am Himmel, »...vergib mir.«

Das Letzte, was Warleck sah, war ein helles grünes Licht – ein Licht, welches in eine gewaltige Explosion mündete, die den gesamten Rathausplatz und die zehntausenden von Menschen, die auf diesem versammelt waren – Bürger Angerions, Neighborhoods, des Zentrums und Dark-Towns – auslöschte. Jedoch...nicht alle von ihnen.

Ein junges Zentrumsmädchen, welches sich durch puren Zufall zu Beginn des Tages mit ihren Tokens ein Fernrohr gekauft hatte, war in der Lage gewesen, Warlecks blutende Wunde und sein Winken sofort zu erkennen. Sie hatte also nicht lange gefackelt, ihre kleine Schwester an der Hand gepackt und war gerade noch rechtzeitig aus dem Radius der Explosion entkommen.

Für die nächsten Minuten sahen die beiden kleinen Mädchen nichts weiter als Rauch und verbrannte Leichenteile in ihrer Umgebung...bis sie nach einiger Zeit eine leuchtende Treppe erblickten, die sich genau an dem Ort manifestierte, an dem zuvor das Rathaus gestanden hatte. Die Treppe führte durch den noch verschwindenden Rauch weit in die Höhe und umrundete dort eine einzelne Tür ohne dazugehörigen Raum. Die Mädchen starrten fasziniert darauf. Nach einer Weile erblickten sie ebenfalls die grünhaarige junge Frau, die noch kurz zuvor mithilfe von ihrem Gewehr und grünen Flammen, welche aus ihren Händen kamen, die gesamte Armee des Zentrums in die Knie gezwungen und die Bürger auf dem Rathausplatz zusammengepfercht hatte.

»MACH AUF, DU BASTARD!«, brüllte sie und schoss die grünen Flammen von ihren Händen aus gegen die Tür. »SIEHST DU NICHT, DASS ICH DEINEN BÜRGERN WEHTUE? SIEHST DU NICHT, WIE ICH DEINE GESAMTE STADT IN SCHUTT UND ASCHE LEGE? WIESO HÄLTST DU MICH NICHT AUF, HM? WIESO HAST DU AUSGERECHNET MIR DIESE KRAFT GEGEBEN? WIESO INTERESSIERT DICH DAS ALLES DENN NICHT?« Als nach einigen wütenden Schreien, Tritten und weiteren Flammen die Tür noch immer nicht aufging, ließ sie sich auf die Knie fallen und begann zu grinsen. »Ich verstehe...ich verstehe es endlich, du elendiger –«

Eine Schrift tauchte auf der Tür auf:

»*Bürger, der du von mir die Antworten auf alles Unbekannte erhalten willst, der Schlüssel zu meinem Büro ist ein Item des Katalogs. Kaufe es und du wirst mir direkt gegenübertreten können.*«

Ohne zu zögern, öffnete Siletha den Server. Vor dem Angriff hatten die Bürger von Angerion, Neighborhood und Dark-Town sowie auch unfreiwillig die Bürger Orgias ihr Tokens übertragen, wodurch sie nun etwas mehr als 500.000 Tokens an diesem Tag zur Verfügung hatte. Somit war ihr Level auf 8 gestiegen und sie konnte sehen, welche Items auf Level 9, dem vorletzten Level, verfügbar waren. Sie scrollte durch die vielen verschiedenen Items, darunter das Anhalten der Zeit für wenige Sekunden, der Blick in die Vergangenheit eines anderen Bürgers sowie ein Ticket für die Gondel, die hoch hinauf auf die Mauer führte – doch nirgendwo fand sie den Schlüssel zu dieser Tür. Dann blätterte sie weiter zum letzten Level – Level 10. Da sie noch nicht auf Level 9 war, wurde ihr nichts weiter als ein Fragezeichen angezeigt, welches die Identität des letzten Items – das einzige Item auf Level 10 – verdeckte. Es kostete 5.000.001 Tokens. War dies etwa der Schlüssel zum Büro des Bürgermeisters? War er das letzte Item? Doch bevor siesich weiter darüber Gedanken machen konnte, wurde Si- letha auf zwei kleine Gestalten, die langsam über den As- phalt der fast zerstörten Straße geschlichen waren, auf-merksam. Die beiden Mädchen bemerkten dies sofort und rannten los. Aus den Augenwinkeln sahen sie, wie grüne Feuerstrahlen sofort links und rechts neben ihnen einschlugen, doch es gelang ihnen noch rechtzeitig, in eine Gasse zu fliehen.

»Ich habe solche Angst«, sagte die kleinere von ihnen unter Tränen. »Sie wird uns töten, sie wird uns töten!«

»Nein, kleine Schwester, ich werde dich beschützen«, sprach die andere. Sie umklammerten beide nun fest ihre zitternden Körper. »Ich lasse nicht zu, dass dir etwas passiert.«

»DAS IST EINE LÜGE!«, ertönte plötzlich das schmerzend laute Geschrei von Siletha. »WIESO LÜGST DU SIE AN?« Sie war bei den beiden Mädchen angekommen und packte das größere von ihnen an den Haaren, wonach sie es in die Luft zog.

»Nein, bitte nicht!«, bettelte die Kleinere. »Lass sie bitte in Frieden. Wir haben doch nichts Böses getan.«

»Ich weiß, deswegen tue ich dir einen Gefallen, meine Kleine!«, rief sie und steckte im selben Moment ein Messer in den Bauch des älteren Mädchens. »Du wirst nun von der Illusion befreit, dass deine Schwester dich beschützen kann. Das kann sie nämlich nicht!« Ein weiterer Messerstich. »NIEMAND KANN DICH BESCHÜTZEN! FRÜHER ODER SPÄTER WIRST DU SIE SOWIESO VERLIEREN, ES MACHT KEINEN UNTERSCHIED, WENN ICH ES FRÜHZEITIG ZU ENDE BRINGE!« Dutzende Messerstiche, während das kleine Mädchen vor Schock still stand und das ältere Mädchen schrie. »DIESE WELT NIMMT DIR ALLES, WAS DIR ETWAS BEDEUTET, SO WAR ES SCHON IMMER UND SO WIRD ES AUCH IMMER SEIN! ALSO BLICKE DER GRAUSAMEN WAHRHEIT INS AUGE!« Die Schmerzenslaute des verwundeten Mädchens verschwanden von einem Augenblick auf den anderen, woraufhin

Siletha ihren toten, schlaffen Körper zu Boden warf. Dann beugte sie sich vor das kleine Mädchen, welches panisch zitterte und gequälte Laute von sich gab.

»Ich war einmal wie du«, flüstere Siletha. »Ich dachte, diese Welt wäre schön und voller Liebe...wie falsch ich doch lag. Doch durch diesen Schmerz erkenne ich jetzt endlich, was wirklich in mir steckt – wer ich wirklich bin. Es ist falsch, es weiterhin zu verleugnen; in Wahrheit macht mir das alles hier einfach einen Heidenspaß. Das Knacken der Knochen, die ich breche, ist wie Musik in meinen Ohren. Die Schreie, das Blut, und der Tod der anderen sind meine Droge. Ich mache in der Zeit eines Wimpernschlags aus Liebenden Hinterbliebene und fühle mich dabei freier als die Wolken, die den Himmel entlanggleiten. Ja...ich bin, wer ich bin. Ich war schon seit meiner Geburt ein Monster...denn ich bin ein Mensch.« Siletha legte das Messer an den Hals des kleinen Mädchens, woraufhin dieses noch panischer wurde und dabei verzweifelt versuchte, seinen Körper stillzuhalten. »Du erinnerst mich an jemanden, den ich vor sehr langer Zeit gekannt habe, meine Kleine. Lauf...lauf weg...ich werde dir einen kleinen Vorsprung geben, da ich sowieso noch eine Kleinigkeit zu erledigen habe.« Sie ließ ihr Messer sinken, woraufhin das kleine Mädchen schleunigst davonlief und dabei ab und zu stolperte. Dann öffnete Siletha erneut den Server und kaufte sich für 80.000 Tokens ein Item, welches schon seit einiger Zeit ihr Interesse geweckt hatte.

»Das wird ja so ein Riesenspaß werden!«, rief sie freudig, als hätte sie gerade eine Packung Süßigkeiten gefunden. Sie aktivierte das Item und von der einen auf die andere Sekunde färbte sich der Himmel in ein helles, giftiges Grün, das auch die gesamte Stadt in diesen Farbton tauchte.

Auch Parados blieb davon nicht verschont; und auch ich, die zugedröhnt im weichen Gras meines neuen Zuhauses den Sternenhimmel beobachtet hatte, konnte nach einigen Sekunden nicht mehr leugnen, dass dies real und nicht bloß eine durch Drogen herbeigerufene Halluzination war. Dann ertönte das unglaublich laute Geräusch, welches mei-nen gesamten Körper zum Vibrieren brachte und mich dazu zwang, meinen gesamten Schädel vor Schmerz zu um-klammern. Auch wenn ich es bereits zweimal gehört hatte, quälte es mich in diesem Zustand noch viel mehr als sonst. Die lauten Sirenen des Bürgermeisters dröhnten sowohl in meine Ohren hinein als auch inmitten meines Kopfes. Nach einer kurzen Zeit verstummten sie dann wieder, woraufhin sich eine mir sehr vertraute Stimme zu Wort meldete:

»Dies richtet sich an alle Bürger Equalitys...bereits zum dritten Mal sind innerhalb weniger Stunden unzählige Menschen aus ihren Leben gerissen worden. Gewalt, Angst, Verrat und Leid kehren in unserer Stadt immer und immer wieder zurück...es wird niemals ein Ende nehmen. Und was macht der Schöpfer dieser Stadt dagegen? Rein gar nichts. Er sitzt bequem in seinem Büro und sieht dabei zu, wie wir leiden. Er hat 100.000 Monster in diese Stadt geworfen, um sich daran zu ergötzen, wie sie sich gegenseitig belügen, hintergehen, benutzen und ermorden. Mehr ist das alles nicht – wir sind lediglich seine Spielzeuge. Die Liebe, die wir fühlen können, dient nur dazu, unseren Schmerz zu verstärken, wenn wir sie früher oder später verlieren. Un-sere Gefühle sind nur dafür da, damit wir in dieser Hölle nicht aufgeben und ihn weiter unterhalten. Doch diese Ge-nugtuung werde ich ihm nicht mehr geben. Ich lasse nicht zu, dass die Spirale aus Leid, Hoffnung und viel größerem Leid noch tausende, unendliche Tage weitergeht. Ich werde das Leiden von uns Monstern nun ein für alle Mal beenden, damit niemand mehr in Zukunft diesen schrecklichen Schmerz spüren muss. Genießt eure letzten Momente des ohnehin vergänglichen Glücks – denn bald schon werde ich, der kleine Stern, kommen, um euch grausame Monster von eurer leidvollen Existenz zu erlösen. Mithilfe eurer To-kens, die ihr hinterlassen werdet, wird es mir schließlich ge-lingen, alles Wissen der Welt an mich zu reißen und zu gu-ter Letzt den Bürgermeister – den Schöpfer unseres Leidens – höchstpersönlich zur Strecke zu bringen.«

-Marry, Fuck, Kill-

Der Mensch ist ein Meister der Verleugnung. Wenn wir mit etwas konfrontiert sind, was uns Angst oder Trauer bereiten könnte, geben wir uns alle Mühe, um uns damit nicht auseinandersetzen zu müssen. Nein, ich bin schon nicht krank, obwohl ich seit Wochen körperliche Schmerzen habe; nein, meinem Kind ist schon nichts passiert, obwohl es schon seit Wochen vermisst wird; und nein...diese Wahnsinnige, die damit drohte, alle Menschen umzubringen, konnte unmöglich meine Schwester sein.

Nachdem die Stimme verschwunden und das leuchtende Grün am Himmel erloschen war, griff ich mir an den Kopf. Das musste das grüne Wunder sein; sicher hörte ich nur deswegen diese Stimme. Schließlich machte alles andere keinen Sinn. Siletha wurde von Warleck und seinen miesen Schergen gefangen gehalten; sicher heulte sie sich gerade die Seele aus dem Leib, so wie sie es immer getan hatte. Doch wem gehörte diese Stimme dann in Wirklichkeit? Hatte irgendeine Bürgerin Dark-Towns den Verstand verloren? Und wie konnte sie bitte die Sirene des Bürgermeisters benutzen? Es ergab alles keinen Sinn.

Ich öffnete den Server und suchte den Katalog nach einem solchen Item ab – jedoch war sowohl auf Level 2, auf dem ich mich befand, als auch auf dem nächsthöheren, dem dritten Level, kein Item, das einen wie der Bürgermeister zu allen Bürgern sprechen ließ. Es gab also nur zwei Möglichkeiten: Entweder hatte diese Person Kontakt mit dem Bürgermeister aufgenommen oder die Sirene des Bürgermeisters war ein Item eines höheren Levels. Doch sollte es wirklich ein Item sein, dann musste die Person mehr Tokens besitzen als die aktuellen 211, die jeder Bürger Equalitys täglich erhielt. Und die einzige Person, die imstande war, mehr Tokens zu erhalten als alle anderen war...die Sammlerin.

»Lilia!«, hörte ich plötzlich eine mir bekannte Stimme rufen – doch ich dachte erst, dass ich sie mir einbildete. »Lilia! Bist du das?« Vor mir tauchte plötzlich ein stark verwundeter Mann auf. Seine Haare waren schwarz, sein Gesicht blass und seine Augen violett. Aus einer tiefen Wunde in seiner Schulter sickerte Blut.

»Limus?«, fragte ich verwundert. Aufgrund des Drogeneinflusses sah ich ihn bunt schimmern und war mir nicht sicher, ob er real war. »Bist...bist du das wirklich?«

Doch spätestens als er mich packte und fest in seine Arme schloss, wusste ich, dass er es tatsächlich war. Ich griff mit meiner Hand an seinen Hinterkopf, strich sanft drüber und ließ mich in seine Umarmung fallen. Es war so schön, ihn wiederzusehen; ich konnte es kaum beschreiben. Die Tatsache, dass er mich trotz meiner Tarnung direkt erkannt hatte, füllte mich mit einer Freude, die sich wie Geborgenheit anfühlte. Ich war nicht ganz allein in dieser fremden, unfreundlichen Welt. Heiße Tränen schossen mir in die Augen. Ich spürte Limus' kurzen Atem, der ihn zittern ließ – trotzdem waren sein Arme stabil um meinen Körper gelegt. Ich drückte ihn fester. Am liebsten wollte ich ihn nie wieder loslassen – doch ich musste wissen, was los war.

»D-deine Schulter...«, stotterte ich, trat ein wenig zurück und fasste mit meiner Hand vorsichtig an seine Wunde, »...was ist passiert?«

»Wir wurden angegriffen«, keuchte er. »Angerion, Neighborhood und Dark-Town haben uns angegriffen. Eine von ihnen hatte grüne Feuerwaffen, die ich noch nie gesehen habe; unsere Armee war binnen Minuten vollständig ausgelöscht. Sie haben die restlichen Leute auf dem Rathausplatz zusammengetrieben, um...«, Limus knickte ein und Tränen liefen in Strömen sein Gesicht herunter; ich stütze ihn. »Vermutlich sind sie alle tot. Ich war einer der wenigen, die vorher über eine Brücke fliehen konnten, und gerade als ich hier angekommen war, tauchte diese Stimme in meinem Kopf auf.«

»Eine Waffe, die du...noch nie –«

»Lilia...wenn diese Frau die Wahrheit sagt und Parados der letzte verbleibende Bezirk ist, dann müssen wir sofort hier weg, verstehst du? Wir müssen –« Limus verstummte schlagartig und als ich mich umdrehte, bemerkte ich auch, warum.

Es kam eine riesige, hellgrüne Rauchwolke aus der Richtung der Brücke zum Zentrum auf uns zu. Innerhalb von wenigen Sekunden hatte sie schon den gesamten Bezirk durchströmt. Als der Rauch schließlich auch Limus und mich ummantelte, spürte ich, wie mir schwindelig wurde – viel schwindeliger, als wenn ich mich mit Rausch-Items zugedröhnt hatte; es war, als würde mich mein eigener Geist zu Boden drücken wollen. Kurz darauf klappte Limus im Gras zusammen. Ich wollte schreien, doch meine Stimmbänder ließen keinen einzigen Laut ertönen. Ich fühlte mich umringt von einer drückenden Masse, obwohl ich lediglich von Rauch umgeben war. Vor meinen Augen wurde es immer schwärzer. Ich hörte dumpfe Schreie und sah grüne Flammen aufblitzen. Ich konnte nicht einschätzen, von woher sie kamen, doch ich wusste, sie waren nicht weit entfernt. Doch noch immer konnte ich die Wahrheit nicht akzeptieren...ich wollte sie nicht akzeptieren. Jede abwegigere Möglichkeit ging ich in meinem Kopf noch durch, was sonst noch für diesen Horror verantwortlich sein könnte. Dann spürte ich, wie eine Hand mich an meinen Haaren packte und nach hinten zog, und schließlich wurde alles stockfinster vor meinen Augen.

Es war warm. Eine unbeschreiblich angenehme Wärme durchdrang meinen gesamten Körper; ich fühlte mich schwerelos, sorgenfrei und schlichtweg geborgen. Ich sah nichts, doch das war mir egal. Aber wo war ich gerade? Was war hier eigentlich los? War das überhaupt wichtig? Hatten meine Drogen mich halluzinieren lassen? Lag ich in Wahrheit noch immer im weichen grünen Gras, umgeben von den anderen Bürgern von Parados, die friedlich in den Oasen hin- und hertrieben und ihre Leben in Harmonie und Frieden genossen? Ich erkannte schließlich ein kleines grünes Licht inmitten der gigantischen Finsternis, in welcher ich federleicht umherglitt. Ich versuchte, es zu berühren, jedoch war es viel zu weit von mir entfernt. Dann wurde es langsam größer – immer größer und größer, bis irgendwann eine unglaublich grelle Kugel den dunklen Bereich erhellte und mich blendete. Auf einmal spürte ich einen brennenden Schmerz, der mir das Gefühl gab, in Flammen zu stehen; das Licht wurde zu einer riesigen grünen Explosion und ich riss die Augen auf. Es dauerte ein wenig, bis sich aus meiner verschwommenen Sicht einige scharfe Bilder formten, doch dann erkannte ich, dass ich auf dem Gras kniete, mein Kopf nach unten gerichtet. Ich konnte nicht aufstehen. Es war, als würde mich eine unsichtbare Kraft auf dem Boden halten. Außerdem waren meine Hände hinter meinem Rücken zusammengebunden. Ich spürte etwas merkwürdig Weiches in meinem Mund, was es mir unmöglich machte, zu sprechen. Ich drehte den Kopf zur Seite. Links neben mir kniete der ebenfalls gefesselte Limus, der einen Knebel im Mund hatte und noch immer aus seiner Schulter blutete; rechts neben mir kniete Nox – auch geknebelt und gefesselt. Ihr halbnackter geschuppter Körper zitterte und ihr Blick war auf ihren Partner Vanilla gerichtet, der bewusstlos vor uns im Gras lag.

Ein paar Meter von uns entfernt saß eine ebenfalls geknebelte, dunkelgekleidete Frau mit einem schmalen, langen Hals an einem Tisch; ihre geschuppten Arme waren an ihren Stuhl festgebunden. Links von ihr stand ein merkwürdiger großer Gegenstand, der einige Meter aus einem hölzernen orangenen Boden hinaus in die Luft ragte und überhaupt nicht zu den grünen Wiesen von Parados passte.

Wir vier im Gras, die Frau am Tisch sowie der seltsame Gegenstand befanden sich inmitten eines Kreises von zitternden, ängstlichen Menschen. Sie hatten auch keine andere Wahl, als uns zu umkreisen, denn der mittelgroße Bereich, in dem wir uns aufhielten, war von lodernden grünen Flammen umringt. Bevor ich mich überhaupt fragen konnte, was hier los war, fiel mir etwas anderes auf und sofort erstarrte mein ganzer Körper. Mein Atem beschleunigte sich, Schweiß trat aus all meinen Poren heraus und mein Herz raste so sehr, dass ich dachte, es würde gleich aus meiner Brust heraus explodieren. Das konnte nicht wahr sein. Das durfte nicht wahr sein.

Ich erkannte eine schmale junge Frau. Es waren nicht ihre schwarzen Kleider oder ihre zahlreichen schwarzen Tattoos, die mich so schockiert hatten, sondern einige ihrer anderen körperlichen Merkmale: die spitzen Ohren, die grünen Haare...und vor allem dieses Funkeln in ihren Augen. Diese Teenagerin, die mit ihrer Pistole in der Luft rumwedelte, war nicht der Mensch, den ich mal gekannt hatte – und dennoch war sie es. Dieses Gefühl war nicht zu beschreiben. Ich wusste nicht, was ich empfand – wusstenicht, was ich in diesem Moment überhaupt denken sollte – aber als meine kleine Schwester schließlich das Wort ergriff, verstummte die fragende Stimme in meinem Kopf fürsErste und ich konzentrierte mich auf das, was sie sagte.

»O...wie schön...ihr seid ja alle aufgewacht, meine süßen Monsterchen«, ertönte ihre fröhliche, trällernde Stimme. Sie sprang freudig und unberechenbar in der Gegend hin und her. Immer wenn sie einer der außenstehenden Personen zu nahekam, schreckte diese furchtsam zusammen. »Wenn ich mich vorstellen darf...ich bin der kleine Stern, und ich heiße euch herzlich Willkommen zu meiner fantastischen, großen Unterhaltungs-Show mit dem Titel *Das Ende von Equality*.« Siletha machte eine niedliche kleine Verbeugung und begann dann, in ein wahnsinniges Lachen auszubrechen. Ich musste sie stoppen. Ich musste ihr zu erkennen geben, dass ich es war – dass ich noch immer am Leben war – und dass sie, was auch immer sie für ein Leid erfahren hatte, dies nicht allein durchstehen musste.

»SILETHA!«, brüllte ich so laut ich konnte in meinen Knebel rein. Ich musste nur ihre Aufmerksamkeit gewinnen, dann wäre das hier alles schnell vorbei. »SILETHA! SCHAU HIERHER!« Doch meine Worte waren für keinen verständlich außer für mich selbst – aber ihre Aufmerksamkeit gewann ich trotzdem.

»WAG ES JA NICHT, MICH ZU UNTERBRECHEN, DU SCHLAMPE!«, schrie Siletha, wonach ein Knall ertönte und ein kleines Projektil so nah an meinem Gesicht vorbeiflog, dass ich zunächst nicht verstand, was gerade geschehen war. »WENN DU MICH NOCH EINMAL NERVST, DANN SCHIEß ICH DIR EIN LOCH IN DEN SCHÄDEL!«,
rief sie in einem Stimmton, der gleichzeitig ein Fauchen und ein Schreien war – doch dann wurde er schlagartig wieder leiser. »Okay, ganz ruhig bleiben, Siletha, wir wollen doch hier eine professionelle Show abliefern.«

Vollkommen verblüfft schaute ich zu Limus. Wieso erkannte Siletha mich nicht? Ich war schließlich direkt vor ihrer Nase; nichts stand dem mehr im Weg, dass wir nach all der Zeit wieder vereint sein konnten. Doch dann fiel mein Blick meine Schulter entlang – auf meine mittlerweile silbernen Haare, die ich mir jeden Tag kaufte, und auf meine nackte Haut, die nun schon lange nicht mehr mit meinem Standard-Blättergewand bedeckt war. Das durfte doch nicht wahr sein. Siletha konnte mich aus solcher Ferne gar nicht erkennen. Wie sollte sie auch? Aber da meine Hände zusammengebunden waren, konnte ich auch nicht auf den Server zugreifen, um meine Haarfarbe wieder zu ändern. Würde sie mir doch bloß einmal in die Augen schauen...das war das eine Merkmal, anhand dessen sie mich sicherlich wieder erkennen würde.

»Wie ihr euch sicher schon denken könnt...«, fuhr Siletha fort, »...werde ich euch alle töten. Die Bürger von Orgia, Angerion, Neighborhood, Dark-Town, Rast und auch die meisten von Parados sind bereits von uns gegangen. Ihr paar hundert, die hier versammelt seid, dürft also exklusiv bei dem großen Finale dabei sein und mitansehen, wie die Menschheit vernichtet wird...aber bitte verfallt mir jetzt nicht in dieses ›O, *ich will nicht sterben*‹-Geheule. Vertraut mir, ich tue euch einen Gefallen...ich rette euch vor diesem Elend, das wir Leben nennen.« Die Menge begann, immer panischer zu werden. Unruhen traten auf, Menschen flüsterten untereinander und einige suchten vergebens nach einer Möglichkeit, den lodernden Flammen zu entkommen.

»HALTET EURE SCHNAUZE, OKAY?«, brüllte Siletha und ließ dabei einen riesigen Feuerstrom aus ihrer Fingerspitze in die Lüfte steigen. »Ich töte euch ja nicht sofort; ich brauche euch schließlich noch. Ich will alles Wissen und jede Erfahrung an mich reißen, die ich bekommen kann...einige Items beinhalten Spiele und Unterhaltungsformen, die man nur mit anderen Menschen machen kann...es wäre doch irgendwie langweilig, wenn ich nur darüber gelesen hätte, ohne sie auch einmal in der Praxis auszuprobieren. O...o, eine Sache, die ich gelesen habe, ist wirklich lustig.« Siletha lachte vor sich her; sie konnte es sich kaum verkneifen. Dabei stellte sie sich vor die Menge an Menschen, die sie mit Furcht erfüllt ansahen.

»Wie nennt man einen Bürger Equalitys, der alle seine Tokens für Nagellack ausgegeben hat?« Siletha breitete ihre Arme aus und blickte die Menge erwartungsvoll an.

»LEICHE!« Sie verfiel in ein übertrieben hysterisches Lachen – sie musste sogar auf die Knie gehen, um sich noch aufrecht halten zu können. Als sie dann erneut in die Menge blickte, verstummte ihr Gelächter schließlich. »Merkwürdig, in diesem einen Buch stand, dass die Leute lachen würden, wenn ich mich vor sie hinstelle und einen solchen Spruch erzähle...merkwürdig, wieso –«

»STIRB, DU MÖRDERIN!!!«

Aus der Menge war eine Frau mit dunkler Haut und pinken Locken hervorgetreten. In ihrer Hand hielt sie eine Pistole und richtete sie auf Siletha; diese Frau war wohl eine der wenigen, die heute noch nicht alle Tokens für Rauschmittel eingelöst hatte. Sie richtete die Waffe auf Silethas Brust; diese blickte überrascht drein und riss ihre Augen weit auf – einen Moment später traf die Kugel sie auch schon mitten ins Herz.

»NEEEEEEEIN!!«, brüllte ich in meinen Knebel, doch es waren nur gedämpfte Laute zu hören. Meine Augen tränten und alles, was in meiner Kehle war, versuchte ich verzweifelt gegen den Widerstand herauszupressen. Siletha lag reglos auf dem Boden und ihre Augen waren geschlossen.

»Sie...sie ist tot«, stotterte die Frau mit der Pistole und wandte sich der Menge zu. »Hat sie wirklich jeden getötet, außer uns paar hundert hier? Das darf doch nicht wahr sein...was für ein Mensch tut denn sowas Schreckliches?«

»Ein Mensch, der weiß, was getan werden muss!« Alle zuckten sofort zusammen. Ich konnte es nicht glauben, doch es passierte wirklich: Silethas Gliedmaßen rührten sich und schließlich stand sie mit einem Schwung wieder auf, als wäre nichts gewesen. Dann zog sie lässig die Kugel aus ihrer Brust und warf sie auf den Boden. »Glaubt ihr wirklich, ich stelle mich ungeschützt in eure Mitte? Haltet ihr mich denn für so dumm? Was für eine Beleidigung.«

Die Frau mit den pinken Haaren trat vollkommen verängstigt ein paar Schritte zurück und klammerte sich an dem Arm eines Mannes fest.

»Niemand ohne Level 8-Schusswaffe kann im Fernkampf mein Ganzkörperschild durchdringen. Ausschließlich im Nahkampf könnt ihr mich verletzten. Also tretet doch gerne näher und probiert es aus.« Siletha grinste und steckte ihre Waffe zwischen ihren Gürtel und ihre Jeans. Dann ließ sie grüne Flammen in ihren Händen erscheinen; sie schienen elegant auf ihren Fingerspitzen zu tanzen. »Na los...traut euch...kommt her und bringt mich zur Strecke«, sagte sie spöttisch und drehte sich dabei langsam im Kreis um, um alle einmal anzublicken. Die Menschen schraken vor ihr zurück, wenn sie in ihre Richtung sah. »Was? Niemand traut sich? Welch ein Jammer...dürfte ich dann bitte mit meiner Show fortfahren?« Die Menge nickte kollektiv verängstigt; wahrscheinlich glaubten sie, etwas noch Schlimmeres auszulösen, sollten sie es nicht tun. Siletha schlenderte hinüber zu ihrer Angreiferin und dem großen Mann, der diese schützend umarmte. Sein Gesicht war vollkommen vernarbt und seine Arme bestanden aus purem Gold.

»Was ist denn, Großer?«, fragte sie ihn und machte einen Schmollmund. »Ist diese Frau etwa dein Ein und Alles?«

»Ja...«, flüsterte der Mann, »...bitte tu ihr nichts.«

»Ach quatsch...das will ich doch gar nicht...«, sagte Siletha freundlich lachend, »...im Gegenteil, ich gebe dir sogar die Chance, ihr das Leben zu retten. Das Einzige, was du tun musst, ist bei dem ersten Spiel des heutigen Abends zu gewinnen.«

»Ein...ein Spiel?«, fragte der Mann sichtlich eingeschüchtert. »Was...was für ein –«

»Nein, nein, nein. Erst musst du mir sagen, ob du diese Chance nutzen willst, bevor ich dir weitere Informationen gebe.«

»Liebster, das ist sicher eine Falle, überlege es dir gut«, sagte die Frau mit den pinken Haaren und schaute ihm besorgt ins Gesicht.

»Ist schon gut, meine Schöne, ich werde das schaffen. Ich bin dabei!«, sagte er zu seiner Partnerin und blickte Siletha dann fest entschlossen an.

»Wunderbar!«, rief sie und klatschte euphorisch in ihre Hände. »Dann bitte einmal mitkommen.« Sie machte einen kleinen Knicks, hielt ihm eine Hand hin und zog ihn begeistert in die Mitte des Kreises. Wie ich es geahnt hatte, führte sie ihn zu dem merkwürdigen orangenen Feld auf dem der große, lange Gegenstand platziert war.

»Das erste Spiel des heutigen Abends heißt *Basketball*«, erklärte Siletha und hob daraufhin einen mit schwarzen Linien verzierten orangenen Ball in die Luft. »Das habe ich früher oft in meiner Heimat...ich meine in...also...warte, wo...was wollte ich gerade sagen...«, für einige Sekunden blickte sie mit einer Mischung aus Trauer und Wut auf den Boden; ich schaute sie besorgt an. Sprach sie etwa von Dark-Town? Meinte sie das mit Heimat? Ich hatte dieses Spiel noch nie zuvor gesehen. Siletha schien sich einzukriegen; sie schüttelte sich kurz und fuhr fort. »Wie auch immer...wir werden abwechselnd von dieser sogenannten 3-Meter-Linie auf diesen Korb werfen. Wer nach einem Durchgang öfter mit diesem Ball von oben den Korb getroffen hat, gewinnt das Spiel. Derjenige von uns, der verliert, stirbt.«

»W-was sagst du da?«, wiederholte der Mann nervös.

»Ich meine es ernst...wenn ich gewinne, dann knall ich dich ab und wenn du gewinnst, knall ich mich selbst ab. Keine Angst, ich stehe zu meinem Wort...ich würde lieber sterben, als zu lügen. Willst du noch immer in diesem Spiel gegen mich antreten?« Der Mann blickte in die Menge und warf seiner Partnerin einen entschuldigenden Blick zu.

»Ich bin bereit! Ich werde gegen dich spielen.«

»Wie schön!«, sagte Siletha übertrieben freundlich. »Wenn du nein gesagt hättest, hätte ich dich eh umgebracht. Also los! Du darfst anfangen.« Sie warf den Ball zu dem Mann und dieser hielt die Hände auf, um ihn zu fangen...doch berührte der Ball keinen einzigen Hautfetzen von ihm, sondern wanderte einfach durch seinen Körper hindurch, bis er schließlich hinter ihm im Gras landete. Siletha begann daraufhin, verlegen zu lachen. »Ach, hoppala...ganz vergessen, du musst zuerst noch eine Spieleinladung von mir annehmen, damit du das Basketballfeld ebenfalls benutzen darfst. Wie konnte ich das nur vergessen? Sorry, Leeeeute, das ist ein wenig unprofessionell von mir gewesen...ähm, hast du zufällig noch 75 Tokens übrig, um meinem Spiel beizutreten?«

»Ja...«, sagte der Mann zögernd, »...das dürfte gerade so hinhauen.«

»Glück gehabt...«, sagte sie und pustete tief ein und aus, »...ansonsten wäre es wirklich peinlich geworden.« Sie verdrehte scherzhaft die Augen, wischte sich gespielt Schweiß von der Stirn und hielt dem Mann dann ihren linken Arm hin. Die beiden griffen sich gegenseitig an den Arm, sodass sich ihre Schriftzüge berührten – er zuckte ein wenig zusammen, als sie ihn anfasste, doch wich nicht zurück – und ihre Augen begannen zu leuchten. Dann lösten sie sich wieder voneinander und der Mann hob den orangenen Ball ohne Probleme aus dem Gras auf. Siletha deutete mit ihrem Zeigefinger auf die Linie, an welcher er sich zu positionieren hatte; dann stellte er sich breitbeinig dorthin und starrte zielstrebig hoch auf den Korb.

Für einige Sekunden hielt er den Ball einfach nur still in der Luft. Sogar aus der Entfernung konnte ich sehen, wie sehr der Schweiß ihm das Gesicht runtertropfte. Doch dann überwand er sich. Der Ball flog im hohen Bogen auf den Korb zu und...prallte gegen die äußere Kante des Rings. Die Menge außenherum hatte bereits zum Jubel angesetzt, doch als der Ball wieder auf dem hölzernen Boden des Feldes aufprallte, waren bloß verzweifelte Laute zu hören.

»Boah, super Wurf!«, rief Siletha. »Für das erste Mal ist das wirklich nicht schlecht, Kumpel. Vielleicht klappts ja beim nächsten Mal...also falls es ein nächstes Mal geben sollte, natürlich.«

Sie lächelte und hielt ihre Hände nach oben. Der Mann warf ihr mit besorgter Miene den Ball zu, bevor er ein paar Schritte nach hinten ging. Dann stellte sie sich auf das orangene Feld, ließ den Ball zweimal aufprallen und machte vor der 3-Meter-Linie halt. Die Menschen außerhalb hielten sich die Hände vors Gesicht; ich selbst wusste jedoch nicht, wie ich mich fühlen sollte. Wollte ich, dass sie traf? Ja, natürlich wollte ich es; schließlich war es meine Schwester, die hier um ihr Leben spielte. Aber ich wollte ebenfalls nicht, dass dieser unschuldige Mann sterben musste und dieser Albtraum weiterging. Ich war innerlich so sehr zerrissen, dass ich mir nun wirklich wünschte, sie würde verfehlen, um einfach ein wenig mehr Zeit zu bekommen, um mir darüber Gedanken zu machen. Siletha ging in die Knie und warf den Ball mit einem hohen Bogen in die Luft...so hoch, dass der Ball mindestens einen Meter vor dem Korb wieder in Richtung Boden flog und den Ring somit nicht mal berührte.

»SCHEIßE!«, brüllte sie. »Nor...normalerweise bin ich nicht so schlecht, okay? Das ist nur das Lampenfieber, früher habe ich den Korb ab und an mal getroffen.«

»Ab und an mal?«, wiederholte ich in meinem Kopf. Meinte sie das wirklich ernst? Sie verwettete ihr Leben für ein Spiel, in dem sie nicht einmal gut war? Wollte sie etwa sterben?

Ihr Gegenspieler, der so aussah, als wäre der schwerste Stein der Stadt ihm vom Herzen gefallen, griff erneut nach dem Ball und stellte sich abermals an die 3-Meter-Linie. Ich wusste noch immer nicht, was ich fühlen sollte. Ich hatte ein solches Mitgefühl für ihn, doch mein tiefstes Inneres wollte tatsächlich, dass er vorbeiwarf. Er holte aus und der Ball flog in einem ähnlich guten Winkel wie bei seinem ersten Versuch in Richtung Korb – dieses Mal berührte er die hintere Kante des Rings, dann die vordere, und durchdrang letztendlich das Netz. Die Menge brach in lauten Jubel aus, doch als ihnen wohl bewusstwurde, dass dies keine Sportveranstaltung, sondern ein Spiel auf Leben und Tod war, verstummten sie schnell wieder.

»Ich habe getroffen«, sagte der Mann verlegen. »Wirst...wirst du dein Wort nun halten?«

»Ich halte immer mein Wort...«, antwortete Siletha freundlich und aufrichtig und legte dabei die Pistole an ihrer Schläfe an, »...aaaber ich habe doch noch gar nicht verloren! Wer nach einem Durchgang mehr Treffer hat als sein Gegner hat gewonnen...ich darf also noch versuchen, aufzuholen. Fairness muss sein.« Sie zog eine Schnute, doch wenige Sekunden später hatte sie erneut ein freudiges Lächeln aufgesetzt. Sie nahm den Ball in die Hände und brachte sich in Position. Mein ganzer Körper tat weh von der Position, in der ich kniete und aus der ich mich nicht bewegen konnte – doch das war nicht der Grund, weshalb ich zitterte. Würde Siletha sich nun wirklich töten, wenn sie verfehlte? Werfen konnte sie anscheinend nicht gut – das hatte ich mit meinen eigenen Augen gesehen. Sie holte aus, mein Herzschlag beschleunigte sich ins Unermessliche und der Ball verließ ihre Hände. Ihre Wurftechnik war dieses Mal eine völlig andere als bei ihrem ersten Wurf. Dieses Mal sah es sogar elegant aus. Der Ball flog auf den Korb zu und landete mitten in dem Ring, ohne überhaupt eine einzige Kante davon zu berühren.

»JAAA!!«, rief sie vergnügt und tanzte auf der Stelle rum. Die Menschen außerhalb blickten entsetzt auf das Geschehen. Siletha hob den Ball schließlich wieder auf und warf ihn dem schockiert dreinblickenden Mann zu. »Wir haben beide getroffen. Somit geht es weiter!«

Er stellte sich erneut auf die 3-Meter-Position; dieses Mal zitterte er jedoch sehr stark und konnte sich während seines Wurfs nicht mehr einkriegen. Seine Hände zuckten unkontrollierbar; der Ball flog rechts an das Brett und von da aus wieder herunter auf den Boden.

»Wusstet ihr...«, sagte Siletha süffisant und fing den Ball wieder auf, »...wenn man die Möglichkeit hat, mit seinem nächsten Treffer den Sieg einzufangen, nennt man das *Matchball*.« Sie verlagerte den Ball in ihre linke Hand und zückte mit der rechten ihre Pistole. Sie drehte sich mit dem Rücken zum Korb und richtete ihre Waffe geradeaus auf den Kopf des Mannes, der nun kaum ein Schluchzen zurückhalten konnte. Seine Partnerin hinter ihm versteckte sich hinter ihren Händen.

»Was...was soll das?«, protestierte er stotternd. »Ich habe noch nicht verloren!«

»Hmmm, doch...«, sagte sie grinsend, »...das hast du.« Ohne ihren Körper dem Korb wieder zuzudrehen, warf sie den Ball mit ihrer linken Hand nach hinten. Der runde Gegenstand flog in hohem Bogen durch die Luft, gefolgt von den Blicken aller anwesenden Menschen, und durchdrang schließlich erneut den Ring, ohne auch nur eine Kante zu berühren. Bevor mein Blick und die Blicke der Zuschauer sich wieder vom Korb zu Siletha bewegen konnten, war auch schon ein erschütternder Knall ertönt. Der große Mann mit den goldenen Armen kippte nach hinten um, fiel von dem Basketballfeld und schlug leblos im Gras auf. Ein Schrei baute sich in meiner Brust auf, doch ich ließ ihn nicht raus. Ich konnte es nicht fassen. Meine kleine Schwester, das zierliche, ängstliche Mädchen von damals, hatte gerade einen unschuldigen Mann hingerichtet – und das auch noch mit Freude.

»WUHUU! ICH HAB GEWONNEN!«, schrie Siletha strahlend und riss ihre Arme in die Höhe.

»DU HUUUUURE! ICH BRINGE DICH UM!!! ICH REIß DICH IN STÜCKE!« Die Partnerin von Silethas totem Gegenspieler kam mit einem Messer auf sie zugestürmt – ihr Gesicht war voller Hass, voller Trauer. Meine Schwester wich ihrer Attacke jedoch ohne große Mühen aus und stellte ihrer Angreiferin ein Bein, wonach die Frau zu Boden fiel.

Diese wollte sich sofort wieder aufrichten, doch Siletha hatte so fest auf ihr Handgelenk getreten, dass sie das Mes-ser nicht mehr benutzen konnte. Die Frau schrie auf und begann zu heulen.

»NIE KÖNNT IHR EUCH AN EUER WORT HALTEN, WAS?«, brüllte Siletha und schlug immer und immer wieder auf ihre Angreiferin ein. »IMMER...WIEDER...HINTERGEHT IHR MICH! IHR SEID ABSCHEULICH! SCHÄMST DU DICH NICHT?« Ihre Schläge wurden immer fester und schneller und sie hörte gar nicht mehr damit auf. Zuerst dachte ich, sie wollte der Frau nur eine Lektion erteilen, aber nach einigen Minuten der grausamen Gewalt, der ich nur wie gebannt zuschauen konnte, rührte sich die Frau mit den pinken Haaren nicht mehr und ihr Körper begann bald darauf, hellblau zu schimmern – genauso wie der ihres Partners, der nicht weit entfernt von ihr lag.

»Also...«, sagte Siletha tief durchatmend, als sie sich ihre zerzausten Haare, die sich durch ihre Bewegungen gelöst hatten, zu einem neuen Zopf zusammenband, »...ihr habt ja jetzt gesehen, was passiert, wenn man mich verarschen will. Ich hoffe, ich muss euch das nicht ein weiteres Mal klarmachen.«

Von der Anstrengung leicht zitternd ging sie herüber zu dem Tisch, an dem diese andere Frau noch immer festgebunden saß; dann schnippte sie einmal mit ihren Fingern und sowohl der Knebel als auch die Fesseln der Frau verschwanden.

»DU VERRÄTERIN!«, brüllte diese, die mir plötzlich sehr bekannt vorkam. War dies nicht diejenige, welche Warleck damals am unglückseligen Fest des Friedens aus Rast verscheucht hatte, weil sie ihm zu blutrünstig gewesen war? »WIE KONNTEST DU DEINEM VOLK DAS ANTUN?« Ja, sie war es; ich erinnerte mich an diesen hysterischen Tonfall. Doch als Siletha ihr die Pistole gegen die Stirn hielt, verstummte sie auf der Stelle.

»Vorsichtig, Skotra, sonst schneide ich dir die Zunge raus«, flüsterte Siletha, erhob sich von dem Stuhl und wandte sich wieder der Menge zu. »Dies, meine sehr verehrten Damen und Herren, ist eine Bürgerin Dark-Towns, welche die Explosion im Zentrum durch unverschämtes Glück überlebt hat. Mit ihr habe ich mich immer besonders gut verstanden...wir waren eigentlich immer auf einer Wellenlänge.« Siletha wandte sich wieder zu ihr hin. »Ich dachte, wenigstens du hättest den Mumm, um das zu tun, was getan werden musste...aber du warst genauso schwach wie alle anderen. Du hast immer nur dann getötet, wenn du wusstest, dass du auch als Siegerin aus einem Kampf hervorgehen würdest...wenn es eine Überzahl gab, hinter der du dich verstecken konntest. Gegenüber meinen Kindheitsfreunden konntest du deine Fresse schön weit aufreißen. Gegenüber den kleinen, wehrlosen Waldbewohnern Rasts hast du dich mächtig gefühlt, nicht wahr? Aber als es darum ging, die Bürger des Zentrums abzuschlachten und die Spiele einzuleiten, bei denen du feige Schlampe auf dich allein gestellt gewesen wärst, da hattest du plötzlich keinen Mumm mehr. Du widerst mich an...es wird Zeit, dass dir jemand beibringt, wie es ist, unterdrückt zu werden.«

Siletha nahm auf einem gegenüberstehenden Stuhl Platz, schlug ein Bein über das andere und blickte in die Menge.

»Das nächste Spiel habe ich in einem Buch mit dem Titel *Lustige Partyspiele* gesehen. Es heißt *Wahrheit oder Pflicht*. Skotra, du darfst dich nun entscheiden. Wenn du Wahrheit wählst, dann musst du mir eine Frage wahrheitsgemäß beantworten...wenn du Pflicht wählst, musst du einen Befehl ausüben, den ich dir erteile. Wenn du das geschafft hast, bist du an der Reihe und darfst dann mich vor die Wahl stellen.«

Aber was, wenn diese Skotra Siletha den Befehl gab, sich umzubringen? Hatte sie das denn gar nicht bedacht? Dafür müsste sie zwar erst Pflicht wählen, aber sie war so unberechenbar drauf, dass ich ihr das zutraute. Ich verstand nicht, wieso meine Schwester so leichtsinnig mit ihrem Leben umging...und vor allem verstand ich nicht, was diese ganzen beschissenen Psycho-Spielchen sollten.

»Dann nehme ich –«, begann Skotra zögerlich.

»Einen Haken hat das Ganze natürlich«, unterbrach Siletha sie und lächelte sie übermäßig süß an. »Wenn man Wahrheit nimmt, entscheidet man sich natürlich für den leichteren Weg...also muss man dafür selbstverständlich auch ein kleines Opfer bringen. Hmm, lass mal überlegen...ja...ja, das wäre fair...man muss sich ein Auge ausstechen...es sei denn, man entscheidet sich für Pflicht.«

»Ich...ich soll was?«, stotterte Skotra, die nun völlig zitternd auf ihrem Stuhl saß. Ihre gelben Augen wanderten wild hin und her – von Siletha zur angespannten Zuschauermenge und dann zurück zu Siletha.

»Nur wenn du Wahrheit nimmst...«, sagte meine Schwester genervt. »Wenn du Pflicht nimmst, wirst du dir nicht ein Auge ausstechen müssen. Vielleicht werde ich dir einen Befehl geben, der schlimmer ist als das; vielleicht aber auch einen, der angenehmer ist. Du hast jedenfalls die Wahl.« Für einige Sekunden blickte Skotra wütend auf den Tisch und ballte ihre Fäuste zusammen; sie schien mit sich zu ringen. In diesem Moment wusste ich auch nicht, wie ich mich entschieden hätte, wenn ich gerade an diesem Tisch sitzen würde. Trotz meines tiefen Hasses auf diese widerliche Frau, bemitleidete ich sie in dem Moment ein wenig.

»Ich...nehme...Pflicht!«, rief Skotra letztendlich zornig und schlug dabei auf den Tisch.

»Okay...interessante Wahl...«, sagte Siletha süffisant; der Blick ihres Gegenübers war starr. »Dann lass mich mal überlegen...hmm...deine Aufgabe ist...dir beide Augen auszustechen!« Sie grinste so, als wäre sie richtig stolz auf das, was sie sich ausgedacht hatte.

»W-was?«, stotterte Skotra. »A-aber du, du hast doch gesagt, dass...du hast doch gesagt –«

»Ich habe gesagt, wenn du Pflicht nimmst, wirst du dir nicht ein Auge ausstechen müssen...und das wirst du ja auch nicht, denn du wirst dir zwei Augen ausstechen! Es war mal wieder so typisch...du weißt ganz genau, dass ich dir grauenvolle Dinge antun will, und dennoch warst du nicht bereit, ein Opfer zu bringen, solange die winzige Möglichkeit bestand, dass du hier doch glimpflich davonkommst. Das ist so unfassbar...irrational. Aber jeder, wie er mag...du hast dich entschieden...also erfülle deine Aufgabe.«

»DAS KANNST DU DOCH NICHT ERNST MEINEN, SILETHA!«, brüllte Skotra und begann zu weinen. »ICH HABE DOCH FRÜHER IMMER MIT DIR GESPIELT! WIR WAREN FREUNDE!«

»Freunde belügen einen aber nicht sein ganzes Leben«, sprach Siletha zwar ruhig, aber mit wütendem Unterton. Mit einem plötzlichen Sprung landete sie abrupt auf dem Tisch und richtete die Pistole nun gegen Skotras Stirn. »Na los, tu es schon...tu es oder du stirbst.« Blankes Entsetzen stand den Leuten drumherum ins Gesicht geschrieben. Das alles hier war die reinste Horrorshow. Ich wollte nicht zusehen, aber ich konnte mich nicht dazu bringen, wegzuschauen.

»A-aber ich habe meine Waffe im Zentrum liegen lassen, als du mich verschleppt hast...«, stammelte Skotra, »...und ich habe keine Tokens mehr, um mir ein neues Messer zu kaufen.«

»Ach...das macht doch nichts, Süße«, sagte Siletha in einer gespielten Babystimme und strich ihr über die Wangen. »Du hast doch so schöne, lange, spitze Nägel...mit denen wirst du doch sicher deine Aufgabe erfüllen können.« Skotra blickte mit großen Augen auf ihre Hände; dann zuckte sie.

»B-bitte...«, stotterte sie und ihre Lippen bebten.

»10...9...8...«, zählte Siletha runter und schaute Skotra dabei die ganze Zeit an, den Kopf leicht zur Seite geneigt. Sie schien nicht einmal zu blinzeln.

Skotra begann, zu schreien und gegen den Tisch zu schlagen; sie röchelte nach Luft und hielt den Nagel ihres rechten Zeigefingers nun direkt an ihr Auge. Dann ließ sie die zitternde Hand sinken und schrie erneut.

»7...6...5...4!«

»HÖR ENDLICH AUF DAMIT! HÖR ENDLICH AAAAAAUUUUF!« Siletha presste ihr die Pistole gegen die Stirn und machte weiter, ohne sich aus der Ruhe brin- gen zu lassen.

»Schau, was einer dieser ängstlichen Waldschwächlinge mit dir macht, Skotra. Hättest du nicht gedacht, was? 3...2...1!«

Ihre Seele aus dem Leib schreiend, steckte sich Skotra den Zeigefinger in ihr rechtes Auge; Blut spritze und der Schrei wurde noch quälender, sodass es in meinen Ohren wehtat. Als würde ihr Körper sie steuern, stach sie wild in ihrem Auge herum. Sie hörte nicht mehr auf und schrie immer mehr und immer hysterischer. Das Blut strömte so stark aus ihrem Gesicht, dass ich jetzt doch wegsehen musste, sonst hätte ich mich wahrscheinlich übergeben müssen. Ich guckte stattdessen zur Seite und sah, dass Limus die Augen fest zugekniffen hatte und komplett weiß im Gesicht war. Ich bekam Gänsehaut; noch nie hatte ich etwas so Schreckliches miterlebt. Die Schreie wurden etwas leiser und ich drehte meinen Kopf zögerlich wieder nach vorne. Ich sah schockiert zu, wie die blutende Skotra rückwärts vom Stuhl mitten ins Gras fiel. Sie heulte, wimmerte und krümmte sich vor Schmerz – und Siletha lachte.

»Super gemacht!«, rief sie vor Freude strahlend. »Und jetzt...das andere Auge!«

»Ich kann...ich kann das nicht«, jammerte Skotra. »Bitte, bitte, bitte, ich kann das nicht noch mal tun.«

»Es tut mir ja schrecklich leid, aber die Aufgabe bestand darin, beide Augen auszustechen...und dein linkes sieht noch voll intakt aus.«

»Bitte, Siletha, ich kann...ich kann das nicht noch weiter ertragen, es tut so weh...ich will nicht erblinden...bitte, bitte verschone mich.«

»Meine Güte...«, raunzte Siletha, »...du bist ja so widerspenstig. Es ist richtig unangenehm, wenn man auf etwas beharren muss. Bring mich doch nicht in so eine Scheiß-Verlegenheit. Stech...dir...jetzt...endlich...DAS SCHEIß-AUGE AUS!«

Skotra verfiel in noch größeres Jammern und wälzte sich auf dem Boden.

»ICH KANN DAS NICHT!«, brüllte sie. »ICH KANN ES NICHT, DU KLEINE, VERRÜCKTE SCHLAMPE!« Daraufhin verfiel sie in eine wahnsinnige Mischung aus Lachen und Heulen. »WIR ALLE HABEN DICH GEHASST UND HÄTTEN DICH AM LIEBSTEN SCHON SOFORT GETÖTET. DEIN VATER, DEINE MUTTER, DEINE SCHWESTER, ALLE HAST DU ENTTÄUSCHT UND FÜR IHREN TOD VERANTWORTLICH BIST DU AUCH! HAHAHAHA, DU WURDEST NIE GELIEBT, SILETHA, DU WURDEST –«

Ein plötzlicher Knall ertönte und Skotra verstummte mitten in ihrem Kreischen; Siletha hatte ihr ins zweite Auge geschossen. Ihr Kopf fiel schlaff zur Seite und ihr Körper hörte unverzüglich auf zu zucken.

»Halts Maul«, flüsterte Siletha leise, doch an ihrem Gesichtsausdruck konnte man erkennen, dass diese Worte sie hart getroffen hatten. Sie wischte sich kurz eine Träne aus ihrem Gesicht, sprang dann flink vom Tisch herunter und kam auf Vanilla, Nox, Limus und mich zu.

»Kommen wir zu unserem letzten Spiel!«, rief sie euphorisch und drehte sich zum Publikum. »Es heißt *Marry, Fuck, Kill*! Wir fünf werden es nun...hey, steh auf, du Arschloch!« Sie gab dem bewusstlosen Vanilla zwei Tritte, woraufhin dieser erschrocken erwachte. Dann zerrte Siletha ihn auf die Beine und platzierte ihn vor uns drei Knieenden. »So, wo war ich...ach ja, genau...wir fünf werden jetzt *Marry, Fuck, Kill* spielen. Ich erkläre euch allen natürlich gerne die Regeln. Der Langhaarige hier wird sich jetzt gleich dafür entscheiden, welchen der Spieler er nun heiraten, welchen ficken und welchen er töten will!« Sie zeigte dabei einmal auf Nox, einmal auf mich und schließlich auf Limus. Warum konnte sie mir nicht einmal richtig in die Augen sehen? Sie musste mich nur einmal sehen und erkennen, dann könnten wir diesen Wahnsinn endlich beenden. »Unter den Teilnehmern ist auch ein prominenter Gast...Limus, mein ehemaliger Bezirksvertreter, der unseren Bezirk nicht beschützt hat. Ich wusste ja gar nicht, dass du so ein Feigling bist, der das Zentrum bei einem Angriff einfach im Stich lässt.«

Limus sprach unverständlich in seinen Knebel und wollte mit seinem Kopf zu mir deuten, doch verstand Siletha nicht, was er wollte.

»Du bist still, du Versager«, sagte sie drohend und richtete ihre Pistole auf ihn. »Du bist nicht an der Reihe, sondern unser Freund hier...ähm, wie ist dein Name?«

»V-Vanilla«, stotterte der sonst so gutmütige und entspannte Mann voller Furcht. Er starrte entsetzt um sich herum auf die versammelten Menschen und die grünen Flammen, die noch hinter ihnen lauerten, sowie die grauenhaft blutigen Leichen, die nicht weit entfernt auf dem Boden lagen und sich langsam in blaue Lichtstrahlen auflösten.

»Vanilla ist an der Reihe...also, welchen Spieler würdest du gerne heiraten und somit unverletzt aus diesem Spiel entkommen lassen?«

Er warf mir und Limus einen entschuldigenden Blick zu und deutete mit seinem zitternden Finger auf seine Partnerin Nox; wie sollte man ihm das auch verübeln?

»Wie schön!«, rief Siletha. Dann hievte sie Nox auf die Beine und platzierte Vanilla und sie vor der Menschenmenge, die verstört die Szenerie betrachtete.

»Wie heißt du nochmal, Schätzchen?«, fragte Siletha leicht berührt.

»N-Nox«, antwortete sie und schaute Vanilla nervös in die Augen. Er versuchte, tröstend zurückzuschauen, doch es funktionierte nicht besonders gut.

»Okay...dann legen wir mal los«, sagte Siletha, stellte sich schön gerade hin und räusperte sich. »Vanilla, schwörst du, Nox zu deinem Blablabla...jetzt küsst euch ein-fach.« Mit tränenden Augen blickten die beiden sich an und gaben sich einen zitternden Kuss, der aussah, als wäre er der letzte, den sie sich je geben würden.

»WUHUUUU!«, brüllte sie und sprühte dabei Flammen in die Luft. »APPLLAUDIERT, IHR ARSCHLÖCHER!« Die Menge klatschte zögerlich, bis sie ihnen mit einer Handbewegung zu erkennen gab, dass sie nun stoppen konnten.

»Also gut, Nox, du darfst dich an die Seite stellen und zusehen, wie dein Gatte weiterspielt«, sie legte Nox einen Arm um die Schultern und zog sie hin zu den drumherum stehenden Menschen. Daraufhin kam sie zurück in die Mitte und führte den irritiert dreinblickenden Vanilla wieder zu Limus und mir.

»Okay, Bräutigam, nächste Runde...wen von den beiden würdest du am ehesten...du weißt schon...«, Siletha zwinkerte ihm zu und presste ihren Ellenbogen spielerisch gegen seine Hüfte. Als er nicht unmittelbar antwortete, hob sie ihre Pistole wieder ein wenig in die Luft.

»Ich...ähm...ich stehe nun mal auf Frauen.«

»Also würdest du dich für die Silberhaarige entscheiden?«, fragte sie; noch immer wusste sie nicht, wer ich war.

»Schau mir in die Augen, kleine Schwester«, wiederholte ich immer wieder in meinen Gedanken wie ein Mantra. Das durfte doch nicht mehr wahr sein. Mein Puls beschleunigte sich und mein Körper tat weh, weil ich schon so lange in dieser Position kniete.

»Also, ja...«, sagte Vanilla zögerlich, »...in der Theorie wäre es wohl am ehesten sie...aber ich habe ja Nox, deswegen würde ich nie –«

»Was soll das heißen, ›In der Theorie‹?«, fragte Siletha verdutzt. »Hast du das Spiel denn nicht verstanden? Vanilla...du wirst sie hier und jetzt ficken...vor den Augen aller...außer vor den Augen von Skotra natürlich...,« Siletha kicherte und Vanilla guckte verwirrt, »...aber vor den Augen aller anderen und auch den Augen deiner Gattin.«

Mein Körper zog sich zusammen; das konnte sie nicht ernst meinen. Niemals, das durfte nicht passieren. Das wollte sie mir bestimmt nicht antun. Sie musste nun unbedingt erfahren, wer ich war. Ich brüllte mit aller Kraft in meinen Knebel hinein. Sie durfte das hier nicht tun; es konnte alles passieren, aber nicht das. Ich hatte solch eine unglaubliche Angst und ein beklemmendes Panikgefühl baute sich in meiner Brust auf. Ich schrie.

»ICH HABE DIR GESAGT, DU SOLLST DEINE SCHNAUZE HALTEN!«, brüllte sie und stampfte zornig auf den Boden. Ihre Augen flackerten förmlich vor Wut. »WIR SIND HIER MITTEN IM SPIEL UND DU STÖRST! WENN ICH NOCH EINEN LAUT VON DIR HÖRE, DANN STIRBST DU UND ER FICKT EBEN DEINE LEICHE!« Ich konnte es nicht fassen. Es schien keine Möglichkeit zu geben, sie dazu zu bringen, mich genauer anzuschauen. Aber wie sollte sie auch damit rechnen, dass ich es sein könnte? Schließlich dachte Siletha, ich wäre schon seit hunderten von Tagen tot.

»Na los...nicht zu schüchtern«, sagte sie und stieß den kreidebleichen Vanilla mit einem Tritt in meine Richtung. »Pack ihn aus...du weißt doch sicher, wie es geht.« Als Vanilla vor mir stand, sah ich, wie sehr sein Körper zitterte. Mein Blick wanderte zu Limus herüber, der auch zitterte, aber vor Wut – doch er traute sich wohl ebenfalls nicht, Siletha noch weiter zu stören.

»B-bitte...«, stotterte Vanilla, »...d-das kann ich nicht tun.«

»O doch, du wirst das tun. Jetzt zieh deine Scheiß-Hose runter«, sagte Siletha kühl.

Vanilla tat daraufhin widerwillig, wie sie ihm befahl und ließ zitternd seine Hose auf den Boden fallen. Er schaute mich nicht an, er schaute auch Nox nicht an; er schaute nur vor sich hin. Auch ich blickte auf den Boden. Ich wollte es nicht sehen. Ich wollte nicht realisieren, was nun passieren würde. Das konnte sie mir doch nicht antun. Siletha war meine kleine Schwester, mein Ein und Alles...das hier durfte einfach nicht passieren. Das war doch unmöglich.

»Es wird Zeit«, sprach sie in meine Richtung und schnippte mit ihren Fingern, wonach ich spürte, dass der Druck, der mich auf den Knien gehalten hatte, gelöst wurde. »Leg dich auf den Rücken und mach die Beine breit.« Zitternd blickte ich auf den Boden; ich war unfähig, mich zu bewegen. »LEG...DICH...HIN...UND SPREIZ GEFÄLLIGST DEINE BEINE!«

Ich hatte keine andere Wahl; ich musste ihr gehorchen, sonst würde ich sterben. Mein Körper zitterte; ich heulte; ich wusste nicht, was auf mich zukam...schließlich hatte ich das hier noch nie getan. Ich hatte immer gedacht, ich würde diese Sache mit einer Person machen, die ich liebte.

Jemanden ungewollt in meinen Körper hineinlassen, für den ich nicht einmal etwas empfand – diese Vorstellung war grausam. Und irgendwie fand ich es noch tausendmal grausamer, dass Limus gerade jetzt direkt neben mir war.

»Na also...«, lobte mich Siletha, als ich auf dem Boden lag und meine noch gefesselten Hände hinter meinem Rücken mein Becken unangenehm in die Höhe schoben, »...jetzt geht's zur Sache! Aber...Vanilla, wieso hängt das bei dir denn so rum? Ich hab so ein Ding heute schon bei den Männern in Orgia gesehen, da...da sah das aber völlig anders aus.« Sie starrte unbeeindruckt zwischen seine Beine.

»Ich...«, stammelte Vanilla, der wieder den Tränen nahe war, »...ich...kann...das nicht!«

»WENN DU DAS NICHT KANNST, STERBT IHR BEIDE! WAS IST LOS? MUSS ICH DIR ETWA NACHHELFEN?« Siletha packte mein Bikini-Oberteil und zog es herunter, sodass meine Brüste nun unbedeckt waren. Ich schauderte. Dann packte sie Vanilla am Handgelenk und riss seine Hand auf meine linke Brust hinunter. Mein Körper zitterte noch mehr als seine Hand; alle Menschen würden mich gleich vollkommen entblößt sehen. Ich wollte das nicht...ich wollte hier weg...ich wollte zu meiner Mutter. Wieso konnte sie mir nicht helfen? Wieso konnte sie uns nicht retten? Ich wollte das nicht, ich wollte das nicht.

»O...scheint zu funktionieren«, sagte Siletha, während sie Vanilla mit einem freudigen Schmunzeln zusah. »Jetzt tu es endlich!«

TRIGGERWARNUNG-SEXUELLE GEWALT
(VORBLÄTTERN ZUR MARKIERUNG, UM DIESEN PART ZU ÜBERSPRINGEN)

Vanillas zitternde Hand wanderte zu meinem Schritt. Er zog meine Bikini-Hose nach unten und weitete meine Beine. Auch, wenn er das alles nicht freiwillig tat, war ich in diesem Moment unfassbar angeekelt von ihm; jede Berührung widerte mich an und ich kniff die Augen ganz fest zu und versuchte mir vorzustellen, ich sei irgendwo anders. Doch dann war ich auf einmal vollkommen nackt und spürte schließlich etwas zwischen meinen Beinen, und ich konnte es nicht ausblenden. Es drückte fest gegen mich und wollte in mich eindringen. Und dann tat es das auch, und ich schrie; ich brüllte alles aus mir heraus, auch wenn die Laute noch immer gedämpft waren. Es tat so höllisch weh; es war ein Gefühl, welches ich noch nie gespürt hatte und auch nie wieder spüren wollte. Ich fühlte mich, als würde man meinen Körper gewaltsam auseinanderreißen. Es brannte und zerrte und ich schrie und schrie voller Schmerz. Ich wollte ihn von mir wegschubsen, doch ich konnte meine Hände nicht lösen; ich wollte ihn von mir wegtreten, doch meine Beine fühlten sich verkrampft an und ich war unfähig, sie zu bewegen. Der brennende, stechende Schmerz schien sich auf meine Oberschenkel und meinen Unterbauch auszubreiten und mein ganzer Körper prickelte unangenehm, bis in die Finger- und Zehenspitzen. Ich machte hinter meinem Rücken Fäuste mit meinen Händen – so fest, dass ich mich mit meinen eigenen Fingernägeln aufkratzte. Vanilla stieß seinen Körper immer wieder gegen meinen, schrie und weinte; sein Schweiß tropfte auf meine nackte Haut und ich tat alles, um ihn nicht anschauen zu müssen. Im Hintergrund hörte ich wie Nox gequälte Laute von sich gab. Die Tränen liefen mir das Gesicht herunter. Ich wollte das nicht mehr. Ich konnte das nicht ertragen. Ich wünschte mir sogar, Siletha würde jetzt einfach ihre Pistole auf mich richten und mich von diesem Horror befreien.

»SO IST ES RICHTIG!«, brüllte meine Schwester. »ICH ZEIGE EUCH, WAS WIRKLICH IN EUCH STECKT! BESTIEN – WILDE BESTIEN, DIE SICH FÜR DIE GEFÜHLE DER ANDEREN UND DEREN WILLEN EINEN SCHEIß INTERESSIEREN! DAS HIER IST ES, WAS IHR SEID, WAS WIR ALLE SIND! JETZT BRING DEINE AUFGABE ZU ENDE, VANILLA! BRING ES ZU ENDE, ICH WEIß DOCH, DASS DU ES GENIEßT!«

Vanilla schrie und heulte stärker, schob sich immer schneller in mich hinein und mein Schmerz wurde noch schlimmer, schwellte immer mehr an. Ich wollte sterben. Selbst, als ich meine Familie und meine Heimat verloren oder für hunderte Tage in diesem dunklen Loch gesessen hatte, hatte ich mich nicht so sehr nach dem Tod gesehnt, wie in diesem Augenblick. Ich hatte meine Schwester wiedergefunden, doch sie tat mir mit das Schrecklichste an, was man einem Menschen antun konnte – und diese Tatsache schmerzte noch mehr als die körperliche Qual. Die Tränen quetschten sich in Strömen aus meinen Augenwinkeln heraus und liefen auf beiden Seiten mein Gesicht herunter, bis hin zu meinen Ohren. Und dann auf einmal wurde es zwischen meinen Beinen feucht – immer feuchter, bis Vanilla endlich meinen Körper verließ. Meine Oberschenkel bebten vor Anstrengung und der unmittelbar stechende Schmerz ließ zwar ein wenig nach, doch er verwandelte sich in ein stetiges Brennen, das wohl noch eine Weile anhalten würde. Ich war erschöpft; alle Kraft war aus mir gegangen. Mein Körper wollte zusammenklappen, doch meine gefesselten

Hände hielten meinen ausgelaugten Unterkörper noch immer nach oben gedrückt wie eine krankhafte Ausstellung.

TRIGGERWARNUNG-SEXUELLE GEWALT
(DIE TRIGGERWARNUNG ENDET HIER)

»Was eine unterhaltsame Vorstellung!«, brüllte Siletha euphorisch. »Eure Schreie waren wie entspannende Klänge in meinen Ohren! Du...«, sie brach in Lachen aus, »...du kannst deinen kleinen Mann wieder einpacken, Vanilla.«

Die folgende Szenerie konnte ich nicht beobachten, obwohl ich meine Augen langsam wieder geöffnet hatte. Bewegungslos lag ich noch in derselben Position auf dem Boden. Mein Kopf lag seitlich im Gras und ich war wie gelähmt. Ich fühlte mich dreckig, ekelhaft, wie ein widerwertiger Haufen Fleisch, der entsorgt werden musste. Ich wollte keinen anschauen und wollte von keinem angeschaut werden. Ich wollte einfach aus der Existenz verschwinden.

»Okay, meine Damen und Herren!«, hörte ich Silethas Stimme. »Kommen wir zum großen Finale. Wir haben eine Braut, wir haben eine beglückte Affäre, und nun fehlt nur noch ein Mord. Kauf dir ein Messer, Vanilla, sofort.« Was würde jetzt passieren? Er sollte doch nicht etwa...? Ich fühlte mich wie entfremdet von meinem Körper. Ich konntenicht richtig denken, alles war so surreal.

»Limus...du Zentrumsschnösel...dein Tod wird das Ende dieser Stadt einleiten...welch eine phänomenale Symbolik.« Siletha brach in einen erneuten Lachkrampf aus; es dauerte eine kleine Weile, bis sie sich beruhigte, und in der Zeit verstand ich, was als Nächstes passieren würde. Aber nein, das durfte doch jetzt nicht auch noch passieren...ich hatte schon so viel verloren. Bitte nicht noch Limus...wobei ich mir sowieso nicht sicher war, ob ich ihm nach heute jemals wieder in die Augen sehen können würde. Aber er durfte nicht sterben. Er durfte es einfach nicht.

»Vanilla...du kannst das Spiel jetzt beenden. Töte ihn!«

Ich sammelte genug Kraft, um erneut in meinen Knebel zu brüllen – so laut und so schrill, wie ich konnte. Ich bewegte meinen entblößten Körper, krümmte mich, doch aufgrund meiner gefesselten Hände konnte ich nicht aufstehen. Ich fiel seitlich ins Gras und weinte.

»DU KANNST ES EINFACH NICHT LASSEN, ODER?«, brüllte Siletha voller Wut. »DU WIRST MIR SICHER NICHT DIESEN FINALEN MOMENT VERSAUEN!« Sie kam auf mich zu und gab mir einen Tritt in den Bauch, dann noch einen...dann noch einen Tritt und noch einen Tritt. »BIST DU ETWA NOCH NICHT HART GENUG GEFICKT WORDEN? DU WIDERWERTIGES MONSTER, ICH HAB DIE SCHNAUZE VOLL VON DIR!« Würde sie mich nun endlich erlösen? Ich wünschte mir, dass sie mir einfach in den Kopf schießen würde. Ich wollte nichts mehr weiter als zu sterben...nur das konnte diesem Leid nun ein Ende setzen. Siletha beugte sich zu mir herunter, packte mich an meinen Haaren, kam meinem Gesicht ganz nah und hielt mir ein Messer an die Kehle.

»Ich werde dich jetzt für immer zum Schweigen bringen«, sagte sie. »Du hast mich hier –«

Auf einmal verstummte sie. Es war endlich passiert. Ihre smaragdgrünen Augen hatten meine getroffen und wir blickten uns an. Ein Schock ging wie ein Blitzschlag durch meinen Körper. Es waren ihre Augen – dieselben wie damals – und für einen kurzen Moment sah ich wieder jenes kleine Mädchen vor mir.

»N-nein...«, stotterte sie, »...das...das ist nicht...das ist nicht echt. Ich halluziniere gerade, oder? Es muss...das kann nicht –« Sie zog mir den Knebel aus dem Mund und packte mein Kinn, zog mein Gesicht hoch, näher an ihr eigenes. Meine tränenden Augen blickten tief in ihre.

»Ich...ich bin es...kleiner Stern...ich bin es.« MeineStimme war schwach und heiser.

»NEEEEIN!«, brüllte sie und ließ von mir ab. Sie stolperte ein paar Schritte zurück und kratzte sich hektisch an ihrem Kopf. »DU BIST TOT! DU BIST DOCH TOT! DAS KANN NICHT SEIN! DAS KANN NICHT SEIN!« Sie ging in die Knie, stand wieder auf und ging hektisch hin und her; je näher sie der Menge kam, desto mehr schreckte diese nach hinten. Ich selbst war zu schwach, um noch etwas zu sagen; mein Körper war wieder zu Boden gesunken und ich sah Silethas Blick kurz auf mich gerichtet, bis dieser wieder panisch hin- und herwanderte. »NEEEEIN! NEEEEEEIN! NEEEEEEEIN!« Sie schlug sich selbst gegen den Kopf, krallte ihre Hände in ihre Haare, verfiel in einen Heulkrampf und kratzte sich dann selbst ihre Arme sowie ihr Gesicht blutig. Dann richtete sie sich wieder auf und warf zittrig etwas auf den Boden, wonach eine riesige Rauchwolke erschien, die mein Sichtfeld verschluckte. Ich hörte, wie Schreie aus der Menschenmenge hervorgingen. Würde Siletha jetzt etwa vollständig durchdrehen und alle töten? War ihre gebrochene Seele nun durch den Anblick von mir und der Gewissheit darüber, was sie mir angetan hatte, so zerstört worden, dass nun alles sein Ende nehmen würde?

Der Rauch verschwand in Sekundenschnelle und alle konnten wieder sehen. Das Basketballfeld, der Tisch mit seinen Stühlen, die grünen Flammen und auch meine Schwester selbst waren spurlos verschwunden.

-Heimkehr-

In meinem Leben hatte ich bis zu diesem Zeitpunkt schon eine Menge Schmerz erlitten – auch körperlichen, aber vor allem mentalen Schmerz. Doch niemals hätte ich gedacht, dass mich etwas so sehr innerlich zerreißen könnte – dass es ein Gefühl geben könnte, welches mich dazu bringen würde, mich unwohl in meinem eigenen Körper zu fühlen...nein, nicht nur unwohl. Ich ekelte mich vor mir selbst.

Ich stand bis zum Hals im Wasser einer der vielen Oasen von Parados und schrubbte mir all den Dreck weg – alles, was in den letzten Stunden in und auf meinen Körper gelangt war...so stark, dass meine Haut zu bluten begann und das Wasser um mich herum hellrosa färbte, doch es reichte immer noch nicht. Leichte Verletzungen konnte mein Körper glücklicherweise von selbst heilen, jedoch hatte ich den Drang, mich stärker als das zu verletzen – mich sogar so sehr zu verstümmeln, dass nichts mehr übrigblieb. Noch immer konnte ich nicht begreifen, was passiert war. Wie sollte ein einzelner Mensch auch so viele Gefühle auf einmal verarbeiten? Die Freude darüber, meine Schwester wiederzusehen; die Qual, die ich spürte, als ich sah, was aus ihr geworden war; die Angst davor, dass sie mich töten würde...und der Moment, in dem ich mir wünschte, sie hätte es getan, weil es der Moment war, in dem ich meiner vollkommenen Würde und einem Teil meiner Seele beraubt wurde. Ich schrubbte den schon längst nicht mehr vorhandenen Dreck von meinem Körper und versuchte, den Dreck aus meiner Seele herauszuweinen; übergeben hatte ich mich auch schon. Stundenlang verbrachte ich dort, bis meine Haut sich vollkommen roh anfühlte und ich keine Kraft mehr in mir hatte. Dann verließ ich die Oase, sank im Gras zusammen und öffnete den Katalog. Ich wechselte meine Haarfarbe wieder zu meinem natürlichen Himmelblau und löste meine restlichen Tokens ein, um mir eine dünne Stoffhose und einen schwarzen Pulli zu kaufen. Der Stoff rieb unangenehm gegen die frischen Wunden an meiner Haut, doch es war mir egal; nichts konnte so sehr schmerzen, wie das, was ich vorhin durchlebt hatte. Außerdem wollte ich keinen Bikini mehr tragen, der mir immer wieder vor Augen hielt, in welchem Körper ich gerade steckte. Ich wollte am liebsten vergessen, dass ich überhaupt einen Körper besaß. Langsamen Schrittes wanderte ich dann durch Parados hindurch – vorbei an den dutzenden von Menschen, welche um die sich langsam auflösenden Überbleibsel ihrer Angehörigen trauerten; vorbei an ein paar übrig gebliebenen grünen Flammen, welche einige Zelte und Grünpflanzen verzerrten. Dann entdeckte ich schließlich die Leiche eines Mannes. Im ersten Moment erschrak ich; ich begriff nicht, wie das sein konnte, aber es war real. Vanilla lag leblos auf dem Boden. Ein Messer steckte in seiner Brust und seine Partnerin Nox war heulend über ihn gebeugt. Hatte er sich etwa selbst das Leben genommen? War die grausame Tat, die er an mir hatte durchführen müssen, eine zu große Last gewesen, als dass er mit ihr auf dem Gewissen hatte weiterleben können? Ich verstand ihn in diesem Moment. Ich verstand, was er fühlen musste...denn auf irgendeine Weise fühlte ich mich für die schlimmen Taten meiner Schwester ebenfalls verantwortlich, obwohl ich sie selbst nicht verübt hatte. Doch ich durfte mich nicht umbringen, egal wie sehr ich den Drang dazu verspürte. Wenn ich das tat, wäre nämlich wirklich alles völlig umsonst gewesen. Ich warf einen letzten Blick zu Vanilla und dann einen zu Nox. Sie starrte mir in die Augen; ihre waren vollkommen blutunterlaufen und geschwollen. Wir beide wollten uns etwas sagen, doch keine von uns schien so richtig zu wissen, was. Ich wusste in diesem Moment nicht einmal, was ich fühlen – geschweige denn wie ich es in Worten ausdrücken – sollte. Mir war vollkommen bewusst, dass Vanilla unschuldig war; dass er lediglich die Marionette meiner Schwester gewesen war...aber dennoch verspürte ich keine Trauer bei dem Gedanken, den Menschen, der auf eine solch brutale Weise in mich eingedrungen war und mir meine Unschuld geraubt hatte, niemals wieder sehen zu müssen. Doch ich hatte Mitgefühl für Nox; ihr niedergeschmetterter Gesichtsausdruck brach mir das Herz und ich wusste ja, wie es sich anfühlte, Menschen zu verlieren. Obwohl meinem Verstand klar war, dass ich nichts dafürkonnte, was passiert war, wollte ich mich bei ihr entschuldigen...aber ich hatte Angst, dass es alles nur noch schlimmer machen würde, also ging ich einfach wei- ter. Die herzzerreißenden Klänge ihres Schluchzens ver- folgten mich.

Nach einigen Minuten kam ich an einer der Brücken an, die aus Parados hinausführten. Es gab nur noch eine einzige Sache, die ich jetzt tun musste, auch wenn ich mich geschwächt und kraftlos fühlte. Doch ich hatte meine Pflicht zu erfüllen – das, was mir meine Mutter aufgetragen hatte. In dem Moment, als ich den ersten Fuß auf die Brücke setzte, spürte ich eine Hand auf meiner Schulter, woraufhin sich mein gesamter Körper schlagartig verkrampfte. Bei der Berührung spürte ich sofort wieder diesen Ekel, diesen Schmerz; war für einen Moment wieder in diese Situation hineinversetzt, in der ich unfreiwillig angefasst – beschmutzt – worden war. Ich ging panisch und instinktiv einen Schritt weg, drehte mich um und blickte dann der Person in ihre violetten Augen.

»Es tut mir leid«, sagte ich zu einem besorgt guckenden Limus. Ich wollte zunächst entschuldigend seine Hand nehmen, doch etwas in mir hielt mich davon ab.

»Schon gut...«, antwortete er ruhig und lächelte matt, »...ich habe mich nur gefragt...naja...wo du hin willst.«

»Ich tue das, was ich bereits seit dem Tag tun wollte, an dem mein Zuhause niedergebrannt worden ist. Ich rette meine Schwester.«

»Retten?«, fragte Limus leicht irritiert. »Ich bitte dich inständig, Lilia, da gibt es nichts zu retten. Den Menschen, den du einmal kanntest, gibt es jetzt nicht mehr. Das musst du doch wohl selbst gemerkt haben. Was heute geschehen ist...die tausenden von unschuldigen Menschen...allesamt tot...einfach ausgemerzt...unsere Stadt steht vor dem Untergang und das, was sie dir angetan hat, das ist das Schlimmste, was ich in meinem ganzen Leben –«

»HALT EINFACH DEINE SCHNAUZE, OKAY?«, ging ich ihn an und Tränen füllten gegen meinen Willen meine Augen. »Tu nicht so, als würdest du wissen, was ich gerade fühle. Siletha wurde von Warleck das Gehirn gewaschen; sie hat eine halbe Ewigkeit bei diesen Mördern verbracht, es ist doch klar, dass sie durchgedreht ist. Aber die echte Siletha ist noch irgendwo da drin. Ich muss sie nur finden und dann werde ich ihr wahres Ich zum Vorschein bringen...den Menschen, der sie schon immer war. Siletha ist kein böser Mensch; sie ist ein guter Mensch, der vom Bösen manipuliert worden ist. Ich werde den letzten Willen meiner Mutter erfüllen, Limus, ich rette meine Schwester und wenn ich das getan habe, dann ist auch diese Stadt vielleicht endlich gerettet.« Er blickte mich traurig an; er schien mir nicht zu glauben, doch widersprechen wollte er mir scheinbar ebenfalls nicht.

»Woher weißt du, dass du sie findest, bevor sie wieder hier auftaucht, um ihren Job zu Ende zu bringen? Bleib lieber in Parados und verteidige mit mir die letzten Überlebenden der Menschheit.«

»Ich weiß, wo sie ist, also werde ich sie definitiv vor euch wiedersehen.«

»Und...und was ist, wenn sie dich umbringt?«

»Du hast doch gesehen, wie sie reagiert hat, als sie gemerkt hat, dass ich es bin. Sie will mir nichts tun. Aber ich muss zu ihr. Mach's gut, Limus, und ich verspreche dir, ich bringe das alles in Ordnung.« Er nickte mir leicht widerwillig zu und zögerte kurz – ich hatte das Gefühl, er wollte mich in die Arme schließen, und eigentlich wollte ich das auch...aber ich war noch nicht wieder bereit dafür, auch wenn ich nicht wusste, wann wir das nächste Mal die

Chance dazu hätten. Stattdessen blickte ich ihm einfach tief in die traurigen Augen. Schließlich drehte er sich betrübt von mir weg und ging wieder zurück. Daraufhin betrat ich mit beiden Beinen die Brücke und machte mich auf den Weg zu jenem Ort, an dem dieses ganze Unheil seinen Anfang genommen hatte – zu jenem Ort, an dem die Wege von meiner Schwester und mir einst getrennt worden waren. Ich brach auf zu dem Bezirk Rast.

Nach einem einstündigen Fußmarsch durchquerte ich ermüdet das hölzerne Tor zu meiner Heimat – doch das Gefühl der Erschöpfung wurde schlagartig von anderen Gefühlen vertrieben. Die Emotionen, die es in mir auslöste, nach so langer Zeit wieder hier zu sein, waren unbeschreiblich...jedoch war nichts so, wie ich es in Erinnerung hatte. Die einst saftigen grünen Bäume und Felder waren voller Ruß und nur an wenigen Stellen neu gewachsen; die meisten Hütten waren nur noch löchrige kleine Holz- und Aschehaufen und die Menschen – all meine Freunde und Bekannten, die einst hier mit mir gelebt hatten – waren alle nicht mehr am Leben. Doch wo war Siletha? War sie etwa nicht, wie ich es vermutet hatte, in unsere Heimat zurückgekehrt? Hatte sie der Anblick so verschreckt, dass sie schleunigst wieder umgekehrt war? Aber bevor ich diesen Gedanken weiter ausbauen konnte, ertönte ein heller Gesang und ein Lied, welches ich in meiner Kindheit oft und auch an einigen Tagen in meiner dunklen Zelle gesungen hatte, um mich nicht ganz so einsam zu fühlen:

»*Höre zu...und schau mir in die Augen,*
Keine Angst...du kannst mir vertrauen,

*Du wirst es...mir zwar nicht glauben,
Doch ich kann...dich gut verstehen.*«

Meine Füße trugen mich wie von allein in die Richtung, aus welcher der Gesang zu hören war. Ich ging bis hin zu der Hütte, in der ich damals gemeinsam mit Siletha gelebt hatte. Das Dach existierte zwar nicht mehr, aber ansonsten war sie vergleichsweise intakt. Ich schob den leicht verkohlten Vorhang zu Seite, der die Hütte vom Dorf trennte, und erblickte das Mädchen mit den grünen Haaren genau an dem Ort, an dem ich um die 3000 Tage mit ihr zusammengelebt hatte. Der Anblick gab mir Gänsehaut.

*»Diese Welt...ist voller böser Menschen,
Wir sind schwach...können nicht mal kämpfen,
Aber zusammen...können wir uns helfen,
Ich bleib bei dir...mein kleiner Stern.*«

Ihre Stimme verstummte. Ihr Rücken war mir zugekehrt, weswegen ich nicht sagen konnte, ob sie gerade traurig oder glücklich aussah.

»Dieses Lied...«, flüsterte sie und blickte dabei auf die Überreste ihres alten Bettes, »...du hast es mir in den ersten Tagen in Rast immer und immer wieder vorgesungen, weil ich Angst davor hatte, einzuschlafen...weil ich Angst davor hatte, dass die grausamen Kämpfe, welche wir damals durchleben mussten, zurückkehren könnten. Du hast mir immer gesagt, ›*Es geschieht dir nichts, Siletha. Wir sind in Sicherheit, ich werde dich beschützen und nichts auf dieser Welt wird uns je voneinander trennen können.*‹ Tja, so einfach war das alles wohl doch nicht.«

»S-Siletha...«, stotterte ich. Ich wusste nicht, was ich sagen sollte. Sie so vor mir zu sehen, fühlte sich surreal an. Sie war mir so bekannt und doch war dies eine fremde Person. Doch dann drehte sie sich plötzlich um und ich konnte in ihre tränenden grünen Augen sehen, und für einen winzigen Augenblick sah ich wieder das kleine Mädchen vor mir, welches für lange Zeit jeden Tag in genau dieser Hütte vor mir gestanden hatte. An diesen endlosen Tagen, die ich im Käfig verbracht hatte, hatte ich so oft daran gedacht, wie es wäre, wieder mit ihr hier zu sein...doch niemals hätte ich es mir in diesem Kontext vorstellen können.

»Du warst alles, was ich hatte«, wimmerte sie. »Ich dachte, ich würde dich nie wieder sehen, Lilia. Ich dachte, ich hätte dich für immer verloren.« Sie kam auf mich zugestürmt und umklammerte meine Hüfte. Obwohl sie inzwischen größer geworden war, fühlte sich die Umarmung genauso an wie damals, ihr zierlicher Körper an meinen geschmiegt. Doch es war nun nicht mehr wie damals, weswegen mein gesamter Körper erneut verkrampfte. Mein Kopf war kurz vor dem Explodieren. Ich wusste nicht, was ich empfand; was ich empfinden sollte. Ich dachte an all die Zeit, in der ich auf diesen Augenblick gewartet hatte...all die hunderte von Tagen in dieser Zelle, wo ich nichts anderes wollte, als meine Schwester wieder in meine Arme zu schließen. Doch dann dachte ich an die Menschen, die sie ermordet hatte; tausende Männer, Frauen und Kinder, die durch jene Hände gestorben waren, die meinen Körper gerade umklammerten...und ich erinnerte mich an das, was sie mir angetan hatte; an die Wut in ihren Augen; an den Schmerz, den sie mir zubereitet und wie sie es genossen hatte. Aber sie war noch immer meine kleine Schwester.

Dieser Gedanke dominierte. Das war Siletha, mein Ein und Alles…meine Familie. Meine einzige verbleibende Familie. Ich erwiderte ihre Umarmung und legte mein Kinn auf ihren glatten grünen Haaren auf – und dann brach alles aus mir heraus. All die Tränen – alles, was sich seit jenem Tag und während der ganzen Zeit, in der ich genau das hier gewollt hatte, aufgestaut hatte. Sie war wieder an meiner Seite. Meine Mutter wäre gewiss stolz auf mich.

»O Siletha…ich habe dich ja so vermisst. Es tut so gut, dich wieder in meinen Armen zu haben.«

»Ich dich auch…«, sagte Siletha weinend, »…so unendlich viel. Ich bin so froh, dass du wieder bei mir bist.«

Für einige Minuten lagen wir uns einfach heulend in den Armen. Obwohl wir diesen Moment der Zweisamkeit so sehr genossen, zögerten wir diese Umarmung wohl auch aus dem Grund in die Länge, da wir beide nicht so recht wussten, wie wir danach fortfahren sollten. Irgendwann unterbrach ich aber diese lange Phase, griff meine kleine Schwester an den Schultern, zog sie vor mich und blickte ihr tief in die Augen.

»Siletha…«, flüsterte ich; ihr tränender Blick war verwundert, »…du musst mir jetzt genau sagen, was Warleck und Dark-Town mit dir gemacht haben. Ich muss alles erfahren, was geschehen ist, bis ins kleinste Detail. Ich weiß, dass das sehr schwer ist, aber es ist die einzige Möglichkeit, die wir haben, wenn wir das alles wieder hinbiegen wollen, hörst du?«

Siletha schaute mich lange mit großen Augen an; dann bemerkte ich, wie ihr Blick ein wenig von meinem abschweifte und zu dem offenen Eingang der Hütte wanderte.

»DIE PILZE!«, brüllte sie daraufhin enthusiastisch und riss sich von mir los. Sie stürmte eifrig die Tür hinaus und ließ mich vollkommen verdutzt in der Hütte zurück. Was sollte das? Als ich mich ein wenig gefangen hatte, folgte ich ihr nach draußen und hinüber zu den Pilzen, auf denen wir damals gemeinsam mit Fire, Hugo und Cat so oft die Zeit vertrieben hatten. Als ich aus weiter Entfernung die grünhaarige Gestalt mit den schwarzen Klamotten auf den verbliebenen Pilzen wie ein kleines, sorgloses Kind herumspringen sah, konnte ich meinen Augen nicht trauen. Meinte sie das etwa ernst? In solch einer Situation dachte sie wirklich an *Spaß*? Hatte sie denn vergessen, dass sie vor wenigen Stunden fast die gesamte Menschheit ausgerottet hatte? Ich ging langsam den Hügel hinauf und sammelte meine Kraft, um ebenfalls auf den Pilz zu springen, auf dem Siletha gerade laut lachend hoch und runter hüpfte.

»Was soll das werden?«, fragte ich gereizt. »Ich habe dir gesagt, wir müssen einiges besprechen.«

»Ich kann gerade nicht, Lilia«, antwortete Siletha lachend. »Sonst werden Fire, Hugo und Cat ganz sauer auf mich sein, wenn ich nicht weiter mit ihnen spiele.«

»Fire, Hugo und Cat?«, wiederholte ich leise. Hatte sie etwa Wahnvorstellungen? Was spielte sich in ihrem Kopf ab? Oder verarschte sie mich vielleicht nur?

»Du...du...«, stammelte ich ein wenig überfordert, »...du kommst jetzt sofort zu mir, junge Dame, sonst wirst du noch Ärger mit Mutter bekommen.« Es war das Beste, was mir in dieser Situation einfiel...und tatsächlich funktionierte es.

Siletha schaute enttäuscht drein, genau wie damals, wenn ich ihr befohlen hatte, ins Bett zu gehen. Mit einem letzten kräftigen Hüpfer landete sie neben mir und blickte mir enttäuscht in die Augen.

»Okay, Siletha, wir werden uns jetzt mal kurz unterhalten, hörst du?« Sanft fasste ich an ihre Wange; ich wollte mit allen Mitteln verhindern, dass sie jetzt gestresst wurde. Sie schien noch labiler zu sein, als ich vermutet hatte.

»Na gut...«, sagte sie matt, »...können wir gerne machen...nachdem du mich gefangen hast!« Sie tippte mir auf die Schulter und rannte daraufhin lachend vor mir weg, vom Pilz wieder runter auf den festen Boden. Ich konnte es nicht fassen – wollte sie nun etwa wirklich Fangen spielen? Ich rannte ihr hinterher, so schnell wie ich konnte, doch ich war nach dem heutigen Tag wirklich nicht fit, und immer wieder blieb Siletha kurz stehen und änderte mit einer Täuschung die Richtung, kurz bevor ich sie erreichen konnte. Sie rannte durch unseren kleinen Waldbereich an allen – größtenteils verbrannten – Bäumen entlang, die ganze Zeit vor Freude lachend. Irgendwann war ich so verwirrt von ihren ganzen Richtungswechseln, dass ich nicht mehr wusste, wo sie in diesem Moment war – nicht mehr einschätzen konnte, aus welcher Richtung ihr Lachen ertönte. Ich ging bis zur nächsten Lichtung und fand sie glücklicherweise dort wieder. Es war ein kleiner Bereich inmitten der vielen Bäume...und zudem befand sich dort eine Gondel. Ich schüttelte den Kopf; ich wollte die Erinnerungen am liebsten nicht an mich heranlassen, die sich in meine Gedanken einmischen wollten – Erinnerungen daran, was passiert war, als wir beide das letzte Mal hier gewesen waren. Siletha saß in der Hocke auf dem Boden und strich mit ihrer Hand über das Gras. Das Mondlicht schien hell in die Lichtung hinunter und illuminierte ihre dünne Gestalt.

»Genau hier...ist es passiert«, flüsterte sie. »An diesem Ort wurde mir alles genommen, was mir etwas bedeutet hat. Ich werde nie vergessen, wie er dir sein Messer in den Körper gesteckt hat und ich mitansehen musste, wie du schwach auf genau diesem Boden dein Bewusstsein verloren hast. Wie hast du das überlebt?« Tränen stiegen mir jetzt schon in die Augen. Ich wollte das alles nicht nochmal durchleben. Doch ich musste kooperieren und ihre Fragen beantworten, wenn ich wollte, dass sie das auch für mich tat.

»Das Messer, das Warleck benutzt hat, setzt einen Menschen bloß für eine Weile außer Gefecht. Er wollte, dass ich lebend ins Zentrum komme, damit ich vor der Arena der Gerechtigkeit seine Unschuld bezeugen kann. Hätte ich nicht gesagt, dass in Wahrheit unsere Mutter und nicht er diese Schlacht angezettelt hat, dann –«

»Hätte er mich umgebracht?«, fragte sie kalt und starrte mir direkt in die Augen.

»Ja«, antwortete ich verlegen. Siletha stand auf und ballte ihre Fäuste; dann lächelte sie auf einmal.

»Ich habe sie alle abgeschlachtet, Lilia. All die, die uns das damals angetan haben, sind bereits zu hellblauen Funken zerfallen. Fire, Hugo, Cat...und Mutter, ich habe sie alle gerächt. Warlecks letzte Augenblicke bestanden darin, dass er nach Luft ringend mitansehen musste, wie seine Leute und seine Träume vernichtet wurden. Sie sind alle tot, alle sind tot; ich habe sie getötet, ich hab sie alle getötet!« Sie blickte mich stolz an, als erwartete sie Lob dafür, doch ich konnte nur schockiert zurückschauen. Siletha hatte Warleck umgebracht? Der Mörder unserer Mutter war nicht mehr am Leben? Eigentlich sollte ich bei diesen Neuigkeiten

Freude verspüren; all die Tage im Käfig hatte ich mir in meiner Fantasie ausgemalt, wie ich seinen Körper von oben bis unten aufschlitzen würde...doch in diesem Moment fühlte ich mich ausgesprochen leer.

»Wieso schaust du so traurig?«, fragte meine Schwester nervös. »Bist du denn nicht stolz auf mich?«

»Doch, sicher...aber...«, ich dachte an das, was sie danach getan hatte; an die Menschen in Parados – die unschuldigen Menschen, die sie ebenfalls getötet hatte. Sie waren nicht unsere Feinde gewesen. »Ich muss dennoch genau wissen, was in Dark-Town geschehen ist, sonst bekommen wir das alles nicht geregelt. Wir müssen den anderen glaubhaft vermitteln, dass du nichts für diese Situation kannst; dass du von Warleck und seinen Schergen manipuliert worden bist. Nur dann können dir die Menschen deine Taten vielleicht eines Tages verzeihen und wir können normal weiterleben.«

»Verzeihen?«, fragte Siletha irritiert. »Wo-wovon redest du denn da bitte? Es wird niemanden mehr geben, der mir verzeihen muss, nachdem ich alle Monster in dieser Stadt umgebracht habe.« Eine unbeschreiblich schmerzende, beißende Kälte durchzog mich. Sie hatte es also immer noch vor?

»Siletha...«, sagte ich ruhig und ging einen Schritt auf sie zu, »...Menschen zu töten, ist falsch. Du kannst nicht –«

»Das ist aber seltsam, Schwesterherz«, unterbrach sie mich in provokantem Ton. »Wenn ich mich recht erinnere, hast du genau an diesem Ort doch selbst Menschen umgebracht.«

»DAS HABE ICH GETAN, WEIL SIE MIR DICH WEGNEHMEN WOLLTEN, VERDAMMTE SCHEIßE! DAS IST

ETWAS GANZ ANDERES!« Ich konnte es nicht fassen; ich war so wütend. Eigentlich wollte ich nicht schreien, denn ich wusste, das würde die Situation nur schlimmer machen, doch in diesem Moment hatte ich meine Emotionen nicht im Griff. Alles, was ich gewollt hatte, war meine kleine Schwester wiederzusehen...doch die Tatsache, dass ich nun einem Menschen ausgesetzt war, der drauf und dran war, unschuldige Menschen abzuschlachten, quälte mich – vor allem, weil ich dieses Bild des ängstlichen kleinen Mädchens, das mich immer gebraucht hatte, um es zu beschützen, nicht aus dem Kopf kriegte. Doch dieses Mädchen war sie anscheinend schon lange nicht mehr so wirklich, auch wenn es manchmal noch hervorguckte. Als ob sie mir diese Erkenntnis bestätigen wollte, begann Siletha zu lachen; es war ein wahnsinniges, übertriebenes Lachen.

»Du...du verstehst es einfach nicht. Auch nach so langer Zeit bist du noch immer verblendet von Mutters Wischi-Waschi-Gerede.«

»Pass auf, was du sagst«, entgegnete ich mit bebenden Lippen und eine Zornesträne bildete sich in meinem rechten Auge.

»Lilia, ist dir noch nicht aufgefallen, dass die Menschen immer und immer wieder Gründe finden, um sich gegenseitig umzubringen? Ist dir denn niemals in den Sinn gekommen, dass dies so ist, gerade *weil* wir Menschen sind? Du, ich und alle anderen sind Monster, die ihre Bedürfnisse über das Leben anderer stellen – egal ob es der Ort ist, an dem wir leben, das Wissen, das wir erlangen oder die Familie, die wir beschützen wollen. In Wahrheit ist uns das Leben der anderen doch scheißegal; der einzige Grund, warum du keine anderen Menschen töten willst, ist, weil es dir selbst ein schlechtes Gefühl bereiten würde. Ich habe das nicht. Ich habe akzeptiert, dass ich ein Monster bin, also werde ich auch zu Ende bringen, was ich angefangen habe. Noch drei Stunden, dann werden die Tokens wieder gleichmäßig auf alle Bürger aufgeteilt und meine Überlegenheit endet; vorher muss das erledigt sein. Wenn ich zurück bin, musst du mir nur noch einen einzigen Token geben, und dann bring ich den Mann um, der für all dieses Elend verantwortlich ist.«

»Siletha, hör mir zu!«, rief ich verzweifelt und griff sie kräftig an ihren beiden dunkel tätowierten Armen. »Erinnerst du dich an den Schmerz, den du genau hier gespürt hast? Erinnere dich an das, was du gefühlt hast.« Ihr Gesicht wurde trauriger und Tränen erschienen in ihren grünen Augen. Ich wollte ihr das nicht antun, doch ich musste. »Erinnere dich, welchen Schmerz du ertragen musstest, ohne dass du überhaupt etwas Böses getan hattest. Du warst ein kleines Mädchen, das einfach mit seinen Liebsten zusammenleben wollte...und genauso sind die Menschen in Parados auch. Wenn du das jetzt tust, bist du nicht besser als die, die unsere Heimat, unsere Freunde und unsere Mutter abgeschlachtet haben. Wie kannst du es also rechtfertigen, dasselbe zu tun, was uns angetan worden ist, wenn du doch genau weißt, wie sehr es wehtut?« Wir blickten uns für einige Sekunden tief in die Augen; dann packte Siletha eine meiner Hände und lächelte mich aufrichtig an.

»Ich brauche es nicht zu rechtfertigen«, flüsterte sie. »Ja, ich weiß, wie sich dieser Schmerz anfühlt...aber ich bin dieses Mal nicht die Person, die ihn ertragen muss. Die Stärkeren unterdrücken die Schwachen, das ist ein Fakt; und wer seine Stärke nicht ausnutzt, wie unsere Mutter, findet früher oder später den Tod. Ich habe Warleck und seine Unterstützer nicht umgebracht, weil ich es unbedingt falsch finde, was sie uns angetan haben...ich habe sie umgebracht, weil ich es wollte; weil ich wollte, dass sie dafür, was sie getan haben, leiden. Wenn ich jedoch in ihrer Position gewesen wäre, hätte ich möglicherweise dasselbe getan. Lilia, ich scheiße auf richtig oder falsch, ich denke über so einen Schwachsinn überhaupt nicht nach...es geht hier nur darum, was ich will und was ich tun muss, um es zu bekommen. Mehr ist es nicht.« Siletha umklammerte meinen wie versteinerten Körper mit ihren Armen. Hatte sie jegliche Emotion und jegliches Mitgefühl etwa völlig verloren? Nein, anscheinend hatte sie das nicht – zumindest nicht gänzlich – denn ich war schließlich noch am Leben. In dem Moment, als Siletha sich von mir löste, um in Richtung des Waldes zu gehen, kam mir eine Idee, wie ich die Gegebenheiten möglicherweise doch noch zum Wohle aller einsetzen konnte.

»Ich habe eine Frage an dich, kleiner Stern...«, sagte ich matt, woraufhin Siletha stehen blieb. »Du hast gesagt, es geht hier nur noch um das, was du willst. Darum meine Frage...*willst* du, dass wir beide gemeinsam glücklich sind und uns wieder genauso lieben können wie früher? Und falls das so ist...was bist du bereit, dafür zu tun?«

Sie drehte sich um und anhand ihres Blickes wusste ich, dass ich genau das bewirkt hatte, was ich wollte. Ich erklärte ihr einen Weg, wie wir beide das bekommen konnten, was wir uns wünschten, und als wir schließlich gemeinsam über die Brücke nach Parados gingen, war ich voller Hoffnung, die Kämpfe, den Hass und das ewige Leid in dieser Stadt beenden zu können. Ich würde endlich das tun, was meine Mutter für mich vorgesehen hatte – ich würde diese Stadt retten.

Das rote Morgenlicht hatte bei unserer Ankunft in Parados bereits begonnen, den Himmel zu füllen. Als wir den Bezirk betraten, waren sofort einige panische Reaktionen zu vernehmen; die verbliebenen paar hundert Menschen formierten sich schnell zu einem großen Haufen, in dem sich einer hinter dem anderen versteckte. An vorderster Front stand Limus, dessen Gesichtsausdruck eine merkwürdige Mischung aus Neugier, Entsetzen und Erleichterung zu sein schien.

»Ihr braucht keine Angst zu haben!«, rief ich in die Menge. »Es wird von nun an keine Gewalt mehr geben.«

»Genau, Leute!«, rief Siletha in überaus freundlichem Ton. »Ich bin sicher, wir alle werden tolle Freunde werden!«

»L-Lilia...«, stammelte Limus, »...was...was in aller Welt geht hier vor?«

»Ihr...ihr müsst wissen...«, begann ich, »...meine Schwester wurde als kleines Kind von den Bürgern Dark-Towns entführt und über hunderte von Tagen in einem Keller gefangen gehalten. Anders als ihr, besaß sie keine Freiheit – und das nur aus dem Grund, weil sie unfreiwillig zur Sammlerin auserwählt worden war.« Ein nervöses Tuscheln ging los. Ich nahm Silethas Hand. »Aber...aber nun haben wir beide wieder zueinander gefunden und ich konnte sie endlich von dieser Gehirnwäsche befreien. Sie ist nun nicht mehr der Mensch, der in vergangener Nacht diese schlimmen Taten angerichtet hat; das hier ist einfach nur noch Siletha. Und mit ihrer Hilfe können wir möglicherweise alles wieder in Ordnung bringen.« Viele neugierige, verwirrte und misstrauische Blicke waren nun auf uns gerichtet; vor allem Limus schien noch immer überhaupt keine Ahnung zu haben, von was genau ich in diesem Moment sprach. Ich fuhr fort. »Also, das Büro des Bürgermeisters befindet sich ja im Zentrum. Siletha hat herausgefunden, dass das letzte Item im Katalog einen in dieses Büro und somit zum Bürgermeister höchstpersönlich führt. Wir müssen sie bloß mit genügend Tokens ausstatten und dann kann sie den Bürgermeister treffen. Vielleicht...vielleicht kann er ja alles wieder auf 0 setzen oder alle Menschen wieder zurück ins Leben holen; wer weiß, welche Kräfte er besitzt.« Erneut ging Getuschel los – diesmal ein fasziniertes, aus welchem herauszuhören war, dass die Bewohner von Parados diese Idee vielleicht nicht so schlecht fanden.

»Selbst wenn er das nicht könnte...wir würden wenigstens Antworten erhalten«, sagte Limus und lächelte mich dabei ermutigend an. Ich hatte gewusst, dass er mich unterstützen würde, denn das tat er immer, wenn es darauf ankam. Er war ein guter Mensch. Die restlichen Bürger begannen schließlich in großen Mengen zwar etwas zögerlich, aber dennoch überzeugt mit dem Kopf zu nicken. Je mehr Menschen einzuwilligen schienen, desto mehr bekräftigte es die Restlichen, die noch unentschlossen waren.

»SEID IHR DENN ALLE BESCHEUERT?!«, brüllte auf einmal eine mir bekannte Stimme. Nox war aus der Menge hervorgetreten. »HABT IHR DENN VERGESSEN, WAS DIESE BESTIE NOCH VOR WENIGEN STUNDEN MIT UNS GETAN HAT? MIT UNSEREN FREUNDEN...MIT UNSEREN LIEBSTEN! DAS IST SICHER NUR EINE FALLE! SIE WILL UNS ERST DIE TOKENS ABNEHMEN, UM UNS DANN ENDGÜLTIG ABZUSCHLACHTEN!«

»L-Lilia...«, stotterte sie und versteckte sich hinter meinem Rücken, »...w-wieso lügt diese Frau? I-ich will doch nur helfen. D-du hast doch gesagt, wir –«

»Ich regle das, okay?«, sagte ich nervös und griff erneut ihre Hand.

»Ich denke, wir fahren gut damit, wenn wir zunächst einmal die Ruhe bewahren«, sagte Limus und fasste Nox an die Schulter.

»DIE RUHE BEWAHREN?«, brüllte sie hysterisch und riss sich von ihm los. »SIE HAT MEINEN VANILLA SO STARK GEBROCHEN, DASS ER SICH SELBST DAS LEBEN GENOMMEN HAT! WENN WIR IHR UNSERE TOKENS GEBEN, DANN WIRD SIE UNS ALLE TÖTEN! BALD SCHLÄGT DIE SECHSTE STUNDE UND WIR ALLE HABEN DIESELBE ANZAHL TOKENS! DANN KÖNNEN WIR MIT VEREINTEN KRÄFTEN DIESE BEDROHUNG AUSSCHALTEN UND WIEDER EIN NORMALES LEBEN FÜHREN!«

»N-nein...ich...ich will doch gar nicht...«, stotterte meine Schwester, stolperte einen Schritt zurück und hielt sich die Hände an den Kopf. Dann begann sie urplötzlich laut zu schreien und sich auf den Boden zu knien. Sie krümmte sich und krallte ihre Hände in ihren Haaransatz.

»Siletha! Was ist los?«, rief ich besorgt und packte sie an der Schulter.

»Worauf wartest du?«, sprach die Stimme von Warleck in Silethas Kopf. »Bring endlich das zu Ende, was wir beide angefangen haben. Die Chance für alles Wissen dieser Welt wird dir förmlich auf dem Silbertablett serviert.«

»Nein, mein Schatz, das darfst du nicht«, erklang die melodische Stimme meiner Mutter. »Denk an die schönen

Momente mit deiner Schwester; deine Liebe zu ihr. Das ist es doch, was dich wirklich glücklich macht, oder nicht?«

»Siletha, hörst du mich?«, brüllte ich und schüttelte sie an den Schultern, doch sie war wie in Trance.

»DA SEHT IHR ES DOCH!«, schrie Nox. »SIE IST NOCH IMMER VOLLKOMMEN WAHNSINNIG! WIR MÜSSEN UNSERE CHANCE JETZT NUTZEN!«

»Das werden wir nicht, okay?«, entgegnete Limus in einem beschwichtigenden Ton. »Wir werden keine voreiligen Entscheidungen treffen.«

»SIE SPIELEN DIR NUR ETWAS VOR!«, brüllte Warleck in Silethas Kopf. »Jeder Mensch spielt dir nur etwas vor, müsstest du das inzwischen nicht wissen? Glaubst du etwa, diese Leute werden dich jemals akzeptieren? Sie werden dich nur ausnutzen und dann wegwerfen, genauso wie meine Leute es tun wollten.«

»Liebling...«, ertönte erneut die Stimme unserer Mutter, »...du darfst dich nicht von dem Bösen verschlingen lassen. Denk an all das Gute, was du erlebt hast; denk an deine Freunde und den Spaß, den ihr immer hattet. Daraus solltest du deine Kraft ziehen.«

»Siletha...Siletha, sieh mich an!«, rief ich, packte sie an den Wangen und drehte ihr Gesicht zu mir. »Egal, was gerade in dir vorgeht, wir schaffen das, hörst du? Wir schaffen das zusammen.«

»DAS IST EINE LÜGE!«, dröhnte Warleck. »Sie will dich auch nur ausnutzen, Siletha. Sie liebt dich nicht mehr. Glaubst du, sie empfindet auch nur einen Funken Mitgefühl für dich, nach dem, was du ihr angetan hast? DU HAST SIE VERGEWALTIGEN LASSEN! DEINE EIGENE SCHWESTER!«

»ICH HAB DAS NICHT GEWOLLT!«, schrie Siletha, löste sich von mir und schlug sich wiederholt gegen den Kopf. »ICH WUSSTE DAS DOCH NICHT, ICH WUSSTE DAS DOCH NICHT, ICH WUSSTE DAS DOCH NICHT! BITTE, BITTE VERSCHWINDET! VERSCHWINDEEEEET!«

»DU BIST GANZ ALLEIN AUF DIESER WELT, SILETHA!«, schrie Warleck. »WENN DU NICHT KÄMPFST, WIRST DU STERBEN UND DANN WIRST DU NIEMALS DIE WAHRHEIT ÜBER DIESE WELT ERFAHREN KÖNNEN!«

»Nein, Siletha, du darfst es nicht!«, rief meine Mutter. »Du musst den Pfad des Friedens einschlagen oder du wirst deine Schwester für immer verlieren.«

»LASST MICH ENDLICH IN RUHE!«, brüllte Siletha, heulte und ging hektisch in alle Richtungen auf und ab.

»TÖTET SIE!«, brüllte Nox. »WIR MÜSSEN ES JETZT TUN!« Doch die Menge bewegte sich nicht; sie standen alle wie angewurzelt da und schauten mit großen Augen auf das Geschehen. Ich stürmte auf die schreiende Siletha zu und packte sie an den Schultern.

»KLEINER STERN! WIR BEKOMMEN DAS HIN! ES WIRD ALLES WIEDER –«

Auf einmal spürte ich etwas Eiskaltes in meiner Brust; ein Gefühl, welches ich in meinem Leben bisher nur ein einziges Mal gespürt hatte. Ich blickte meinen Körper hinab und sah, wie ein helles Messer mich durchdrang; jenes Messer, mit welchem auch Warleck mich einst angegriffen hatte. Silethas Augen tränten; sie schaute mich für einige Sekunden an, dann zog sie das nun blutgetränkte Messer wieder aus meiner Brust heraus.

»Tu das nicht...«, flüsterte ich mit letzter Kraft, und schon spürte ich, wie mein Körper schwach und mir schwarz vor Augen wurde. Verschwommen sah ich, dass Siletha sich von mir wegdrehte und aus meinem Sichtfeld verschwand. Ich wollte meinen Kopf drehen, um ihr nachzurufen, doch ich hatte keine Kraft mehr. Als ich die ersten Schüsse und verzweifelten Schreie hörte, lag ich bereits wieder kraftlos im Gras von Parados. Meine Hoffnungen waren zerstört worden. Ich war hierhergekommen mit dem Gedanken, diese Stadt retten zu können...und jetzt würde sie endgültig vernichtet werden; welch Ironie. Und in meinem Kopf schwirrte eine Frage herum: Wieso? Wieso hatte sie das getan? Wieso hatte sie ihr Wort nicht gehalten? In einer Mischung aus Wachzustand und Traum erschien mir die Lichtung wieder, an der wir uns bloß zwei Stunden zuvor noch unterhalten hatten.

»Ich verstehe...«, hatte Siletha gesagt, »...auch wenn es Monster sind, macht es dich glücklich, wenn ich sie nicht töte. Ich glaube zwar, dass du mit deinem Vertrauen in diese Abscheulichkeit vollkommen falsch liegst, aber wenn sie kooperieren und mir dabei nicht im Weg stehen, den Schlüssel zu bekommen, dann werde ich deine Bitte respektieren. Ich bin bereit, das zu tun, damit du glücklich bist, Lilia. Wenn wir uns dadurch wieder so lieben können wie früher, dann unterstütze ich deinen Plan.«

Alles nur leere Worte, wie ich jetzt wusste. Alles nur gespielt. Ich konnte es zwar nicht sehen, aber Siletha schlachtete in diesem Moment wieder unschuldige Menschen ab – Menschen, mit denen ich zusammengelebt und Freunde, die ich kennengelernt hatte. Es war ihr egal, wie ich mich fühlte; sie hatte mir erst unwissentlich eines der schlimmsten Dinge angetan, welche ein Mensch erfahren konnte...und als sie die Chance bekommen hatte, dies wissentlich wiedergutzumachen, war sie mir in den Rücken gefallen. Meine kleine Siletha, die ich damals über alles geliebt hatte, hätte so etwas niemals getan...und darum wurde mir so langsam auch klar, dass dieser Mensch, den ich so sehr geliebt und für den ich all die Tage in dieser Zelle geschmort hatte, inzwischen wirklich nicht mehr existierte – so sehr ich mir auch eingebildet hatte, ich könne ihn wieder herauslocken.

Einige Zeit verbrachte ich in purer, bewusstloser Dunkelheit. Ich nahm nichts von außen wahr; ich spürte keinen Schmerz, keinen Verrat – mein Gemüt war in diesem Zustand äußerst friedlich. Doch dann spürte ich von der einen auf die andere Sekunde einen stechenden Kopfschmerz und mir wurde bedauerlicherweise klar, dass nun die Zeit gekommen war, diesen Ort wieder zu verlassen. Ich wollte hierbleiben und mich nicht mit der grausamen Realität auseinandersetzen; ich wollte nicht sehen müssen, was inzwischen passiert war. Doch Vermeidung würde mich auch nicht weiterbringen. Meine Augen gingen auf – das helle Licht des Himmels blendete mich kurzzeitig – und meine anderen Sinne kamen auch wieder zurück in der Realität an. Sofort spürte ich, dass ich nicht mehr im weichen Gras von Parados lag, sondern stattdessen auf hartem Asphalt. Ich richtete mich mit großer Mühe auf und erblickte vor mirein mir vertrautes Gesicht.

»Ein Glück...«, sagte Limus schwach, »...ich hatte bereits die Sorge, du würdest nicht mehr aufwachen.«

»Wo...wo bin ich?«, stammelte ich – doch in dem Moment, als ich mich umsah, wusste ich es sofort. Die vielen glänzenden Gebäude sowie Teile der Straßen waren zwar zerstört worden, doch ich kannte sie zu gut, um es nicht zu erkennen.

»Wir sind im Zentrum...«, antwortete er, »...wir haben uns hierher geflüchtet, weil uns die vielen verschiedenen Gassen eine gewisse Deckung verschaffen können.«

»W-wir?«, fragte ich verwundert. Dann blickte ich mich um und sah, dass sechs Personen um mich herumstanden.

»Nox war die Einzige, die mit mir gemeinsam Silethas Massaker in Parados überlebt hat«, sagte er und deutete auf die Frau mit den Schuppen, die mich eisig anblickte. »Die da drüben heißen Dave, Percy und Kallaga und sie kommen jeweils aus Neighborhood, Angerion und Dark-Town. Sie haben die Explosion am Rathausplatz überlebt.« Er deutete auf drei Männer, die jeweils in schwarz, rot und in einem Hemd gekleidet waren; ihre Kleidung war blutig und teils zerrissen und ihre Körper waren von Brandflecken übersät. Dann deutete Limus seinen Finger auf eine Frau, die einen pelzigen Mantel trug. »Das ist Salia. Ihr gesamtes Volk wurde von Siletha vor dem Sturz des Zentrums ausgelöscht...sie war zufällig auf der Brücke zwischen Orgia und Angerion, als es passiert ist.« Die letzte Person, die ich noch nicht kannte, war ein kleines Mädchen mit lila Haaren, die ängstlich hinter Limus kauerte. Irgendetwas an diesem Anblick löste Emotionen in mir aus. Limus sah, dass ich sie anschaute. »Ihr Name ist Zensu. Ihre Schwester wurde von Siletha nach der Explosion umgebracht und ihr wurde...ein Vorsprung gewährt, um zu entkommen. Sie war so clever, sich in einem der Gebäude hier zu verstecken und ist somit unversehrt geblieben.« Ich blickte jedem einzelnen der Menschen in die Augen und erkannte ihre Emotionen. Den

Hass von Nox; die Scham von Dave, Percy und Kallaga; die Trauer von Salia...und die erdrückende Angst der kleinen Zensu. »Wir acht und Siletha sind die letzten Überlebenden in ganz Equality.«

Ich erstarrte – das durfte nicht sein. Sofort öffnete ich den Server und blickte auf meinen Kontostand: 1.111.111 Tokens. Ein Neuntel der 10 Millionen, die der Bürgermeister uns jeden Tag zur Verfügung stellte. Es durfte nicht wahr sein...es konnte einfach nicht stimmen. Ich stand schnell auf und ging aus der Mitte der letzten verbleibenden Menschen dieser Stadt heraus. Ich musste weg, ich brauchte meine Ruhe, ich musste das irgendwie verkraften – wenn das überhaupt möglich war.

»Lilia?«, fragte Limus und legte seine Hand auf meine Schulter; sofort zuckte ich zusammen, denn dieser Ekel kam erneut in mir hoch. Würde das jemals wieder aufhören?

»Es...es tut mir leid...ich...ich muss einfach...ich muss weg.«

»Aber wo willst du hin?«, fragte er. »Willst du etwa –«

»Nein...ich...ich brauch einfach Zeit für mich...verstehst du?«

»Ja...ja, das versteh ich«, antwortete er betrübt. »Aber bitte...komm auch wieder zurück.« Ich schaute ihm tief in die flehenden Augen, nickte knapp und drehte ihm dann den Rücken zu.

Während meines kurzen Fußmarsches war mein Kopf erleichternd leer; ich spürte nichts und wollte auch nichts spüren. Doch schließlich kam ich dort an, wo ich hinwollte – und da war Schluss mit der befreienden Leere. Ich war an der zerstörten Brücke zwischen dem Zentrum und Rast – der Ort, an dem ich damals meine Mutter verloren hatte. Ich lehnte mich an das Geländer und blickte ins Wasser. Meine Trauer, meine Verzweiflung und meine Angst bahnten sich einen Weg aus meinem Körper; ich schrie alles aus meinem Leib heraus, bis ich irgendwann nicht mehr konnte. Es tat sogar gut, doch nun fühlte ich mich wieder ausgelaugt und verloren. Mein Kopf hing schwach über dem Wasser. Und dann glaubte ich auf einmal, etwas zu sehen. Mein Herz setzte einen Schlag aus. Ich weiß nicht, ob es nur ein Wasserwirbel oder eine bloße Einbildung war...aber für einen kurzen Augenblick glaubte ich, statt meinem eigenen Spiegelbild das Gesicht meiner Mutter im Wasser zu sehen. Es war mir in dem Moment egal, ob sie echt war oder nicht. Es gab Dinge, die ich ihr sagen musste. »Es tut mir leid, Mutter«, sprach ich zu ihr. Meine Stimme zitterte. »Ich konnte deinen letzten Wunsch nicht erfüllen. Bitte verzeih mir.« Eine Träne lief meine Wange entlang und landete schließlich in dem Spiegelbild, welches meiner Mutter glich...doch das winzige Aufprallen der Träne reichte, um ihr Bild zu verwischen und sie verschwand. Ein weiteres Mal verlor ich an diesem Ort meine geliebte Mutter...doch dieses Mal hatte ich wenigstens die Chance gehabt, mich ein wenig zu verabschieden. Eine kurze Zeit stand ich noch dort mit dem Oberkörper über das Geländer gelehnt und starrte auf den Fleck, wo sie gerade noch zu sehen gewesen war, so wunderschön wie immer. Dann riss ich mich zusammen, erhob mich schließlich, ballte meine Fäuste und drehte mich mit neuer Entschlossenheit um. Mit schnellen Schritten ging ich zurück zum Zentrum. Die Abenddämmerung war inzwischen angebrochen. Als ich wieder an dem Ort angekommen war, an dem die anderen campiert hatten, bekam ich mit, wie diese sich lautstark stritten.

»Ihr wart es doch, die dieses ganze Grauen verursacht haben, ihr Mörder!«, rief Salia zu den drei Männern aus Neighborhood, Angerion und Dark-Town. »Ihr habt den Frieden gebrochen, weil ihr egoistischen Schweine eureGier besänftigen wolltet!«

»Das ist überhaupt nicht wahr!«, entgegnete Kallaga, der dünne Mann aus Dark-Town. »Das Einzige, was wir wollten, war ein Leben in Freiheit!« Er richtete seinen Finger auf Limus. »Wenn diese arroganten Anzugträger unsere Völker nicht unterdrückt hätten und uns nicht an Orten gefangen gehalten hätten, an denen wir nicht sein wollten, wäre das alles niemals geschehen.«

»Hört doch endlich mal auf...was soll das alles bringen? Wir –« Limus verstummte vor Schreck, als er spürte, wie ich sanft seine Hand nahm. Es verlangte mir viel ab, ihn zu berühren, und ich schaffte es auch nur für einige Sekunden...doch ich hatte mich unbedingt überwinden wollen.

»Jetzt hört mir gefälligst mal zu!«, brüllte ich, woraufhin alle sieben zusammenzuckten. »Was ihr hier tut, ist einfach nur erbärmlich. Wir haben deutlich größere Probleme, findet ihr nicht auch?«

»Probleme, die wir gar nicht hätten, wenn du diese Verrückte nicht zurück in unser Dorf gebracht hättest«, fauchte Nox. »Hättest du sie einfach –«

»DU HÄLTST JETZT DEIN DUMMES MAUL, HAST DU MICH VERSTANDEN? Wenn ihr alle weiter in der Vergangenheit rumwühlen wollt, dann nur zu, aber ich gebe euch einen kleinen Tipp: Es wird euch nicht helfen. Die Verluste bleiben; niemand, der gestorben ist, wird wieder zum Leben erweckt werden. Wir alle haben Menschen verloren, die uns etwas bedeutet haben –ausnahmslos – weil wir alle es in dieser Stadt einfach nicht geschafft haben, miteinander auszukommen. Aber macht ruhig genauso weiter; zeigt, dass sich nichts geändert hat und wir nichts gelernt haben. Ist es das, was ihr wollt?« Keiner antwortete, alle blickten lediglich verlegen drein. »Wir sind die letzten Überlebenden unserer Bezirke; die Bezirke, die sich gegenseitig feind waren, anstatt zusammenzuhalten. Wir sind also die Letzten, die dieses ewige Rad des Hasses, das so viele Leben gekostet hat, endgültig zerbrechen können. Lasst uns zusammenhalten, vereint sein, und dann können wir auch diesen Kampf gewinnen und eine Zukunft haben.« Ich drehte mich um und blickte in den Himmel. Handelte ich so, wie auch sie gehandelt hätte? Hätte sie sich ebenfalls zu dem entschieden, wozu ich mich entschieden hatte? Ich hoffte es. Ich drehte mich wieder zu den anderen, die mich erwartungsvoll – ja, sogar hoffnungsvoll – ansahen...nur Nox schaute noch misstrauisch, doch sie hörte mir immerhin zu. »Es gibt nur einen Weg, wie wir noch unsere Stadt und die Menschheit retten können. Der kleine Stern muss sterben...«, flüsterte ich, »...und ich werde ihn eigenhändig zum Erlöschen bringen.«

-Jenseits der Mauern-

Immer wieder hört man in seinem Leben, dass Menschen sich ändern. Doch was, wenn es gar nicht derselbe Mensch ist, der sich ändert, sondern im selben Körper schlichtweg eine völlig andere Person entsteht? Von dieser Tatsache war ich ab einem bestimmten Zeitpunkt in meinem Leben vollkommen überzeugt. Siletha, meine kleine, ängstliche Schwester aus früheren Zeiten, war gestorben und eine blutrünstige Massenmörderin, welche fast die gesamte Menschheit ausgemerzt hatte, sodass nur noch insgesamt 9 Menschen übriggeblieben waren, war im selben Körper wiedergeboren worden. Diese Tatsache schmerzte mehr in mir als jede Wunde, die mir eine Waffe je zufügen könnte. Wenigstens hatte ich während meiner Zeit in Parados gelernt, wie ich diesen Schmerz und diese Gedanken aus meinem Kopf verbannen konnte – zumindest vorübergehend.

Ich öffnete meinen Server und sofort fiel mir die Token-Anzahl von über einer Million ins Auge. Ich konnte dies immer noch kaum fassen; wenn man bedachte, dass ich den Großteil meines Lebens bloß knapp 200 Tokens besessen hatte, konnte ich mir im Vergleich dazu nun alles kaufen, was ich wollte, ohne dabei Sorgen zu haben. Jedoch war mir dies sowas von egal. Was brachte mir dieser Reichtum, wenn alle meine Freunde und meine Familie tot waren?

Ich kaufte mir das grüne Wunder, zündete es an und steckte es mir in den Mund. In der jüngsten Vergangenheit hatte ich so viele von diesen kleinen Freunden konsumiert, dass es mich wunderte, wieso ich nicht wie immer unverzüglich den ersten Zug nahm. Irgendetwas hielt mich zurück. War es wirklich die richtige Lösung, in dieser Situation in diese andere Welt zu entfliehen? Sollte ich nicht bei vollem Verstand bleiben, wenn ich das tun wollte, was ich mir vor ein paar Stunden vorgenommen hatte? Oder war es etwa der Gedanke, es wirklich tun zu müssen, welcher in mir den Drang auslöste, mich schleunigst zu berauschen? Nein...ich durfte mich der Angst nicht hingeben. Ich musste hinter meiner Entscheidung stehen.

Entschlossen warf ich das grüne Wunder in die Ecke. Dieser Schmerz musste ausgehalten werden – er würde mich stärker machen, dachte ich; er würde dafür sorgen, dass ich eines Tages nicht mehr an ihm zerbrechen könnte. Außerdem musste ich wachsam bleiben...die anderen hatten mir zwar ein paar Stunden Erholung gestattet, während sie Ausschau nach Siletha hielten, doch mich zu berauschen war auch nicht die beste Idee, denn sie könnte jederzeit hier auftauchen – und ich musste bereit sein, meinen Plan durchzuziehen, wenn sie es tat.

Es klopfte an meiner Tür. Nachdem ich vorhin gemeinsam mit den restlichen Überlebenden unser Vorgehen besprochen hatte, war ich auf die Suche nach einer Unterkunft gegangen, wo ich mich ein wenig zurückziehen konnte. Schließlich hatte ich mich für das Bett und den Raum entschieden, wo ich einst das erste Mal das Licht dieser Welt erblickt hatte. Doch die anderen wussten, wo ich war; sie mussten es wissen, falls Siletha früher auftauchte, als wir erwarteten. Ich dachte zwar, sie würde sich wahrscheinlich auch etwas Zeit nehmen, um sich zu sammeln...aber man wusste es nie, vor allem bei ihrem unberechenbaren mentalen Zustand.

»Lilia?«, hörte ich Limus' Stimme von draußen. »Darf ich reinkommen?«

»Ja!«, rief ich zurück, strich mir dann hektisch durch die Haare, um nicht völlig zerzaust auszusehen, und setzte mich aufrecht auf mein Bett.

»Guten Morgen...«, sagte Limus freundlich und setzte sich neben mich, »...ich hoffe, du konntest dich ein klein wenig erholen.«

»Geht schon...«, antwortete ich matt, »...also, es muss gehen.«

»Wenn dir das alles zu viel wird...«, flüsterte er, nahm meine Hand zögerlich und schaute mich dabei besorgt an – doch ich ließ ihn, auch wenn mein Körper automatisch ein bisschen versteifte. »Wenn dir das zu viel wird, werden wir den Plan im Notfall auch ohne dich durchziehen. Du musst nicht dabei sein, wenn...du weißt schon.«

»Nein!«, sagte ich, fast ein bisschen zu entschlossen, und drehte mich zu ihm hin, sodass ich direkt in seine violetten Augen blicken konnte. Ich drückte seine Hand. Das Unbehagen bei der Berührung verschwand allmählich, desto länger ich es aushielt...inzwischen war es fast schon wieder ein schönes Gefühl, ihn anzufassen. »Ich muss es selbst tun, sonst werde ich nie meinen Frieden finden können.« Für ein paar Sekunden schauten wir uns schweigend an, und plötzlich überkam mich das Verlangen, ihn zu küssen. Bevor mein Kopf eingreifen und mich davon abhalten konnte, ließ ich mich auf das Bedürfnis ein. Ich nahm ihn an seinen zarten Backen und presste meine Lippen auf seine. Er wirkte erst ein wenig verblüfft, doch dann fing er sich und erwiderte kurz darauf meinen Kuss. Nach einigen Sekunden dachte ich, es wäre der richtige Moment, um aufzuhören, doch dann küsste mich Limus erneut, und dann erneut, und immer wieder, immer leidenschaftlicher. Ich machte mit, schließlich war das Gefühl kein schlechtes; doch als seine Zunge schließlich meine berührte, wurde mir ein wenig unbehaglich. War es etwa *das*, was er nun tun wollte? Nun ja, es gehörte wohl dazu, dachte ich. Limus war immer so aufmerksam zu mir gewesen und hatte alles für mich getan...also sollte ich ihm nun auch das geben, was er wollte, oder? Doch warum hatte ich dann so ein ungutes Gefühl dabei? Schließlich war es dieses Mal eine komplett andere Situation als die mit Vanilla; ich hatte doch Gefühle für Limus und ich vertraute darauf, dass er mir niemals wehtun würde. Doch nun dachte ich ungewollt wieder an Vanilla und musste schaudern. Ich versuchte, es zu verdrängen und im Moment zu leben, doch es fiel mir schwer. Dies alles schien Limus jedoch nicht aufzufallen, denn auf einmal spürte ich, wie seine Hand langsam von meiner Schulter zu meiner Brust wanderte und mich dort berührte; bevor ich das überhaupt verarbeiten konnte, griff seine andere Hand mir an die Innenseite meines Oberschenkels. In dem Moment spürte ich ein Kribbeln – ein Kribbeln an einer Stelle, an welcher ich in der letzten Nacht noch furchtbare Schmerzen gespürt hatte. Sofort kehrten diese Erinnerungen schlagartig und mit einer solchen Wucht zurück, dass es mir keinesfalls mehr gelingen würde, sie zu verdrängen. Es war plötzlich so, als würde ich noch immer auf dieser Wiese liegen; als würde *er* mich wieder dort berühren und nicht damit aufhören, so sehr ich auch schrie und versuchte, mich zu wehren. Unwillkürlich und mit voller Kraft stieß ich Limus von mir weg, sodass er vom Bett fiel.

»Es...es tut mir leid...«, stammelte ich, »...ich kann...ich...ich kann das nicht.«

»Hey...schon gut«, sagte er zu meiner Überraschung auf vollkommen einfühlsame Art und Weise, als er sich wieder auf die Beine hievte. Er richtete sich sein verknittertes weißes Hemd sowie seine schwarze Anzughose und blickte mich lächelnd an. »Das war unklug von mir. Ich hätte dran denken müssen, dass...ich habe dich in eine ungünstige Situation gebracht. Vergib mir.«

»Ich will es irgendwann mit dir tun, das will ich wirklich, doch im Moment –«

»Ich verstehe das, Lilia, und wenn es eine Million Tage dauert, werde ich dich auch dann noch immer lieben.« Die Panik in meinem Körper verwandelte sich bei diesen Worten augenblicklich in ein angenehmes, aufgeregtes Gefühl in meinem Bauch und Freudentränen füllten meine Augen.

»Ich liebe dich auch, Limus. Ich danke dir...für alles.« Es tat so gut, diese Worte zu sagen. Nach allem, was in den letzten Tagen passiert war, hatte ich nicht gedacht, dass ich noch so ein glückliches Gefühl verspüren könnte.

»Nichts zu danken«, sagte er grinsend, gab mir noch einen zarten Kuss auf die Stirn und verließ daraufhin den Raum, ohne dass ich ihm überhaupt sagen musste, dass ich gerade erstmal wieder allein sein wollte. Ich lächelte noch ein bisschen vor mich hin, auch nachdem er schon längst weg war, und wiederholte seine Worte in meinen Gedanken. Er liebte mich. Für eine kurze Weile gelang es mir, all die Schmerzen und Sorgen und Angst in meinem Kopf mit diesen schönen Dingen zu ersetzen, und das war unglaublich erleichternd.

Am späten Mittag trafen wir uns alle wie vereinbart neben den Treppen, die zum Büro des Bürgermeisters führten. Wir stellten uns im Kreis auf und packten uns an den Schul-tern. Alle Blicke waren starr und fokussiert auf den Boden gerichtet, mit Ausnahme der kleinen Zensu, welche Tränen in den Augen hatte und vor Angst zitterte.

»Okay Leute, hört mir zu...«, sprach ich laut und klar in die Runde, »...wir machen es jetzt so, wie wir es besprochen haben. Wir alle kaufen uns den Todesstrahl und die Schussrüstung und verteilen uns dann an den Brücken zu den Bezirken. Zensu, du gehst zu der Brücke, die nach Rast führt.« Die Wahrscheinlichkeit, dass Siletha über die zerstörte Brücke ins Zentrum stoßen würde, war relativ gering – im Prinzip unmöglich, denn dazu müsste sie sie erstmal überqueren können – und aus diesem Grund hatten wir uns darauf geeinigt, dass die Kleine diese Position übernehmen sollte. Noch immer zitternd blickte sie mich an, doch sie gab mir ihr Einverständnis in Form eines kaum erkennbaren Nickens. Zensu wirkte schon die ganze Zeit völlig verstört. Kein Wunder, schließlich würde sie heute möglicherweise wieder die Person treffen, die vor ihren Augen ihre Schwester umgebracht hatte. Doch ich hatte keine Zeit, sie zu trösten. Wir mussten uns bereit machen. »Nox überwacht die Parados-Brücke, Salia die Brücke nach Orgia. Dave, Percy und Kallaga, ihr drei kümmert euch um Neighborhood und

Angerion...Limus und ich halten währenddessen die Stellung bei der Brücke nach Dark-Town.« Es war kein Zufall, dass ich unbedingt diese Brücke im Auge behalten wollte; mein Bauchgefühl sagte mir, dass Siletha sich in diesem Bezirk aufhielt und uns von dort aus angreifen würde. Ich wusste nicht, warum ich mir dessen so sicher war, doch ich war es. »Nehmt euch vor ihren Flammen in Acht; sie werden wir nicht abwehren können. Aber um wirklichen Schaden anzurichten, muss sie erst einmal an uns vorbeikommen, und das wird so gut wie unmöglich sein. Also, Leute...wir haben hier und jetzt die Chance, zu zeigen, dass wir zusammenhalten können – im Namen aller Menschen, die bisher gestorben sind, werden wir diese Stadt von dem Bösen befreien.«

»JAWOHL!«, brüllten alle wie aus einem Munde.

Wir lösten uns voneinander und jeder machte sich bereit, seine Position einzunehmen. Nox lächelte mich noch einmal schwach an und drehte mir dann den Rücken zu. Das, was passiert war, schwebte noch immer unsichtbar zwischen uns, doch wussten wir wohl inzwischen beide, dass wir den Bürgern von Parados und Vanilla am ehesten gedenken konnten, wenn wir zusammenhielten. Limus packte meine Hand und gemeinsam gingen wir zu der Brücke, die nach Dark-Town führte.

Aus weiter Ferne konnte man bereits die dunklen Wolken sehen, die über dem Bezirk schwebten. War Siletha wirklich da? Und wenn ja, was machte sie gerade? Ich schüttelte meinen Kopf. Ich durfte nicht daran denken; es hatte mich nicht zu interessieren, was sie tat, schließlich war sie nun mein Feind. Ich musste jegliches Interesse und Mitgefühl für sie abschalten.

Limus und ich platzierten uns vor dem Tor des Zentrums, sodass wir eine freie Sicht auf die Brücke hatten. Dann öffneten wir beide den Server und kauften uns jeder für 1.000.000 Tokens den Todesstrahl. Dieser tötete einen Menschen sofort, solange man es schaffte, ihn 30 Sekunden am Stück anzuvisieren. Ein Nachteil war, dass man ihn nur in einem kleinen Radius bewegen konnte, sobald man ihn einmal aufgestellt hatte. Jedoch könnte Siletha sich nirgendwo verstecken, wenn sie über eine Brücke käme – was sie musste – und wir sie angriffen, während sie noch auf dieser war. Wir stellten also unsere Waffen auf dem Boden ab und blickten durch die Zielfernrohre, welche in sie eingebaut waren. Dann warteten wir ab; wir warteten sehr lange. Vielleicht würde Siletha heute ja überhaupt nicht angreifen; vielleicht ließ sie sich noch etwas Zeit, überlegte sich eine Strategie. Aber irgendwie schien es mir nicht realistisch, dass sie strategisch an diese Sache herangehen würde. Wo blieb sie also? Oder kam sie womöglich doch über eine der anderen Brücken zu uns herüber? Das würden wir allerdings auch mitkriegen, denn die anderen würden uns in dem Fall ein Signal geben, damit wir zur Verstärkung kommen könnten. Außerdem wussten die anderen, dass ich diejenige sein wollte, die sie umbrachte, wenn es möglich war.

»Lilia!«, sagte Limus plötzlich irgendwann am späten Nachmittag, als der Himmel sich bereits rot gefärbt hatte. Wir hatten eine Zeit lang beide nur in unsere Gedanken vertieft auf dem Boden gesessen und ich zuckte zusammen, als er sprach. »Sieh mal da!«

Aus einer großen Entfernung sahen wir genau den grünen Rauch, den wir auch in Parados gesehen hatten. Sofort standen wir auf und machten unsere Waffen bereit. Die Zeit war nun also gekommen. Der Kampf würde jetzt beginnen. Auch wenn es hart war, auch wenn es mich zerriss, musste ich diese Mörderin ausschalten. Es war die einzige Möglichkeit, um die restlichen Menschen zu beschützen; es war das Richtige, das wusste ich ganz genau. Als der Nebel uns schließlich fast erreicht hatte, zogen Limus und ich uns Schutzmasken an, die wir uns im Vorhinein gekauft hatten, und verhinderten damit, dass wir erneut in Ohnmacht fielen. Im Nebel versuchte ich, Siletha zu erkennen, doch es gelang mir nicht. Wenn ich sie nicht mit meinem Todesstrahl anvisieren könnte, würde es unangenehm werden, das wusste ich; dann müsste ich sie im Nahkampf besiegen, da sie sich höchstwahrscheinlich ebenfalls die Schussrüstung gekauft hatte.

Nach einiger Zeit, in der ich vergebens Ausschau hielt, verschwand der Rauch plötzlich und Limus und ich hatten wieder eine freie Sicht auf die Brücke. Wir nahmen unsere Masken ab und erblickten dann endlich aus etwa 100 Metern Entfernung die kleine, junge Frau mit den grünen Haaren, spitzen Ohren und dunklen Tätowierungen. Jetzt musste es getan werden; ich war bereit, sie zu töten – so bereit, wie ich sein konnte. Sie würde uns jeden Moment angreifen, uns als Monster betiteln, auf uns zustürmen...dann würde ich sie anvisieren und sie – und uns alle – endlich von ihren Qualen erlösen. Doch zu meiner völligen Verwunderung machte Siletha keinerlei Anstalten, uns anzugreifen – im Gegenteil, sie hielt defensiv ihre Arme nach oben und begann dann auf einmal, bitterlich zu weinen.

»L-Lilia, ich...ich bin es...«, stotterte sie beklommen; Tränen liefen ihr das Gesicht hinunter. »Keine Angst, ich bin unbewaffnet. Ich...ich will das alles nicht mehr, ich will keine Menschen mehr töten. Ich habe gestern so viele Items ausprobiert...und dann habe ich erst gemerkt, wie bedeutungslos das alles ist. Diese Items sind mir egal...wenn du nicht bei mir bist, macht mich nichts glücklich. Diese Stimmen in meinem Kopf...Warleck und Mutter...sie treiben mich in den Wahnsinn...aber ich werde gegen sie ankämpfen. Versprochen, Lilia.«

»Warleck und Mutter?«, wiederholte ich verwirrt vor mich hin. Wovon sprach sie denn da? Hörte sie etwa die ganze Zeit ihre Stimmen? Nein, sie spielte mir nur etwas vor, genau wie in Rast, als sie mir ihr falsches Versprechen gegeben hatte. Sie wollte mich verunsichern und dann angreifen, wenn ich nicht mehr in der Lage war, schnell zu reagieren.

»Wenn du es tun willst, dann musst du jetzt den Strahl aktivieren...«, flüsterte Limus mir zu, doch aus irgendeinem Grund war mein Körper wie gelähmt.

»Lilia...es tut mir so leid...«, rief Siletha, ging auf die Knie und hielt ihre Hände dabei noch in die Luft, »...es tut mir leid, was ich getan habe, es tut mir leid, was...was ich dir angetan habe...bitte hass mich nicht, bitte hass mich nicht, bitte...bitte, Lilia, ich brauche dich doch.« Sie schluchzte und ihr Körper zitterte. Ich musste sie töten, jetzt war die beste Gelegenheit dazu, doch ich konnte mich einfach nicht rühren.

»Ist schon gut...«, flüsterte Limus, »...ich habe sie anvisiert...noch 30 Sekunden und dann ist es vorbei. Du musst nicht einmal hinsehen.«

»Ich...ich weiß jetzt, dass es falsch war, was ich getan habe...«, sprach Siletha heulend, »...Dark-Town hat mir einfach so lange den Kopf verdreht, dass ich nicht mehr klar denken konnte, sonst hätte ich sowas doch nie getan. Lilia...bitte...du kennst mich doch...ich bin doch deine Schwester...bitte...bitte hass mich nicht.«

»15 Sekunden«, flüsterte Limus, und ich konnte erkennen, wie der blaue Strahl am Ende des Lasers sich immer weiter auflud. Sieltha hatte nichts, wohinter sie sich verstecken konnte. Sie wusste wohl nicht einmal, dass sie sich vor diesem Laser nicht schützen konnte und sterben würde, wenn sie weiterhin dort kniete. Ich blickte sie an, wie sie auf dem Boden weinte und zitterte und plötzlich – genau, wie ich es schon immer getan hatte, als meine kleine Schwester voller Angst gewesen war – tat ich wie automatisiert alles, um sie zu beschützen. Ich rannte los und stellte mich zwischen den Laser und Siletha, woraufhin Limus blitzschnell die Waffe nach oben riss und der blaue Strahl noch gerade so an mir vorbei in die Luft schoss.

»Lilia!«, rief Limus panisch, nachdem der Lärm der Waffe vergangen war, und kam auf mich zu; im selben Moment spürte ich, wie Siletha meine rechte Hand packte und ihr tränendes Gesicht an meinen Rücken lehnte. »Tu das nicht! Du machst einen riesengroßen Fehler!« Doch in diesem Moment war es für mich kein Fehler. Ich hatte mich in der vergangenen Nacht darauf eingestellt, eine wildgewordene Bestie zu stoppen, die drauf und dran war, alle andere Menschen umzubringen; doch als Siletha sich so unbewaffnet und verzweifelt vor mir auf die Knie geworfen hatte, hatte ich auf einmal nicht zulassen können, dass sie einfach so hingerichtet würde. In diesem Augenblick war sie wieder der Mensch, den ich kannte. Alles, was ich vorgehabt und alles, was ich gesagt hatte, war mir vollkommen gleich.

Mein Inneres sträubte sich mit aller Macht dagegen, meine kleine Schwester sterben zu lassen.

»Ich habe es mir anders überlegt«, sprach ich zu Limus. »Es kann nicht der richtige Weg sein, durch Töten etwas zu verändern.«

»Nein, Lilia, dein rationales Denken wird bloß von deinen Emotionen kontrolliert. Du weißt ganz genau, dass es keine Möglichkeit gibt, wie wir alle hier in Frieden zusammenleben können, nach dem, was geschehen ist.« Er hatte recht, das wusste ich. Siletha hatte zehntausende von Menschen abgeschlachtet...und die paar Menschen, die jetzt noch lebten, waren alles Hinterbliebene von ihren Opfern.

»Dann...dann werden wir einfach fortgehen«, sagte ich hektisch zu Limus, denn plötzlich war mir ein Gedanke gekommen. »Wir haben inzwischen genug Tokens, um die Mauer zu besteigen. Wir verlassen Equality und kommen nie wieder zurück. Ihr könnt hier in Frieden —«

»Was ist hier los?«, hörte ich auf einmal die Stimme von Nox, die mit den anderen zu uns gekommen war. »Wir haben den Nebel aus der Entfernung gesehen und —« Als ihr Blick auf die Person fiel, die ich gerade hinter meinem Rücken versteckte, verstummte die Frau mit den Schuppen schlagartig und ihr Blick verwandelte sich in einen Ausdruck des puren Hasses.

»Geh sofort beiseite, Lilia...«, fauchte sie und zückte im selben Moment ein Messer, »...oder hast du vergessen, mit welchem Ziel wir diesen Tag begonnen haben?«

»Ich scheiße darauf!«, rief ich und stellte mich noch breiter vor die zitternde Siletha, die sich an mir festklammerte. »Es ist mir egal, was ich gesagt habe; ich scheiße auf jedes einzelne Wort, das aus meinem Mund gekommen ist. Ich werde nicht zulassen, dass du meiner Schwester etwas zuleide tust.«

»Dann töten wir euch eben beide!«, brüllte Percy, der Mann aus Angerion. »Selbst ohne das kleine Mädchen sind wir 6 gegen 2.«

»Halt, halt...«, stammelte Limus und stellte sich schützend zwischen die beiden Fronten, »...wir sollten jetzt nichts überstürzen.«

»Selbst wenn sie es tun...«, rief ich und zückte meine beiden Messer, mit welchen ich bereits auf einen Schlag mehrere von Warlecks Schergen ausgelöscht hatte, »...sollen sie es doch versuchen, dann schneide ich sie liebend gerne in Stücke. Keiner von euch Arschlöchern wird meiner Schwester auch nur ein Haar krümmen.«

»DANN LASSEN WIR ES DARAUF ANKOMMEN, DU VERRÄTERISCHE SCHLAMPE!«, schrie Nox, die drauf und dran war, auf uns zuzustürmen.

»Siletha...«, flüsterte ich, »...hast du noch eine Ladung von deinem Rauch übrig?«

»W-was?«, stotterte sie. »M-mein Rauch? Ja...ja, davon habe ich noch was.« In dem Moment rannten Nox, Salia und die drei Männer mit erhobenen Waffen auf uns zu.

»DANN ZÜNDE IHN JETZT!«, schrie ich, woraufhin Silethas Augen kurz grün aufleuchteten und unsere unmittelbare Umgebung dann sofort mit grünem Rauch gefüllt war. Ich zog mir blitzschnell meine Schutzmaske wieder an. Dann packte ich sie an der Hand und rannte mit ihr in Richtung Dark-Town. Nach einigen Metern änderte ich jedoch schlagartig die Richtung und zerrte sie an den Rand der Brücke.

»Was tust du, Lilia?«, fragte sie panisch.

»Vertrau mir...«, flüsterte ich, »...sie werden davon ausgehen, dass wir nach Dark-Town oder Rast fliehen. Dass wir einfach genau hierbleiben, wird das Letzte sein, womit sie rechnen.« Und so kam es auch. Vom grünen Rauch geschützt, entdeckten uns die anderen nicht, wie wir uns am Rande der Brücke zusammenkauerten. Sie würden alle sowieso jederzeit für eine kurze Weile das Bewusstsein verlieren. Dann zog ich Siletha noch einmal an der Hand und führte sie in genau die andere Richtung wieder in das Zentrum hinein.

Als wir in der Zentrumsmitte angekommen waren, war der Rauch so langsam wieder verflogen. Ich blickte zu ihr und sah, wie sie völlig entsetzt auf die zerstörten Überreste der Häuser und Straßen blickte, aus denen die Treppen bis hin zum Büro des Bürgermeisters empor gingen.

»Ich habe das getan...ich...ich habe all diese Menschen umgebracht...«, sagte sie unter Tränen, »...wieso...wieso...ja...ja stimmt, das waren...das waren ja nur Monster...aber ich will doch gar nicht mehr –« Sie stotterte vor sich hin und ich merkte, dass sie immer panischer wurde. Das musste ich verhindern.

»Hör mir zu, kleiner Stern...«, sagte ich tröstend, »...wir lassen das hier alles hinter uns. Womöglich treffen wir außerhalb der Mauern neue Menschen, lernen ganz neue Städte kennen und fangen dort ein neues Leben an...okay?«

»Ja...«, flüsterte sie und wisch sich eine ihrer Tränen aus den Augen, »...das hört sich schön an.« Ein schwaches Lächeln erschien auf ihren Lippen.

»Sehr gut...dann werden wir jetzt nach Angerion gehen und von dort aus mit einer Gondel nach oben fahren.«

»N-nach Angerion?«, fragte Siletha. »Wieso das denn?«

»Die neuen Tokens kommen erst um 6 Uhr morgens, also müssen wir uns so lange vor Nox und den anderen verstecken. Sie werden uns wohl in Rast oder Dark-Town vermuten und dort alles nach uns absuchen. Vielleicht gehen sie auch noch nach Parados und selbst wenn sie danach noch nach Neighborhood gehen sollten, bis Angerion schaffen sie es niemals bis 6 Uhr.«

Also gingen wir einmal durch das Zentrum hindurch und über die Brücke, die nach Angerion führte. Siletha und ich waren seit unserer Geburt bisher erst ein einziges Mal in diesem Bezirk gewesen und dann auch sofort wieder verschwunden, weil wir die Hitze nicht ertragen hatten. Und auch über 4000 Tage später konnte ich noch immer nicht verstehen, wie es die Menschen neben diesen Vulkanen und Feuerfontänen in ihren Steinhäusern ausgehalten hatten. Der Schweiß bedeckte bereits unsere gesamten Körper, als wir erschöpft an der Gondel ankamen, welche uns hinauf auf die Mauer führen sollte.

»Es ist so heiß...«, stöhnte Siletha und legte sich auf den schwarzen, steinigen Boden, »...ich halte das kaum noch aus.«

Ich öffnete den Server und blickte auf die Uhr – es war 0:23.

»Wir müssen noch ein paar Stunden hier warten...«, sagte ich mit trockenem Mund, »...dann werden wir uns in dem Item-Laden dieses Bezirks genug Wasser und Nahrung für den Tag kaufen und in die Gondel steigen.«

»Na gut...«, sagte Siletha schwer atmend, »...dann versuch ich, irgendwie noch ein wenig Schlaf zu finden.« Ich konnte mir zwar nicht vorstellen, wie es möglich war, auf diesem harten, heißen Boden einzuschlafen, doch das laute

Schnarchen, welches nach einigen Minuten ertönte, bewies mir das Gegenteil. Mir selbst fiel es kaum schwer, die Augen offen zu halten; schließlich vermutete ich hinter jedem seltsamen Geräusch einen Feind, der mich und meine Schwester umbringen wollte. Nach ungefähr zwei Stunden begann Siletha, im Schlaf seltsame Worte von sich zu geben. Zunächst waren es für mich nur Wortfetzen, aber nach einigen weiteren Minuten wurden sie mir klarer.

»Geht...weg...verschwindet...ich will das nicht...ich will das nicht mehr...verschwindet...Warleck...Mutter...geht endlich weg.« In diesem Moment wusste ich nicht, ob das Mitleid mit meiner Schwester dominierte oder doch die Angst, sie könne ein weiteres Mal durchdrehen. Plötzlich wachte sie schreiend auf, griff mit den Händen an ihren Kopf und begann dann, sich wieder selbst zu schlagen.

»Hey...hey...«, ich stürmte sofort zu ihr und schüttelte sie an den Schultern, »...diese Stimmen sind nicht real, Siletha, sie sind nicht real.«

»SIE SOLLEN WEGGEHEN!«, schrie sie. »ER SAGT MIR, DASS ICH DIE BÖSEN SACHEN MACHEN SOLL, ABER DAS WILL ICH NICHT! ICH WILL DAS NICHT! ICH KANN NICHT KLAR DENKEN, WENN SIE SO DURCHEINANDER REDEN!«

»Ich weiß, kleiner Stern«, flüsterte ich und nahm sie in den Arm. »Es wird alles wieder gut, versprochen.« Ihr Körper bebte vor Anstrengung und es dauerte eine Weile, bis ihr Atem sich wieder beruhigte.

Die Zeit bis zur sechsten Stunde verbrachte ich damit, meine Schwester zu trösten. Es brach mir selbst das Herz, wenn ich sie so leiden sah...und gleichzeitig spürte ich immer und immer wieder diese Stiche in meiner Brust, wenn mir mein Unterbewusstsein in Erinnerung rief, was Siletha getan hatte; dass sie mich sogar so weit gebracht hatte, dass ich noch vor einigen Stunden fest entschlossen gewesen war, sie umzubringen.

»Siletha! Lilia! Wie schön, euch wiederzusehen!«, rief uns eine uns bekannte blau flackernde Frau freundlich zu, als wir am frühen Morgen endlich den Item-Laden von Angerion betraten.

»H-hallo, Nova«, stotterte Siletha ängstlich.

»Was hast du denn hier verloren?«, fragte ich gereizt.

»Ach, weißt du, nachdem deine Schwester sich so schön ausgelebt hat und nun bloß 9 Menschen übrig sind, braucht es nur noch wenige von uns Mitarbeitern für die verschiedenen Item-Läden. Da habe ich es mir natürlich nicht nehmen lassen, die beiden ehemaligen Rast-Bewohner höchstpersönlich zu bedienen. Freut mich, dass du deine Freiheit so ausgekostet hast, Siletha.«

»Ich...ähm...«, sagte sie zögerlich.

»Genug geredet«, fuhr ich dazwischen. »Gib uns einfach unser Scheiß-Essen und wir gehen wieder.«

Nachdem wir uns mit genügend Nahrung und Wasser ausgestattet hatten, kehrten wir zur Gondel zurück. Dann öffnete ich meinen Server und kaufte mir das Ticket für 1.000.000 Tokens. Siletha tat dasselbe.

»Was brauchst du denn so lange?«, fragte ich Siletha genervt, als sie sich nach zwei Minuten noch immer nicht aus dem Server ausgeloggt hatte.

»Ja...ich...ich bin jetzt fertig«, antwortete sie und ihre Augen nahmen schließlich wieder ihre normale Farbe an. Dann gingen wir herüber zu der Gondel, bereit diese Stadt endlich zu verlassen und zu erfahren, was sich hinter den Mauern verbarg. Ich konnte es noch nicht wirklich realisieren; konnte mir noch gar nicht vorstellen, was uns dort erwartete.

»STOPP!«, rief plötzlich eine Stimme, die ich direkt erkannte, und ich drehte mich sofort um.

»Scheiße, Limus, was machst du denn hier?«, fragte ich und wurde nervös. Wir mussten diesen Plan durchziehen; wir konnten uns nicht aufhalten lassen. »Wo sind die anderen?«

»Sie suchen euch ganz woanders«, sagte er ruhig. »Ich habe euch im Nebel gesehen und im Blick behalten, aber nichts gesagt.«

»Ach so...danke...«, flüsterte ich etwas verlegen, »...aber das beantwortet mir noch nicht die Frage, was du hier machst.«

»Lilia...ich bitte dich...bleib bei mir. Für Siletha wäre es in der Tat das Beste, wenn sie geht, aber du und ich, wir können doch hierbleiben. Ich dachte, du liebst mich.« Mein ganzer Körper schmerzte, doch vor allem mein Herz – ich spürte es wirklich; es lag schwer in meiner Brust. Limus so zu sehen, wie er mich anbettelte, bei ihm zu bleiben, löste einiges in mir aus. Ich wollte es...ich wollte ihn...aber die Umstände ließen es nicht zu und wenn es hart auf hart kam, entschied ich mich immer für meine Schwester.

»N-nein, du-du kannst mir eine Schwester nicht wegnehmen«, stotterte Siletha und wurde dann lauter. »Nicht noch einmal, ich werde kein weiteres Mal zulassen, dass mir meine Schwester genommen wird.« »Das hast du mit deinen schrecklichen Taten selbst zu verantworten, doch hör endlich auf, deine Schwester für sie bezahlen zu lassen.«

»HALT DIE SCHNAUZE, DU MONSTER!«, brüllte sie und zog schnell eine Pistole. Mein Herzschlag beschleunigte sich. »ICH BRINGE DICH UM, WENN –«

»SILETHA, HÖR AUF!«, schrie ich und stellte mich vor ihre Waffe.

»A-aber, er-er will uns auseinanderbringen, er...nein, sie wollen es schon wieder...sie hören alle nicht auf damit.«

»Das wird nicht passieren«, sagte ich in besänftigendem Ton und drehte mich erneut zu Limus. »Es tut mir leid, aber...aber ich...ich werde gehen. Ich muss gehen.«

»Verstehe...«, sagte er betrübt und senkte den Kopf, »...doch eines solltest du wissen. Ich werde dich immer lieben und dich niemals vergessen. Ich hoffe, wir sehen uns eines Tages wieder.«

»Das hoffe ich auch«, sagte ich und spürte, wie mein Herz zerbrach.

War dies etwa das letzte Mal, dass ich diese violetten Augen zu Gesicht bekommen würde? Ich musste mir ihren Anblick gut einspeichern. Vielleicht würde es ja ein ähnliches magisches Gefühl in mir auslösen, wenn ich sie mir in Gedanken vor Augen führte...doch das glaubte ich nicht wirklich. Ein Leben ohne Limus würde sich nicht magisch anfühlen, sich nicht einmal mehr komplett anfühlen...doch ich hatte keine Wahl. Und je länger ich den Abschied herauszögerte, desto schwieriger würde es werden, ihn tatsächlich durchzuziehen. Also lächelte ich ihm noch ein letztes Mal zu – versuchte dabei, meine ganze Liebe und meine Dankbarkeit in dieses Lächeln zu packen und ihm damit ohne Worte zu vermitteln, was er mir bedeutete – und nahm schließlich Silethas Hand. Meine eigene zitterte. Dann stiegen wir endlich in die Gondel ein und hielten unsere Tickets an den dafür vorgesehenen Sensor. Sofort setzte die Gondel sich mit einem kleinen Ruck in Bewegung und stieg die Mauer entlang nach oben. Je weiter wir uns vom Boden entfernten, desto undeutlicher wurde das Erscheinungsbild des Mannes, den ich so sehr liebte und der uns noch immer nachschaute, bis er für mich schließlich nicht mehr zu sehen war. Tränen begannen, meine Sicht zu verschleiern und ich konnte dann kurzzeitig gar nichts mehr sehen. Ich wusste in dem Moment nicht, ob ich die richtige Entscheidung getroffen hatte. Ein Teil von mir blieb da unten bei ihm, in Equality, in der Stadt, in der ich mein ganzes Leben verbracht hatte...all die schlechten Zeiten, aber auch die schönen. Aus diesen Höhen konnten wir auf die gesamte Stadt herabblicken; es war ein komisches Gefühl, jeden Bezirk und jede Brücke gleichzeitig sehen zu können. Wie klein das von hier alles aussah...war das wirklich alles? Es war mir immer so groß vorgekommen, so überwältigend...wie sehr wir uns manchmal täuschen können, wenn wir nicht wissen, was es außerhalb von unserem unmittelbaren Umfeld gibt. Gänsehaut breitete sich bei mir aus. Als wir schließlich die Wolken durchquerten, wurde es vollkommen dunkel am Himmel. Die Stadt war nun nicht mehr zu sehen, doch es war sowieso Zeit, mich der Zukunft zu widmen und mit diesem Teil meines Lebens abzuschließen. Das war die Vergangenheit und Siletha war das Hier und Jetzt. Darauf musste ich mich konzentrieren. Ein paar letzte Tränen liefen mir noch das Gesicht herunter, doch ich drehte mich endlich nach vorne, nahm Silethas Hand und hielt sie ganz fest. Es dauerte noch eine Weile, bis wir ganz oben ankamen. »Wow, das ist ja riesig hier...«, staunte Siletha beim Ausstieg aus der Gondel. Ich erkannte, dass die Mauer selbst noch eine äußere Mauer hatte, die etwas höher ragte und durch weiße Treppen zu erreichen war. Wenn wir dort hinaufstiegen, würden wir also zum ersten Mal hinter Equality blicken und endlich erfahren können, was sich dort verbarg. Auf einmal entdeckte ich ein Schild, welches neben der Gondel aufgestellt war.

»Diese Gondel führt zurück auf den Boden«, las ich. »Sie zu nutzen kostet...4.000.000 Tokens.« Für einen kurzen Moment zuckte ich zusammen, denn mir wurde schlagartig bewusst, dass wir nun wirklich nie wieder nach Equality zurückkehren würden, selbst wenn wir es wollten. Doch vielleicht war es auch besser, gar nicht erst in Versuchung zu geraten. Wir gingen vor bis zur Treppe und blickten erstaunt ihre vielen Stufen hinauf.

»Wir haben es fast geschafft«, sagte Siletha mit Tränen in den Augen und stellte sich auf die erste Stufe. »Lilia...glaubst du...glaubst du Mutter wäre stolz auf uns?«

»Ja, kleiner Stern...sie ist...sie ist bestimmt sehr stolz auf uns.« Bei dem Gedanken an die silberhaarige Frau spürte ich einen mir bereits sehr vertrauten stechenden Schmerz. Ihr letzter Wunsch war es gewesen, dass ich diese Stadt und auch Siletha rettete. War mir dies nun endlich gelungen? Es fühlte sich jedenfalls nicht so an, wenn ich daran dachte, wie meine Schwester tausende von unschuldigen Männern, Frauen und Kindern umgebracht hatte. Wie ich jemals darüber hinwegkommen sollte, fragte ich mich in diesem Moment mehr denn je zuvor. Wie sollte ich zukünftig mit ihr umgehen? Normal? Doch was war überhaupt normal? Ich wusste das gar nicht mehr. Und sollte es außerhalb von Equality noch andere Zivilisationen geben, würde ich es dann verhindern können, dass Siletha auch diese angriff?

Als wir gemeinsam die Treppen hinaufstiegen, füllten sich meine Augen mit Tränen. Ich hatte es inzwischen so satt, zu weinen, doch ich konnte es nicht aufhalten. Obwohl ich es ja wollte – nun, da ich mich tatsächlich endgültig von dieser Stadt verabschiedete, realisierte ich erst, was alles geschehen war. Wie viel ich in meinem Leben bereits besessen und wie viel ich auch verloren hatte. Und bei dem einzigen Menschen, der mir noch geblieben war – meinem größten Schatz – konnte ich mir nicht einmal sicher sein, dass es ihn überhaupt noch gab. Ein Schauer lief mir über den Rücken. Siletha hingegen war voller Freude; wie ein kleines Kind hüpfte sie die Treppen hinauf und lächelte mich jedes Mal an, wenn sie sich zu mir drehte. Wer war das gerade, der vor mir war und voller Eifer auf das Unbekannte zuging? War es das kleine Mädchen von damals? Die junge Frau, die in Parados Menschen gefoltert, getötet und mich emotional gebrochen hatte? Oder war es eine Mischung aus beiden, weswegen ich mir auch in den vergangenen Stunden über meinen eigenen Willen nicht hatte bewusst werden können und innerlich so zerrissen war?

Kurz bevor wir ganz oben angekommen waren, schien Siletha so ungeduldig zu werden, dass sie zügig die weißen Treppen hinaufrannte. Ich hingegen hatte es nicht eilig. Ich schnaufte ein wenig, denn die Luft hier oben war dünn – doch vor allem hatte ich Angst vor dem, was uns erwartete, und deswegen wurden meine Schritte auf den letzten paar Stufen immer langsamer. Gab es dort eine Welt, die ähnlich wie unsere war? Gab es andere Menschen, mit denen wir interagieren könnten? Würden wir unsere Tokens auch jenseits der Mauern einsetzen können...und würden wir sie überhaupt brauchen? Hatte der Bürgermeister auch außerhalb der Mauern Macht oder nur in Equality selbst? All diese Fragen lösten in mir ein unkontrollierbares Herzklopfen aus. Wenigstens würde ich nun Antworten auf einige Fragen bekommen, die mich früher beschäftigt hatten...doch wollte ich diese Antworten überhaupt? Wie sehr ich mir doch die Zeiten zurücksehnte, in welchen die Geheimnisse und Mythen der Welt meine größten Probleme gewesen waren. Die Stufen wurden nun immer weniger und mein Herzklopfen immer schneller. Als ich schließlich oben angekommen war, erkannte ich, wie Siletha an der äußersten Kante der Mauer kniete und herunterstarrte. Langsamen Schrittes ging ich zu ihr herüber; mein Körper war auf Hochspannung und bewegte sich wie auf Autopilot. Ich hatte nicht das Gefühl, ihm die Befehle für seine Bewegungen zu geben, doch er machte sie trotzdem. Doch nun war ich hier, also blickte ich auch über die Kante der Mauer, um endlich zu erfahren, was sich dahinter verbarg – um endlich eines der größten Mysterien der Menschheit lüften zu können – und ich sah...nichts. Ein großes, schwarzes Nichts...keine Felder, keine Wiesen, kein Wasser, keine Gebäude, keine Menschen...nur Leere, Leere und noch mehr Leere. Eine vollkommene Abwesenheit von Licht und Leben.

Mein Blick fiel zu Siletha, die sich auf alle Vieren fallen gelassen hatte und die Stirn auf den Boden der Mauer presste. Dann begann sie verzweifelt zu weinen und mir kamen ebenfalls die Tränen. Das durfte nicht wahr sein. Außerhalb der Mauern gab es keine andere Welt voller Chancen. Es gab nichts abgesehen von dieser Stadt. Das hier war nichts weiter als ein riesiger Käfig inmitten eines endlosen Abgrundes.

»S-Siletha...«, stotterte ich, denn mir war eine fürchterliche Erkenntnis in den Sinn gekommen, »...die Gondel...der Rückweg...er kostet 4 Millionen Tokens.« Ich schluchzte, als mir unser Schicksal bewusstwurde. »Es tut mir leid, kleiner Stern. Wir kommen hier nicht weg...wegen mir werden wir...auf dieser Mauer verhungern.« Silethas verzweifeltes Gesicht blickte mich ein paar Momente lang an...und dann verwandelte es sich in puren Hass. Sie wandte sich wieder der Leere zu.

»NA, MACHT DIR DAS SPAß?«, schrie sie, stand auf und sprang wütend auf der Stelle rum. »GENIEßT DU ES, ZUZUSEHEN, WIE WIR UNS FALSCHE HOFFNUNGEN MACHEN? IST DAS DER GRUND, WARUM ES DIESE VERFICKTE GONDEL GIBT? IST DAS ALLES FÜR DEIN KRANKES VERGNÜGEN?«

»Siletha...das bringt nun alles nichts mehr...lass...lass es einfach gut sein. Ich will meine letzten Stunden nicht mit sowas verbringen...es ist vorbei.« Ich sank auf die Knie. Mein ganzer Körper fühlte sich schwer an, als würden meine Knochen mich runterziehen.

»Da irrst du dich, Schwesterherz...«, sagte Siletha keuchend, »...ich hatte die Befürchtung, dass so etwas passieren könnte, da dieser BLÖDE HURENSOHN VON BÜRGERSCHWANZ UNS JA STÄNDIG DIE BESCHISSENEN TRÄUME NIMMT! Ich wurde in meinem Leben zu oft enttäuscht, um keinerlei Vorsichtsmaßnahmen zu treffen.«

»Was...wovon redest du?«, fragte ich zögerlich und blickte hoch in ihr Gesicht.

»Es gibt ein Level 6-Item namens *Checkpoint*. Du kannst einen beliebigen Punkt markieren und dich zu einem späteren Zeitpunkt zu diesem zurückteleportieren.«

»Also…also hast du das gemacht, als du vorhin im Server rumgetrödelt hast? Und du bist nicht einmal auf die Idee gekommen, mir davon zu erzählen?«

»Ich…ich…«, stotterte Siletha, »…ich hatte Angst, du würdest deine Meinung ändern, wenn du dir nicht sicher sein konntest, dass ich auf jeden Fall mit dir über die Mauer gehe. Was wäre, wenn du geglaubt hättest, ich würde dich im Stich lassen wollen? A-aber das wollte ich ja nicht, ich wollte mit dir diese Stadt verlassen…ich…«, auf einmal schrie Siletha wieder auf und schlug sich gegen den Kopf, eine Bewegung, die mir inzwischen bekannt war – trotzdem erschrak ich mich jedes Mal. »ABER WIR KÖNNEN DIESE STADT JA NICHT VERLASSEN, WEIL DIESES ARSCHLOCH UNS HIER GEFANGEN HÄLT! WIR HABEN SO VIELE TOKENS UND IMMER NOCH KEINE EINZIGE ANTWORT, NOCH IMMER HÄLT ER SO VIELE GEHEIMNISSE ÜBER UNSERE EXISTENZ UND DIE GESAMTE WELT VOR UNS GEHEIM! DAMIT KANN ICH IHN NICHT DURCHKOMMEN LASSEN! Ich…ich werde ihm dieses Wissen entreißen…es reicht mir…ich werde dieses Spiel nicht mehr mitspielen.« Ihr Brustkorb hob und senkte sich rasch.

»SILETHA!« Ich stand wieder auf und stellte mich ihr direkt gegenüber. »Du hast gesagt, du tötest keine Menschen mehr, hast du das schon vergessen? Geh zurück nach Equality und rette dein eigenes Leben, aber verschone die anderen. Bitte tu es, bitte erfüll mir diesen letzten Wunsch, bevor…bevor ich sterbe.« Die Gewissheit über meinen kommenden Tod schwellte immer weiter an, bohrte sich in mich ein wie eine schmerzende Wunde, die immer stärker zu bluten begann, und jetzt, wo ich wusste, was hinter diesen Mauern war – oder besser gesagt, was *nicht* hinter diesen Mauern war – wurde der Frust über dieses endliche Leben noch viel größer. Panik drohte, mir die Kontrolle über meinen Körper und meinen Verstand zu entreißen.

»Ich lasse dich nicht sterben...«, flüsterte Siletha, »...ich habe doch gesagt, ich werde dich nicht noch einmal verlieren.«

»Aber das ist unmöglich...ich brauche doch 4 Millionen Tokens, um –« Plötzlich verstummte ich, denn ich hatte auf einmal verstanden, was sie vorhatte. »Nein...Siletha...das kannst du nicht tun.«

»WAS SOLL DAS HEIßEN?«, schrie Siletha und schüttelte ungläubig den Kopf; frustrierte Tränen liefen ihr in Strömen über die Wangen. »DU WIRST STERBEN, WENN ICH NICHTS TUE! Ich muss die anderen töten, um dich zu retten – es gibt keinen anderen beschissenen Weg! Willst du dein eigenes Leben etwa für diese Fremden opfern? Wieso sollen sie leben und du nicht?« Ich wusste nicht, was ich darauf antworten sollte. Dass andere sterben mussten, damit ich überleben konnte, war eine grausame Vorstellung...vor allem wenn es Limus – meinen Limus – und dieses kleine Mädchen betraf, die irgendwie den Beschützerinstinkt in mir auslöste. »Ich kenne dich, große Schwester«, fuhr Siletha ruhig fort. »Du bist eigentlich nicht bereit, dein Leben zu lassen; doch es auf Kosten einer solchen Tat zu erhalten, zerreißt deine Seele förmlich in Stücke. Doch ich bin mir sicher, du würdest, wenn deine Lebenspunkte einmal knapp würden, den Drang verspüren, mich anzuflehen, selbst deinen liebsten Limus abzuschlachten. Menschen wollen überleben; der Preis ist ihnen egal. Doch würde dich diese Entscheidung und der Prozess dorthin wohl so belasten, dass du dich nie mehr davon erholen könntest. Also werde ich meine Pflicht als deine Schwester tun und dir diese Entscheidung abnehmen. Du kannst das Folgende nicht aufhalten, Lilia. Du hast nicht entschieden, zu leben und die anderen zu töten, sondern ich treffe diese Entscheidung.«

»SILETHA! NEIN!«, schrie ich. Ein Teil von mir – der Teil, der, genau wie sie es gesagt hatte, unbedingt überleben wollte – hoffte, dass sie gehen würde. Jedoch gab es einen anderen Teil von mir, der lieber einen schmerzhaften Hungertod sterben würde, als Limus sterben zu lassen.

»Es ist schon gut, Lilia...«, flüsterte Siletha, als ihr Körper nach und nach immer durchsichtiger wurde, »...bald ist das hier alles vorbei.«

Es dauerte einige Zeit, auch nachdem Siletha schon verschwunden war, bis ich mich vom Schock der letzten Minuten erholt hatte. Dann setzte ich mich auf die Kante der Mauer und blickte in die pure Leere. Meine Beine hingen über dem Nichts. Wenn ich runterfiel, würde ich dann für immer fallen? Oder würde ich schweben? Würde ich vielleicht irgendwann doch irgendwo landen, und was würde mich da erwarten – noch mehr Nichts? Doch eine Frage beschäftigte mich mehr als alle anderen: Was hatte das hier – dieses Leben – alles für einen Sinn? Immer wieder wurde ich von Verlusten geplagt und musste mitansehen, wie jeder Mensch, der mir etwas bedeutete, sein Leben verlor. Und nun sollte ich also auch noch Limus verlieren? Den aufrichtigsten und gutherzigsten Menschen, der mir in meinem ganzen Leben begegnet war? Er war immer für mich da gewesen – selbst, als ich nicht wusste, wohin mit mir – und ich war mir sicher, auch nachdem ich ihn hintergangen hatte, würde er mir noch immer zur Seite stehen. Doch nun würde er sterben, ohne dass ich es überhaupt verhindern konnte – getötet von meiner eigenen Schwester. Er würde für mich sterben und ich wollte das nicht einmal. Wie viel von sich er schon für mich geopfert hatte...und jetzt sollte er auch noch das ultimative Opfer bringen, nur damit ich mein klägliches Leben weiterführen konnte, auch wenn er es viel mehr verdient hatte, zu leben.

Hatte Siletha vielleicht recht? Spielte der Bürgermeister wirklich nur mit uns? Amüsierte er sich an unserem immer wiederkehrenden Leid? Oder waren es einfach die Menschen selbst, die für all dies verantwortlich waren, weil sie nicht gelernt hatten, friedlich miteinander zu leben?

Die Zeit bis zur sechsten Stunde verging zwar langsam, doch aufgrund meiner Erschöpfung riss mich mein Körper während der Nacht ungewollt in einen kurzen Schlaf. In den Sekunden vor dem neuen Tagesanbruch lag ich jedoch wieder wach und es gingen mir tausende Gedanken durch den Kopf. War es Siletha möglicherweise überhaupt nicht gelungen, gegen die restlichen sieben Einwohner anzukommen? Hatten sie meine Schwester vielleicht im Kampf bezwungen und hatte Limus überlebt? Dieses Szenario erfüllte mich auf der einen Seite mit Freude, doch auf der anderen Seite würde es den Tod für mich und Siletha bedeuten. Vielleicht waren aber auch Limus und alle anderen Bürger dieser Stadt bereits tot. Es zerriss mich, vollkommen unwissend mein Schicksal zu erwarten, mit keiner Ablenkung in dieser endlosen Dunkelheit. Ich wusste nicht, welches Ergebnis ich mir wünschte; was die bessere Alternative war...in beiden möglichen Szenarien würde ich unglücklich werden, also nahm ich die Tatsachen, die sich mir schließlich in der sechsten Stunde offenbarten, wie ein eiskalter Klotz, der in Orgia rumstand, zur Kenntnis. Ich öffnete meinen Server und erblickte die Zahl 5 Millionen auf meinem Konto. Alles in mir wollte schreien. Der Gedanke an den toten Limus fraß mich innerlich auf und beherrschte mich...doch nach außen hin zeigte ich keinerlei Emotionen mehr. Es blieb mir nichts übrig, als weiterzumachen, wie bisher auch immer, wenn ich einen Verlust erlebt hatte. Ich betrat die Gondel, bezahlte die 4 Millionen Tokens für die Rückfahrt und ging unten angekommen den quälend langen Weg zurück zum Zentrum.

Anhand von dem, was ich dort sah, wo einst das Rathaus gestanden hatte, konnte ich erahnen, was geschehen war. Limus, Nox, Salia, die kleine Zensu und die drei anderen hatten hier ihr Lager aufgeschlagen und wurden von Siletha aus dem Hinterhalt angegriffen. Ich ging an der sich auflösenden Leiche von Nox vorbei, ihr Körper von oben bis unten aufgeschlitzt; dann fiel mir das kleine Mädchen ins Auge, dessen Kopf und Körper ein paar Meter voneinander entfernt lagen und ebenfalls schon blaue Funken abgaben. Einige Schritte weiter erblickte ich schließlich das, was ich seit jener Sekunde, als Siletha aufgebrochen war, befürchtet hatte zu sehen. Limus' Körper lag blutüberströmt auf dem Boden; seine violetten Augen waren geöffnet und sahen verängstigt aus. Es brach mir das Herz, dass er in diesem Zustand hatte sterben müssen. Ich nahm seine kalten Wangen in meine Hände und meine Tränen kullerten auf sein Gesicht. Ich konnte es nicht ertragen. Er und ich hätten eine gemeinsame Zukunft haben sollen, wir hatten verdient, glücklich zu werden; doch nun war er tot und ich allein deswegen noch immer am Leben. Alles in mir tat weh. Ich spürte den Schmerz dieses Verlustes am ganzen Körper, als wären überall kleine Teile von mir weggerissen worden. Ich schloss Limus' Augen sanft – diese wunder- schönen violetten Augen, in denen ich mich so oft hatte ver-lieren wollen – und verließ daraufhin seinen toten, sich zu blauen Funken auflösenden Körper. Ich hielt nach seiner Mörderin Ausschau und brauchte nicht lange zu suchen, denn ich wusste ganz genau, wo sie hinwollte.

Siletha stand auf der obersten Stufe der riesigen runden Treppe auf dem Rathausplatz und starrte auf die Tür des Bürgermeisters. Zum ersten Mal in meinem Leben ver-spürte ich einen ungemeinen Hass auf meine Schwester. Sie war für das alles verantwortlich; sie hatte alle Menschen auf grausame Weise umgebracht und es höchstwahrscheinlich sogar genossen. Limus hatte sterben müssen, nur weil sie ihrem Wahn nach dem Bürgermeister und dem Auslöschen der Menschheit nicht hatte entgegenwirken können. Die Gefühle anderer – inklusive meiner – waren ihr vollkom-men egal gewesen; das begriff ich jetzt. Hätte ich sie nicht gerettet, wäre Limus noch am Leben. In diesem Moment hätte ich ihre Leben gegeneinander eingetauscht, denn jetzt, wo ich mal wieder von den Überresten der Menschen um-geben war, die meine Schwester getötet hatte, wusste ich, dass sie sich seit dem Moment, an dem sie mich von Vanilla hatte vergewaltigen lassen, kein Stück geändert hatte. Ich war zu schwach gewesen, das Richtige zu tun...und Limus hatte ungerechterweise für diese Schwäche bezahlen müs-sen.

Doch dies spielte nun alles keine Rolle mehr; die Vergan-genheit ließ sich nicht ändern. Auch wenn ich Siletha damit ihren Traum erfüllte, den sie aufgrund ihrer Taten nicht verdient hatte, war es das einzig Sinnvolle, was es jetzt noch zu tun gab. Welche Wahl blieb mir denn? Ich hatte alles und jeden verloren, also musste ich nach jeder noch so kleinen Hoffnung auf eine Antwort oder eine Lösung greifen.

Als ich die Treppen hinaufstieg, spürte ich wie Regentropfen aus dunklen Gewitterwolken am Himmel auf mich herabprasselten und nur ein paar Sekunden später begann es, ohrenbetäubend laut zu donnern. Oben angekommen, schaute Siletha mich mit einem breiten Grinsen an; mein Blick hingegen war kalt und leer.

»Das muss Schicksal sein, oder?«, fragte sie mich. »100.000 Menschen wurden in diese Stadt hineingeboren und ausgerechnet die beiden kleinen schwachen Mädchen von damals sind die Letzten, die noch übrig sind...nicht Warleck, nicht das Zentrum, sondern wir. Lilia, ich werde diesen Mann, der uns all das angetan und sich über 4000 Tage an unserem Leid erfreut hat, nun zur Rechenschaft ziehen.« Sie lächelte stolz. Ich hatte keine Kraft mehr, dem irgendetwas entgegenzuwirken. Aus Silethas Stimme war keine Trauer und auch keine Reue über das, was sie gerade getan hatte, zu hören; es ging ihr nun allein um ihr großes Ziel. Ich wollte das alles einfach nur beenden. Ich war zu müde. Was auch immer geschehen würde, nachdem meine Schwester diese Tür geöffnet hatte – es konnte nur besser sein als das hier. Also hielt ich mich mit Worten zurück und streckte meinen linken Arm aus. Siletha tat es mir gleich; wir berührten unsere Unterarme und öffneten unsere Server. Ein Token. Ich musste ihr jetzt nur noch einen Token geben und sie konnte den Schlüssel kaufen; ein Token und wir würden endlich die Wahrheit erfahren über den Mann, der all das hier geschaffen hatte. Ein Token und wir würden erfahren, warum diese Stadt und auch wir selbst existierten. Ein Token und wir würden endlich dem Bürgermeister von Equality gegenüberstehen.

-Der Bürgermeister-

Manchmal erinnert man sich an gewisse Dinge in den unpassendsten Situationen. Mein Unterbewusstsein hatte offenbar gerade das Verlangen, mich wieder an einen Abend vor über 2000 Tagen zurückzuversetzen. Wie so häufig lag ich mit meinen Freunden und meiner Schwester auf einem der vielen Pilze Rasts und wir blickten einfach nur verträumt in den ankriechenden Nachthimmel.

»Glaubt ihr, es gibt ein Item, mit dem man zu den Sternen reisen kann?«, fragte Fire und deutete mit ihrem Finger nach oben auf die vielen glitzernden Punkte, die am Himmel aufgetaucht waren, dessen dunkelviolette Farbe allmählich zu einem tiefen Schwarz wurde.

»Was willst du denn da?«, ertönte die abwertende Stimme von Cat. »Willst du denn neben unserer Stadt auch noch die Sterne zu Tode nerven?«

»Sei nicht so gemein!«, fuhr ich sie an.

»Die Wahrheit ist nicht gemein.«

»Ihr müsst aber auch jedes Mal streiten«, sagte Siletha genervt. »Können wir nicht ein Mal entspannt hier liegen, ohne dass ihr euch in die Haare kriegt?«

»Könnten wir ja...«, sagte ich, »...wenn Cat nicht ständig ihren Frust an ihren Mitmenschen auslassen würde.«

»Wie soll ich denn nicht frustriert sein, wenn ich jeden Tag dein hässliches Gesicht sehen muss?«, fragte Cat gereizt.

»WAS HAST DU GERADE ZU MIR GESAGT?«

»JETZT HÖRT ENDLICH AUF!«, brüllte Siletha. »Man könnte meinen, ihr seid die kleinen Kinder und wir die Erwachsenen. Könnt ihr euch jetzt bitte mal zusammenreißen?« Für eine kurze Zeit herrschte eine unangenehme Stille, doch wenn man Fire in seinem Freundeskreis hatte, war immer jemand da, der im Zweifel solche Stillen durchbrach.

»Warum glaubt ihr, hat der Bürgermeister uns erschaffen?«, fragte sie nachdenklich.

»Vielleicht war er einsam...«, sagte Hugo ruhig, »...vielleicht wollte er nicht mehr allein in dieser Stadt leben und hat uns deswegen erschaffen.«

»So ein Unsinn...«, sagte Cat, »...dann wäre er in all der Zeit doch sicher einmal aufgetaucht, anstatt sich vor uns zu verstecken. Sicher hat er so dumme Wesen nur deswegen erschaffen, um sich selbst ein wenig besser zu fühlen. Sicher schaut er sich diesen ganzen Scheiß hier an und freut sich, dass er nicht so verblödet ist wie die Menschheit.«

»Vielleicht hat er uns auch gar nicht erschaffen«, entgegnete ich. »Möglicherweise ist er selbst auch ein Mensch, der aber aus irgendeinem Grund mehr Macht hat als wir. Was, wenn jeder in dieser Welt seine Aufgabe und seinen Platz hat, ohne dass es jemand erschaffen oder es einen bestimmten Grund hat? »Interessante Theorie...«, sagte Cat ruhig, was mich überraschte, »...doch wäre das nicht ziemlich traurig? Immerhin wären unsere Leben dann ja völlig sinnlos.«

»Ach quatsch...«, sagte Siletha in glücklichem Ton, »...das hier ist bestimmt alles nur eine Prüfung. Der Bürgermeister schaut sich entspannt an, was wir in unserem Leben machen, und je nachdem, wie wir uns verhalten, wird er uns belohnen oder bestrafen. Ich frage mich nur immer, was der Bürgermeister sich von uns wünscht. Was ist für ihn richtig und was ist falsch?« Ich blickte in den unermesslich weiten Sternenhimmel und dachte über Silethas Worte nach. Der Bürgermeister hatte uns die Möglichkeit gegeben, für mehr Tokens zu kämpfen, aber er hatte uns auch die Option gegeben, uns für den Frieden zu entscheiden. Erwartete er etwas von uns, obwohl er uns offiziell mitgeteilt und mehrmals betont hatte, dass wir uns frei entscheiden konnten? Aber wenn er etwas von den Menschen erwartete, was war es nur?

Diese Frage konnte ich mir auch dann noch nicht beantworten, als ich kurz davor war, ihm direkt gegenüberzustehen – mit dem Unterschied, dass nun die Möglichkeit, ihn dies persönlich zu fragen, unmittelbar bevorstand. Siletha und ich hatten unsere linken Unterarme gegeneinandergepresst und unsere Server geöffnet. Dort erschien das Textfeld, in welchem ich gefragt wurde, ob ich der Sammlerin Tokens übertragen wollte. Ich wählte bei der Anzahl die Zahl 1 aus. Nun musste ich es nur noch bestätigen und wir würden uns endlich all die Fragen beantworten können, über die wir damals mit unseren Freunden debattiert hatten. Ich hatte Gänsehaut, doch ich wusste nicht, ob es nur an der schlagartig abgekühlten Luft, begleitet von plötzlich auftretendem Donner und kalten Regentropfen, lag – oder an dem Gedanken an das, was bevorstand.

Das Geräusch der lauten Sirenen ertönte in unseren Köpfen, woraufhin wir beide schockiert wieder auseinandergingen, um uns die Hände an die Köpfe zu halten. Der Himmel hatte sich blutrot gefärbt. Gepaart mit dem Donner, bereiteten das und der Lärm mir noch viel schlimmere Kopfschmerzen als sonst – doch kurz darauf begann die verzerrte Stimme aus den Höhen herabzuhallen und ich vergaß alles andere:

»Bürger Equalitys...oder besser gesagt, sehr verehrte Lilia und sehr verehrte Siletha. Ich bin höchst erfreut darüber, ausgerechnet meine beiden Lieblingsbürger an der Schwelle zu meinen Räumlichkeiten zu erblicken. Ich möchte euch meinen außerordentlichen Dank aussprechen...dafür, dass ihr mir geholfen habt, das ursprüngliche Ziel, mit welchem ich diese Stadt erschaffen habe, zu erreichen. Niemand verdient es mehr als ihr, mir gegenüberzutreten und die volle Wahrheit über die Menschen, diese Welt und den Sinn eurer Existenz zu erfahren. Siletha...ich bin mir bewusst, wie viel vor allem dir dieses Treffen bedeutet.« Die Augen meiner kleinen Schwester begannen zu tränen. Ich wusste nicht, ob es Trauer, Wut, Erleichterung oder Angst war – vielleicht auch alles auf einmal. »Jedoch hast du im Laufe deines Lebens wohl inzwischen erfahren, dass jedes Ziel, welches du erreichen willst, einen hohen Preis kostet...ich verkünde nun offiziell, dass ich dem Sammler seine Fähigkeiten wieder entziehen werde.«

Auf einmal wurde mir heiß am ganzen Körper und ich sah entsetzt zu, wie Silethas Blick starr wurde, sie dann einen kurzen Schrei ausstieß und sich an ihren linken Unterarm griff.

»Na, was ist, kleiner Stern?«, sprach der Bürgermeister weiter. »Bist du bereit, dieses letzte Opfer für deinen großen Traum zu bringen und deine Schwester zu töten – oder bist du bereit, dein Ziel für ihr Leben aufzugeben? Frieden oder Freiheit, du hast die Wahl.«

Die Stimme des Bürgermeisters verstummte schlagartig und das Rot des Himmels verwandelte sich von der einen auf die andere Sekunde wieder in das düstere, bewölkte Grau von davor. Vorsichtig ging ich einen Schritt auf meine Schwester zu und packte sie zittrig, aber fest an ihrer Schulter.

»S-Siletha...«, stotterte ich so ruhig und schonend, wie ich konnte, »...lass uns bitte kurz miteinander reden. Wir dürfen jetzt keine voreiligen Schlüsse ziehen.«

»Er...er will...dich...er nimmt dich als Schutzschild...das kann er doch nicht machen...nein, ich...ich weiß nicht, was ich tun soll.« Ein grollendes Donnerkrachen ertönte aus dem Himmel. »HALT DIE KLAPPE!«, schrie sie nach oben. »Ich kann nicht klar denken!«

»Schau mich an!«, rief ich und drehte sie, sodass sie mir direkt ins Gesicht schaute. »Ich weiß, es ist viel Scheiße passiert – verdammte Drecks-Scheiße, die uns eigentlich dazu gebracht haben müsste, uns gegenseitig umbringen zu wollen. Es wird niemals mehr, wie es war und wir beide werden die Vergangenheit nicht vergessen können...aber wir sind noch immer Schwestern. Wir bekommen das hin, so wie wir alles andere bisher hinbekommen haben – auch, wenn es schwer wird und auch, wenn es tausende Tage dauert.«

Silethas Augen waren starr auf meine gerichtet. Tränen liefen ihr die Wangen herunter und vermischten sich dort mit dem Regen. Ihr Gesicht zuckte.

»Lauf«, flüsterte sie auf einmal.

»W-was?«, fragte ich verunsichert.

»Lauf weg...lauf weg...lauf weg...«, wiederholte sie immer wieder und begann dabei, ihren Kopf zu schütteln.

»Nein Siletha, ich lasse dich nicht –«

»JETZT VERSCHWINDE ENDLICH!«, brüllte sie auf einmal in einem wahnsinnigen Ton. Sie löste sich von mir, schlug sich an den Kopf und zerrte sich an den Haaren, die inzwischen in nassen Strähnen an ihren Schläfen klebten. »ICH KANN ES NICHT MEHR...ICH KANN MICH NICHT MEHR LANGE ZURÜCKHALTEN, VERSTEHST DU DAS DENN NICHT? Lauf weg...kauf dir Waffen und dann hast du eine Chance, zu überleben...aber...aber eigentlich darfst du gar nicht überleben, denn DU MUSST STERBEN, WENN –«, Siletha unterbrach sich selbst und begann erneut, laut zu schreien. Es klang, als würden ihre Stimmbänder zerrissen werden. Ich hatte das Gefühl, mein Herz wurde auch zerrissen – schon wieder. Ich hatte keine andere Wahl, als ihr zu gehorchen. Ich musste so schnell es nur ging aus ihrer Nähe verschwinden. Ich begann, die inzwi- schen glatten Stufen nach unten zu rennen und rutschte einpaar Mal aus, doch ich fing mich jedes Mal. Während ich lief, hörte ich Silethas Mischung aus Schreien und Weinen hinter meinem Rücken.

»DU ELENDIGES BÜRGERMEISTER-ARSCHLOCH! WIESO TUST DU UNS DAS AN, WIESO TUST DU UNS DAS AN, WIESOOO TUST DU UNS DAS AAAAAAAN?«
Ich wollte zurückdrehen und sie trösten; der Sound ihres Schluchzens tat meiner Seele weh...doch ich konnte nicht.

Schließlich kam ich an der untersten Stufe an. Dann drehte ich meinen Kopf hastig hin und her. Ich wusste nicht, was ich tun sollte. Das hier konnte doch nicht ernsthaft wahr sein, ich musste doch irgendwie verhindern, dass meine Schwester und ich uns bekämpften. Ich rannte einige Meter die Straße entlang, um einfach ein wenig Distanz zu ihr herzustellen, bis ich meine Gedanken sammeln konnte. Sicher kam sie bald wieder zur Vernunft. Ich wusste, sie hatte grausame Dinge getan und war zu einem vollkommen anderen Menschen geworden – ja, sie war sogar böse – aber ich war es doch, die ihre gute Seite immer zum Vorschein gebracht hatte, sodass wir ein glückliches gemeinsames Leben führen konnten. Das war ihr doch immer das Wichtigste gewesen, also würde sie mich doch niemals töten.

Als ich mich schon einige hundert Meter von ihr entfernt hatte, hörte Siletha plötzlich auf zu schreien. Hatte sie sich beruhigt? War sie wieder zur Vernunft gekommen? Ich konnte sie von hier durch den strömenden Regen zwar nicht genau erkennen, doch sah es so aus, als würde sie schweigend vor der Tür des Bürgermeisters knien. Dann erhob sie sich langsam und drehte sich um. Für einige Sekunden schien sie sich umzuschauen, bis sie mich aus der Entfernung erblickte. Ich begriff zunächst nicht, was vor sich ging, als ich ein kleines grünes Leuchten aus ihrer Richtung vernahm, doch in dem Moment, in welchem ich erkannte, dass es grüne Flammen waren, die in einer hohen

Geschwindigkeit in meine Richtung angeschossen kamen, begriff ich es. Hätte ich mich nicht im letzten Moment nach rechts geschmissen, hätten sie mir wohl die gesamte Haut von den Knochen gerissen. Sie wollte mich also tatsächlich töten. Meine eigene Schwester wollte mich töten, obwohl ich bisher der einzige Mensch gewesen war, den sie immer hatte verschonen wollen. Obwohl ich *sie* immer beschützt hatte, egal ob es das Richtige war oder nicht – und das war der Dank dafür? Ich wünschte, ich könnte beschreiben, wie sich dieser Schmerz anfühlt, wenn der Mensch, den du am meisten auf dieser Welt liebst, dir so etwas antun möchte...doch ich kann es nicht in Worte fassen, da dein Körper in einem solchen Moment von einer Unmenge an Emotionen überreizt wird: Trauer, Hass, Enttäuschung, Angst, jedes negative Gefühl, das du jemals erlebt hast. Du spürst es alles auf einmal.

Ich wollte mich jedoch nicht von diesen Emotionen in die Knie zwingen lassen. In diesem Moment wollte ich nichts anderes als zu überleben. Ich flüchtete mich rasch in eine der Gassen des Zentrums, solange die Flammen und der Regen mich hoffentlich noch verdeckten, stürmte in das erstbeste verlassene Wohnhaus, das ich finden konnte, und lehnte mich mit meinem Rücken an die Wand neben die Tür.

Dann klatschte ich meine Hand auf meinen nassen Unterarm und öffnete panisch den Server. Auch wenn ich mir in meinen Gedanken selbst jetzt noch nicht vorstellen konnte, Siletha etwas zuleide zu tun, musste ich mich doch irgendwie verteidigen können, um mein Leben zu beschützen. Vielleicht würde es mir ja dann gelingen, ihr das Ganze auszureden. Sie wollte mir im tiefen Inneren doch eigentlich nichts Böses antun...sie wurde bloß vom Bürgermeister manipuliert. Ich war mir in diesem Moment sicher, dass er nichts anderes wollte, als dass eine Schwester die andere umbrachte. Ich hatte zwar keine Ahnung, was er damit bezwecken wollte, doch schien dies genau sein Ziel zu sein. Vielleicht war das für ihn wirklich einfach nur eine kranke Form von Unterhaltung.

In meiner Panik kaufte ich willkürlich so viele Items der hohen Levels, die mir auf dem ersten Blick nützlich erschienen – darunter dieselben Flammen wie Siletha sie hatte, ein Stein, der einen für ein paar Sekunden unsichtbar machte, und eine Uhr, welche die Zeit verlangsamte. Plötzlich bemerkte ich ihre Schreie und etwas, das wie das Explodieren von Gebäuden klang, in meiner unmittelbaren Nähe.

»NA LOS, KOMM RAUS, SCHWESTERHERZ...«, brüllte sie in einer solch wahnsinnigen Stimme, die ich noch nie von ihr gehört hatte – irgendwie hatte sie es geschafft, noch eine Schippe draufzulegen, »...LASS ES UNS NICHT UNNÖTIG IN DIE LÄNGE ZIEHEN, WIR BRINGEN DAS HIER UND JETZT ZU ENDE! ES IST DER EINZIGE WEG! EIN FAIRER KAMPF, UND WENIGSTENS EINE VON UNS WIRD DIE WAHRHEIT ERFAHREN!« Das Gebäude, in welchem ich mich versteckte, wurde daraufhin von Siletha zerstört und brennende Bruchteile regneten auf mich herab. Knapp gelang es mir, die Tür im richtigen Moment aufzureißen und mich auf die Straße zu werfen, bevor ich komplett unter dem rauchenden Schutt begraben wurde. Der kühle Regen fühlte sich nun immerhin auf meinen frischen Brandwunden gut an. Mit verschwommenem, irritiertem Blick schaute ich mich um, bis mir aus einiger Entfernung Silethas grün brennende linke Hand sowie die

Pistole in ihrer anderen Hand ins Auge fielen. Sofort aktivierte ich das Item, welches einen unsichtbar machte, und rannte aus der Gasse wieder heraus in Richtung der großen Hauptstraße. Ein Donnerschlag erschütterte die Luft in meiner unmittelbaren Nähe und ich schreckte zusammen. Ich musste mich sofort wieder sammeln und rational agieren, wenn ich überleben wollte. Panisch atmete ich tief durch. Ich musste sie irgendwie aufhalten. Das hier durfte nicht passieren; das wollte sie doch selbst nicht. Von der einen auf die andere Sekunde erschien Siletha dann direkt vor mir und ich zuckte sofort wieder zusammen.

»Ein tolles Item...«, sagte sie mit tränenden Augen und einem Lächeln, das ich nicht ganz deuten konnte. »Es bringt dich einmalig zu einem *zufälligen* Bürger Equalitys...was es alles gibt...«, ein gespieltes Lachen ertönte, »...aber da außer mir nur noch einer übrig ist...«, die Pistole in ihrer rechten Hand hatte sie mit einem Messer ersetzt. In dem Moment, in welchem sie dieses in Richtung meines Herzens stach, aktivierte ich das Item, welches die Zeit verlangsamen sollte. Das Messer und Siletha selbst bewegten sich auf einmal wie in Zeitlupe. Ich jedoch konnte mich genauso schnell bewegen wie sonst auch. Vor meinen Augen erschien ein Timer, der 20 Sekunden anzeigte. Ich hatte keine Zeit zu verlieren. Sofort riss ich Siletha das Messer aus der Hand, dann griff ich ihre beiden Arme und klemmte sie hinter ihren Rücken. Als der Timer schließlich eine 0 anzeigte, wurde die Geschwindigkeit von Siletha wieder normal und durch den Schwung ihres Messerangriffs flog sie auf den Boden.

»AAAAH...VERDAMMTE SCHEIßE!«

»JETZT HÖR MIR ZU, SILETHA! WIR WERDEN UNS HIER HEUTE NICHT UMBRINGEN! KOMM ZUR

VERNUNFT! ICH BIN ES, LILIA, DEINE SCHWESTER, WIR HABEN BEIDE ZUSAMMEN IN RAST GELEBT, MIT UNSERER MUTTER MYRIELLE, MIT UNSEREN FREUNDEN FIRE, HUGO UND CAT. ICH HABE DIR IMMER LIEDER VORGESUNGEN, WENN DU NICHT EINSCHLAFEN KONNTEST, ICH BIN ES! WIR MÜSSEN –«

Mein Wort brach ab, als mich etwas nach hinten knicken ließ und mich zu Boden warf. Siletha hatte sich offenbar im Vorhinein ein Item gekauft, welches ihr erlaubte, starke Windströme aus ihrem Mund herauszupusten. Sie flog in einem flachen Bogen einige hundert Meter rückwärts durch die Luft und landete dann in einem der umliegenden Brunnen. Sie sah etwas verletzt aus, jedoch rappelte sie sich sofort wieder auf und ließ ein großes schwarzes Item in ihren Händen erscheinen. Als dann ein rundes Geschoss in meine Richtung geflogen kam, rannte ich so schnell ich konnte. Die Explosion traf schließlich zeitgleich mit einem weiteren ohrenbetäubenden Donnerschlag auf dem Boden auf und schleuderte mich einige Meter durch die Stadt. Im Rauch der Explosion kroch ich verletzt in eine weitere Gasse. Mein seitlicher Bauch tat höllisch weh, als ich ihn anpackte, und an meinem Kopf hatte ich eine Platzwunde. Ich öffnete meinen Server und sah, dass meine Lebenspunkte sich auf 30 reduziert hatten. Was sollte ich tun? Der Item-Laden war viel zu weit weg, als dass ich unbeschadet zu ihm gelangen konnte.

»HÖR SCHON AUF, DICH ZU VERSTECKEN, LILIA!«, hörte ich Silethas Brüllen, während sie unkontrolliert mit ihren grünen Flammen in alle Richtungen schoss. In Kombination mit den regelmäßigen Blitzschlägen, die von oben herabschossen, brachte das die ganze Stadt zum Leuchten,

trotz dem bedrohlich aussehenden, dunklen Himmel.
»JETZT FANG SCHON ENDLICH AN, DICH ZU WEHREN! DU BRAUCHST NICHT VERSUCHEN, MICH ZU ÜBERZEUGEN! EINE VON UNS WIRD HEUTE DEFINITIV STERBEN! ALSO KÄMPFE...AKZEPTIERE ES...WIR SIND SCHRECKLICHE MONSTER, DIE NUR DAFÜR GESCHAFFEN WURDEN, UNS GEGENSEITIG ZU ZERFETZEN, MEHR NICHT! ALSO LASS UNS DAS TUN, WOFÜR WIR HIER SIND! ES MUSS SEIN!«

Mein Herzschlag pochte und alles in mir schmerzte. Sie würde nicht aufhören, das wurde mir nun schmerzlich endgültig bewusst, egal wie sehr ich daran geglaubt hatte, dass noch etwas Gutes in ihr steckte. Um mein Leben zu retten, musste ich sie töten. Das war der einzige Weg. Und Siletha hatte recht – ich wollte überleben. Der Tod hatte mir schon immer eine solche Angst bereitet und er tat es immer noch, auch wenn ich ihn mittlerweile schon mehrmals in Kauf genommen und ihn mir sogar schon gewünscht hatte. Doch nun, da er erneut unmittelbar drohte, fürchtete ich ihn wieder mehr als alles andere und wollte mich nicht aufopfern. Gerade jetzt, wo ich so kurz davor war, die Wahrheit über diese Welt zu erfahren, musste ich um mein Leben kämpfen...auch wenn es mir wirklich alles abverlangte.

Langsam erhob ich mich auf die schwachen Beine; sie zitterten, doch ich hatte noch immer genügend Kraft in ihnen. Ich ging um die Ecke zurück in den Bereich, in welchem Siletha schreiend und wirr ihre Flammen auf alle möglichen Häuser und Wände feuerte. Als sie mich erspähte, stoppte sie. Für einige Sekunden blickten wir uns tief in die Augen; dann konzentrierte ich mich, ließ blaue Flammen in meinen Händen erscheinen und schoss sie auf meine kleine

Schwester. Kurz bevor sie bei ihr ankamen, lenkte sie ihre eigenen Hände und schoss einen grünen Feuerstrahl auf meinen. Die Strahlen drückten sich hin und her; mal war meiner näher an ihr, mal drückte ihrer meinen wieder zurück in meine Richtung. Ich schrie vor Anstrengung und Siletha lachte, aber nicht vor Freude; es war ein Lachen, welches ihren gesamten Schmerz, ihr gesamtes Trauma und ihren gesamten Wahnsinn offenbarte. Sie lachte, weil sie in dieser absurden Situation nichts anderes tun konnte. Irgendwann wurde mein blauer Feuerstrahl immer kleiner; ich strengte mich zwar an, schwitzte und hatte das Gefühl, all meine Energie in meine Flammen zu legen, doch Siletha schien einen größeren Willen zu besitzen als ich. Kurz bevor der grüne Strahl bei mir angelangt war, riss ich meine Hände in die Luft, woraufhin mich der Druck dieser Feuerkräfte erneut nach hinten schleuderte. Ich landete in einer Pfütze, doch ich war sowieso schon durchnässt und die plötzliche Kälte schien meinem brennend heißen Körper etwas neue Energie zu schenken.

Mein Kopf tat weh und ich sah alles noch ein wenig verschwommen, doch als meine Sicht wieder klar wurde, erkannte ich Siletha, die nun vor mir stand und eine neue Pistole auf mich gerichtet hatte.

»Das ist die stärkste Pistole im gesamten Katalog«, flüsterte sie. »Sie durchbricht jeden Schild und tötet direkt und schmerzlos.« Zu ihren feuchten Augen gesellte sich ein mattes Lächeln. »Du hast es nun selbst gesehen. Wenn es um etwas geht, was wir wollen, wie in deinem Fall das Leben, dann zeigen wir Menschen unser wahres Gesicht. Wir sind, was wir sind...und obwohl wir uns so sehr lieben, werden...werden wir das niemals ändern können. So sehr es uns auch schmerzt, wir müssen unser Schicksal akzeptieren.« Sie richtete die Waffe auf meinen Kopf und ich erkannte trotz des Regens, dass eine Träne ihr die Wange herunterlief. »Es tut mir leid...Schwester.« Für einige Sekunden war es still, so still, selbst das Gewitter verstummte für eine kurze Zeit. Dann verzog Siletha ungläubig ihr Gesicht.

»W-was ist das...wieso kann ich mich nicht bewegen? WAS SOLL DAS?« Ich erhob mich mit großer Mühe vom Boden und humpelte an Silethas Seite.

»Unsere Mutter ist nach Warlecks Schuss nicht sofort tot gewesen...sie hat mich mit ihrer letzten Kraft noch in Sicherheit gebracht und sich schließlich für mich geopfert...sie hat diesen unsichtbaren Laser auf mich abgeschossen und mich für einige Minuten paralysiert, damit ich sie nicht davon abhalten konnte. Ich hätte nicht gedacht, dass mir dieses Item selbst einmal von Nutzen sein würde.« Ich stellte mich seitlich neben Siletha und richtete meine Waffe nun an ihren Kopf. Im Angesicht des Todes fürchtete sie sich jedoch keineswegs. Sie begann wieder zu lachen – sie lachte so laut, dass es durch die gesamte leere Stadt des Zentrums hallte.

»Du...du hast gewonnen, Schwester...seit ich mir vorgenommen hatte, die Menschheit vollständig auszurotten, glaubte...glaubte ich nicht auch nur für eine Sekunde daran, dass mich jemand aufhalten könnte, aber meine eigene Schwester hat mich besiegt. Du hast es dir verdient, Lilia. Na los, tu das, was Monster wie wir tun. Töte mich und bring es zu Ende...es ist Zeit.«

»Du hast mir keine andere Wahl gelassen...«, flüsterte ich und entriegelte meine Pistole. »DU HAST MICH DAZU GEZWUNGEN! DU HAST UNS DAS ANGETAN! ICH BIN ES LEID, DEIN VERFICKTES HANDELN ZU

ENTSCHULDIGEN! DU HAST ALL DIESE MENSCHEN GETÖTET, DU HAST DICH DAZU ENTSCHIEDEN, MICH VERGEWALTIGEN ZU LASSEN UND DU WOLL- TEST MICH UMBRINGEN! NICHT WARLECK, NICHT DER BÜRGERMEISTER, SONDERN DU SELBST, ALSO STIIIIIRB!«

Ich schrie; meine Augen waren voller Tränen, die meine Sicht verschleierten; alles in meinem Körper zitterte. Ich drückte den Abzug und ein lauter Knall ertönte. Verzweifelt ließ ich mich auf meine Knie und die Waffe auf den Boden fallen. Für einige Sekunden starrte ich auf den Asphalt und war nur auf den Schmerz in meinem Körper fokussiert. Dann öffnete ich meinen Server und deaktivierte die Funktion des Lasers, woraufhin Siletha sich wieder bewegen konnte.

»Du...du hast neben mich geschossen«, stotterte sie und hob ihre eigene Waffe auf, die zu Boden gefallen war.
»Was...was soll das werden? Was ist das für ein Trick?«

Doch es war kein Trick. Ich konnte es nicht tun, ich wollte es nicht tun. So sehr ich mich bemühte, gegen diesen beschützerischen Drang anzukämpfen, es ging nicht. Lieber würde ich sterben, als meine kleine Schwester umzubringen. Und obwohl ich den Tod so sehr fürchtete und eine solche Angst hatte, war ich bereit zu sterben. Ich würde hier sterben und Siletha würde leben und das Wissen über diese Welt erlangen; damit konnte ich mich abfinden. Allein wollte ich sowieso nicht in dieser Hölle zurückgelassen werden. Und dann kam mir ein Gedanke. In den Sekunden, bevor ich sterben sollte, verstand ich endlich, was Freiheit wirklich bedeutete. Sich selbst gegen den größten Instinkt und den Lebenswillen zu stellen und eine Entscheidung zwischen dem Richtigen und dem Falschen zu treffen – vollkommen gleich, zu was mich meine Angst und mein Körper zwingen wollten. Das war wohl die freiste Entscheidung, die ich treffen konnte.

»Ich bin bereit, Siletha« flüsterte ich. »Ich bin bereit zu sterben.«

»Ver...verarsch mich nicht«, sagte sie stotternd. »Ich werde dich töten, du kannst mich hier nicht weich bekommen, ich werde dich töten, begreifst du das denn nicht?«

»Ich weiß...also tu es schon...«, sprach ich mit kalten, resoluten Worten.

»DAS IST DOCH UNMÖGLICH!«, schrie Siletha und ließ sich vor mir ebenfalls auf die Knie fallen. »DU BIST EIN MENSCH! DU BIST EIN MENSCH, ALSO STEH JETZT AUF UND KÄMPFE UM DEIN LEBEN!«

»Nein, Siletha. Ich werde keine Gegenwehr leisten. Jetzt bring es endlich zu Ende.« Meine Stimme war so stabil wie noch nie. Ich verstand nicht, warum Siletha mich ebenfalls nicht tötete. Irgendetwas schien ihre Gedanken durcheinander zu bringen. Hörte sie etwa wieder die Stimmen von Warleck und Mutter oder was war mit ihr los? Sie war nämlich aufgesprungen und hatte wieder angefangen, zu schreien und sich an den Kopf zu packen; zudem lallte sie Wörter vor sich hin. Und dann auf einmal wurden sowohl ihr Körper als auch ihre Stimme wieder still. Wie angewurzelt stand sie da und schaute auf mich runter, nasses grünes Haar wirr an ihrem Gesicht und Hals klebend.

»Du...du bist gar kein Monster...«, flüsterte Siletha. »Du hast mich nie aufgegeben...du hast mich nie verraten und du stirbst lieber, als mich zu töten. Du bist ein guter Mensch...das existiert also doch.«

Was war denn nun mit ihr los? Ich verstand es nicht. Dann blinzelte sie mich plötzlich an, hob ihre Waffe und richtete sie sich an den eigenen Kopf.

»NEIN!«, brüllte ich und sprang auf. »WAS TUST DU DENN DA, SILETHA? ICH HABE DOCH GESAGT, DU KANNST MICH TÖTEN! TU ES, ICH BIN DIR NICHT BÖSE! DENK AN DEINEN TRAUM!«

»Mein Traum ist es...«, sagte sie kalt, »...dem Bürgermeister all das Wissen, was er vor uns verbirgt, zu entreißen und alle Monster dieser Stadt zu töten. Du wirst dieses Wissen erlangen, Lilia...und das allerletzte Monster, welches noch übriggeblieben ist, das stirbt hier und jetzt durch meine Hand. Keine Sorge. Es wird nicht wehtun.« In ihrem Lächeln war die volle Zufriedenheit. Keine Angst, kein Hass und keine brutale Mörderin waren mehr aus diesem Gesichtsausdruck herauszusehen. »Ich danke dir.«

Die folgende Sekunde verlief wie eine Ewigkeit und ich konnte nur wie gelähmt zusehen. Es war, als würde der Moment, in dem der leblose Körper meiner kleinen Schwester auf dem Boden aufprallte, immer und immer wieder vor meinen Augen abgespielt werden. Schließlich stürzte ich auf sie zu. Aus ihrem Kopf strömte Blut.

»SILETHA! SILETHA!«, brüllte ich. »NEIN! DAS IST NICHT WAHR! DU SOLLTEST DOCH LEBEN, DU SOLLTEST DOCH LEBEN! KLEINER STERN, BITTE WACH AUF!« Doch das tat sie nicht. Ihre Augen waren geschlossen, ihr Körper war reglos und auf ihrem Gesicht war noch immer dieses zufriedene Lächeln. Ich weinte, ich schrie und umklammerte ihren Körper stundenlang, obwohl er schon allmählich zu blauen Funken zerfiel – doch ihre körperlichen Merkmale, vor allem ihr Gesicht, konnte ich eine Zeit lang noch erkennen. Ihren toten Körper zu sehen, machte mich wahnsinnig. Immer wenn ich sie anblickte, war es, als würde ein Teil von mir sterben – doch ich konnte sie auch nicht einfach so hierlassen, so kalt und allein, mit dem Regen noch immer auf sie herabprasselnd. All unsere schönen Erinnerungen, unsere Umarmungen, die Zeiten, in denen wir freudig gelacht hatten...all das wurde mir vor Augen geführt und der Gedanke, dies alles niemals wieder erleben zu können, niemals wieder mit ihr reden zu können, zerriss mich. Auch wenn dies nicht mehr dieselbe kleine Siletha von damals war...sie war trotzdem noch Siletha. Meine Siletha.

Nach einiger Zeit bemerkte ich, wie die hellblauen Lichtstrahlen, die in Richtung Himmel wanderten, immer mehr wurden und ihre physische Gestalt immer mehr verblasste. Doch war sie da vielleicht noch irgendwo, in diesen Strahlen? Wanderte sie vielleicht an einen anderen Ort, an dem sie glücklicher war und nicht mehr so leiden musste? Wie als Antwort auf diese Fragen ertönte wieder ein Donnergrollen, doch dieses war sanfter und etwas weiter entfernt als die anderen. Vielleicht würde der Sturm auch irgendwann wieder weiter an einen anderen Ort gehen, oder sich vielleicht einfach nur in nichts auflösen.

Ich öffnete meinen Server und blickte auf meine Lebenspunkte. Durch die Verletzungen waren es nur noch 7 Stück. Auch wenn ich in diesem Moment kein Problem damit gehabt hätte, den Tod zu finden, da er mich von meinem unendlichen Leid erlösen würde, musste ich weiterleben. Alle Menschen Equalitys waren gestorben außer mir. Ich war es jedem einzelnen schuldig, ihrem Tod einen Sinn zu geben und diese Sache zu einem Ende zu bringen. Plötzlich traf mich die unglaubliche, überwältigende Einsamkeit, die der Gedanke mit sich trug, dass sich keine andere lebende Seele außer mir mehr in dieser Stadt aufhielt. Das Gewicht dieser Erkenntnis drohte, mich am Boden zu halten, doch ich musste dagegen ankämpfen. Ich musste weitermachen, für sie alle, für jeden einzelnen Menschen, der sein Leben gelassen hatte.

Ich erhob meinen schwachen Körper und blickte noch einmal auf Siletha herab – auf das, was noch von ihr übrig war. Mein Körper war nicht mehr in der Lage, Tränen zu produzieren, doch der Schmerz war unverändert.

»Es tut mir leid, dass ich dich nicht beschützen konnte, kleiner Stern...«, flüsterte ich matt – doch der Gedanke, dass sie jetzt vielleicht wieder bei Mutter war, tröstete mich ein wenig. Dann drehte ich ihr schweren Herzens den Rücken zu. Daraufhin funktionierte mein Körper wie von ganz allein. Von einem Willen konnte keine Rede sein; ich stellte einfach meine Gedanken ab und tat das Einzige, was ich jetzt noch tun konnte. Ich ging zu dem Item-Laden des Zentrums, heilte mich und nahm etwas Nahrung zu mir, die ich nur langsam und mit viel Mühe meinen Hals hinunterwürgen konnte. Dann ging ich an den Fuß der Treppe, die zum Büro des Bürgermeisters führte, und wartete. Der Regen prasselte noch immer auf meinen Körper, der zwar nicht mehr verletzt war, mir dennoch unfassbare Schmerzen zufügte. Mit jedem Donnerschlag kamen mir Bilder in den Kopf von all dem Leid, welches ich erlebt hatte. Der Untergang meiner Heimat, der Tod meiner Freunde und meiner Mutter, die hunderte von Tagen in Gefangenschaft, das gewaltvolle Eindringen in meinen Körper, der Fakt, dass meine Schwester dafür verantwortlich gewesen war und schließlich der Verlust von ihr, nach unzähligen hoffnungslosen Versuchen, sie zu retten, obwohl sie schon vor langer Zeit verloren gewesen war. Nach einer Zeit, die mir wie eine Ewigkeit vorkam, verschwanden die Waffen, die ich mir gekauft hatte, der Schriftzug an meinem Arm leuchtete hellblau auf und ich wusste, dass nun die sechste Stunde angebrochen war. Langsam und durchnässt stieg ich die Treppen hinauf, noch immer begleitet von Donner und ein paar vereinzelten Blitzschlägen in der Ferne. Vor der Tür angekommen, öffnete ich meinen Server und sah auf meinen Kontostand – ich hatte 10 Millionen Tokens in meinem Besitz. Nüchtern nahm ich dies zur Kenntnis und scrollte bis zu der Level 10-Spalte. Ich wählte das einzige Item aus, das dort angezeigt wurde, und verließ den Server wieder. In meiner Hand erschien ein kleiner goldener Schlüssel, an dem ein Schlüsselanhänger angebracht war, der wie eine Waage aussah. Furchtlos steckte ich ihn ins Schlüsselloch – wovor sollte ich mich denn jetzt noch fürchten, wenn das Schlimmste schon passiert war? – und atmete tief durch. Die Zeit war nun gekommen. Ich würde nun die ganze Wahrheit über diese Stadt erfahren und die Person kennenlernen, die für all das verantwortlich war. Ich drehte den Schlüssel nach links und ohne, dass ich sie daraufhin berühren musste, sprang die Tür auf und mich traf ein helles weißes Licht, welches mich so sehr blendete, dass ich einige Sekunden nichts mehr sah.

Für einen kurzen Moment spürte ich keinerlei Schmerz mehr, sondern nur ein warmes Gefühl, welches mich tatsächlich ein wenig entspannte. Dann hatte ich das Gefühl, ich würde von irgendetwas gezogen werden, als würde ich in alle Richtungen gedrückt und geknetet werden – und schließlich sah ich, wo ich war.

Es war ein violett leuchtender Raum, wobei ich nicht einmal sagen konnte, ob es wirklich ein Raum war, denn ich sah weder Wände noch Türen oder irgendwelche Möbel. Das Einzige, was hier war, konnte ich nicht einmal benennen. Es war eine Menge aus vielen dünnen, violett leuchtenden Ästen, die über mir und um mich herum in alle Richtungen wuchsen. Der kleine, kreisförmige Bereich, in welchem ich stand, war der Einzige, der nicht von den Ästen bewachsen war. Plötzlich erschien vor mir ein kleiner Punkt aus weißem Licht, welcher bis auf meine Größe heranschwellte und sich schließlich in einen Mann verwandelte. Dieser hatte angegrautes schwarzes Haar, trug einen weißen Kittel und war recht schlank. Sein Blick musterte mich neugierig, dennoch war sein Gesichtsausdruck freundlich.

»Willkommen, Lilia...«, sprach er mit einer ruhigen, tiefen Stimme, »...es ist mir eine Ehre, dich kennenzulernen.«

»Sind...sind Sie der Bürgermeister?«, fragte ich, obwohl ich mir sicher war, die Antwort bereits zu kennen.

»Der bin ich«, sagte er freundlich.

Mein Herz pochte. Ich stand jenem Manne gegenüber, der diese Stadt und ihre gesamten Regeln erschaffen und uns unwissend hineingeworfen hatte. So viele angestaute Fragen hatte ich auf der Zunge, doch interessierte mich in diesem Augenblick in erster Linie eine Sache.

»Was sind das für Dinger?« Ich deutete auf die violett leuchtenden Äste, woraufhin der Bürgermeister verschmitzt lächelte.

»Durch diese Äste fließt jede einzelne Erinnerung eines jeden Bürgers dieser Stadt. 100.000 Menschen, ihre Erfahrungen, ihre Gefühle, ja, ihre ganzen Leben verlaufen durch diese Fäden. Man könnte also sagen, die gesamte Geschichte von Equality befindet sich an diesem Ort.«

»Sie fließt hindurch?«, fragte ich irritiert. »Was bedeutet das?«

»Finde es doch heraus.« Er machte eine kurze Handbewegung, woraufhin sich einer der Äste wie ein dünner Arm bis vor mein Gesicht windete. Ich trat erschrocken einen Schritt zurück, doch als ich bemerkte, dass ich nicht angegriffen wurde, näherte ich mich dem Ast langsam wieder. Er vibrierte und schien sogar fast zu leben, zu atmen. »Du musst ihn nur greifen...und schon bist du in der Lage, alles zu sehen...genau wie ich.«

»Ich kann...alles sehen?«, zögerlich begutachtete ich diesen seltsamen Ast. Was meinte er damit? Was würde ich sehen können?

»Hab keine Angst, Lilia, trau dich ruhig...«, sagte der Bürgermeister auffordernd, »...schließlich bist du doch hierhergekommen, um Antworten zu erhalten, nicht wahr?«

Ich atmete tief ein und aus und mein Herz pochte unregelmäßig. Dann nahm ich all meinen Mut zusammen, packte den Ast – er fühlte sich labbrig und warm an – und war von der einen auf die andere Sekunde an einem anderen Ort. Ich war nicht mehr von den Ästen umgeben; stattdessen standen um mich herum Menschen – sehr viele Menschen – in gewissen grauen Kleidern, die ich das letzte Mal vor 4000 Tagen gesehen hatte. Ich war im Zentrum, jedoch sah es wieder schön und glänzend aus und kein einziges Gebäude hatte eine Macke.

»Das...das ist –«

»Ja, richtig, das ist der Tag eurer Geburt«, sprach der Bürgermeister, der mit seinen Händen in den Kittaschen stand und die Menschenmenge neugierig beäugte. Im Gegensatz zu dem Raum und den Ästen war er nicht verschwunden – doch ich hatte meine Aufmerksamkeit längst nicht mehr auf ihn gerichtet, denn vor mir wimmelte es von Menschen, die eigentlich längst tot waren. Lange blickte ich mich in der Menge um und suchte nach Gesichtern, die ich kannte. Nach einer langen Weile entdeckte ich schließlich den kleinen Hugo, der gemeinsam mit der noch ängstlich wirkenden kleinen Cat durch die Menschenmassen ging. Ich hatte völlig vergessen, wie sehr sich Cat im Laufe ihres Lebens gewandelt hatte. Es wirkte so surreal, sie wieder in dieser Gestalt vor meinen Augen zu sehen. Sie beide zu sehen. Ein Kloß bildete sich in meinem Hals. Dann fiel mir auf, dass ein paar Meter von ihnen entfernt zwei kleine Mädchen aus der entgegengesetzten Richtung an ihnen vorbeiliefen und sich an ihren Händen hielten – eine mit grünem, lockigem Haar und spitzen Ohren; die andere mit himmelblauen Augen und Haaren sowie runden Ohren; beide staunend. Der Anblick der kleinen Siletha versetzte mir einen Stich in die Brust; sofort kamen mir die Tränen. Sie wieder in den jungen, hilfsbedürftigen Jahren zu sehen, ließ meinen Körper fast außer Kontrolle geraten. Ich fühlte mich, als würden mich jeden Moment meine wackligen Beine nicht mehr tragen und ich würde zu Boden stürzen – doch irgendwie blieb ich aufrecht. Ich fühlte mich wie im Traum. Doch noch merkwürdiger als alles andere war es, mich selbst als ein solch kleines Mädchen zu sehen. Wenn man einmal so groß geworden ist, fällt es einem schwer, sich vorzustellen, einmal so ausgesehen zu haben. Das war so lange her gewesen. Es war inzwischen so viel passiert.

»Diese vollkommene Orientierungslosigkeit...«, sprach der Bürgermeister, sein Blick noch immer auf die unzähligen herumwimmelnden Menschen gerichtet. »Wie soll man sich auch sonst fühlen, nachdem so viele komplett neue Informationen auf einen eingeflossen sind? Die meisten Menschen brauchen erst einmal eine gewisse Zeit, um überhaupt zu verstehen, wer sie sind und was sie wollen. Es gibt jedoch auch Menschen, die so gerissen und clever sind, dass sie in jener Orientierungslosigkeit eine Chance sehen.«

Das Bild des Zentrums verschwand genauso schnell vor meinen Augen, wie es gekommen war und ich fand mich an einem Ort wieder, der mich ein wenig an das Innere ei- ner Hütte erinnerte, jedoch waren die Wände so weiß wie Schnee. War dies etwa eines der Iglus aus Orgia? Dann erschrak ich mich. In der Mitte des Iglus bemerkte ich zwei Männer, die an einer kleinen Feuerstelle saßen. Einen davon erkannte ich sofort – seine Haut bestand aus schwarzem Fell, seine Augen waren blutrot und sein Blick war so ausdruckslos, wie ich es von ihm gewöhnt war. Bei seinem Anblick lief mir ein Schauder über den Rücken und ein sofortiges Ekelgefühl breitete sich in mir aus.

»Wieso können wir dieses Feuer überhaupt benutzen?«, fragte der Mann, der ihm gegenübersaß.

»Was fragst du mich das, Theo?«, raunzte Warleck. »Möglicherweise gibt es auch Dinge, für die man keine Tokens bezahlen muss.«

»Na, hoffentlich sind es viele!«, rief Theo laut und lachte dabei fröhlich. Warleck hingegen blickte gedankenversunken in das Feuer.

»Guten Abend, die Herren«, ertönte auf einmal eine weibliche Stimme, die mich zusammenzucken ließ. Ich konnte meinen Ohren nicht trauen. War das etwa...Mutter?

»Guten Abend, schöne Dame!«, sprach Theo freudig zu der jungen, hübschen Frau mit den wallenden silbernen Haaren.

»Wer bist du denn?«, fragte Warleck grimmig und erhob sich. »Und wo zum Geier hast du diese Kleider her?« Er deutete auf die schwarzen Klamotten meiner Mutter; da fiel mir erst auf, dass dies das erste Mal war, dass ich Warleck nicht in seinen sonst ebenfalls schwarzen Lederklamotten sah, sondern in der grauen Standardkleidung.

»O...die habe ich mir gekauft«, sprach meine Mutter in einer solch arroganten Stimme, die ich noch nie von ihr gehört hatte – sie klang wie ein anderer Mensch. »Genauso wie das hier.« Sie zog ein langes, schmales Schwert hervor – jenes, welches sie auch damals in Rast verwendet hatte, als Dark-Town in unser Dorf eingedrungen war.

»Das...das ist eine Waffe!«, rief Theo und wich erschrocken zurück, ganz im Gegenteil zu Warleck, der unbeeindruckt stehen blieb. »Willst du uns etwa töten?«

»Ach nein...was ein Unsinn«, sagte meine Mutter freundlich und steckte das Schwert in ihren Gürtel. »Ich will mich bloß mit euch unterhalten.«

»Es war ziemlich dumm, dir etwas anderes außer Nahrung zu kaufen«, sprach Warleck abwertend. »Nun musst du jeden Tag mit weniger als 100 Lebenspunkten auskommen, weil du einmal hübsche Kleidung kaufen wolltest.«

»Das mag schon sein...«, sagte Mutter ruhig, »...jedoch nur dann, wenn die tägliche Token-Anzahl auch bei 100 bleibt.«

Warlecks Blick wurde auf einmal sehr neugierig und sein Schweigen war offenbar ein Signal dafür, dass er gespannt darauf war, was meine Mutter noch so zu erzählen hatte.

»Wisst ihr eigentlich, wie wenig 100 Tokens im Vergleich zu 10 Millionen sind?«, fragte Mutter. »Das heißt, dass es eine Menge Items und damit einhergehend eine Menge Wissen über diese gesamte Welt geben muss, welches der Menschheit aktuell verwehrt wird. Sicher müssen die Menschen nicht alles wissen, aber gar nichts zu wissen, fühlt sich auch irgendwie falsch an. Ich habe vor, das Wissen der Menschheit ein wenig zu erweitern. Ich finde es falsch, dass wir im Dunkeln tappen sollen.»

»A-aber hast du denn vergessen, was dieser Bürgermeister gesagt hat?«, stotterte Theo entsetzt. »Wenn wir mehr Tokens erlangen wollen, dann –«

»Müssen Menschen sterben«, vervollständigte Warleck seelenruhig und schaute dabei nicht von meiner Mutter weg.

»Ja, das ist natürlich ein Jammer...«, sagte sie in traurigem Ton, »...aber ist es denn richtig, dass die gesamte Menschheit ein unwissender Haufen bleibt, nur damit ein paar Menschen mehr leben können? Wäre es nicht besser, ein paar Opfer zu bringen, wodurch aber letztendlich das Gemeinwohl profitieren kann? Ist es nicht besser, wenn wenige ein Leben voller Wissen und Freude leben können, als wenn alle ein unwissendes, ärmliches Dasein pflegen?«

Wie angewurzelt stand ich dort. War das hier wirklich so geschehen? Hatte meine Mutter etwa die ersten Kämpfe eingeleitet? Jene Kämpfe, bei der die Hälfte der Bevölkerung gestorben war, sollte sie begonnen haben? Die sanftmütige Frau, die alles dafür gegeben hatte, dass Frieden in unserer Stadt herrschte? Die friedliche Frau, die Siletha und mich während genau diesen Kämpfen gerettet hatte? Ich verstand es nicht. Wie war das nur möglich?

»Ich verdiene den Tod mehr als jeder andere in dieser Stadt«, hatte sie damals auf der Brücke zu mir gesagt. Ich hatte es nicht verstanden. War dies der Grund gewesen? Weil sie dieses Grauen gestartet hatte? Vollkommen entsetzt starrte ich auf die schöne Frau mit den silbernen Haaren und auf ihr verschmitztes Lächeln – sie kam mir so fremd vor. Ich hatte sie seit so langer Zeit wieder vor mir sehen wollen, doch das hier war nicht dieselbe Mutter, mit der ich aufgewachsen war. Dann führte der Bürgermeister erneut eine Handbewegung durch und auf einmal lehnten wir an einer Wand in einer Gasse des Zentrums. Gegenüber von uns lehnten Warleck und meine Mutter ebenfalls an einer Wand nebeneinander und blickten uns direkt an. Für einen kurzen Moment hatte ich das Gefühl, als hätte man mich beim Lauschen erwischt, doch verstand ich schnell, dass dies überhaupt keinen Sinn ergab, denn sie konnten sowohl mich als auch den Bürgermeister ja überhaupt nicht sehen.

»Das, was dieser Oskar da tut, ist das Beste, was uns passieren konnte«, sprach meine Mutter und blickte dabei genau auf die Stelle, an der ich stand. Gänsehaut breitete sich auf meinen Armen aus.

»Weshalb das?«, fragte Warleck neugierig.

»Ganz einfach...wir und die restlichen *Wissenschaftler* werden uns in der gesamten Menge verteilen und in dem Moment angreifen, wenn seine Ansprache zu Ende ist. Niemand wird es kommen sehen, weswegen schnell Panik und Chaos ausbrechen werden. Kein Bürger wird wissen, wer

Freund oder Feind ist, und so werden sich die meisten letztendlich wohl gegenseitig zerfetzen.«

»Wie recht sie doch hatte«, sprach der Bürgermeister kühl, woraufhin sich mein Blickfeld erneut änderte und vor meinen Augen das erschien, was meine Mutter beschrieben hatte – und was ich selbst noch gut in Erinnerung hatte. Feuer, Blut und unzählige Kämpfe. Wir standen nun direkt neben meiner Mutter und ich konnte mitansehen, wie sie mit Leichtigkeit hunderte Menschen auf grausame Weise zerfetzte, ohne eine einzige Miene zu verziehen. Dieser Anblick widerte mich so unglaublich an. Einen Menschen, den man liebt, so zu sehen, ist schrecklich, das wusste ich ja bereits. Doch ihr hätte ich so etwas niemals zugetraut.

Auf einmal stoppte meine Mutter ihre Bewegungen und ich sah, wie ihr Blick auf zwei kleine Mädchen fiel, die in einer Gasse von einem großen Mann mit einer Machete in der Hand überragt wurden. Wie hypnotisiert blickte sich meine Mutter die Szenerie für einige Sekunden an; in ihrem Blick lag das volle Entsetzen. War dies der Moment, in dem sie zu dem Menschen wurde, den ich schlussendlich gekannt hatte? Erlebte ich diesen Sinneswandel gerade mit? Die Szene wechselte wieder und ich erblickte das junge Ich sowie meine zitternde kleine Schwester und meine Mutter in einer der Hütten von Rast.

»Myrielle...«, fragte ich sie nervös und hielt dabei der verängstigten Siletha die Hand, »...wie viele Tage müssen wir uns denn noch hier verstecken? Wann hören die Menschen endlich auf, miteinander zu kämpfen?«

»Das weiß ich nicht, meine Kleine...«, sagte sie in tröstendem Ton und strich mir sanft über den Kopf, »...möglicherweise wird...«, für einige Sekunden verschlug es ihr sichtlich die Sprache, »...möglicherweise wird dieses Grauen niemals aufhören.«

»Da bist du ja!«, ertönte auf einmal die dunkle Stimme von Warleck, der in die Hütte hineingekommen war. »Ich dachte, du wärst tot! Was tust du hier? Wer sind diese Kinder?«

»Lass uns kurz nach draußen gehen«, sagte meine Mutter ruhig, schaute ihm dabei ernst in die Augen und stand auf.

»Nein, geh nicht!«, rief Siletha panisch und Tränen liefen über ihr zierliches Gesicht.

»Keine Sorge, wir sind direkt vor der Tür. Lilia wird auf dich aufpassen, habe ich recht?«

»Ja!«, rief mein jüngeres Ich selbstbewusst. Schon damals wollte ich sie stolz machen.

Warleck und Myrielle verließen daraufhin die Hütte und der Bürgermeister und ich folgten ihnen. Der Anblick der noch stehenden umliegenden Hütten in Rast trieb mir Tränen in die Augen und ich wollte am liebsten einmal durch den ganzen Bezirk gehen und mir alles nochmal anschauen, so wie ich es gekannt und geliebt hatte. Doch dafür war keine Zeit. »Willst du mir vielleicht erklären, warum du uns verdammt nochmal im Stich gelassen hast?«, fragte Warleck gedämpft aber mit aggressivem Unterton. »Innerhalb der Massen hat sich eine weitere Gruppierung gebildet, welche sich *Lebensretter* nennt. Die Lage wird übersichtlicher; es sind nun zwei Fronten, die gegeneinander kämpfen, und wir sind in der Unterzahl. Wo warst du?«

»Ich bringe das in Ordnung«, sprach unsere Mutter. »Ich werde mit diesen *Lebensrettern* verhandeln und schauen, ob es einen möglichen Kompromiss geben kann.«

»Kompromiss?«, fragte Warleck völlig verdutzt. »Die können uns alle töten, wenn sie wollen. Wir haben verloren, Myrielle.«

»Ich verspreche dir, dass ich das regeln werde...aber pass bitte auf die beiden Kinder auf, während ich weg bin.«

»Auf diese...Myrielle, was ist denn los mit dir?«

»Versprich es mir einfach, okay? Tu es für mich.«

Warleck blickte ihr lange in die Augen und ging dann in die Hütte. Myrielle folgte ihm.

»Kinder...«, sprach sie in einem freundlichen Ton, der nichts verriet, »...das hier ist ein sehr vertrauenswürdiger Freund von mir. Sein Name ist Warleck. Er wird auf euch aufpassen, bis ich wieder bei euch bin.« Siletha schaute ihn angsterfüllt an; er lächelte nett zurück.

Der Bürgermeister hob erneut seine Hand und die Szenerie verschwand – dabei hätte es mich so sehr interessiert, wie wir die Zeit, bis unsere Mutter zurückgekehrt war, mit Warleck verbracht hatten. Erinnerungen an diesen Tag hatte ich kaum noch welche; soweit ich wusste, hatten wir im Großen und Ganzen einfach schweigend zusammengesessen. Vor meinen Augen erschien nun ein moderner Büroraum, in welchem meine Mutter und Hubertus sich an einem Tisch gegenübersaßen.

»Sie bringen aber eine schwache Grundlage mit, wenn Sie verhandeln wollen, Myrielle«, sprach Hubertus streng mit seiner dunklen Stimme. »Sie und ihre *Wissenschaftler* sind für tausende von Toten verantwortlich...es wäre also nur fair, wenn wir euch im Kampf vernichten.«

»Mag schon sein...«, sagte Myrielle besonnen, »...jedoch nennt ihr euch doch die *Lebensretter*. Was werden Ihre Leute wohl sagen, wenn sie erfahren, dass Sie, Hubertus, ein

Friedensangebot, welches unzählige Menschen rettet, ausgeschlagen haben?«

»Nun...nun ja...sie werden verstehen, dass –«

»Stellen Sie sich doch mal vor, Sie sind derjenige, der einen Weg findet, dass in dieser Stadt endlich Frieden herrscht«, sagte Myrielle. »Dann wird niemand auch nur ein böses Wort über Sie verlieren oder ihre Führungskraft infrage stellen. Ich habe mir ein System überlegt, mit welchem es keinen Krieg und keine Kämpfe mehr geben wird. Geben Sie es als ihr System aus und die Macht in dieser Stadt gehört Ihnen. Das ist es doch, was Sie wollen, oder?«

»Und was wollen Sie, Myrielle?«, fragte Hubertus misstrauisch und zog eine Augenbraue hoch. »Sie haben diese Stadt ins Chaos gestürzt und sind jetzt urplötzlich zu einer Kämpferin für den Frieden geworden?«

Meine Mutter blickte sich lange auf ihre eigenen Finger und schaute Hubertus dann tief in seine dunkelblauen Augen.

»Ich habe tragischerweise Neugier vor der Empathie erlernt und dies sorgte dafür, dass ich schreckliche Entscheidungen getroffen habe. Sie fragen mich, was ich will? Nur eines...ich will nichts bereuen müssen. Wenn all das, was ich getan habe, letztendlich dazu führt, dass alle noch leben-den Menschen in einer ewigen Harmonie zusammenleben können, dann werde ich auch nicht von Reue geplagt werden.«

Die Szenerie verschwand vor meinen Augen und erneut befand ich mich von der einen auf die andere Sekunde in Rast. Wieder standen sich Warleck und Myrielle gegenüber...dieses Mal auf dem weiten Feld, das von großen grünen Bäumen umgeben war. Ich dachte daran, als ich sie das letzte Mal an diesem Fleck gesehen hatte, und musste blinzeln, bis die Tränen aus meinem Blickfeld verschwanden und ich die beiden wieder deutlich sehen konnte.

»Das kann nicht dein Ernst sein!«, rief Warleck und lief aufgebracht hin und her. »Wir sollen uns von dieser Gruppe beherrschen lassen?«

»Es ist leider die einzige Möglichkeit, um die Sache friedlich zu lösen.«

»Wieso denn friedlich lösen? Hast du denn vergessen, was wir erreichen wollten? Was ist mit dem größeren Wohl für die Allgemeinheit?«

»Ich scheiße auf das größere Wohl!«, rief meine Mutter plötzlich streng über das Feld; ich zuckte zusammen. Sie in diesem Ton sprechen zu hören war vollkommen ungewohnt und es gefiel mir gar nicht, auch wenn sie gerade eigentlich gute Sachen sagte. »Willst du diese Kinder wirklich wieder diesem Grauen aussetzen? Sag mir nicht, dass dir ihre Leben völlig egal sind, nachdem du sie jetzt kennengelernt hast. Gib es zu, es lässt dich nicht kalt!«

»Nein, das tut es nicht!«, rief Warleck, nun ebenfalls gereizt. »Doch kann es sicher nicht die Alternative sein, die Freiheit aller Bürger wegzunehmen und die Regeln des Bürgermeisters vollkommen auf den Kopf zu stellen. Wenn das durchgesetzt wird, dann sind wir nichts weiter als Gefangene.«

»Aber wir überleben«, sagte sie, inzwischen wieder gefasster, und kam nun ganz nah an sein Gesicht heran. »Nur, wenn wir das tun, können wir vier ein glückliches Leben führen – sogar gemeinsam. Wir können für immer zusammen sein und kein Kampf wird uns entzweien können. Ich bitte dich, Warleck. Du musst mit mir zusammen die anderen überzeugen, sich zu ergeben. Wenn wir ihnen gemeinsam sagen, dass dies der richtige Weg ist, dann werden sie uns auch folgen. Bitte...unterstütze mich und dann wird uns auch niemals etwas trennen können.« Sie legte ihre schmale Hand an seine Wange und strich sanft darüber.

»Okay...«, sagte er schließlich matt und schaute ihr in die Augen, »...ich werde dein Vorhaben unterstützen, damit wir vier eine gemeinsame Zukunft haben.«

Vor meinen Augen erschien nun die Arena der Gerechtigkeit und instinktiv wusste ich sofort, welcher Tag es war. Warleck stand an dem Pult, an welchem jeder Bürger Equalitys am Tag der großen Einteilung gestanden hatte, und blickte erwartungsvoll zu den sieben Personen herauf, welche das Urteil über seine Zukunft fällen sollten.

»Bürger Warleck...«, sprach Hubertus, »...wir freuen uns, Ihnen verkünden zu können, dass Sie Ihr ewiges Leben in Ruhe und Frieden im Bezirk Dark-Town verbringen werden. Das Zentrum wird über Ihr Leben wachen und Sie mit seinen Regeln beschützen. So lebet denn wohl.«

Noch nie hatte ich ein solches Entsetzen gesehen wie von Warleck in diesem Augenblick. Wie angewurzelt starrte er auf den Boden der Arena – und obwohl ich wusste, was dieser Mensch noch alles für schlimme Dinge tun würde, tat er mir in dem Moment leid. Vielleicht hätte doch alles anders sein können, wenn...doch so zu denken war keine gute Idee. Die Vergangenheit ließ sich nicht ändern, so sehr es auch schmerzte, diese Momente mitzuerleben und nicht eingreifen zu können. Aber vielleicht wurde man auch nicht einfach so zu einem schlechten Menschen, zu einem Mörder...dieses Böse hatte sicherlich auch dann schon in Warleck gesteckt und seine traurigen Erinnerungen zu sehen, würde mich jetzt nicht dazu bringen, ihn weniger zu hassen. Das Bild vor meinen Augen verschwand und ich befand mich auf einmal in einem dunklen Zimmer, dessen kahler Anblick mich schaudern ließ. Warleck lag auf einem eigentlich kaputten Bett und starrte mit einem solch ausdruckslosen Blick an die Decke, dass man meinen könnte, in ihm steckte kein Funken Leben mehr.

»Wo sind wir hier?«, fragte ich verwundert, da ich noch nicht verstanden hatte, wie diese Erinnerung mit den anderen zusammenhängen sollte.

»Fast 3000 Tage saß Warleck in diesem Zimmer und kam nur zum Essen und Trinken kurz nach draußen. Die Trennung von euch hat in ihm eine psychische Krankheit ausgelöst, welche man *Depression* nennt. Er hatte keine Motivation mehr, aufzustehen und er konnte keine Freude mehr verspüren, egal wie sehr die anderen Bürger seines Bezirks ihn dazu animieren wollten...das Einzige, was Tag für Tag auf ihn einprasselte, war die Einsamkeit zusammen mit der traurigen Gewissheit, dass er seine Kameraden für Myrielle hintergangen hatte und schließlich selbst auf irgendeine Weise hintergangen wurde.«

»Mit ihm habe ich kein Mitleid«, sagte ich kalt, auch wenn es verlockend war, wenn man ihn so sah. Aber das änderte nichts – nur weil einem selbst schlimme Sachen passiert waren, hieß das noch lange nicht, dass es dann berechtigt war, wenn man anderen schlimme Sachen antut. »Es gibt keinen Menschen, den ich mehr hasse als ihn. Hätte er damals nicht unsere Heimat angegriffen, wären alle Menschen, die mir wichtig waren, womöglich noch am Leben.«

»Und er läge wahrscheinlich noch immer antriebslos in diesem Zimmer rum und würde vor sich hin trauern.«

Gerade wollte ich auf diese Aussage reagieren, doch dann klopfte es an Warlecks Tür und ich richtete meine Aufmerksamkeit auf das Geschehen.

»Nein!«, rief Warleck wütend nach draußen. »Lass mich in Ruhe, Theo!«

»Verdammt, du musst unbedingt rauskommen! Die Anführer von Neighborhood und Angerion haben sich hergeschlichen. Sie wollen sich verbünden, um das Zentrum zu stürzen. Warleck, es gibt Hoffnung, dass wir endlich wieder unsere Freiheit zurückbekommen können.«

»Unsere...Freiheit?«, wiederholte Warleck leise und blinzelte ein paar Mal. Dann erhob er sich langsam von seinem Bett und öffnete Theo die Tür.

»Und...und was wollen die ausgerechnet von mir?«, fragte er in einem solch niedergeschlagenen Ton, den ich noch nie von ihm gehört hatte.

»Sie wissen, dass du uns die Person ins Team holen kannst, die das Ganze zu unseren Gunsten entscheiden wird. Myrielle muss an unserer Seite kämpfen und wenn es jemand schafft, sie von unserem Vorhaben zu überzeugen, dann du.«

Die Szenerie wechselte und ich fand mich ein weiteres Mal in Rast wieder. So langsam war es nicht mehr so ein Schock, meinen Bezirk intakt zu sehen, doch emotional machte es mich trotzdem. Es war dunkel und der Bürgermeister und ich standen im Wald. Nur mit Mühe erkannte ich durch die dichten Bäume dann zwei dunkelgekleidete Männer, die an entgegengesetzten Seiten eines Baumes standen. »Myrielle wird sich unserem Kampf nicht anschließen...«, sprach Warleck, »...sie ist vollkommen ihrem Friedenswahn verfallen. Sie hat sich völlig verändert.«

»Das sind sehr schlechte Neuigkeiten«, sagte Theo, der einen Kapuzenpullover anhatte, der sein Gesicht verdeckte. »Gehen wir dann zu Plan B über? Entführen wir ihre Töchter und erpressen sie?«

In dem Moment wurde ich so wütend. Alles zog sich in mir zusammen und ich hatte das Bedürfnis, diese beiden Arschlöcher zu verprügeln. Ich wäre am liebsten direkt auf sie losgestürzt.

»Nein...«, sprach Warleck ruhig, »...es hat sich eine völlig neue Situation ergeben. Die einzige Person, die wir nun brauchen, ist Siletha. Wenn wir sie in unsere Hände kriegen, dann besteht eine hohe Wahrscheinlichkeit dafür, dass wir das Zentrum vernichten können. Die Kleine ist die Sammlerin.«

»Das meinst du nicht ernst, oder?«, fragte Theo ungläubig. In dem Moment zuckte ich zusammen. Eine junge Frau mit silbernen Haaren war direkt neben mir und dem Bürgermeister aufgetaucht und lauschte offenbar ebenso wie wir diesem Gespräch.

»Was zum –«, sprach ich entsetzt. Ich verstand nicht, wie das möglich war. »Sie hat es gewusst? Mutter wusste, dass Warleck uns angreifen wollte, und...und hat nichts gesagt?«

»So ist es...«, flüsterte der Bürgermeister und blickte meine Mutter dabei neugierig an, »...sie hat weder das Zentrum noch ihre Leute noch Warleck selbst darauf angesprochen.«

»A-aber warum...ich...ich verstehe es nicht«, stotterte ich.

»Verstehst du denn noch immer nicht, was deine Mutter war, Lilia?«, fragte er ruhig und betrachtete mich mit hochgezogener Augenbraue. »Myrielle wusste ganz genau, dass Menschen sterben würden, wenn sie Warlecks Vorhaben irgendwem verriet. Entweder hätte sie selbst oder das Zentrum ihn töten müssen, um das Leben der Bürger, die sie zu schützen geschworen hatten, zu verteidigen...doch sie hing zu sehr an ihrem eigenen Idealismus – nicht um des Friedens willen, sondern um das eigene sinngebende Ergebnis ihrer schlimmen Taten aufrechtzuerhalten. Sie hat geglaubt, sie könne allein mit ihren Worten verhindern, dass dieser Konflikt ausbricht...aber du weißt ja genau wie ich, zu was es geführt hat.«

Der Bürgermeister machte eine kurze Handbewegung, wonach die Szenerie ein weiteres Mal wechselte.

Wir befanden uns auf einer Brücke. Die ersten Sonnenstrahlen waren gerade zu sehen. Als ich meinen Kopf nach rechts drehte, sah ich dunkle Gestalten, die auf etwas zuzurennen schienen, während von der linken Seite meine Mutter schwer verwundet auf uns zuging. Mein vergangenes Ich stand verzweifelt schreiend im Hintergrund. Panik baute sich in meiner Brust auf. Bitte nicht nochmal...ich wollte das nicht nochmal sehen.

»Deine Mutter hat eine Wahl getroffen...«, sprach der Bürgermeister sanft, »...und an diesem Ort –«

»Das ist der Preis für meine Sünden«, sagte meine Mutter matt und mit tränenden Augen, während die unzähligen Dark-Town-Kämpfer auf sie zustürmten. Für mich kam dasselbe Gefühl auf, welches ich auch an jenem Tag verspürt hatte – dieser unfassbare Schmerz gepaart mit dieser gewaltigen Wut.

»DAS IST DOCH SCHWACHSINN!«, brüllte ich den Bürgermeister an. »DAS HIER IST DOCH ALLES NUR GESCHEHEN, WEIL SIE NICHT EINGEGRIFFEN HABEN! HÄTTEN SIE MEINE MUTTER UND ALLE MENSCHEN

IN DIESER STADT BLOß BESSER BESCHÜTZT, DANN WÄRE DAS ALLES NIE SO WEIT GEKOMMEN! DIE GANZEN TOTEN GEHEN AUF IHRE KAPPE! NICHT AUF DIE VON MIR, NICHT AUF DIE VON SILETHA, UND GANZ BESTIMMT NICHT AUF DIE VON MEINER MUTTER!«

Der Bürgermeister lachte mich bloß hämisch an und machte genau in dem Moment eine Handbewegung, als es plötzlich orange vor meinen Augen wurde und der laute Knall der Explosion meine Ohren schmerzhaft durchdrang. Von der einen auf die andere Sekunde wurde es wieder still und wir befanden uns in einem dunklen Zimmer, in dem sich Warleck, Theo und drei weitere Bürger Dark-Towns aufhielten.

»Wir haben getan, was du verlangt hast, Warleck«, sprach einer von ihnen. »Wir haben uns deinem Willen und deinem Kommando vollkommen unterworfen, um an die Sammlerin zu kommen, aber wie genau soll uns das von Nutzen sein?«

»Ist die Frage ernst gemeint?«, zischte Warleck gereizt. »Wenn wir ihr Vertrauen gewinnen, dann können wir sie lenken, sie ausbilden und zu einer gnadenlosen Kriegerin machen...wenn wir sie dann noch mit genügend Tokens ausstatten, wird sie zu einer Waffe, gegen die das Zentrum keinerlei Chance hat. Siletha ist unser Schlüssel; nur durch sie werden wir unsere Freiheit wiedererlangen und die Spiele werden endlich stattfinden können.«

»Das wären dann aber ziemlich ungerechte Spiele, wenn die Sammlerin an diesen teilnimmt, findest du nicht auch?«

»Natürlich...«, sagte Warleck, »...wenn wir Siletha zu der Person machen, die wir für unser Vorhaben benötigen, wird sie in den Spielen ein unschlagbarer Gegner sein. Genau deswegen werden wir sie nach dem Sturz des Zentrums aus dem Weg räumen. Ich locke sie zu einer großen Menge von uns, die stechen sie ab und das Problem ist gelöst«

»Du...du willst...«, stotterte Theo, »...Siletha töten, nachdem sie all diesen Menschen da draußen die Freiheit beschert hat? Das fühlt sich völlig falsch an.«

»Erspar mir deine Predigt, Theo. Falls es dir nicht aufgefallen ist: Wir haben gerade hunderte von friedlichen Männern, Frauen und Kindern in Rast blutrünstig und in Überzahl abgeschlachtet; da willst du mir jetzt sagen, es wäre furchtbar böse von uns, eine weitere Person für unsere Zwecke zu opfern? Wir tun das, was getan werden muss, um dieses Ziel zu erlangen. Die Freiheit der Menschheit muss gewahrt werden und dafür müssen wir alle unsere Opfer bringen, selbst die, die es nicht wollen. Wir werden Siletha manipulieren und dann beseitigen. Ihre Erinnerungslücken machen das alles noch viel einfacher.«

»Ihre...Erinnerungslücken?«, wiederholte ich verwirrt. Wovon sprach Warleck da gerade? Dann wechselte das Bild vor meinen Augen erneut.

»Schau mal, Papa, ich habe heute noch kein einziges Mal den Korb verfehlt!«, rief Siletha von ihrer Position auf einem Basketballfeld aus der dunklen Gestalt zu, die nebendran stand. Sie schien noch in dem Alter zu sein, in welchem Warleck sie entführt hatte. Ihre Augen glänzten vor Freude.

Wieso nannte sie ihn Papa? Ich war fest davon ausgegangen, meine kleine Schwester war damals voller Angst zitternd in einem düsteren Keller eingesperrt gewesen.

»Man nennt es *dissoziative Amnesie*«, sagte der Bürgermeister und ich schrak zusammen, denn ich hatte kurz vergessen, dass er da war. »Wenn ein Mensch etwas Furchtbares erlebt, kann die Psyche in seltenen Fällen diesen ganzen Schmerz und das Trauma nur verarbeiten, indem er sich selbst schützt und einige Erinnerungen und persönliche Informationen verdrängt. In diesem Moment kann sie sich weder an ihre Heimat noch an ihre Freunde...noch an dich und Myrielle erinnern.«

Vollkommen entsetzt starrte ich in das glückliche Gesicht meiner Schwester. Sie war also überhaupt keine Gefangene hier in Dark-Town gewesen? Der Bürgermeister führte wieder eine Handbewegung aus und das Bild wechselte zu einem großen Raum, in dem Siletha – inzwischen einige hundert Tage älter – vollkommen nassgeschwitzt Liegestütze ausführte, daraufhin mit einem Messer und schließlich mit einer Schusswaffe trainierte. Warleck beobachtete sie aus dem Hintergrund; sein Blick war eiskalt.

Im Folgenden sahen wir viele Ausschnitte aus Warlecks und Silethas Leben während ihrer Zeit in Dark-Town. Ihre Beziehung war nicht gerade herzlich; wenn sie sprachen, dann nur über Silethas Fortschritte und über das Ziel, das Zentrum zu vernichten und diese Mordspiele zu eröffnen. Siletha schien allerdings oft an sich zu zweifeln, redete mit sich selbst und führte nachts Extra-Schichten Training aus, da sie sich wohl fürchtete, ihre Mission nicht erfolgreich abzuschließen. Ich erlebte in Abschnitten mit, wie meine Schwester zu einer gefühlslosen Soldatin ausgebildet wurde, die nicht einen einzigen Funken Liebe selbst entgegengebracht bekam. Dies erfüllte mich erneut mit solchen

Schmerzen. Sie war zwar nicht in einem Keller gefangen, doch dies war auch grausam.

Nach etlichen Erinnerungen kamen wir schließlich wieder zu einem späteren Zeitpunkt in Silethas Leben im Trainingsraum an. Sie war inzwischen wendig, zielsicher und stark. Sie trainierte bis zur Erschöpfung, doch selbst das schien sie nicht in die Knie zu zwingen. Die Tattoos auf ihrer gesamten Haut hatte sie sich bereits im Katalog gekauft und ihre Haare waren nun nicht mehr lockig, sondern glatt, und zu einem Halb-Zopf zusammengebunden. Einzelne Strähnen klebten dank dem Schweiß an ihren Schläfen. Mein Blick fiel zu Warleck, der erneut im Hintergrund lauerte, seine Miene wieder eiskalt auf Siletha gerichtet. Dann trat er ein bisschen weiter in den Raum, woraufhin sie ihn bemerkte.

»O...hallo, Vater!«, rief sie außer Atem, aber freudig. »Ich fühle mich bereit für morgen, ich kann das schaffen, ich bin –« Sie verstummte als Warleck sie plötzlich fest umarmte. Siletha wusste wohl zunächst nicht, wie ihr geschah, denn sie brauchte einen Moment, um zu reagieren – doch dann erwiderte sie seine Umarmung und ihre Augen begannen zu tränen.

»Die ganze Sache morgen wird sehr gefährlich für dich«, sagte Warleck. »Du könntest dabei sterben. Wenn du das nicht tun möchtest, dann musst du auch nicht, ich verspreche es dir. Du bist nicht gezwungen, dein Leben für diese Sache zu opfern, hörst du?«

»A-aber...«, stotterte Siletha und löste sich von der Umarmung, »...ich will das schaffen. Ich habe mein ganzes Leben auf diesen Moment hingearbeitet und alle Menschen da draußen verlassen sich auf mich. Ich werde das System des

Zentrums morgen zum Einsturz bringen und den Menschen ihre Freiheit schenken, komme was wolle.«

Warlecks rote Augen wanderten einmal über Silethas Gesicht, dann klopfte er ihr leicht auf die Schulter.

»Mit so einer Antwort hatte ich bereits gerechnet«, sagte er mit einem matten Lächeln und drehte sich um. »Mach nicht mehr so lang, du musst morgen ausgeruht sein.« Er verließ den Trainingsraum und ließ Siletha inmitten von diesem zurück. Sie blickte verstört drein und blinzelte ein paar Mal schnell.

»G-glaubt er etwa nicht an mich?«, fragte sie, ihre Stimme im leeren Raum hallend, und blickte dabei genau zu mir, als würde sie mich sehen können. Ich bekam Gänsehaut. Dann verschwand das Bild und ich fand mich vor einem großen, heruntergekommenen Haus wieder – es schien mitten in der Nacht zu sein. Warleck öffnete von innen leise die Tür dieses Hauses und verließ schnellen Schrittes das Grundstück.

»Wo geht er denn jetzt noch hin?«, fragte ich den Bürgermeister verwundert.

»Folgen wir ihm doch und finden es heraus«, antwortete dieser freundlich.

Wir gingen einmal durch den gesamten Bezirk DarkTown bis hin zur Bezirksgrenze; auf dem Weg schaute sich Warleck immer wieder rechts und links um. Offenbar wollte er nicht, dass ihn jemand sah. Dann betrat er die Brücke, welche nach Rast führte. Ich verstand in diesem Moment nicht, was vor sich ging. Wieso verließ er in der Nacht vor so einem wichtigen Tag seine Heimat? Und was wollte er in Rast? Davon war doch nichts übrig – er hatte selbst dafür gesorgt.

Dort angekommen ging er langsam über die verkohlten Felder und an den Überresten der Hütten vorbei, bis er schließlich an einem bestimmten Ort ankam, den ich erst nach einigen Sekunden wiedererkannte: Hier hatte einst die Hütte meiner Mutter gestanden, bevor sie von oben bis unten abgebrannt worden war. Was hatte Warleck hier zu suchen? Er hatte schließlich kein Recht, hier zu sein, nachdem er sie eiskalt getötet hatte. Und dann passierte etwas, womit ich als Letztes gerechnet hätte. Der herzlose Mörder meiner Mutter ließ sich auf seine Knie fallen und begann, schrecklich zu weinen. Es war eine Mischung aus Heulen und Schreien, als würden alle Emotionen, die er all die Zeit in sich verborgen gehalten hatte, in diesem Moment aus ihm herausplatzen. Er schluchzte bitterlich und wickelte seine Arme um seinen gekrümmten Körper, als würde ihm sein Kummer physischen Schmerz bereiten. Was sollte das? Ich verstand nicht, wieso er das tat – er war doch der Grund, weshalb sie tot war.

»Du hattest recht...«, sprach Warleck plötzlich mit schwacher, heiserer Stimme, sein Blick auf die Asche vor ihm gerichtet, »...du hattest die ganze Zeit recht. Das Ziel, worauf ich nun seit so langer Zeit hinarbeite – das, was ich seit dem Moment wollte, in dem das Zentrum mich gegen meinen Willen in dieses Loch gesteckt hat – ist nun in greifbarer Nähe...ich muss nur noch zugreifen. Doch es ist wertlos...ES IST WERTLOS! Der Gedanke daran gibt mir nichts, er gibt mir keinerlei innere Ruhe oder Frieden. Das Einzige, was ich in diesem Moment will, ist dich wieder an meiner Seite zu haben. Ich vermisse dich, Myrielle, ich vermisse dich so sehr. Es tut mir so leid, was ich unserer Familie angetan habe.«

Mit entsetztem Blick verfolgte ich das Geschehen vor mir. Ich wusste nicht, was ich dabei fühlte. Ich hasste Warleck...ich hasste ihn so sehr...aber mit dem, was ich da sah, hatte ich einfach nicht gerechnet. Es änderte eigentlich nichts an meinen Gefühlen, doch er schien tatsächlich Reue zu verspüren. Soweit er wusste, konnte ihn keiner sehen, also gab es auch keinen Grund, etwas vorzuspielen.

»Ich kann das, was ich getan habe, nicht mehr ungeschehen machen. Wenn ich es könnte, dann würde ich mirnichts mehr wünschen, als dass Siletha, Lilia und auch du ein glückliches, sorgenfreies Leben führen könntet – vollkommen egal, wie lange ich dafür in diesem Loch feststecken müsste...aber die Vergangenheit lässt sich nicht mehr ändern. Doch die Zukunft ist noch ein ungeschriebenes Buch. Ich kann vielleicht einiges wieder in die richtige Richtung biegen...ich muss es versuchen. Myrielle, ich verspreche dir, alles dafür zu geben, dass du die friedliche Welt bekommst, die du dir so sehr gewünscht hast. Ich werde Lilia aus dem Gefängnis rausholen und sie dann wieder mit Siletha vereinen, um jeden Preis. Ich gebe deinen Töchtern die Welt, die du für sie gewollt hast...und dann...dann komme ich zu dir.«

»Was eine zerrissene Gestalt...«, sprach der Bürgermeister, »...seine Ambitionen im Konflikt mit seinen Gefühlen machen ihn unvollkommen und unberechenbar. Wenn ein Anführer-Typ wie er seine Linie willkürlich verschiebt, ist Chaos vorprogrammiert.« Die Szenerie wechselte und ich sah wie Siletha – mit jenem wahnsinnigen Blick auf dem Gesicht, den ich in jüngster Vergangenheit oft gesehen hatte – Warleck die Kehle durchtrennte. Als dieser röchelnd auf dem Boden lag, wusste ich noch immer nicht, was ich fühlte. Es war kein Mitleid, da war noch immer Hass – nur fühlte sich dieser Hass dennoch ein klein wenig anders an.

»Myrielle...stark, aber nicht in der Lage, die Unterdrückung der Schwachen auf Dauer mitanzusehen...opfert schließlich jeden rationalen Gedanken, um den eigenen verwerflichen Taten einen höheren Zweck zu verleihen...unbrauchbar. Warleck...ein wissbegieriger, ambitionierter Mann mit klaren Prinzipien und einer hohen Opferbereitschaft, die er wegen seinen Gefühlen auch schnell wieder über Bord werfen kann...unbrauchbar. Fire, Hugo, Cat und der Rest von Rast...sehr individuell, sehr friedlich, aber das nur, weil sie zu träge sind, um sich mit anderen Gedanken auseinanderzusetzen; es hätte nur einen anderen Anführer gebraucht und sie wären ihm blind hinterhergerannt...unbrauchbar. Die Bürger Orgias mit ihrem unbändigen Sexualtrieb, eine Gefahr für die Allgemeinheit...unbrauchbar. Parados...sehr anfällig für Süchte, ohne jede Chance, aus diesen herauszukommen...unbrauchbar. Neighborhood...von Minderwertigkeitskomplexen zerfressene Neider, die wollen, dass es allen anderen schlechter geht als ihnen selbst...unbrauchbar. Angerion...vor Gewalt triefende Sadisten, die nicht einmal einen Grund brauchen, um die Schwächeren in Stücke zu reißen...unbrauchbar. DarkTown...immer darauf bedacht, die eigenen Besitztümer zu vermehren, ohne sich mit dem zufriedenzugeben, was sie im Moment besitzen...unbrauchbar. Das Zentrum...eine Bande hochmütiger Besserwisser, die sich selbst eine Legitimation zur Unterdrückung verleihen, da ihr meist überschätzter Verstand sie davon überzeugt, es gehe dadurch allen Menschen gut...unbrauchbar. Ach ja...und dann gibt es natürlich noch Siletha.« Vor meinen Augen erschien eine grüne Explosion, gefolgt von Momentaufnahmen von unzähligen Menschen in Parados und Orgia, die durch Silethas Attacken ihre Leben verloren. Die Bilder vergingen so schnell vor meinen Augen, doch sie brachten all meine traumatischen Erlebnisse und den mir wohlbekannten Schmerz wieder zurück. Der Bürgermeister stoppte diese Bildabfolge bei einer Szenerie, die ich nicht selbst miterlebt hatte. Siletha war mit ihrer Pistole über Limus gebeugt, umringt von den ausblutenden Leichen von Nox und den anderen, die nach Silethas Massaker in Parados überlebt hatten.

»DU WOLLTEST MIR MEINE SCHWESTER WEGNEHMEN, DU WICHSER!«, brüllte Siletha und presste ihre Pistole nun genau an Limus' Schläfe.

»B-bitte tu das nicht«, stotterte Limus mit einer solchen Panik, dass sie mir das Herz zerriss – er war normalerweise so ruhig und gefasst. Dieser Anblick ließ meinen Körper zittern und Tränen stiegen in meinen Augen auf. Ich wusste, was passieren würde, doch ich wollte es einfach nicht wahrhaben. Ich wollte die Augen zukneifen oder wegsehen, doch ich konnte nicht; ich war wie eingefroren, meine verschwommene Sicht auf meinen geliebten Limus in seinen letzten Momenten gerichtet.

»Jaja, Siletha...«, sprach der Bürgermeister kopfschüttelnd, »...so mental schwach, dass sie leicht zum Spielball sowohl für Licht als auch für Schatten werden kann, genau das macht sie so gefährlich...und wenn sie dann noch ihren Halt in ihrem Leben und die Personen, die ihr eigentlich die richtigen Werte vermitteln sollten, verliert, dreht sie auch gerne mal komplett durch...vollkommen unbrauchbar.« Ein Knall ertönte; ich schrie und schloss endlich meine Augen.

Ich wollte sie nicht mehr aufmachen, ich wollte nicht sehen, wie Limus leblos auf dem Boden lag und meine kleine Schwester sich über seinen Tod erfreute. Doch die Wut, die in diesem Moment meinen gesamten Körper durchströmte, brachte mich dazu, widerwillig die Augen doch wieder aufzureißen. Dann bemerkte ich, dass ich nicht mehr in irgendeiner Erinnerung feststeckte, sondern stattdessen wieder in dem Raum mit den violetten Ästen dem Bürgermeister gegenüberstand, der mich mit einem bemitleidenden Gesichtsausdruck anblickte.

»Jetzt hören Sie mir mal gut zu...«, sagte ich mit tränenden Augen, »...es ist mir scheißegal, ob Sie der Bürgermeister, der Erschaffer von mir und dieser Welt, oder welches Arschloch auch immer sind. Sie reden hier von Menschen, als hätten sie keinen Wert, nur weil sie nicht perfekt sind – was auch immer perfekt überhaupt sein soll. Dabei waren Sie es doch, der für diese ganze Scheiße verantwortlich ist. Sie haben uns an diesem Ort zusammengetan und dann haben Sie Siletha noch die Sammlerfähigkeit gegeben, mit der dieses ganze Chaos überhaupt erst richtig losging. Also denken Sie ja nicht, Sie seien besser als auch nur ein einziger von uns.«

»Die Stadt befand sich im Stillstand«, entgegnete er. »Ich musste etwas tun, um zu schauen, ob die Person, die ich für brauchbar halte, auch wirklich jede Hürde standhält. Siletha war meine letzte Prüfung, um herauszufinden, ob du, Lilia, wirklich der eine Mensch bist, der nicht so fehlerhaft ist wie die anderen...und wie sich herausgestellt hat, hatte ich mit meiner Vermutung recht, dass du etwas Besonderes bist.«

»Wovon...sprechen Sie denn da bitte...was für eine Prüfung?«

»Siletha war dein Schwachpunkt und ich musste diesen in einen Konflikt verwickeln...dass es so gut laufen würde, hätte selbst ich nicht für möglich gehalten. Du warst bereit, völlig selbstlos ins Gefängnis zu gehen und dein eigenes Leben zu opfern...für eine Person, die du liebst...und dennoch hast du ihre Taten nicht gerechtfertigt und sie nicht bei ihrem Handeln unterstützt. Du hast alles gegeben, um sowohl die Menschheit als auch deine Schwester zu beschützen. Du bist völlig selbstlos immer den schwereren Weg gegangen. Du würdest nie das Leben anderer für Tokens opfern und trägst lieber selbst Leid, als dass es anderen schlecht geht. Menschen wie dich, die auch in solchen Extremsituationen so handeln können, sind diejenigen, die brauchbar sind; diejenigen, die würdig sind...und so jemanden habe ich gesucht. Unter 100.000 Menschen habe ich dich gefunden, Lilia.«

»Das...das ist doch alles Schwachsinn«, stammelte ich irritiert. Der Gedanke daran, dass der Bürgermeister all diese Geschehnisse gewissenlos gelenkt hatte, als wären wir nichts weiter als Schachfiguren gewesen, widerte mich an. »Ich bin nicht die einzige Person; es gab noch Menschen, die sogar besser waren als ich. Limus, ein Mann, der wegen Ihrer Regeländerung sterben musste, war der gütigsteMensch in dieser Stadt. Er hat es nicht verdient, dass –«

»O, bist du dir da sicher?«, fragte der Bürgermeister mit einem süffisanten Lächeln. Ein violetter Ast wandte sich zu mir herunter. Ich verstand nicht, was das zu bedeuten hatte.

»Na los, Lilia, lass uns einen letzten kleinen Ausflug in die

Erinnerungen deines Liebsten machen...so wie du von ihm sprichst, hast du wohl nichts zu befürchten.«

Zögerlich blickte ich den violetten Ast an und ein flaues Gefühl machte sich in meinem Magen bemerkbar. Was sollte das hier werden? Ich musste es verstehen. Ich legte meine Hand um den pulsierenden Ast und fand mich sofort in einem Haus im Zentrum wieder. Limus war nirgendwo zu sehen, stattdessen das kleine Mädchen namens Zensu, die gedankenverloren herumstand, die Arme um ihren zierlichen Körper gelegt. Ein Klopfen ertönte.

»Ja, herein!«, rief das kleine Mädchen freundlich, aber mit wackliger Stimme, woraufhin Limus den Raum betrat.

»Bald...ist es so weit«, sagte er zu dem kleinen Mädchen und ging mit einem kleinen Lächeln auf sie zu.

»J-ja...«, stotterte sie, »...ich habe g-große Angst.«

»Brauchst du nicht zu haben«, sagte er in seiner freundlichen, wohligen Art. »Wir werden dich beschützen. Immerhin bist du klein und schwach, es wäre unverantwortlich, dir nicht zur Seite zu stehen.«

»D-danke, Limus, das ist wirklich nett.«

»Ja...ja, sicher«, flüsterte er und kratzte sich an seinem Kopf. Irgendwie wirkte er ein wenig anders als sonst. Was war los mit ihm? Dann fiel mir auf, dass dies kurz danach sein musste, als er bei mir gewesen war – das Tageslicht, das durch die Fenster strömte, sowie seine noch leicht knittrigen Klamotten sprachen dafür. Vielleicht war er wegen dieser Sache in meinem Zimmer noch ein wenig durcheinander. Er sprach weiter. »Da wir dir helfen und du uns kämpferisch nicht auch helfen kannst, wäre es aber dennoch fair, wenn du dafür sorgst, dass wir uns wohlfühlen, oder?«

»Ähm...ja...glaube schon«, sagte das kleine Mädchen etwas verunsichert und blickte ihn mit großen Augen an. Limus ging jetzt so nah an sie ran, dass er direkt vor ihr stand. »Was soll ich tun?«

Auf einmal spürte ich eine unbeschreibliche Kälte an meinem gesamten Körper...eine Kälte, die mir Schmerzen in der Brust bereitete, als ich sah, dass Limus den Gürtel sei-ner Hose öffnete. Ein Schauder durchzog mich und das flaue Gefühl wurde immer stärker.

»Mach den Mund auf«, sagte er ruhig. Zensu begann zu zittern und Tränen liefen ihr die Wange herunter. Sie schüttelte langsam ihren Kopf.

»I-ich habe Angst...ich m-möchte nicht...«, stotterte sie nervös und wollte einen Schritt zurückgehen, doch Limus packte sie am Kopf.

»Du wirst es tun, wenn du nicht möchtest, dass du im Kampfgeschehen genauso umgebracht wirst wie deine Schwester!«, sprach er nun etwas strenger und lauter.

Ich ließ mich auf die Knie fallen und schloss meine Augen. Ich konnte das nicht ertragen, das durfte nicht wahr sein. Als ich an dem Tag gesehen hatte, wie verstört das kleine Mädchen gewesen war, hatte ich gedacht, es wäre der Angst zu verdanken – und sicherlich hatte diese auch mit reingespielt. Doch dass sie auch noch das hier hatte durchmachen müssen? Auf einmal hasste ich mich selbst und ekelte mich bei dem Gedanken, diesen Mann angefasst zu haben...ihm mein Herz ausgeschüttet zu haben...ihn geliebt zu haben. Ich hielt die Augen fest zugekniffen, doch das ekelhafte Stöhnen, das er von sich gab, folterte mich. Diese Stimme...ich hatte ihren Klang immer als so angenehm und so beruhigend empfunden. Ich schrie und hielt mir die Ohren zu, um es auszublenden. Dieser Schmerz und dieser Ekel fraßen mich auf. Wie konnte ich ihn geliebt haben? Sogar sein Leben gegen das meiner Schwester eintauschen wollen? War das etwa Liebe – jemanden an deine verletzlichsten Seiten heranzulassen und dich dann zu wundern, wenn er diese ausnutzt? Wenn er dir so wehtut, wie kein anderer Mensch es könnte, und das, ohne auch nur eine einzige Waffe gegen dich zu richten? In wie viele Stücke konnte ein Herz eigentlich zersplittern, bevor man tatsächlich daran starb?

»Hast du etwa schon genug gesehen?«, ertönte die Stimme des Bürgermeisters in meinem Kopf, woraufhin ich langsam und furchtsam die Augen wieder aufmachte und mich noch immer kniend in dem Raum mit den violetten Ästen wiederfand. Ich war erleichtert, nicht mehr in dieser Erinnerung zu stecken, doch alles in mir tat weh. Ich konnte es nicht mehr ertragen...ich wollte das nicht mehr spüren.

»Töte mich...«, flüsterte ich ausgelaugt, als mein Körper keine Kraft mehr hatte, Tränen zu produzieren, »...töte mich, bitte. Töte mich...TÖTE MICH ENDLICH, DU MISTKERL!« Doch der Bürgermeister tat nichts dergleichen. Er versenkte seine Hände in den Jackentaschen seines weißen Kittels und drehte mir den Rücken zu.

»Tja...das ist die Realität«, sprach er in traurigem Ton. »Selbst die Menschen, die auf den ersten Blick gut wirken, haben innere Dämonen, die sie rauslassen, sobald keiner zusieht. Sie präsentieren sich in der Öffentlichkeit als aufrichtig; wenn sie sich jedoch unsichtbar machen oder verschleiern könnten, würden so gut wie alle Menschen andere vergewaltigen, ausrauben oder töten. Der Großteil der Güte gegenüber anderen entsteht bloß aus Angst vor einer negativen Konsequenz für einen selbst. Grausam, nicht wahr? So unrecht hatte Siletha also nicht mit ihrem Ekel vor der Menschheit.« Der Bürgermeister drehte sich zu mir hin und ließ mit einer kleinen Handbewegung hinter sich einige Bildschirme erscheinen, auf denen schreckliche Bilder zu sehen waren – von all den schlimmen Sachen, die er mir gerade aufgelistet hatte, und noch viel mehr. Doch ich erkannte weder diese Menschen noch die Orte, an denen sie waren.

»Das, was du erlebt hast, ist in der Welt, aus der ich komme, ein tägliches Grauen...sogar noch schlimmer. Die Schwächeren werden von den Starken geschändet und abgeschlachtet, Tag für Tag, seit hunderttausenden von Tagen. Die Gierigen gehen über Leichen, um ihren Wohlstand immer weiter auszubauen, währenddessen viele andere hungern müssen. Gerechtigkeit gibt es nicht. Die guten Menschen werden bis in alle Ewigkeit von den Bösen unterdrückt werden, wenn niemand etwas dagegen unternimmt.«

»Ich verstehe nicht recht«, sagte ich und erhob mich nun wieder vom Boden. »Von was für einer anderen Welt sprechen Sie? Ich habe jenseits der Mauern geblickt, dort war rein gar nichts.«

»Was ich dir jetzt sagen werde, wird vermutlich nicht leicht zu verarbeiten sein«, sagte der Bürgermeister. »Mein Name ist Professor Elliot Briganti und...ich bin wie du, Lilia. Weißt du, in meiner Welt ist der endgültige Tod unvermeidbar, vollkommen gleich, ob die Menschen umgebracht werden oder nicht...für jeden ist irgendwann die Zeit gekommen, an der er ins Gras beißt. Ich sollte also mein ganzes Leben lang forschen, die Menschheit voranbringen, etwas Weltbewegendes erschaffen, um schließlich als vermoderter Dreck unter der Erde zu enden? Nein...das kam für mich nicht infrage. Ich wollte nicht endlich sein.« Der Bürgermeister blickte für einen kurzen Moment auf seine ausgestreckte rechte Hand, als würde er an etwas Wichtiges zurückdenken; dann blickte er mich erneut an. »Die Wissenschaft hatte bereits vor Beginn meiner Forschung einen für lange Zeit für unmöglich gehaltenen Meilenstein erreicht... es war möglich, die Ströme des Gehirns, welche das *Ich* – die Essenz einer Person – ausmachen, auf einen digitalen Ordner hochzuladen, auf welchen auch weitere Ichs geladen werden konnten. Die meisten Unternehmen nutzten diese Errungenschaft, um damit Computerspiele und andere unsinnige Güter herzustellen, die nur dem Zweck dienten, ihren Gewinn zu maximieren – doch ich erkannte in dieser Struktur etwas ganz anderes...die Chance, den Feind des Lebens endgültig zu besiegen.« Obwohl ich nur die Hälfte von dem verstand, was er sagte, hing ich gebannt an seinen Lippen. Ich hatte das Gefühl, ich würde in diesem Moment alle Antworten erhalten, auf die ich so lange gewartet hatte.

»Ich war der Erste, der eine entscheidende Sache herausgefunden hat...nämlich, dass man die Erinnerungen dieser Ichs manipulieren kann, bevor sie in einen Ordner hochgeladen werden. Menschen aus meiner Welt leben für gewöhnlich um die 80 Jahre – also mehrere zehntausend Tage – bis ihre Körper sterben. Wir nehmen also 80 Jahre bewusst wahr, genauso wie unsere Körper. Was wäre also, wenn es mir gelänge, dass wir die Zeit mental anders wahrnehmen könnten als unser Körper sie wahrnimmt? Was, wenn ich die bewusste Zeit immer wieder um ein Milliardstel verringern könnte im Vergleich zu der Zeit, die der Körper wahrnimmt? Dann wäre das nichts anderes als ein ewiges Leben und der Tod wäre der Grenzwert, den unser bewusstes Zeitempfinden niemals erreichen würde.«

»Aber wie soll das möglich sein?«, fragte ich irritiert. Ich kam gedanklich nur schwer mit. »Eine Sekunde ist eine Sekunde, ein Tag ist ein Tag...und so spüre ich es auch.«

»Amüsant, dass gerade du das sagst«, sprach der Bürgermeister lächelnd. »Die Zeit, die wir wahrnehmen, ist nichts weiter als die Erinnerung unseres Bewusstseins daran, wie wir sie wahrnehmen. Sobald ich ein mentales Ich auf einen Ordner hochgeladen habe, kann ich dort seine Erinnerungen manipulieren, also auch die Erinnerung daran, welches Empfinden eine Sekunde für dieses Ich hat. Wenn sich dieses Ich in einer digitalen Welt befindet, vergehen für es also nur ein Bruchteil – ein Milliardstel – der Zeit im Vergleich zu dem irdischen Körper in der realen Welt. Für diesen Menschen ist es also möglich, eine Milliarde Tage in der digitalen Welt zu leben und danach wieder in den Körper zurückzukehren, der in der Zwischenzeit nur einen einzigen verdammten Tag gealtert ist. Sobald es mir gelingt, die bewusste Zeit beliebig weit von der Zeit, die auf den Körper wirkt, zu trennen, ist die Unsterblichkeit von Fiktion zur durch pure Wissenschaft erreichten Realität geworden.« Der Bürgermeister drehte mir den Rücken zu und blickte auf die Bildschirme mit den Bildern von zerfetzten Leuten, abgemagerten Kindern und brennenden Wäldern. »Ich werde ein friedliches Paradies erschaffen, in welchem alle guten und gerechten Menschen bis in alle Ewigkeit ein glückliches, erfülltes Leben ohne Schmerz und Trauer führen dürfen. Doch musste ich dafür zunächst herausfinden, welche Persönlichkeiten eben diesem Paradies würdig sind. Aus diesem Grund habe ich 100.000 Menschen unter dem Vorwand einer Studie in das Gebäude meines Forschungsunternehmens eingeladen, um ihre Ichs in die digitale Welt mit dem Namen *Equality* hochzuladen. Ihre Erinnerungen habe ich so manipuliert, dass sie sich nicht mehr an ihre Leben außerhalb der Stadt erinnern konnten; allein ihr tiefster Charakter blieb erhalten. Die Regeln, die ich in dieser Stadt aufgestellt habe, sollten den Frieden und die Gier in einen direkten Konflikt stellen, um somit das Verhalten jedes einzelnen Menschen zu studieren...und unter all diesen Probanden hat sich nur ein Mensch als würdig erwiesen. Das perfekte Zusammenspiel aus Güte, Loyalität, Intellekt und Emotionen. Du bist der Prototyp für das ideale menschliche Zusammenleben, Lilia. Deine Persönlichkeitsdaten werde ich nutzen, um ausschließlich Menschen, die dieselben Werte haben wie du, den Zugang zu meinem Paradies zu gewähren.«

»Ich...ich komme eigentlich aus einer anderen Welt?«, fragte ich vollkommen verdutzt. Ich konnte das nicht verstehen. Meine Stadt war nicht real? Unsere Leben waren nicht real? Nein, er verarschte mich doch sicherlich...oder? Ich schaute ihn skeptisch an.

»Ja...dein echter Körper hat gerade einen Sensor am Kopf, der dein Ich auf Equality überträgt. Bewusst sind für dich über 4000 Tage vergangen...für deinen Körper in dieser Zeit nicht einmal eine einzelne Sekunde, genauso wie für die restlichen Probanden.« Ich fühlte mich so, als hätte ich irgendwelche Drogen genommen, die die Realität komplett verzerrten. Oder vielleicht war ich in einem Traum, wo alles so durcheinander war, dass es gerade deswegen irgendwie wieder glaubwürdig wirkte. Denn das hier ergab doch alles keinen Sinn...aber warum kaufte ich es ihm dann ab? Vielleicht, weil mir nichts anderes übrigblieb als Erklärung für alles, was geschehen war...als Erklärung für diesen ganzen Horror. Oder vielleicht, weil ich es glauben wollte – weil es dann Hoffnung gab, wenn das, was er sagte, stimmte.

»Die Menschen, die im Laufe all der Zeit gestorben sind, sind also alle noch am Leben? Mutter, Siletha und alle anderen – sie sind genau wie ich in dieser anderen Welt? Ist es das, was Sie mir gerade sagen?«

»Ja, sie sind wohlauf...zumindest noch eine Zeit lang.«

»Was soll das heißen?«, fragte ich irritiert. Das war so viel auf einmal zu verarbeiten. Ich wollte es endlich verste-hen.

»Es werden zwar noch einige Jahrzehnte – um es für dich auszudrücken, mehrere tausend Tage – vergehen, bis alles vollkommen abgeschlossen ist, aber dann wird alles sehr schnell passieren. In meiner Welt leben knapp 8 Milliarden Menschen – bis ich fertig bin, sind es wahrscheinlich noch viel mehr. Bisher kann die Wissenschaft nur über Sensoren, die direkt am Körper angebracht sind, das Bewusstsein der Menschen auf eine digitale Welt übertragen; doch mein Ziel ist es, dies auch durch Wellen zu schaffen. Dann wäre es mir möglich, auf jeden einzelnen Bewohner der Welt Zugriff zu haben – zu jeder Zeit. Ein Algorithmus wird dann jeden Menschen einmal nach Equality schicken und seine Persönlichkeitsdaten werden dann mit deinen verglichen werden. Die wenigen, welche dieselben Werte wie du aufweisen, dürfen dann in mein digitales Paradies aufsteigen und ein ewiges Leben in Frieden, Wohlstand und voller Liebe führen – und diejenigen, die so sind wie deine Mutter, dein Onkel oder deine Schwester, also deren Persönlichkeiten ein Risiko für mein Paradies darstellen, bekommen von mir die Erinnerungen daran geraubt, wie man atmet. Nachdem das Bewusstsein dieser Menschen wieder in ihren Körpern ist, werden sie also sterben, während die guten Menschen wie du auf ewig im Paradies verweilen dürfen. Ich weiß, das ist ein wenig brachial, doch traurigerweise ist es die einzige Möglichkeit, die guten Menschen vor dieser grausamen Welt zu retten.«

»Das...das können Sie doch nicht tun«, sagte ich entsetzt. Ich war mir zwar immer noch nicht hundertprozentig sicher, ob ich das alles glaubte, doch in dem Moment schien es mir die beste Option zu sein, einfach bei dem Ganzen mitzuspielen. Wenn ich es nicht tat, würde mich das ja auch nicht weiterbringen – dann würde ich eine Ewigkeit allein in Equality verbringen. Vielleicht sprach der Bürgermeister ja die Wahrheit. Falls es stimmte, gab mir das Hoffnung, denn dann würde ich meine Familie wiedersehen können...aber diese Hoffnung hatte einen bitteren Beigeschmack, denn das, was er in der Zukunft vorhatte, war grauenvoll. »Sie wollen Milliarden von Menschen umbringen, weil sie glauben, dass sie nicht würdig sind, in Ihrem Paradies zu leben?«

»Wenn ich sie nicht töte, dann könnten sie die realen Körper der Menschen im Paradies beschädigen. Die unbrauchbaren Menschen bringen sich ohnehin früher oder später gegenseitig um, Lilia. Das müsstest du selbst wissen. Ich mache diesen Menschen keinen Vorwurf – sie sind, was sie sind. Ich übernehme lediglich die Aufgabe, jeden an seinen vorgesehenen Platz zu schicken.«

»A-aber Menschen können sich doch auch ändern«, sagte ich in meiner Verzweiflung. »Siletha hat kurz vor ih- rem Tod verstanden, dass sie die ganze Zeit falsch gelegen hat. Hätte man sie nur vor den Menschen beschützt, die sie manipulierten, dann hätte sie sicher auch zu einem guten Menschen werden können – genauso wie viele andere auch.«

»Mag sein...«, sagte der Bürgermeister matt, »...jedoch kann das Böse in diesen Menschen jederzeit zum Vorschein kommen. Ich glaube, dass sie eine Veranlagung dazu haben – und ich werde kein Risiko eingehen. Mein Ziel ist es, den guten Menschen ein Paradies ohne Gewalt und ohne Angst zu schenken – und ohne das Risiko, dass es jemals dazu kommen könnte. Es ist nämlich so: Sollte man in einer digitalen Welt sterben, wacht man sofort wieder in der realen Welt auf. Und da ich mich selbst unwiderruflich in mein Paradies hochladen werde, könnte die Gefahr bestehen, dass gute Menschen durch den virtuellen Tod durch die Hand der Bösen aus dem Paradies verbannt werden und nie wieder hineingelangen. Das lasse ich unter keinen Umständen zu. Ich musste mich im Laufe meines Lebens ebenfalls viele Male vom Bösen trennen, obwohl ich diese Menschen genauso geliebt habe wie du deine Schwester. Wir alle müssen unsere Opfer bringen und das Richtige tun. Wenn es in Richtung Paradies geht, kannst du das Böse nicht mitnehmen.«

Ich kniete mich wieder auf den Boden und begann zu weinen. Meine Beine fühlten sich schwach an und ich brauchte meine ganze Kraft gerade, um dies alles zu verarbeiten – wenn das überhaupt möglich war. Der Bürgermeister hatte mir gerade gesagt, dass alles hier – mein ganzes

Leben, so wie ich es kannte – wäre nur eine Lüge gewesen; eine Illusion, um uns als Versuchskaninchen zu missbrauchen. Dieser Mann hatte mich, meine Freunde und meine Familie benutzt, um seinen wahnsinnigen Plan in die Tat umzusetzen. Wegen ihm wusste ich nicht einmal wirklich, wer ich war. Wer war ich denn, wenn nicht ich selbst? Wer war diese Person in dieser anderen Welt? War dies wirklich ich, wenn ich mich nicht einmal daran erinnern konnte? Alles, was ich kannte und erlebt hatte, hatte mich doch zu dieser Person gemacht, in dessen Körper ich gerade vermeintlich steckte – auch wenn dieser scheinbar nicht echt war. Also wer steckte dann in meinem *echten* Körper?

»Und...und warum...«, flüsterte ich und starrte dabei auf den Boden, »...warum glauben Sie, dass Sie es selbst verdient haben, in diesem Paradies zu leben, wenn sie Milliarden von Menschen kaltblütig ermorden wollen?«

»Die Welt lässt sich nicht durch schöne Worte verändern, Lilia. Einer muss sich selbst zum Bösen machen, um die guten Menschen zu retten. Ich bringe dieses Opfer. Ich tue, was getan werden muss, damit ihr das glückliche, unsterbliche Leben genießen dürft, das ihr guten Menschen verdient. Auch wenn dies schlimme Taten fordert, finde ich, dass ich nach all dem, was ich dann erreicht habe, mir meinen Platz in meinem Paradies verdient habe. Ich werde mich auch, sobald ich dort angekommen bin, jeglicher Macht, wie ich sie hier als Bürgermeister hatte, entsagen, und gleichberechtigt unter euch leben. Diese Macht wird nicht mehr nötig sein. Dank dir steht meinem Paradies nun nichts mehr im Weg.«

»Das glaubst auch nur du...«, sagte ich und ballte dabei die Fäuste vor Zorn. »Wenn ich da draußen in dieser Welt wieder aufgewacht bin, dann werde ich dich aufhalten. Du liegst nämlich völlig falsch. Ja, die meisten Menschen haben eine gute und eine böse Seite in sich – das haben sie sich auch nicht ausgesucht, sondern sind so geboren worden. Dennoch ist es besser, dafür zu kämpfen, dass ihre gute Seite die Oberhand gewinnt, anstatt sie einfach aufzugeben...das, was du vorhast, ist einfach nur feige. Ich werde dich aufhalten; ich scheiße auf das ewige Leben...dein Paradies wirst du niemals bekommen, du Arschloch.«

Der Bürgermeister begann daraufhin, laut zu lachen; so stark, dass er sich bücken und die Hände an den Bauch halten musste.

»Du...du willst mich aufhalten?«, fragte er außer Atem und mit tränenden Augen. »Du glaubst...du glaubst also wirklich, ich kreiere Welten und finde den Schlüssel zum ewigen Leben, nur um mich dann von einem – zwar intelligenten, aber im Gegensatz zu mir primitiven – Menschen wie dir von meinem Vorhaben abbringen zu lassen?«

»Darauf kannst du wetten!«, sagte ich fest entschlossen und runzelte die Stirn wütend.

»Ach, Lilia...genau dieser Gerechtigkeitssinn ist es, was mich an dir schon immer so begeistert hat«, sagte er mit einem herablassenden Lächeln. »Ach, übrigens, du solltest wissen, dass du dich, sobald du aufwachst, an kein einziges Erlebnis aus deiner Zeit in Equality erinnern können wirst. Und da du in dieser Form, die hier vor mir steht, ausschließlich ein Konstrukt aus den Erinnerungen der Stadt Equality bist, wird es so sein, als hättest du, Lilia, niemals existiert. Das Mädchen, aus dessen Persönlichkeit du entstanden bist, wird ein ganz normales Leben führen, bis es dann schließlich, wenn es so weit ist, mit allen anderen guten

Menschen ins Paradies aufsteigen wird – vorausgesetzt es lebt noch. Du hingegen warst nur Teil meines Experiments.« Ich konnte nichts entgegnen. Mir waren die Worte ausgegangen. Der Bürgermeister klatschte sich einmal in die Hände und sprach dann weiter.»Ich werde nun gehen und diesen Ordner von Equality unwiderruflich löschen, aber keine Angst, für dich wird sich das wie eine unendlich lange Zeit anfühlen. Du kannst also meinetwegen noch Milliarden von Tagen allein in dieser zukunftslosen Stadt leben...oder du akzeptierst dein Schicksal und löschst das Versuchsobjekt mit dem Namen Lilia.« Der Bürgermeister erhob sich plötzlich in die Luft und ich sah, wie seine physische Gestalt immer durchsichtiger wurde.

»Ich muss dir danken!«, rief er mir von oben noch zu. »Du hast den letzten Wunsch deiner Mutter schließlichdoch noch erfüllt. Du wurdest zur Retterin der Mensch- heit.«

Der Bürgermeister verschwand daraufhin und ließ mich allein in dem Raum mit den lila Ästen und dem unerträglichen Gewicht der Wahrheit zurück.

Eine Weile kniete ich einfach auf dem Boden und weinte. Ich wusste nicht, wie lange ich das tat, doch hatte Zeit für mich nun sowieso keine Bedeutung mehr. Ich versuchte, mit all diesen Informationen klarzukommen und das, was mir der Bürgermeister erzählt hatte, mit meinem Verständnis von der Welt und der Existenz zu vereinen. Ich versuchte, irgendwie eine Version der Wahrheit zu finden, die ich akzeptieren konnte. Meine Gedanken durchliefen jede Möglichkeit und schwankten immer wieder zwischen Glauben und Unglauben. Für lange Zeit zerbrach ich mir den Kopf, um zu irgendeiner Erkenntnis zu kommen, mit der ich weitermachen und eine Entscheidung treffen konnte – doch ich erlangte keine Erkenntnis, sondern bekam lediglich Kopfschmerzen. Egal, von welcher Seite ich die Möglichkeiten betrachtete, ich konnte mir keine Zukunft vorstellen, die ich erleben wollte. Entweder ich beendete jetzt sofort mein Leben – das Leben, das ich kannte – und wachte dann wieder in dieser sogenannten echten Welt auf, doch dann ohne jegliche Erinnerung an alle Menschen, die ich liebte...oder ich entschied mich dafür, die Worte des Bürgermeisters zu ignorieren und blieb auf ewig in Equality – doch dann allein und todunglücklich, zwar mit Erinnerungen an diese Menschen, doch auch mit dem Schmerz dieser Verluste...und auch mit Erinnerungen an all die schlechten, grauenvollen und tragischen Sachen, die ich erlebt hatte. Vielleicht würde ich dann irgendwann so einsam und suizidal werden, dass ich mich sowieso umbrachte – und dann wären wir wieder bei der ersten Option angekommen. Wie ich es auch betrachtete, kam ich immer zum selben Ergebnis, und das war keine Lösung, die ich akzeptieren wollte. Warum konnte ich nicht einfach in der Vergangenheit leben und das alles hier verdrängen? Jetzt, wo ich die Wahrheit wusste, auf die ich so lange gewartet hatte, war sie mir egal. Ich wollte einfach nur zurück.

Ich blickte mich um und schaute auf die ganzen pulsierenden lila Äste...und dann traf mich ein Gedanke. Vielleicht konnte ich ja doch zurück in meine schönen Erinnerungen...auch wenn nur als Beobachterin. Doch das war sicherlich besser als alle anderen Optionen, die ich hatte – und es war sicherlich besser als hier zu hocken und vor mich hinzuverzweifeln. Also stand ich endlich auf – meine

Beine fühlten sich so steif an, dass ich fast umfiel – und griff nach einem Ast, um meine Reise in die Vergangenheit zu beginnen.

Eine Zeit lang tat ich genau das – ich erlebte all meine schönen Erinnerungen ein zweites Mal; manche sogar noch öfter: die ersten unwissenden Momente in dieser Stadt; das erste Mal, dass Siletha mich umarmte; wir beide, wie wir mit Mutter redeten und lachten, in seliger Unwissenheit von dem, was auf uns zukam. Manchmal schmerzte es, nicht im Körper dieser jüngeren Version von mir zu sein und dieselben Dinge nochmal zu spüren, und manchmal schmerzte es, nicht eingreifen und Sachen verändern zu können. Doch trotzdem ließ es mich für eine Weile alles andere vergessen und darüber war ich froh. Doch irgendwann reichte auch das nicht mehr, also ging ich auch noch Silethas Erinnerungen durch...dann Mutters...dann Warlecks und schließlich noch die aller anderen Bürger Equalitys – Fire, Cat, Hugo, alle möglichen Menschen, die ich kaum gekannt hatte...sogar Limus' Erinnerungen ging ich durch. Ich übersprang nichts. Es war seltsam, denn zu Beginn meiner Reise durch die Vergangenheit war ich nur darauf bedacht gewesen, meinen Schmerz zu lindern, indem ich mich in schöne Zeiten hineinstürzte – doch inzwischen hatte meine Neugier die Überhand. Ich wollte alles wissen; jeden Moment sehen, den die anderen durchlebt hatten; jedes noch so kleines Ereignis – egal ob schön oder grausam – miterleben, das sie möglicherweise zu dem Menschen gemacht hatte, der sie wurden. Ich wollte die menschliche Psyche sowie die Stadt Equality von jeder Seite untersuchen, sei das aus der Perspektive von Warlecks Erinnerungen, Limus', Hubertus', Vanillas oder einfach denen eines beliebigen Bürgers aus Orgia oder Neighborhood. Ich wollte alles sehen; ich wollte mir kein Detail entgehen lassen...und das musste ich auch nicht. Subjektiv verbrachte ich sicherlich tausende Tage damit – ich wusste es ehrlich gesagt nicht, denn die Zeit schien in diesem Raum anders oder, besser gesagt, gar nicht zu verlaufen. Jedenfalls schien mein körperliches Empfinden in den Hintergrund zu treten. Ich schien nicht zu altern, ich hatte nie Hunger und hatte kein Bedürfnis zu schlafen; ich wollte nichts tun, außer jede kleine Ecke der Geschichte dieser Stadt zu erkunden, egal wie unangenehm diese Ecken manchmal waren. Einige von ihnen taten mir unheimlich weh, manche hingegen ließen mich vor Freude weinen, und manche widerten mich einfach komplett an...ich sah unzählige unschöne Momente, doch ebenso sah ich heimliche, zarte Momente zwischen Bürgern, die ich nicht einmal gekannt hatte, die mich mit einer gewissen, angenehmen Wärme füllten.

Nachdem ich alle Erinnerungen durchhatte, widmete ich mich dem Item-Katalog. Ich hatte unbegrenzte Zeit und konnte in diesem Raum scheinbar alles machen – verfügte über alle Macht und alle Tokens, die es in Equality gab; die Stadt gehörte nun allein mir – also kaufte ich mir einmal alles, was es zu kaufen gab. Ich untersuchte jedes Item, ob nützlich oder nicht; ich las jedes einzelne Buch – manche interessanter als andere; ich schoss jede Schusswaffe einmal in die Luft und die Sachen, die ich nicht benutzen konnte, weil es beispielsweise Gemeinschaftsspiele waren, kaufte ich trotzdem einmal, nur um es zu tun. Am Ende lagen überall in diesem Raum zwischen den Ästen, durch die die Erinnerungen flossen, Items unterschiedlicher Größen, Formen und Farben verstreut. Zwischen dem Austesten verschiedenster Items ging ich immer mal wieder in eine meiner Lieblingserinnerungen rein, um mein Verlangen nach den Personen, die ich vermisste, zu stillen – doch diese Abstecher in die Vergangenheit fühlten sich mit jedem Mal etwas trauriger an. Es schlich sich nach und nach die Erkenntnis ein, dass es niemals dasselbe sein könnte, wie im Hier und Jetzt – in echt – mit diesen Menschen zu interagieren. Das hier würde mich niemals wirklich erfüllen können; es würde immer etwas fehlen. Trotzdem machte ich eine Zeit lang weiter und nachdem ich endlich das allerletzte Level 9-Item gekauft hatte, was ich noch nicht gekannt hatte, wusste ich zum ersten Mal seit einer langen Weile nicht mehr, was ich als Nächstes tun sollte. Ich wusste jetzt alles, was ich über diese Welt wissen konnte, und ich hatte alles, was ich hier jemals besitzen konnte. So betrachtet, hatte ich sogar Silethas größtes Ziel erreicht. Doch irgendwie fühlte ich mich leerer denn je zuvor.

Ich schaute die ganzen Items an und blickte dann zu den zu Beginn noch so verlockenden Ästen, in denen meine Familie aufbewahrt wurde...doch irgendwie machte mich inzwischen der Gedanke, diese nicht-aktuellen und längst verstorbenen Versionen dieser Personen zu sehen und nicht einmal mit ihnen reden zu können, noch trauriger als die Vorstellung, sie nie wieder zu sehen. Ich wusste nun, dass ich meine Situation nicht ewig verweigern konnte.

Der Tod machte mir immer noch unglaubliche Angst – auch wenn es nicht wirklich *Tod* war, der mich erwartete, sollte ich diese Stadt verlassen. Doch die Vorstellung an das Unbekannte war fast schlimmer. Trotzdem...auf der anderen Seite erwarteten mich neue Möglichkeiten sowie die Personen, die ich verloren hatte...auch wenn es nicht wirklich dieselben Personen waren. Aber vielleicht könnte die Verbindung, die wir innerhalb von Equality hatten, auch dort existieren, wenn auch in einer anderen Form und ohne, dass ich es überhaupt wüsste. Trotzdem tröstete mich der Gedanke zumindest ein klein wenig. Der Bürgermeister war auch irgendwo in dieser anderen Welt und ich wollte ihn noch immer aufhalten – auch wenn das höchstwahrscheinlich so gut wie unmöglich war, weil ich mich nicht einmal an all das hier erinnern würde, geschweige denn ihn finden könnte. Trotzdem gab mir der Gedanke ein bisschen Halt – ich brauchte etwas, worauf ich zusteuern konnte, auch wenn es eine Fantasie war. Ich konnte mich nicht einfach so dem Tod hingeben. Nichtsdestotrotz musste ich akzeptieren...dass es hier nun nichts mehr für mich gab. Ich wollte nicht einfach wieder aus diesem Zimmer rausgehen und eine Ewigkeit in der einsamen, leeren, verwüsteten Stadt, die einst mein Zuhause gewesen war, verbringen – und ich wollte auch nicht für immer in diesem Raum sitzen, umgeben von allem, was ich verloren hatte und einer Unmenge an Sachen, die mich nicht erfüllten. Nein...ich wusste, dass die Zeit gekommen war. Ich wusste, was ich tun musste. Die Frage war nur – wie? Sollte ich mich jetzt etwa mit einer dieser Waffen, die herumlagen, umbringen?

Doch das war wohl nicht nötig, denn in dem Moment, als ich mein Schicksal innerlich wirklich akzeptiert hatte, spürte ich, wie alles um mich herum allmählich weiß wurde, die violetten Äste nach und nach verschwanden – und mit ihnen wohl auch die gesamte Stadt – und mein Körper hellblau zu schimmern begann. Ich blickte auf meine blauen Haare, meine blasse Haut und die Funken, in die meine körperlichen Merkmale sich nach und nach auflösten. Würde ich jetzt endlich sterben? Nein, ich würde wieder in meinem wirklichen Körper aufwachen, ohne mich an alles, was hier passiert war, erinnern zu können. Aber war das nicht im Prinzip so, als würde ich sterben? Immerhin war ich Lilia. Das Mädchen aus Rast, die Schwester von Siletha, die Tochter von Myrielle – an etwas anderes konnte ich mich nicht erinnern. Wenn all das einmal verschwunden war, dann gab es mich auch nicht mehr.

In dem Moment konnte ich mir endlich eine Frage beantworten, die mich, solange ich mich erinnern konnte, geplagt hatte, denn in dem Moment verstand ich endlich, was der Tod wirklich war: Der Tod war nicht das langsame Verfallen eines physischen Körpers, sondern der Tod definierte sich allein durch den Übergang aller Erinnerungen einer Person in die Vergessenheit.

-Epilog-

Am 20. November 2030 spürte die zehnjährige Kamila ein leichtes Kribbeln an ihrer Schläfe, nachdem eine Frau mit einem weißen Kittel ihr kurz einen Sensor an den Kopf gehalten und nach einem Piepsen wieder abgenommen hatte.

»Das wars schon, meine Liebe...«, sagte die Frau lächelnd, »...vielen Dank, dass du an dieser Studie teilgenommen hast. Du kannst jetzt wieder nach draußen zu deinen Eltern gehen.«

Alle Menschen, die an diesem Tag von diesem Unternehmen zur Teilnahme an der Studie eingeladen worden waren, verließen daraufhin das Gebäude und lebten ihre Leben weiter, wie sie es bisher auch getan hatten. Für Kamila bedeutete das also, den typischen Standard zu durchleben, wie dieses System es für alle vorgesehen hatte: Schule, Studium, einen guten Job finden und im besten Fall dann heiraten und Kinder bekommen. Bis zu dem Job gelang ihr dies alles auch sehr gut – da sie das Bedürfnis hatte, Menschen zu helfen, entschied sie sich dazu, der Polizei beizutreten. Dort waren ihre Leistungen so herausragend, dass sie bereits in ihren späten Zwanzigern der Kriminalpolizei beitreten durfte, mit Aussicht, später einmal beim Geheimdienst zu landen.

In der Liebe lief es jedoch nicht so, wie sie es sich vorgestellt hatte. Sie schoss einen Typen nach dem anderen ab – warum sie das tat, wusste sie selbst nicht einmal so wirklich. Irgendwie schaffte sie es nicht, ein vollkommenes Vertrauen aufzubauen, so gut diese Männer auch zu ihr waren. Irgendetwas hielt sie immer wieder davon ab, sich voll und ganz auf eine Beziehung einzulassen. Ihr ganzes Leben lang plagte sie das wiederkehrende Gefühl, dass sie unglaublich nah dran an etwas Besonderem, etwas Wichtigem, war, aber es nie ganz erreichen konnte. Sie hatte noch keinen Mann getroffen, der ihr Erfüllung schenken konnte, also dachte sie manchmal, die Liebe wäre schlichtweg nicht für sie bestimmt. Aber manchmal, wenn sie schlief, träumte sie von einer dunklen Gestalt mit violetten Augen. Nach sol- chen Nächten wachte sie mit einem Gefühl, das eine selt- same Mischung aus Zuneigung und Ekel war, auf. Aber das verblasste immer wieder sehr schnell, wenn sie in ihren Alltag startete, und sie vergaß das von schwarzen Haaren umgebene Gesicht bis zum nächsten Traum.

Eines Tages hatte sie frei, also saß sie gemütlich auf ihrer Couch und zappte durch ihr Fernsehprogramm, in der Hoffnung, ein wenig abschalten zu können. Sie fühlte sich oft sehr angespannt – spürte eine Art Dringlichkeit, die sie normalerweise ihrem Job zuschrieb, da dieser oft nicht gerade einfach zu verkraften war und viel psychische Stärke forderte. Sie machte den Job zwar gerne und war auch gut darin; gab vor allem nie auf – aber nichtsdestotrotz wünschte sie sich manchmal die Fähigkeit, sich einfach entspannen zu können, ohne das Gefühl, sie müsste irgendetwas tun, irgendetwas herausfinden, irgendwo weiter ermitteln. An diesem freien Tag versuchte sie also, ihr Hirn abzuschalten, und hoffte, der Fernseher könnte sie dabei unterstützen. Sie schaltete zwischen den Sendern hin und her, doch plötzlich machte sie halt, als ihr ein Bericht über einen Amoklauf vor Augen erschien und augenblicklich ihre Aufmerksamkeit weckte.

»Die 23 Jahre alte Sophie Taylor soll nach Angaben der Ermittler 45 Menschen mit einem Maschinengewehr umgebracht haben, bis sie schließlich von den Einsatzkräften entwaffnet und lebendig gefasst werden konnte. Sie befindet sich nun in einer geschlossenen Psychiatrie, in welcher sie festgehalten wird, bis sie wegen mehrfachen Mordes vor Gericht erscheint. Der Termin für diesen Prozess wurde der Öffentlichkeit noch nicht mitgeteilt. Taylor weigerte sich bislang, einen Kommentar abzugeben. Überlebende, welche mit der Täterin in engerem Kontakt standen, berichteten davon, dass sie diese immer nur als freundliche, hilfsbereite junge Frau gekannt haben und sie von dem einen auf den anderen Tag vollkommen durchgedreht sei und auf einmal davon sprach, nun Monster töten zu müssen.«

Bei diesen Worten bekam Kamila plötzlich starke, pochende Kopfschmerzen. Immer wieder hatte sie in der Vergangenheit über diese geklagt, jedoch waren sie immer nur eine Randerscheinung gewesen, die schnell wieder vorüberging, weswegen sie sie nicht weiter ernst genommen hatte. Dieses Mal aber war es anders und die Kopfschmerzen waren zudem mit merkwürdigen Bildern versehen, die vor ihrem inneren Auge erschienen. Sie sah eine junge Frau mit grünen Haaren und spitzen Ohren; aus ihrem Mund kam wirres Gebrüll, in welchem ebenfalls das Wort

Monster vorkam. Dann sah Kamila grüne Flammen, einen Wolfsmenschen und eine silberhaarige Frau – diese war in einem Moment nackt und im nächsten mit blutiger Kleidung bedeckt, die offenbar mal weiß gewesen war. Kamila zuckte vor Schreck zusammen. Diese Bilder, Halluzinationen, was auch immer sie waren, waren immer nur für kurze Momente da, doch Kamila erschreckte sich jedes Mal aufs Neue, wenn sie auftauchten. Im Laufe der Tage geschah dies nämlich immer häufiger, während die Kopfschmerzen durchgehend immer schlimmer wurden und nicht nachließen.

Kein Arzt wusste, was los war; Kamilas Eltern, die eigentlich nur dann mit ihr redeten, wenn sie Geld von ihr haben wollten, interessierten sich nicht für ihre Probleme; und ihre beste Freundin meinte nur, sie würde sich das alles einbilden. Kamila fühlte sich von niemandem auf dieser Welt ernst genommen, komplett auf sich allein gestellt in einer ausweglosen Situation – ein Gefühl, das ihr merkwürdigerweise bekannt vorkam, obwohl ihr keine Zeit aus ihrem bisherigen Leben einfiel, in der sie sich schon einmal so einsam und hilflos gefühlt hatte wie jetzt.

Doch diese ganzen Gedanken und Bilder in ihrem Kopf mussten immerhin irgendeine Bedeutung haben, da war sie sich sicher, und aus irgendeinem Grund wurde sie das Gefühl nicht los, als hätte diese Amokläuferin etwas damit zu tun. Kamila begann also zu recherchieren, um mehr über diese Person zu erfahren. Dank dem Internet dauerte es nicht lange, bis sie herausgefunden hatte, wie die Mörderin aussah. Sie fand ein Bild, auf dem diese lächelnd zu sehen war. Es sah so aus, als hätte sie gerade ihren Schulabschluss gemacht. Um sie herum standen weitere Menschen, doch sie stach heraus. Ihre Haare waren blond, ihr Lächeln wirkte freundlich und harmlos; es gab kein einziges Indiz, das daraufhin deuten ließ, dass sie eines Tages zu solch ei- ner grausamen Tat fähig sein könnte. Doch dann schaute Kamila tief in ihre hellblauen Augen.

Irgendetwas sah für sie falsch aus, als würde es nicht in dieses Erscheinungsbild passen. Für einige Sekunden – ja, sogar Minuten – schaute sie einfach nur in diese Augen, währenddessen ihre Kopfschmerzen immer stärker wurden, bis sie das Gefühl hatte, als würden sie ihren Kopf fast verschlucken, so stark, dass es in ihren Ohren zu rauschen begann. Gleichzeitig flimmerte ihre Sicht ein wenig. Sie presste die Augen einmal fest zu, und als sie sie wieder aufmachte, hätte sie schwören können, dass die blauen Augen der Sophie Taylor auf diesem Foto kurz giftgrün aufleuchteten. Sie schüttelte den Kopf; das mussten durch die Kopfschmerzen bedingte Wahnvorstellungen sein. Doch als sie erneut auf das Bild schaute, sah sie es schon wieder. Die Augenfarbe flackerte zwischen blau und grün hin und her. Selbst die Haare schienen vorübergehend grün zu leuchten. Die logische Seite von ihr versuchte Kamila einzureden, dass das an dem Computer-Bildschirm lag, oder dass sie durch die Schmerzen nicht mehr wusste, was real war. Aber irgendetwas an dem Anblick des Mädchens, so wie sie sie gerade gesehen hatte, kam Kamila so bekannt vor, und irgendwie sah es richtig aus...aber es war so schnell wieder vorbei, dass sie es nicht greifen konnte.

Doch Kamila spürte in dem Moment irgendwo tief in ihr – an einem Ort, der nichts mehr mit Logik zu tun hatte, aber der eindeutig die Wahrheit wusste – dass das weitaus mehr als nur Probleme mit der Technik oder Nebenwirkungen ihrer überwältigenden Kopfschmerzen sein mussten. Sie wusste, das alles musste irgendeine tiefere Bedeutung haben. Sie war so nah dran, es zu verstehen; die ganzen Fragezeichen in ihrem Kopf beantworten zu können – aber sie konnte es noch nicht ganz fassen.

Frustriert legte sie ihren Kopf in ihre Hände. Hinter ihren geschlossenen Augen schossen brillante grüne Flammen in die Höhen. Dann Dunkelheit. Für einen Moment war alles still, auch die stechenden Schmerzen hörten auf, und eine Einsamkeit überkam Kamila, wie sie sie noch nie erlebt hatte – als hätte sie plötzlich jeden Menschen verloren, der ihr je etwas bedeutet hatte. Sie machte ihre Augen erneut auf und diese trafen auf die des Mädchens auf dem Foto. Dann hörte sie irgendwo ein durchgedrehtes Lachen hallen, sowie zwei Stimmen, die sie kannte, aber nicht mehr wusste, woher: eine Männerstimme und eine Frauenstimme, die sich stritten und die immer mehr anschwellten, bis schließlich die erste Stimme zu lachen aufhörte und wütend »*GEHT WEG!*« schrie. Für eine Millisekunde herrschte wieder Ruhe, und dann...endlich...nach all den Jahren...kehrten die Erinnerungen zurück. Auf einen Schlag. Es war ein unbeschreiblicher, stechender, elektrischer Schmerz; es war wie eine Verwandlung, die ihren ganzen Körper auf die Probe stellte – doch als diese abgeschlossen war, da wusste sie es wieder. Sie wusste wieder, wer sie war – wer sie *wirklich* war – und wusste somit auch, was jetzt getan werden musste.

Unter dem Vorwand, dass sie in diesem Fall ermitteln wollte, suchte Kamila die geschlossene Psychiatrie auf, in der die Amokläuferin eingesperrt war. Sie zeigte dort ihre Polizeimarke und sagte, sie wolle Sophie Taylor verhören –

mit ein paar schmeichelnden Worten gelang es ihr auch, den Wärter dazu zu überreden, vor der Tür zu warten. Als sie endlich bei der Amokläuferin in dem kahlen weißen Zimmer war, schien diese allerdings kein Wort von sich geben zu wollen. Kamila vermutete, dass die Gedanken, die in ihrem Kopf herumgeisterten, sie völlig in den Wahnsinn getrieben hatten, sodass sie nur noch wie eine geschundene Seele durch die Gegend starrte. Sie sah gequält aus, und irgendetwas an diesem Gesichtsausdruck rief bei Kamila einen Beschützerinstinkt hervor. Die Intensität davon überraschte sie. Sie wurde das Gefühl nicht los, als würden diese Psychiater hier auch nichts Weiteres tun, als mit den Gedanken dieser jungen Frau zu spielen; sie zu kontrollieren; zu versuchen, sie zu etwas anderem zu machen, als sie es war – etwas, was eher in ihr Bild der perfekten Gesellschaft passte. Kamila schaute sie an, dieses gebrochene Mädchen, und hasste mit einer ihr bisher unbekannten Wucht jeden, der ihr jemals was getan hatte; der jemals dachte, er könnte sich in ihren Kopf schleichen und dort anstellen, was *er* wollte, was *er* für richtig hielt. Vielleicht war es Sophie Taylors Schicksal, immer wieder in die Hände solcher Menschen zu gelangen. Vielleicht war es Kamilas Schicksal, immer kurz vor der Erfüllung ihrer Träume und Hoffnungen zu scheitern. Doch dieses Mal würde es – nein, *musste* es – anders sein. Dieses Mal beschloss Kamila, ihr Leben und ihr Schicksal in die eigenen Hände zu nehmen – und wollte diesem Mädchen dieselbe Erlösung schenken.

Also tat Kamila das Einzige, was ihr in dieser Situation sinnvoll erschien, und erzählte ihr alles, was ich erlebt hatte, bis zu diesem Moment, in der Hoffnung, Sophie Taylor würde sich ebenfalls wieder erinnern können.

Zu Beginn dieser Geschichte habe ich dir erzählt, dass es Erinnerungen sind, die einen Menschen ausmachen und sein Handeln beeinflussen. Bin ich also zu Lilia geworden, in dem Moment, in welchem ich ihre Erinnerungen bekommen habe, oder bin ich sie schon immer gewesen, nur konnte ich mich nicht daran erinnern? Ehrlich gesagt habe ich keine Ahnung, wie ich die Antwort auf diese Frage jemals herausfinden soll, aber das spielt eigentlich auch keine allzu große Rolle, denn jetzt, in diesem Moment, zählt, wer ich bin.

»Der Mann, der dir das angetan hat, muss gestoppt werden und es muss verhindert werden, dass er wieder wie ein Gott über das Leben unschuldiger Menschen richten kann. Die Gesellschaft hält dich für eine Geisteskranke, doch in Wahrheit bist du – genau wie ich – nur das Opfer des schlimmsten Menschen, der auf diesem Planeten existiert. Er wird nicht damit durchkommen, das verspreche ich dir; dieses Stück Scheiße wird von mir persönlich zur Rechenschaft gezogen werden, aber allein schaff ich das nicht. Also bitte...Siletha...bitte erinnere dich...erinnere dich an unsere Heimat, an unsere Freunde, an unser Leben...bitte...bitte kehr zu mir zurück. Ich verspreche dir, dass ich dich nie wieder im Stich lassen werde, hörst du? Nie wieder werde ich zulassen, dass irgendein sadistisches Schwein uns auseinanderbringt. Ich werde diese Welt retten, doch wenn ich das tue, dann tue ich das nur zusammen mit dir, kleiner Stern.«

»Ich...ich kenne dich...ich habe dich gesehen...in meinen Träumen...deine Augen...bist du...bist du etwa...Lilia?«